PAT BARKER

DIE STIMME DER FRAUEN

PAT BARKER

DIE STIMME DER FRAUEN

LAGO

Bibliografische Information der Deutschen Nationalbibliothek
Die Deutsche Nationalbibliothek verzeichnet diese Publikation in der Deutschen Nationalbibliografie. Detaillierte bibliografische Daten sind im Internet über http://dnb.d-nb.de abrufbar.

Für Fragen und Anregungen:
info@lago-verlag.de

1. Auflage 2022

Türkenstraße 89
80799 München
Tel.: 089 651285-0
Fax: 089 652096

Die englische Originalausgabe erschien 2021 bei Doubleday unter dem Titel *The Women of Troy.*

Übersetzung: Larissa Rabe
Redaktion: Carina Heer
Umschlaggestaltung: Manuela Amode, dem Original nachempfunden
Umschlagabbildung: Sarah Young
Satz: Christiane Schuster | www.kapazunder.de
Druck: GGP Media GmbH, Pößneck
Printed in Germany

ISBN Print 978-3-95761-218-2
ISBN E-Book (PDF) 978-3-95762-324-9
ISBN E-Book (EPUB, Mobi) 978-3-95762-325-6

Wir produzieren nachhaltig
www.m-vg.de

Weitere Informationen zum Verlag finden Sie unter
www.lago-verlag.de
Beachten Sie auch unsere weiteren Verlage unter www.m-vg.de

Für Jack, Maggie und Mr Hobbes;
und in liebevoller Erinnerung an Ben.

1

Im Bauch des Pferdes herrscht Hitze, Dunkelheit, Schweiß, Angst. Die Männer sind hineingestopft wie Oliven in einen Krug, es ist eng und überfüllt. Er verabscheut die Berührung anderer Leiber, das ist immer schon so gewesen. Selbst bei sauberen, wohlriechenden Leibern wird ihm fast übel – und diese Männer hier stinken. Es wäre vielleicht nicht so schlimm, wenn sie sich nicht bewegen würden, aber das tun sie. Jeder regt sich, verlagert sein Gewicht von hier nach da und versucht, die Schultern so auszurichten, dass er ein klein wenig mehr Platz bekommt. Alle sind ineinander verschlungen und winden sich wie die Würmer in der Pferdescheiße.

Rotwurm.

Das Wort schleudert ihn in eine Spirale der Erinnerung, immer weiter herab, hinunter, in die Vergangenheit, zurück ins Haus seines Großvaters. Als Junge – einige der Männer hier scheinen zu glauben, er wäre noch immer einer – ist er jeden Morgen zu den Ställen hinuntergelaufen. Er rannte den Weg zwischen den großen Hecken entlang, sein Atem bildete Wölkchen in der kalten Luft, die nackten Zweige schimmerten im rötlichen Morgenlicht. Sobald er die Biegung hinter sich hatte, sah er den armen alten Rufus am Gatter des ersten Sattelplatzes stehen – oder vielmehr lehnen. Er hatte auf Rufus reiten gelernt. Das hatten sie fast alle, denn Rufus war ein außergewöhnlich zuverlässiges Pferd. Kein Witz: Wenn man ins Rutschen kam, streckte er den Huf aus und schob einen wieder hinauf. Er hatte nur glückliche Erinnerungen an das Reitenlernen. Also kraulte er Rufus ausgiebig an allen Stellen, die er selbst nicht erreichen konnte, dann blies er ihm sanft in die Nüstern, und ihr Atem vermischte sich in einem schnaubenden, warmen Laut. Der Klang von Sicherheit.

Wie sehr er dieses Pferd geliebt hat! Mehr als seine Mutter, mehr sogar als seine Amme, die man ihm ohnehin genommen hatte, als er sieben war. Rufus. Selbst der Name hatte ein Band zwischen ihnen geschaffen: Rufus – Pyrrhos. Beide Namen bedeuten »rot« – und sie waren beide ungewöhnlich rothaarig. Zugegeben, das Fell von Rufus war eher kastanienbraun als rötlich. Als junges Pferd hatte sein Fell geschimmert wie die ersten Rosskastanien im Herbst, aber er wurde natürlich älter. Und krank. Schon im letzten Winter hatte ein Pferdeknecht gesagt: »Er ist ein bisschen mager, man sieht seine Rippen.« Seitdem war Rufus von Monat zu Monat dünner geworden; Schulter- und Beckenknochen drangen scharf und spitz durchs Fell, und er begann, ausgemergelt auszusehen. Nicht einmal das saftige Sommergras hatte ihn Fett ansetzen lassen. Eines Tages beobachtete Pyrrhos, wie ein Stallknecht einen Haufen lockerer Pferdeäpfel zusammenschaufelte, und er fragte: »Warum sieht das so aus?«

»Rotwurm«, antwortete der Mann. »Der arme alte Kerl ist voll davon.«

Rotwurm.

Und dieses Wort versetzt ihn zurück in die Hölle.

Zuerst gestattet man ihnen Wachslichter, mit der strengen Mahnung, sie augenblicklich zu löschen, sobald sich das Pferd zu bewegen beginnt. Schwache, flackernde Lichter, doch ohne sie hätte ein Pelz von Dunkelheit und Angst ihn erstickt. Jawohl, Angst. Er würde es abstreiten, wenn ihn jemand fragen würde, aber die Angst ist da, unverkennbar, in seinem trockenen Mund und in der Unruhe in seinen Gedärmen. Er versucht zu beten, aber kein Gott hört ihn, und so schließt er die Augen und denkt: *Vater.* Das Wort fühlt sich unbeholfen an, wie ein neues Schwert, wenn sich die Finger noch nicht an den Griff gewöhnt haben. Hat er seinen Vater je gesehen? Falls dem so ist, dann ist er damals ein Baby gewesen, zu jung, um sich an die wichtigste Begegnung seines Lebens zu erinnern. Er versucht es stattdessen mit: *Achill* – und tatsächlich ist es leichter, den Namen zu verwenden, den das ganze Heer benutzen kann.

Er blickt die Männer an, die sich eng an eng neben und vor ihm auf den Bänken drängen. Jedes Gesicht ist von unten her beleuchtet, winzige Flammen tanzen in ihren Augen. Diese Männer haben Seite an Seite mit seinem Vater gekämpft. Da ist Odysseus: dunkel, schlank, frettchenhaft, der diese ganze Unternehmung erdacht hat. Er hat das Pferd entworfen, seinen Bau überwacht, einen trojanischen Prinzen gefangen genommen und gefoltert, um Einzelheiten über die Verteidigungsmaßnahmen der Stadt zu erfahren – und zum Schluss hat er sich die Geschichte ausgedacht, mit deren Hilfe sie durch die Stadttore kommen sollen. Wenn dieser Plan fehlschlägt, werden alle wichtigen Krieger des griechischen Heeres in einer einzigen Nacht umkommen. Wie kann man eine solche Verantwortung nur aushalten? Und doch scheint Odysseus nicht im Mindesten beunruhigt. Ohne es zu wollen begegnet Pyrrhos seinem Blick, und Odysseus lächelt. Oh ja, er lächelt, er ist scheinbar freundlich, aber was denkt er wirklich? Wünscht er sich, Achill wäre hier, und nicht sein Sohn, dieser unnütze kleine Kümmerling? Nun, falls er es sich wünscht, hat er recht, Achill sollte eigentlich hier sitzen. *Er* hätte keine Angst gehabt.

Als er seinen Blick weiterwandern lässt, sieht er Alkimos und Automedon nebeneinander. Früher sind sie die maßgeblichen Berater von Achill gewesen, nun sind sie seine. Nur ist »Berater« nicht ganz das richtige Wort. Sie sind die Herren der Lage. Vom Moment seiner Ankunft an unterstützen sie einen Anführer, der über keinerlei Erfahrung verfügt, sie sorgen dafür, dass seine Fehler in Vergessenheit geraten, sie sind stets darum bemüht, dass er in den Augen der Männer gut dasteht. Nun, das alles wird sich am heutigen Tag, oder vielmehr in der heutigen Nacht, ändern. Nach dieser Nacht wird er den Männern, die an Achills Seite gekämpft haben, in die Augen schauen und nichts erblicken als Respekt – Respekt vor dem, was er in Troja erreicht hat. Natürlich wird er nicht damit prahlen, wahrscheinlich wird er es nicht einmal erwähnen, das wird nicht notwendig sein, denn jeder wird Bescheid wissen. Das ist immer so. Er merkt, wie die Männer ihn manchmal anblicken und an ihm zweifeln. Aber nach dieser Nacht nicht mehr. Heute Nacht wird er …

Du liebe Zeit, er muss scheißen. Er setzt sich aufrechter hin und versucht, die Schmerzen im Darm zu ignorieren. Als sie in das Pferd geklettert waren, hatte es eine Menge Witze darüber gegeben, wohin man die Latrineneimer stellen sollte. »Ans Ende, wo der Arsch ist«, sagte Odysseus, »wohin sonst!« Es hatte großes Gelächter auf Kosten derer gegeben, die hinten im Pferd saßen.

Niemand hat die Eimer bisher benutzt, und er will auf keinen Fall der Erste sein. Alle werden sich die Nase zuhalten und sich mit den Händen Luft zufächeln. Es ist nicht fair, es ist einfach nicht fair. Er sollte lieber an wichtige Dinge denken, daran, dass der Krieg für ihn heute Nacht ruhmreich zu Ende gehen wird. Jahrelang hat er sich darauf vorbereitet; seit er alt genug gewesen ist, um ein Schwert zu heben. Sogar früher schon, als er fünf oder sechs war, hat er mit angespitzten Stöcken gekämpft. Es gab keinen Augenblick, in dem er nicht gekämpft hätte, und er schlug mit den Fäusten auf seine Amme ein, wenn sie ihn zu beruhigen versuchte. Und nun geschieht es tatsächlich, es passiert endlich alles wirklich – und alles, woran er denken kann, ist: *Und wenn ich mir in die Hosen scheiße?*

Der Druck scheint ein wenig abzuklingen. Vielleicht geht ja alles gut.

Draußen ist es sehr still geworden. Seit Tagen hat Lärm geherrscht: Die Schiffe wurden beladen, die Männer sangen, es wurden Trommeln geschlagen, Schwirrhölzer sirrten, die Priester stimmten Sprechchöre an – und das alles so laut wie möglich, denn die Trojaner sollten es hören. Sie mussten glauben, die Griechen würden tatsächlich abziehen. Es durfte nichts in den Hütten zurückbleiben, denn als Erstes würden sie Späher zum Strand aussenden, um zu überprüfen, ob die Griechen das Feldlager tatsächlich aufgegeben hatten. Es reichte nicht, nur die Männer und die Waffen abzuziehen. Frauen, Pferde, Möbel, Vieh – alles musste fort sein.

Im Pferd wird nun ein unbehagliches Murmeln laut. Die Stille gefällt ihnen nicht. Es fühlt sich an, als hätte man sie verraten und aufgegeben. Pyrrhos verdreht sich auf der Bank und späht durch einen Spalt zwischen zwei Holzplanken, aber er kann nichts erkennen. »Was zum Henker ist da los?«, fragt jemand. »Keine Sorge«, antwortet Odysseus, »die kommen wieder.« Und tatsächlich hören sie nur Minuten später Schritte vom Strand herauf auf sie zukommen, gefolgt von einem Ruf: »Alles klar da drinnen?« Ein Knurren als Antwort. Dann, es scheint, als wären Stunden vergangen, obwohl es wahrscheinlich nur Minuten sind, bewegt sich das Pferd mit einem Ruck. Sofort hebt Odysseus die Hand, und eines nach dem anderen erlöschen die Wachslichter.

Pyrrhos schließt die Augen und stellt sich die verschwitzten Rücken der Männer da draußen vor, wie sie sich vornübergebeugt abmühen, dieses Monster von einem Pferd über den zerfurchten Boden nach Troja zu ziehen. Sie haben Gleitrollen als Hilfsmittel, aber trotzdem dauert es lange – das Land ist vernarbt und gezeichnet von zehn langen Jahren des Krieges. Die Männer im Pferd wissen, dass sie sich der Stadt nähern, als die Priester einen Lobgesang auf Athene anstimmen, die Schutzgöttin der Städte. Die Schutzgöttin der Städte? Soll das ein Witz sein? Man kann verdammt noch mal nur hoffen, dass sie *diese* Stadt nicht beschützt! Endlich hat das Schlingern ein Ende. Die Männer im Bauch des Pferdes wenden sich einander zu und schauen sich an, ihre Gesichter sind im schwachen Licht nur als helle Flecken erkennbar. Ist es so weit? Sind sie da? Eine weitere Lobeshymne auf Athene, und dann, nach drei abschließenden Rufen zur Ehre der Göttin, wenden die Männer, die das Pferd vor die Tore von Troja gezogen haben, sich zum Gehen.

Ihre Stimmen, die noch immer Gesänge und Gebete anstimmen, verklingen in der Ferne, und es wird still. Jemand flüstert: »Und nun?« Und Odysseus sagt: »Wir warten.«

Ein Trinkschlauch aus Ziegenleder mit verdünntem Wein darin wird von einer Hand zur anderen gereicht, doch sie wagen es höchstens, die Lippen zu benetzen. Die Eimer sind bereits zu mehr als zwei Drittel voll, und wie Odysseus spöttisch angemerkt hatte: Ein hölzernes Pferd, das anfängt zu pissen, könnte Verdacht erregen. Es ist heiß hier drin; es riecht nach dem Harz frisch gefällter Kiefernstämme – und nach und nach geschieht etwas sehr Merkwürdiges, denn er schmeckt das Harz und riecht die Hitze. Das Innere seiner Nasenlöcher scheint versengt. Und er ist nicht der Einzige, der leidet. Machaon ist schweißüberströmt – er wiegt sehr viel mehr als die jüngeren Männer, die so mager sind wie die verwilderten Hunde, die jetzt sicher an den Türen der leeren Hütten herumschnüffeln und sich fragen, wohin die Menschen wohl verschwunden sein mögen. Pyrrhos versucht, sich das Lager verlassen vorzustellen. Zehn Tage nach dem Tod seines Vaters ist er zum ersten Mal in die Halle gekommen, er hat sich auf den Stuhl des Achill gesetzt, die Hände auf die geschnitzten Köpfe der Berglöwen gelegt und die Fingerspitzen gegen ihre knurrenden Mäuler gedrückt, wie Achill es jeden Abend getan haben muss – und die ganze Zeit kam er sich vor wie ein Hochstapler oder wie ein kleiner Junge, dem man gestattet hat, lange aufzubleiben. Hätte er nach unten geschaut, würden seine Füße sicher ein ganzes Stück über dem Boden gebaumelt haben.

Morgen früh ist er vielleicht schon tot, aber es hat keinen Sinn, darüber nachzudenken. Der Schicksalstag eines Mannes kommt, wann immer er kommt, und man kann nichts tun, um den Moment hinauszuzögern. Er schaut die Reihe der Gesichter entlang und sieht seine eigene Anspannung in jedem einzelnen von ihnen gespiegelt. Selbst Odysseus knabbert jetzt an seinem

Daumennagel. Die Trojaner müssen mittlerweile wissen, dass die Schiffe davongesegelt sind, dass das Lager der Griechen tatsächlich verlassen ist – aber möglicherweise misstrauen sie der Sache ja? Priamos ist ein alter Fuchs, er herrscht seit fünfzig Jahren über Troja und fällt auf eine solche List nicht herein. Das Pferd ist eine Falle, eine geniale Falle – *ja, aber wer täuscht hier wen?*

Odysseus hebt den Kopf und lauscht, und einen Augenblick später hören sie es alle: das Gemurmel trojanischer Stimmen, neugierig und nervös. Was ist das? Warum steht es hier? Haben die Griechen tatsächlich aufgegeben, die Heimfahrt angetreten und den Trojanern dieses komische Geschenk dagelassen? »Merkwürdig nutzlos«, sagt jemand. »Wie kannst du sagen, es sei nutzlos, wenn du nicht weißt, wozu es dient?!«, ruft ein anderer. »Wir wissen vielleicht nicht, wozu es dient, aber eines wissen wir: Den verdammten Griechen kann man nicht trauen!« Zustimmende Rufe. »Und überhaupt, woher wissen wir denn, ob es leer ist? Woher wissen wir, dass da niemand drin ist?« Die Stimmen ändern sich – jetzt hört man keinen Argwohn mehr, sondern Angst. »Zündet es an!« – »Ja, los, legt Feuer an das Scheißding und brennt es nieder. Dann merken wir ganz schnell, ob jemand drin sitzt!« Der Plan findet Anklang. Bald rufen sie alle im Chor: »Feuer dran! Feuer dran! Feuer dran!« Pyrrhos blickt sich um und sieht Furcht in den Gesichtern. Nein, mehr als Furcht – Todesangst. Das hier sind tapfere Männer, die besten des gesamten griechischen Heeres, aber wer behauptet, er hätte keine Angst vor Feuer, ist entweder ein Lügner oder ein Dummkopf.

FEUER DRAN! FEUER DRAN! FEUER DRAN!

Ein hölzernes Gehäuse, vollgestopft mit Männern, wird in Flammen aufgehen wie ein Scheiterhaufen, der mit Schweineschwarten gespickt ist. Und was werden die Trojaner tun, wenn sie Schreie hören? Losrennen und Wassereimer ranschleppen? Den Teufel werden sie tun: Sie werden dabeistehen und lachen. Wenn das restliche Griechenheer zurückkehrt, wird es nur noch verkohltes Holz und die Überreste verbrannter Männer vorfinden, die erhobenen Fäuste geballt wie Faustkämpfer, in der üblichen Haltung von Menschen, die im Feuer umkommen. Und über ihnen auf den Mauern die Trojaner. Er ist kein Feigling, wirklich nicht, er ist in dieses verdammte Pferd gestiegen und ist auf den Tod vorbereitet, aber er wird auf gar keinen Fall sterben wie ein Schwein, das am Spieß gebraten wird. Besser jetzt heraussteigen und kämpfen …

Er hat sich schon halb erhoben, als zwischen den Köpfen zweier Männer die Spitze eines Speers erscheint. Ihre Gesichter sind ausdruckslos vor Schreck. Sofort beginnen alle, sich tiefer in den Pferdeleib zu drücken, lautlos, und doch so weit weg von den Außenseiten, wie sie nur können. Draußen schreit eine Frau mit lauter Stimme: »Das ist eine Falle, begreift ihr denn nicht, dass es eine Falle ist?« Dann ertönt eine andere Stimme, die eines Mannes, alt, aber nicht schwach, und von großer Autorität. Das kann nur Priamos sein. »Kassandra«, sagt er. »Geh zurück nach Hause, komm schon, geh heim.«

Die Männer im Pferd wenden sich Odysseus zu und starren ihn anklagend an. Es ist sein Plan, aber er zuckt nur mit den Achseln und hebt die Hände. Hilflos? Beruhigend?

Wieder laute Rufe. Die Wachen haben jemanden aufgegriffen. Sie zerren ihn vor Priamos und zwingen ihn auf die Knie. Und dann schließlich – endlich! – beginnt Sinon zu sprechen. Erst zittert ihm die Stimme, aber sie wird kräftiger, als er sich in seine Erzählung stürzt. Pyrrhos schaut zu Odysseus hinüber und stellt fest, dass dessen Lippen sich im Gleichtakt mit Sinons Worten bewegen. Er hat ihn in den letzten drei Wochen auf diesen Moment vorbereitet, die beiden sind Stunde um Stunde ohne Pause auf dem Sandplatz auf und ab gelaufen, haben alles geprobt und versucht, jede Frage vorwegzunehmen, die die Trojaner nur stellen könnten.

Jede kleine Einzelheit ist so überzeugend wie nur irgend möglich: Die Griechen glauben, die Götter hätten ihnen ihre Gunst entzogen – insbesondere Athene, die sie schwer erzürnt haben. Das Pferd ist eine Weihegabe und muss sofort zum Tempel der Athene gebracht werden. Aber nicht die Einzelheiten sind von Belang. Alles hängt davon ab, ob Odysseus den Charakter des Priamos richtig gedeutet hat. Als kleiner Junge, mit nicht einmal sieben Jahren, ist Priamos in einem Krieg gefangen genommen und als Geisel festgehalten worden. Ganz allein, ohne Freunde, gezwungen, sein Leben in einem fremden Land zu verbringen, hat er sich an die Götter gewandt, damit sie ihm Trost spendeten – insbesondere an Zeus, an Zeus Xenios, der Freundlichkeit gegenüber Fremden gebietet. Unter der Herrschaft des Priamos ist Troja stets bereit gewesen, Menschen aufzunehmen, deren Landsleute sich gegen sie gewandt hatten. Die von Odysseus erdachte Geschichte zielt darauf ab, Eindruck auf Priamos zu machen, jede Nebensächlichkeit ist so entworfen, dass sie sich sein Vertrauen zunutze macht und es in Schwäche ummünzt. Und wenn dieser Plan nicht aufgeht, ist es auf keinen Fall die Schuld von Sinon, denn der bietet sein gesamtes schauspielerisches Können auf. Sein großes Wehklagen über sein Elend klingt zum Himmel hinauf. »Bitte«, wiederholt er stets aufs Neue,

»bitte, bitte, habt Erbarmen mit mir, ich wage es nicht, in die Heimat zurückzukehren, sie werden mich umbringen, wenn ich nach Hause zurückgehe, weil ich geflohen bin, als sie mich der Göttin opfern wollten.«

»Lasst ihn los«, sagt Priamos. Und dann wendet er sich wahrscheinlich direkt an Sinon: »Willkommen in Troja.«

Kurze Zeit später hört man das Poltern von Seilen, die als Lassos um den Hals des Pferdes geworfen werden, und es setzt sich in Bewegung. Nach wenigen Schritten kommt es mit einem Ruck wieder zum Stehen, bleibt einige quälende Minuten lang festgefahren, schlingert dann weiter voran. Pyrrhos späht durch eine Lücke zwischen den Planken, und die Nachtluft trifft unerwartet kalt auf seine Augenlider – aber er sieht nur eine steinerne Mauer. Doch das reicht. Er weiß nun, dass sie das Skäische Tor passieren, hinein nach Troja. Sie blicken einander mit aufgerissenen Augen an. Es herrscht Schweigen. Draußen singen die Trojaner, Männer, Frauen und Kinder, Lobeshymnen auf Athene, die Schutzgöttin der Städte, während sie das Pferd durch die Stadttore ziehen. Sie hören das aufgeregte Gerede der kleinen Jungen, die ihren Vätern »helfen«, mit aller Kraft an den Seilen zu ziehen.

Unterdessen widerfährt Pyrrhos etwas Seltsames. Vielleicht ist es nur der Durst oder die Hitze, die inzwischen schlimmer sind als je zuvor, aber er scheint das Pferd von außen betrachten zu können. Er sieht, wie der Pferdekopf auf gleicher Höhe mit den Dächern des Palastes und der Tempel ist, er sieht das Pferd, wie es langsam durch die Straßen gezogen wird. Ein merkwürdiges Gefühl, im Dunklen eingepfercht zu sein und doch die breiten Straßen und offenen Plätze sehen zu können, die Menge der aufgeregten Trojaner, die sich um die Beine des Pferdes drängen. Der Boden ist schwarz von Menschen. Sie sind wie Ameisen, die eine Insektenpuppe gefunden haben, groß genug, um ihre Nachkommenschaft wochenlang zu ernähren, und sie im Triumph zurück in den Ameisenhügel schleppen, ohne zu ahnen, dass die harte, glänzende Puppe, wenn sie erst aufplatzt, ihnen allen den Tod bringen wird.

Endlich nimmt das Torkeln und Schwanken ein Ende. Allen im Pferd ist es übel. Weitere Gebete und Lobgesänge; die Trojaner drängen sich in den Tempel der Athene, um der Göttin für den Sieg zu danken. Und dann beginnen die Feierlichkeiten: mit Gesang, Tanz und immer mehr berauschenden Getränken. Die griechischen Krieger lauschen und warten. Pyrrhos versucht, seine Beine auszustrecken. Er hat einen Krampf in der rechten Wade, weil er Durst hat und vom ewigen Sitzen in der gleichen verkrampften Haltung. Bald herrscht noch tieferes Dunkel, kein Lichtstrahl dringt durch die Ritzen des Pferdes, denn sie haben für den Angriff eine mondlose Nacht ausgewählt. Ab und zu wankt eine Gruppe betrunkener Zecher vorbei, und ihre lodernden Fackeln werfen Tigerstreifen auf die Gesichter der Männer, die drinnen warten. Das Licht funkelt auf Helmen und Brustpanzern und auf den Klingen ihrer gezückten Schwerter. Und noch immer warten sie. Draußen in der Dunkelheit, weit entfernt, pflügen die griechischen Schiffe, schwarz und mit schnabelförmigem Bug, eines am anderen, weiße Furchen in das graue wogende Meer. Die griechische Flotte kehrt zurück. Er stellt sich vor, wie die Schiffe in die Bucht einfahren, die Segel einholen, wie die Ruderer übernehmen, dann das Kratzen der Kiele auf dem Kiesstrand, als sie sicher am Strand anlanden.

Gesang und Geschrei sind erstorben. Die letzten Betrunkenen sind nach Hause gekrochen oder liegen bewusstlos in der Gosse. Und die Wachen des Priamos? Wie wahrscheinlich ist es, dass sie nüchtern geblieben sind, nun, da der Krieg vorüber ist? Nun, da sie zu wissen glauben, dass sie gesiegt haben? Nun, da niemand mehr da ist, gegen den sie kämpfen müssten?

Endlich, auf ein Kopfnicken des Odysseus hin, öffnen vier Krieger am hinteren Ende die Riegel und entfernen zwei Teile der Seitenwand. Kühle Nachtluft dringt herein. Pyrrhos spürt ein Kribbeln auf der Haut, als der Schweiß verdampft. Und dann beginnen die Männer, einer nach dem anderen, in einem gleichmäßigen Strom, die Strickleitern hinabzuklettern. Zunächst gibt es Gedränge, weil jeder die Ehre haben möchte, das Pferd als Erster zu verlassen. Pyrrhos ist das gleich. Er ist unter den Ersten, das reicht ihm. Als seine Füße hart auf dem Boden landen, spürt er den Stoß die ganze Wirbelsäule hinauf. Die Männer stampfen mit den Füßen und versuchen, ihre Durchblutung wieder in Gang zu bringen, denn es kann sein, dass sie nun jeden Moment losrennen müssen. Er greift sich eine Fackel von einem Leuchter an der Tempelwand. Im grellen roten Licht dreht er sich zurück zum Pferd und sieht, wie die letzten Krieger sich schwer zu Boden fallen lassen. Das Pferd scheißt Männer. Als alle draußen sind, wenden sie sich einander zu und blicken sich an. Auf allen Gesichtern liegt der gleiche halb wache Ausdruck. *Sie sind in der Stadt.* Langsam wird ihm dieser Gedanke bewusst, in einer unaufhaltsamen Woge durchströmt er ihn. In diesem Augenblick steht er dort, wo sein Vater nie gestanden hat: innerhalb des Mauerrings von Troja. Jetzt kennt er keine Furcht mehr. Alles ist leicht und eindeutig. Dort drüben in der Dunkelheit sind die Stadttore, die sie öffnen müssen, um das griechische Heer einzulassen. Pyrrhos packt den Griff seines Schwertes fester und rennt los.

2

Eine Stunde später steht er mitten im Kampfgewühl auf den Stufen zum Palast. Er reißt einem Sterbenden die Streitaxt aus der Hand und beginnt, auf das Tor einzuschlagen. Der Druck der Kämpfenden, die hinter ihm die Stufen hinaufdrängen, macht es schwierig, vernünftig auszuholen. Er schreit sie an, sie sollen ihm Platz machen, sie sollen zurückgehen, und bald hat er ein Loch ins Tor des Palastes geschlagen, gerade breit genug, um hindurchzuschlüpfen. Und danach geht es leicht, es ist alles ganz einfach. Während er die Flure entlangrennt, spürt er, wie das Blut seines Vaters in seinen Adern pocht, und er stößt einen Triumphschrei aus.

Am Eingang zum Thronsaal stehen die trojanischen Wachen dicht gedrängt, die ersten griechischen Krieger stürzen sich auf sie, doch er wendet sich nach rechts und hält Ausschau nach dem geheimen Durchgang, der von Hektors Flügel, wo seine Witwe Andromache nun allein mit ihrem Sohn lebt, zu den Privatgemächern des Priamos führt. Dieses Wissen hat Odysseus dem gefangenen Prinzen unter der Folter abgepresst. Und da ist sie; eine Tür, halb verborgen hinter einem Wandschirm, führt ihn in einen schwach beleuchteten Durchgang, der steil nach unten abfällt. Hier ist es kühl, es riecht muffig, der Geruch von Räumen, die nicht genutzt werden. Dann führt eine Treppe hinauf in das helle Licht des Saals, wo Priamos auf den Stufen eines Altars steht, unbeweglich, voller Erwartung, als hätte er sich sein ganzes Leben lang auf diesen Moment vorbereitet. Sie sind allein. Der Lärm der kämpfenden Griechen und Trojaner auf der anderen Seite der Mauer dringt kaum zu ihnen durch.

Schweigend starren sie einander an. Priamos ist alt, furchtbar alt, und so gebrechlich, dass seine Rüstung ihn niederdrückt. Pyrrhos räuspert sich, ein merkwürdiger, entschuldigender Laut in der gewaltigen Stille. Die Zeit scheint stehen geblieben zu sein, und er weiß nicht, was er tun soll, damit sie wieder anläuft. Er tritt näher zu den Stufen des Altars und verkündet seinen Namen, wie es sich gehört, bevor man kämpft: »Ich bin Pyrrhos, der Sohn des Achill.« Unglaublich und unverzeihlich: Priamos lächelt und schüttelt den Kopf. Pyrrhos, nun voller Zorn, betritt die unterste Stufe und sieht, wie Priamos sich wappnet, doch als der alte Mann endlich seinen Speer wirft, durchschlägt er den Schild nicht, hängt nur einen Augenblick zitternd daran, dann fällt er zu Boden. Pyrrhos bricht in Gelächter aus, und der Klang seines Lachens wirkt befreiend. Er springt die Stufen empor, packt Priamos bei den Haaren, biegt seinen Kopf nach hinten, um die dürre Kehle freizulegen, und ...

Und nichts ...

Die ganze letzte Stunde hat er in einem geradezu rauschhaften Zustand erlebt, seine Füße haben den Boden kaum berührt, die Kraft ist vom Himmel in ihn hineingeströmt – aber jetzt, wo er diese Kraft am dringendsten brauchte, spürt er, wie sie aus seinen Gliedern weicht. Er hebt den Arm, doch sein Schwert ist schwer, sehr schwer. Priamos erfasst die Schwäche, er entwindet sich seinem Griff und versucht zu fliehen, doch er strauchelt und stürzt kopfüber die Stufen hinunter. Sofort ist Pyrrhos über ihm, packt die Mähne des silbernen Haares, und nun ist es so weit, jetzt, *jetzt*, aber das Haar ist unerwartet weich, fast wie Frauenhaar, und diese winzige, unbedeutende Nebensächlichkeit reicht aus, um ihn aus der Fassung zu bringen. Er zielt auf die Kehle des alten Mannes und verfehlt sie – *dumm, wie dumm* –, er ist wie ein Junge von zehn Jahren, der versucht, sein erstes Schwein abzustechen. Er hackt wild drauflos, Schnitt um Schnitt, Stoß um Stoß, keiner ist tief genug, um zu töten. Mit seinem weißen Haar und der blassen Haut sieht Priamos aus, als hätte er nicht einen Tropfen Blut in sich. Doch das hat er, sogar Unmengen von Blut, er glitscht und schlittert über den Boden. Endlich bekommt Pyrrhos den alten Mistkerl zu fassen, kniet sich auf seine knochige Brust – und selbst jetzt bringt er es nicht fertig und stöhnt verzweifelt auf: »Achill! Vater!« Und unfassbar: Priamos blickt ihn an und lächelt erneut. »Der Sohn des Achill?«, sagt er. »*Du?* Du bist kein bisschen wie er.«

Ein Schleier roter Wut verleiht Pyrrhos die Kraft, erneut zuzustoßen, diesmal mitten hinein in den Hals. Heißes Blut schießt in pulsierenden Strömen über seine geballte Faust. Das war's. Es ist vorbei. Er lässt den Leichnam zu Boden gleiten. Irgendwo, ziemlich nahe, schreit eine Frau. Verblüfft schaut er sich um und sieht eine Gruppe Frauen, einige mit Babys im Arm, hinter dem Altar kauern. Trunken vor Triumph und Erleichterung rennt er mit ausgebreiteten Armen auf sie zu, schreit »Buh!« – und lacht, als sie sich verängstigt noch enger aneinanderdrängen.

Doch ein Mädchen erhebt sich und starrt ihn an. Sie hat vorstehende Augen, ein Froschgesicht. Wie kann sie es wagen, ihn anzuschauen! Einen Augenblick lang ist er versucht, auf sie einzuschlagen, doch er nimmt sich rechtzeitig zurück. Man erringt keinen Ruhm, wenn man eine Frau tötet, außerdem ist er müde; müder, als er je im Leben gewesen ist. Sein rechter Arm hängt von der Schulter herab, leblos wie ein Spaten. Das Blut des Priamos trocknet bereits auf seiner Haut und zieht sie zusammen. Es stinkt, der Geruch von Eisen, der an Fisch erinnert. Einen Augenblick steht er da und schaut auf den Leichnam hinab, und aus einem Impuls heraus tritt er dagegen. Kein Begräbnis für Priamos, beschließt er. Keine Ehren, keine Bestattungsriten, keine Würde im Tod. Er wird genau das tun, was sein Vater mit Hektor gemacht hat: die dürren Fußknöchel des alten Mannes an die Radachse seines Streitwagens binden und ihn ins griechische Lager zurückschleifen. Doch zuerst muss er das Geschrei und Schluchzen hinter sich lassen, und so stolpert er blindlings durch eine Tür zu seiner Rechten.

Dunkel ist es hier, kühl und ruhig. Die Schreie der Frauen sind schwächer zu hören. Als sich seine Augen an das Dunkel gewöhnen, sieht er eine Ablage für zeremonielle Kleidung, daneben einen Lehnstuhl, Gewänder über die Rückenlehne drapiert. Hier hat sich Priamos offenbar für die Zeremonien zu Ehren des Zeus umgekleidet.

Er steht unter der Tür und lauscht, er spürt, wie das Zimmer vor ihm zurückweicht, genau wie die Frauen. Alles ist still und leer. Aber dann fällt ihm plötzlich in der hinteren Ecke eine Bewegung auf. Jemand versteckt sich dort drüben im Schatten, er kann gerade eben die Umrisse einer Gestalt ausmachen. Eine Frau? Nein, von dem flüchtigen Eindruck her, den er gewonnen hat, ist er beinahe sicher: Es ist ein Mann. Er schiebt die Kleiderablage beiseite und tastet sich langsam voran – und dann lacht er beinahe laut auf vor Freude und Erleichterung, denn dort, direkt vor ihm, steht Achill. Es kann niemand anders sein: die funkelnde Rüstung, das wallende Haar – das ist ein Zeichen, das Zeichen, dass er endlich anerkannt ist. Selbstbewusst tritt er vor, späht in die Dunkelheit und sieht Achill auf sich zukommen, blutbedeckt; alles ist rot, von seinem federbesetzten Helm bis zu den Füßen, die in Sandalen stecken. Auch das Haar ist rot, nicht orange oder karottenfarben, nein, es ist rot wie Blut oder Feuer. Im letzten Augenblick, als sie sich Auge in Auge gegenüberstehen, streckt er die Hand aus, und seine blutverklebten Finger treffen auf etwas Hartes, Kaltes.

Ganz nah ist er jetzt, fast nahe genug, dass sie einander küssen könnten. »Vater«, sagt er und durch seinen Atem beschlägt die glänzende Bronzeoberfläche des Spiegels. »Vater.« Und noch einmal, weniger selbstbewusst diesmal: *»Vater?«*

3

Wir fahren,
wir fahren,
wir fahren endlich heim!

Ich zählte schon nicht mehr mit, wie oft ich dieses Lied in den letzten paar Tagen gehört hatte – falls man es überhaupt ein Lied nennen kann. Männer taumelten in kleinen Gruppen durch das Lager, betrunken, mit schlaffen Mündern und ausdruckslosem Blick, und brüllten die einfachen, sich stets wiederholenden Worte heraus, bis sie heiser waren. Die Disziplin war beinahe vollkommen dahin. Im ganzen Lager kämpften die Könige darum, ihre Männer wieder unter Kontrolle zu bekommen.

Als ich eines Morgens über den Versammlungsplatz ging, hörte ich Odysseus rufen: »Wenn ihr dieses verdammte Schiff nicht beladet, fahrt ihr nirgendwohin!« Er stand vor seiner Halle auf den Stufen der Veranda und trat einer Gruppe von vielleicht zwanzig oder dreißig Männern gegenüber. Es war bezeichnend für die allgemeine Stimmung, dass er selbst hier, auf seinem eigenen Gelände, einen Speer dabeihatte. Die meisten Sänger schlichen davon, aber dann drang eine Stimme aus der Menge: »Und was ist mit dir, du verdammter Mistkerl? Dich seh ich ja nicht grad viel schleppen.«

Thersites natürlich, wer sonst? Er war nicht vorgetreten, die anderen waren vielmehr zurückgetreten. Odysseus ging sofort auf ihn los. Er benutzte das stumpfe Ende seines Speeres als Schlagstock und versetzte Thersites mehrere Hiebe auf Arme und Schultern. Als er gekrümmt und stöhnend am Boden lag, gab er ihm noch ein paar Schläge in die Rippen und trat ihn zum Schluss in den Unterleib.

Thersites hielt sich die Eier und warf sich von einer Seite auf die andere, während sich die Männer um ihn versammelten und vor Lachen brüllten. Er war ein Großmaul und bekannt dafür, dass er Ärger machte. Wenn es Arbeit zu verteilen gab, fand man Thersites immer weit hinten in der Schlange. Es mochte für die Männer eine willkommene Unterhaltung bedeuten, wenn er die Autoritäten herausforderte, aber beliebt und respektiert war dieser Mann nicht. Also ließen sie ihn liegen und gingen weg, vielleicht, um das Schiff zu beladen, aber wahrscheinlich eher, um Nachschub an Alkohol zu suchen, denn die Trinkschläuche aus Ziegenleder, die sie über die Schultern geschlungen hatten, schienen leer zu sein. Schon nach wenigen Schritten fingen sie wieder an zu singen, doch mit jeder weiteren Wiederholung wirkte das Lied eher wie ein Trauergesang.

Wir fahren,
wir fahren,
wir fahren endlich heim!

In Wahrheit fuhr niemand heim. Niemand fuhr irgendwohin. Noch vier Tage zuvor hatte die Abreise bloß eine Stunde bevorgestanden – ein paar Könige, darunter auch Odysseus, waren bereits an Bord ihrer Schiffe gewesen –, doch dann hatte der Wind sich plötzlich gedreht und blies seitdem vom Meer her, beinahe so stark wie ein Sturm. Nur ein Wahnsinniger hätte bei diesem Wind den Schutz der Bucht verlassen. »Keine Sorge«, sagten alle, »das legt sich bald.« Aber der Wind legte sich nicht. Tag für Tag, Stunde für Stunde wehte dieser ungewöhnliche Wind, und so saßen sie alle hier fest: die siegreichen griechischen Krieger und mit ihnen natürlich die gefangenen trojanischen Frauen.

Ich beugte mich über Thersites und bemühte mich, nicht vor dem Gestank zurückzuschrecken, der aus seinem offenen Mund drang. Es tat mir leid, dass ich schlecht von einem Mann dachte, der Odysseus gerade einen verdammten Mistkerl genannt und ihm das mitten ins Gesicht gesagt hatte, aber an Thersites gab es wirklich nicht viel zu mögen. Doch er lag verletzt da, und ich war unterwegs zum Krankenzelt, also schob ich die Hand unter seinen Arm und half ihm beim Aufstehen. Einen Augenblick stand er zusammengekrümmt vor Schmerzen da, die Hände auf den Knien, dann hob er langsam den Kopf. »Ich kenn dich doch«, sagte er. »Briseis, oder?« Er wischte sich mit dem Handrücken über die blutige Nase. »Die Hure von Achill.«

»Die *Gattin* von Herrn Alkimos.«

»Ja gut, aber was ist mit dem Balg, das du kriegst? Was hält *Herr* Alkimos wohl davon? Den Bastard von 'nem anderen Mann großziehen?«

Ich wandte mich ab, und während ich fortging, war mir die ganze Zeit bewusst, dass Amina hinter mir war und mir folgte. Kannte sie die Vorgeschichte meiner Hochzeit? Nun, wenn sie sie zuvor nicht gekannt hatte, kannte sie sie spätestens jetzt.

Ein paar Tage vor seinem Tod hatte Achill mich mit Alkimos vermählt und mir erklärt, Alkimos habe geschworen, sich um das Kind zu kümmern, das ich erwartete. Bis zum Morgen der Hochzeit hatte ich nichts von diesen Plänen gewusst. Ich wurde aus Achills Bett gezerrt – ein mit Samen beschmiertes Laken um die Schultern, Brotkrümel im Haar, mir war übel, ich roch nach Sex – und mit Alkimos vermählt. Eine merkwürdige Hochzeit, aber vollkommen rechtskräftig, mit einem Priester, der die Gebete sprach und unsere Hände mit dem scharlachroten Band umschloss. Und Ehre, wem Ehre gebührt – Alkimos hatte sein Wort gehalten. Erst heute Morgen hatte er darauf bestanden, ich müsse eine Frau zur Begleitung mitnehmen, wenn ich das Gelände von Pyrrhos verließ. »Es ist hier im Lager nicht mehr sicher«, hatte er gesagt. »Du musst jemanden dabeihaben.«

Das Ergebnis war dieses Mädchen, Amina.

Wir gaben eine lächerliche kleine Prozession ab, ich als achtbare, verheiratete Frau, stark verschleiert, und Amina, die ein paar Schritte hinter mir hertrottete. Natürlich war das alles Unsinn. Was mich vor den betrunkenen Banden schützte, die im Lager herumzogen, war nicht die Anwesenheit eines halbwüchsigen Mädchens, sondern der Schwertarm des Alkimos. Genau wie es einst, vor nicht einmal fünf Monaten, der Schwertarm des Achill gewesen war. Das Einzige, was in diesem Heerlager zählte, wirklich das Einzige, war Macht – und zwar die Macht, jemanden zu töten.

Normalerweise fand ich Gefallen an einem Spaziergang an der Küste, aber nicht heute. Der Wind schien zu einer heißen, feuchten Hand geworden zu sein, die einen vom Meer wegschob und sagte: *Nein, da kannst du nicht hingehen.* Die Luft war schwer – aber bisher hatte es noch nicht geregnet, obwohl eine ambossförmige Wolke hoch aufgetürmt in den Himmel über der Bucht ragte. Nachts konnte man tief in ihrer Mitte Blitze zucken sehen, alles deutete darauf hin, dass in Kürze ein Sturm losbrechen würde, und doch kam er nicht. Das Licht, ein merkwürdiges Rotbraun, verlieh der Haut einen Bronzeton, bis Gesichter und Hände der Männer aus dem gleichen harten, unnachgiebigem Material zu sein schienen wie ihre Schwerter.

Hinter den Feierlichkeiten – Besäufnisse, Festessen, Tanz – spürte ich Besorgnis und Unsicherheit. Der Wind begann an den Nerven zu zerren, wie ein quengelndes Baby, das einfach nicht schlafen will. Selbst nachts, wenn alle Türen geschlossen und verriegelt waren, konnte man dem Wind nicht entgehen. Die Böen drangen durch jede Ritze, hoben Teppiche an, bliesen Kerzen aus und verfolgten einen auf dem Weg ins Schlafzimmer und selbst noch bis in den Schlaf. Mitten in der Nacht lag man wach und starrte an die Decke. Alle Fragen, denen man tagsüber hatte ausweichen können, versammelten sich nun hier.

Was hält Herr Alkimos wohl davon? Den Bastard von 'nem anderen Mann großziehen?

Über meine Schwangerschaft wusste mittlerweile jeder Bescheid. Die Veränderung schien unmerklich vor sich gegangen zu sein, ganz so, wie die Nächte länger werden. Kein Abend scheint anders zu sein als der vorherige, bis plötzlich das Gefühl von Kälte in der Luft liegt und man weiß: Es ist Herbst. Das Verhalten der Männer mir gegenüber hatte sich verändert, während mein Bauch dicker wurde, und das erschwerte es mir, mit meinen Gefühlen für das ungeborene Kind umzugehen. Das

Kind des Achill. Der Sohn des Achill, wenn man den Myrmidonen Glauben schenken wollte, die anscheinend in meinen Schoß blicken konnten. Manchmal hatte ich das Gefühl, ich trüge gar kein Baby in mir, sondern eine verkleinerte Ausgabe von Achill selbst, einen Homunkulus, doch immer noch unverkennbar Achill, und in voller Rüstung.

Als wir uns dem Tor von Agamemnons Gelände näherten, schaute ich zu Boden und betrachtete die Bewegung meiner Füße unter dem Saum meiner Tunika, wie sie verschwanden und wieder erschienen: herein, heraus; herein, heraus. An diesem Ort war ich so unglücklich gewesen; ich fürchtete mich immer, hierher zurückzukehren, rief mir aber in Erinnerung, dass die Schande, eine Sklavin in den Hütten des Agamemnon, im Bett des Agamemnon gewesen zu sein, der Vergangenheit angehörte. Ich war jetzt frei; und so hob ich, nachdem wir das Tor durchschritten hatten, den Kopf und blickte mich um.

Wir standen auf dem Hauptplatz des Geländes. Als ich hier gelebt hatte, war dies der Übungsplatz gewesen, wo die Männer Aufstellung nahmen, bevor sie in den Krieg zogen. Nun stand hier ein Krankenzelt. Man hatte es von seiner ursprünglichen, ungeschützten Lage am Strand hierher versetzt. In seiner neuen Umgebung sah das Zelt noch schäbiger aus als zuvor. Die Leinwand war mit grünen Flecken übersät und roch faulig von der langen Einlagerung im Laderaum eines Schiffes. Es war eines der Zelte, in denen die Griechen in den ersten Monaten des Krieges gelebt hatten, als sie noch hochmütig genug gewesen waren zu glauben, Troja würde leicht zu besiegen sein. Nach dem ersten erbärmlichen Winter in ihren Zelten hatten sie einen ganzen Wald gefällt, um sich Hütten zu bauen.

Ich ging geduckt unter der offenen Zeltklappe hindurch und blieb einen Augenblick stehen, während meine Augen sich an das grüne Zwielicht gewöhnten. Ich dachte, ich hätte mittlerweile jedes Geräusch gehört, das der Wind hervorbringen konnte, doch das Brüllen der Leinwand war neu. Die Gerüche jedoch waren die gleichen – aus einem Korb voller gebrauchter Verbände roch es nach geronnenem Blut, und es duftete intensiv nach frischen Kräutern: Thymian, Rosmarin, Lavendel und Lorbeer. Als ich die Männer noch gepflegt hatte, hatte es so viele Patienten gegeben, dass man über den einen hatte hinwegsteigen müssen, um zum nächsten zu gelangen. Jetzt war das Zelt fast leer, es standen nur zwei Reihen von fünf oder sechs Pritschen aus Rindsleder da. Die Männer, die darin lagen, schliefen größtenteils, außer zweien am hinteren Ende, die in ein Würfelspiel vertieft waren. Diese Männer waren beim letzten Angriff auf Troja verwundet worden. Keiner von ihnen schien schwer verletzt, nur einer am Ende der vordersten Reihe wirkte so, als sei sein Zustand ernst. Ich fragte mich, warum ich mir überhaupt die Mühe machte, das alles einzuschätzen; denn es hatte nichts mehr mit mir zu tun.

Ritsa stand an dem langen Tisch am hinteren Ende des Zeltes und wischte sich die Hände an der rauen Schürze aus Sackleinen ab, die sie um die Hüften gebunden hatte. Sie lächelte, als ich näher kam. Aber mir fiel auf, dass sie nicht auf mich zukam, um mich zu begrüßen, wie sie es früher getan hatte.

»Na«, sagte sie, als ich zu ihr trat, »wie kommst du denn daher!«

Ich fragte mich, was sie damit meinte. Meine Schwangerschaft, die allmählich sichtbar wurde, oder die prächtige Stickerei an meinem Kleid? Aber nichts davon war wirklich neu. Dann begriff ich: Sie bezog sich offenbar auf Amina, die mir ins Zelt gefolgt war und ein paar Schritte hinter mir stehen geblieben war.

»Wer ist denn das? Deine Zofe?«

»Nein.« Es war mir wichtig, das klarzustellen. »Alkimos will nicht, dass ich allein im Lager unterwegs bin.«

»Da hat er recht. Ich habe noch nie so viele Betrunkene gesehen. Komm, setz dich …«

Sie griff nach einem Krug Wein und goss drei Becher voll. Nachdem sie einen Moment gezögert und einen Blick in meine Richtung geworfen hatte, nahm Amina sich einen davon. Ärgerlicherweise benahm sie sich genau wie eine Zofe.

Ich setzte mich an den langen Tisch und wandte mich an Ritsa. »Wie geht es dir?«

»Ich bin müde.«

Sie wirkte auch müde und sah tatsächlich verhärmt aus. Ich begriff nicht, wieso, denn die Männer, von der Kopfverletzung in der vordersten Reihe einmal abgesehen, waren alle Leichtverwundete.

»Ich schlafe in Kassandras Hütte.«

Das war eine einleuchtende Erklärung. Ich erinnerte mich, in welche Raserei Kassandra an jenem Tag ausgebrochen war, als die trojanischen Frauen darauf warteten, den griechischen Königen zugeteilt zu werden – wie sie Fackeln ergriffen und sie hoch über dem Kopf herumgewirbelt hatte, wie sie mit den Füßen aufgestampft und nach allen geschrien hatte, sie sollten kommen und auf ihrer Hochzeit tanzen … Sie hatte sogar versucht, ihre Mutter hochzuzerren, und wollte sie dazu zwingen, ebenfalls zu tanzen.

»Geht es ihr etwas besser?«

Ritsa verzog das Gesicht. »Unterschiedlich. Morgens ist es ganz gut, aber die Nächte sind eine Qual … Sie ist verrückt nach Feuer, es ist wirklich erstaunlich, wie sie es immer wieder fertigbringt, an welches heranzukommen, aber sie schafft es. Und jedes Mal bekomme *ich* den Ärger, immer ist es meine Schuld. Es wundert mich wirklich, dass sie noch nicht das ganze verdammte Lager in Brand gesteckt hat. Ich wage es nicht, mich schlafen zu legen – und dann muss ich den ganzen Tag hier arbeiten. Das ist kein Leben.«

»Du brauchst jemanden, der dir hilft.«

»Nun ja, ein Mädchen habe ich – aber sie ist ziemlich nutzlos. Ich kann Kassandra nicht mit ihr allein lassen.«

»Ich könnte bei ihr wachen, dann bekommst du ein bisschen Schlaf.«

»Ich weiß nicht, was Machaon dazu sagen würde.«

»Wir könnten ihn fragen. Ich könnte ihn fragen.«

Sie schüttelte den Kopf. Machaon war der oberste Arzt des griechischen Heeres. Er war auch – wichtiger noch – Ritsas Eigentümer. Ich merkte, wie es ihr widerstrebte, dass ich mich an ihn wandte, also ließ ich es dabei bewenden.

»Der Wein ist gut«, sagte ich, um das Schweigen zu brechen.

»Ja, oder? Nicht schlecht.«

Sie goss uns gerade einen weiteren Becher ein, als ein heftiger Windstoß die Leinwand über unseren Köpfen blähte. Beunruhigt blickte ich nach oben. »Machst du dir keine Sorgen? Ich hätte Angst, dass hier alles zusammenstürzt.«

»Ich wünschte, das würde es.«

Ich schaute sie an, aber sie zuckte nur wieder mit den Achseln und fuhr fort, Kräuter zu zerreiben. Ihr mögt es vielleicht seltsam finden, aber ich beneidete sie um das Gefühl, den kalten Stößel in der Handfläche zu spüren. Es war lange her, dass ich neben ihr an diesem Tisch gearbeitet hatte, aber es waren meine glücklichsten Stunden hier im Lager gewesen. Ich kannte noch immer jede einzelne der Zutaten, die vor ihr aufgereiht lagen, ganz genau – sie alle besaßen eine beruhigende Wirkung. Mit starkem Wein vermischt, würden sie eine Arznei ergeben, die selbst einen Stier außer Gefecht setzen würde. »Ist das für Kassandra?«

Sie warf einen Blick auf Amina und hauchte dann fast unhörbar: »Für Agamemnon. Er kommt offenbar nicht zur Ruhe.«

»Ach, der Ärmste!«

Wir lächelten uns an, dann wies sie mit dem Kopf auf Amina. »Sie ist ganz schön schweigsam.«

»Stille Wasser.«

»Wirklich?«

»Nein, ich weiß es nicht. Aber du hast recht: Sie spricht nicht viel.«

»Ist sie nun deine Zofe?«

»Nein, sie ist eines der Mädchen von Pyrrhos. Es passt für uns beide gut, glaube ich: Ich brauche jemanden, der mich auf meinen Gängen begleitet, und sie muss ab und zu aus der Hütte heraus.«

Die ganze Situation war ziemlich verkrampft. Ich kannte Ritsa, seit ich ein Kind gewesen war. Damals war sie eine Frau mit einigem Ansehen, eine geachtete Heilerin und Hebamme. Sie war die beste Freundin meiner Mutter gewesen – und nach deren Tod hatte Ritsa ihr Bestes getan, um sich um mich zu kümmern. Zehn Jahre später, als Achill unsere Stadt Lyrnessos geplündert und in Brand gesteckt hatte, waren wir als Sklavinnen hierher ins Lager gebracht worden. Ritsa war mir damals eine große Hilfe gewesen, und vielen anderen Frauen auch. Aber nun war ich frei und die Gattin von Alkimos, während Ritsa noch immer eine Sklavin war. Es sagt sich leicht, dass Veränderungen, die den sozialen Stand oder das Vermögen betreffen, eine Freundschaft nicht belasten sollten – doch wir wissen alle: Sie tun es sehr wohl. Aber diese würde sie nicht zerstören! Ich hatte so viele Menschen verloren, die ich geliebt hatte. Ich war entschlossen, Ritsa nicht zu verlieren.

Unwillkürlich begann ich in Erinnerungen über unser Leben in Lyrnessos zu schwelgen und mich Ritsa durch unsere gemeinsamen Erinnerungen an eine glücklichere Vergangenheit zu nähern, an damals, bevor Achill alles zerstört hatte, bevor wir zum ersten Mal seinen schrecklichen Schlachtruf gehört hatten, der um die Mauern hallte. Aber trotzdem gestaltete sich die Unterhaltung schwierig und flackerte wie eine Kerze am Ende ihres Lebens – und die ganze Zeit über war ich mir bewusst, dass Amina begierig lauschte. Nach einer weiteren Pause sagte ich: »Nun, ich glaube, ich sollte mich auf den Weg machen.«

Sofort nickte Ritsa und schob ihren Mörser zur Seite. Wir zögerten mit dem Abschied, küssten uns flüchtig und halbherzig auf die Wangen und waren so ungeschickt, dass wir schließlich mit den Nasen zusammenstießen. Amina sah uns zu. Als wir uns auf den Weg machten, blieb sie von Neuem absichtlich hinter mir. Ich ließ mich zurückfallen und wollte neben ihr gehen, aber sobald ich langsamer ging, tat sie das Gleiche, sodass der Abstand zwischen uns bestehen blieb. Seufzend kämpfte ich gegen den Wind an. Dieses Mädchen machte mir ein schlechtes Gewissen, und das ärgerte mich, denn ich tat, was ich konnte. Ich erinnerte mich noch gut an meine ersten Tage im Lager und daran, wie sehr andere Frauen mir damals geholfen hatten. Deswegen hatte ich schon zuvor bei meinen Besuchen in der Hütte der Frauen versucht, Kontakt zu Amina zu bekommen, aber bisher hatte sie jede freundschaftliche Annäherung zurückgewiesen. Natürlich versuchte ich auch die anderen Mädchen zu unterstützen, aber Amina besonders, wahrscheinlich, weil sie mich so sehr an mich selbst erinnerte – wie ich damals zugeschaut und zugehört und abgewartet hatte. Freundschaft gründet sich häufig auf Gleichartigkeit, man entdeckt gemeinsame Standpunkte und Leidenschaften, aber die Ähnlichkeiten zwischen Amina und mir hatten diese Wirkung nicht. Wenn überhaupt, verstärkten sie meine Selbstzweifel. Und doch wollte ich noch immer zu ihr durchdringen. Immer wieder blickte ich zu ihr zurück, aber sie hielt den Kopf gesenkt und wich meinen Blicken geschickt aus.

Auf dem großen sandigen Platz hatte sich eine Gruppe Männer versammelt, die eine Schweinsblase herumstießen – zumindest hoffte ich, dass es eine Schweinsblase war. Am Tag nach dem Fall von Troja hatte ich einige Krieger gesehen, die mit einem menschlichen Kopf Fußball gespielt hatten. Dieser Haufen hier schien harmlos, doch ich ließ es nicht darauf ankommen. Ich drehte mich um, legte Amina die Hand auf den Arm und wies mit dem Kopf zum Strand. Allmählich glaubte ich, dass Alkimos die ganze Zeit recht gehabt hatte und dass es einfach zu gefährlich war, die Unterkunft zu verlassen.

Der Strand war leer bis auf zwei Priester, die die scharlachroten Bänder Apolls trugen und Schwirrhölzer über dem Kopf schwangen. Vielleicht dachten sie, wenn sie nur genug Lärm machten, könnten sie den Wind dazu bringen, sich ihnen zu unterwerfen. Während ich hinschaute, brachte eine besonders starke Windböe den einen von ihnen aus dem Gleichgewicht und warf ihn unsanft auf dem feuchten Sand nieder. Danach gaben sie auf und trotteten niedergeschlagen in die Richtung von Agamemnons Unterkunft davon. Überall im Lager unternahmen Priester wie diese hier alles, was in ihrer Macht stand, um das Wetter zu beeinflussen: Sie lasen aus den Eingeweiden von Opfertieren, sie beobachteten den Flug der Vögel, sie deuteten Träume … Und der Wind blies noch immer.

Nachdem die Priester verschwunden waren, hatten wir den ganzen weiten Strand für uns allein. Doch wir mussten unsere Schleier über dem Gesicht festhalten, damit wir überhaupt atmen konnten; es war unmöglich, miteinander zu sprechen. Keine von uns wäre allein gegen den Wind angekommen, also waren wir gezwungen, uns aneinanderzuklammern – und diese paar Minuten gemeinsamen Kampfes bewirkten mehr, als meine Freundschaftsangebote es je vermocht hatten, um die Schranken zwischen uns zu überwinden. Wir taumelten voran, lachten und kicherten. Amina hatte gerötete Wangen, ich glaube, sie war erstaunt, als sie merkte, dass es immer noch möglich war, zu lachen.

Zunächst hielten wir uns am Rand des Strandes, wo die von Gerüsten gestützten Schiffe uns etwas Schutz boten, aber der Anziehung des Meeres kann ich nie widerstehen – außerdem sagte ich mir, dass der feuchte Sand direkt am Wasser fester sein würde, sodass wir dort besser laufen könnten. Also gingen wir über Sand und Kies hinunter und fanden uns am gelblich-grauen Wasser wieder, das die Absicht zu haben schien, das Land zu verschlingen. Am Rande des Wassers lagen stinkende Haufen Blasentang, übersät mit Tausenden toter Lebewesen; mehr, als ich je zuvor gesehen hatte: winzige graugrüne Krabben, Seesterne, verschiedene riesige Quallen mit roter Mitte, beinahe so, als wäre etwas in ihrem Inneren geborsten, und anderes Getier, das ich nicht benennen konnte – alles tot. Das Meer tötete seine Kinder.

Amina wandte sich um und blickte zu den noch immer vor sich hin schwelenden Türmen von Troja. Ihr Gesichtsausdruck war plötzlich angespannt und unglücklich. Ich spürte, dass ich nicht zu ihr durchdrang und dass jemand anders, der älter und erfahrener war – Ritsa vielleicht –, besser in der Lage gewesen wäre, sie zu erreichen. Schweigend gingen wir weiter, bis wir auf Höhe des Geländes von Pyrrhos waren. Wenn wir erst das Tor durchschritten hätten, wären wir in Sicherheit, das wusste ich, aber noch waren wir nicht da. Ich hörte, wie brüllendes Gelächter ausbrach, und schlich mich vorsichtig im Schutz des Strandhafers näher an die Quelle des Lärms. Ich hielt mich im Schatten und versuchte zu ergründen, was sich vor uns abspielte. Es war eigentlich noch nicht dunkel, aber in jenen Tagen war der Himmel häufig derart verhangen, dass es sogar um die Mittagszeit kaum richtig hell war.

Direkt vor dem Tor lag ein weiter, offener Platz. Hier war eine weitere Gruppe Soldaten versammelt, und mitten in diesem Gedränge befand sich ein Mädchen. Sie hatten ihr die Augen verbunden und stießen sie im Kreis herum. Sie schrie nicht und rief auch nicht um Hilfe; wahrscheinlich wusste sie mittlerweile, dass niemand kommen würde. Das durfte Amina, die mir nachgefolgt war, nicht länger mit anschauen. Ich packte sie am Arm und deutete zurück auf den Weg, den wir gekommen waren, aber sie stand einfach da, ganz starr vor Entsetzen, und so musste ich sie schließlich davonzerren. Stolpernd folgte sie mir entlang der Umzäunung, blickte aber immer noch über die Schulter zurück zu dem umhergeschleuderten Mädchen und dem Kreis grölender Männer.

In meinen ersten Wochen im Lager, als das Meer sowohl Trost als auch Versuchung gewesen war – Versuchung deshalb, weil ich so oft in die Wellen hatte gehen und nicht wieder umkehren wollen –, hatte ich jeden Fußbreit Strand erkundet, und das kam mir jetzt zugute. Ich wusste, dass es einen Pfad durch die Dünen gab, der zu einem anderen Eingang bei den Stallungen führte, also hielt ich geradewegs darauf zu. Als wir außer Sichtweite waren, ließ ich mich in den Sand fallen, um zur Besinnung zu kommen, und nachdem sie einen Moment gezögert hatte, setzte Amina sich neben mich nieder, legte sich auf dem Rücken und starrte hinauf zum Himmel.

Wie wir so dalagen, entgingen wir der vollen Kraft des Windes, obwohl die scharfen Halme des Strandhafers wie wild über unseren Köpfen schwankten. Ich schloss die Augen und legte mir die Arme übers Gesicht. Ich fürchtete, Amina würde über den Vorfall sprechen wollen, dessen Zeugen wir geworden waren, und ich wusste nicht, was ich ihr sagen sollte. Die Wahrheit vermutlich – aber es war eine schwierige Wahrheit, die ich ihr würde erzählen müssen.

Meine zweite Nacht im Lager hatte ich im Bett des Achill verbracht. Keine zwei Tage zuvor hatte ich mit angesehen, wie er meinen Mann und meine Brüder getötet hatte. Ich hatte unter Achill gelegen und gedacht, etwas Schlimmeres würde mir niemals zustoßen können – und auch keiner anderen Frau. Ich hielt es für den absoluten Tiefpunkt. Doch als ich später im Lager umherlief, fielen mir die einfachen Frauen auf, die rund um die

Kochfeuer nach Abfällen suchten. Frauen, die nichts hatten, um ihre Kinder satt zu bekommen, und die nachts zum Schlafen unter die Hütten krochen. Ich hatte nicht lange gebraucht, um zu begreifen, dass es viele Schicksale gab, die schlimmer waren als das meine. Das musste Amina wissen, sie musste erfahren, wie das Leben in diesem Lager wirklich war, aber ich hatte nicht die Kraft, um ihr diese grausame Wahrheit klarzumachen. Und überhaupt, sagte ich mir, sie würde es früh genug lernen.

Als ich die Augen öffnete, sah ich, dass Amina ein paar Krähen beobachtete, die etwa hundert Schritt entfernt kreisten. Sie sah verwirrt aus, und nach einer Weile stand sie auf und beschattete die Augen mit der Hand, damit sie besser sehen konnte. Mit dem schwarzen Kleid, das sie umflatterte, sah sie selbst wie eine Krähe aus. Unwillig stand ich auf und fragte mich, wie ich sie an diesem Ort vorbeibekommen sollte, denn ich wusste (oder vielmehr vermutete ich), was dort war. Als Pyrrhos im vollen Triumph über seine Heldentat aus Troja zurückgekehrt war, hatte er einen Klumpen aus Blut und gebrochenen Knochen hinter den Rädern seines Streitwagens hergeschleift: Priamos. Das war sowohl entsetzlich als auch auf trostlose und öde Art und Weise vorhersehbar gewesen. Achill hatte den Leichnam Hektors entehrt, indem er ihn hinter seinem Streitwagen hergezogen hatte, also musste Pyrrhos offensichtlich Priamos das Gleiche antun. Ich erinnerte mich, wie Achill an jenem Tag ins Lager zurückgekehrt und mit großen Schritten die Halle betreten hatte, wie er Kopf und Schultern in einen Bottich mit sauberem Wasser getaucht hatte, lange Zeit, und triefend nass und mit zusammengekniffenen Augen wieder aufgetaucht war. Auch an diesem Tag hatten die Krähen gekreist.

»Komm«, versuchte ich ein bisschen Kraft in meine Stimme zu legen, »gehen wir weiter.«

Ich schlang mir den Schleier eng um den Kopf und machte mich auf. In der Luft lag der Geruch von Verwesung, und ich hoffte, er würde Amina nicht auffallen, obwohl sie allem gegenüber aufmerksam schien. Wir rutschten einen Hang mit lockerem Sand hinunter und standen auf einer offenen Fläche – und da lag es. Er. Ob man diesen Ort absichtlich ausgewählt hatte oder Priamos' Leichnam einfach dort hatte liegen lassen, wo die wilde Fahrt von Pyrrhos geendet hatte – wer weiß das schon … Aber Zufall oder Absicht, der Leichnam lag an einer kleinen Böschung, sodass er sich halb zu erheben schien, um uns zu begrüßen. Irgendwie machte das alles schlimmer. Von seinem Gesicht war nicht mehr viel übrig, die Augen und die Nase waren verschwunden. Die Krähen machen sich immer als Erstes über die Augen her, denn die machen nicht viel Arbeit. Sie müssen rasch zu Werke gehen, schon so manche hungrige Krähe hat einen Augenblick zu lange gezögert und ihr Leben im Maul eines Fuchses beendet.

Es gab keine Möglichkeit, den Leichnam zu umgehen. In seiner Nähe wurde der Gestank zu einem geradezu körperlichen Hindernis, gegen das man ankämpfen musste. Ich atmete durch den Mund und hielt den Blick gesenkt, damit ich so wenig wie möglich sah. Was ich allerdings nicht erwartet hatte, war das Summen der Fliegen. Tausende von ihnen bedeckten den Leichnam; sie sahen aus wie schwarze Haarstoppeln. Als mein Schatten auf sie fiel, stiegen die Fliegen auf, nur um sich wieder niederzulassen, sobald ich vorübergegangen war. Das summende Geräusch füllte meinen Kopf, bis ich dachte, er müsste platzen.

Manchmal werde ich mir selbst heute noch, so viele Jahre später, wenn ich draußen sitze und einen warmen Sommerabend genieße, der summenden Bienen an den Blumen bewusst und der zahllosen anderen Insekten, die im grünen Schatten herumwimmeln – und es ist mir unerträglich. »Wo gehst du hin?«, fragen die Leute. Und ich sage überzeugend beiläufig, denn darin habe ich Übung, sehr viel Übung: »Es ist hier draußen zu heiß, findet ihr nicht? Wollen wir nicht lieber hineingehen?«

An jenem Tag gab es kein Entkommen. Ich versuchte, mich auf ganz einfache Fragen zu konzentrieren – was es zum Abendessen geben würde und ob die Frauen daran gedacht hatten, ein heißes Bad für Alkimos bereitzuhalten, wenn er zurückkehrte (obwohl ich keine Ahnung hatte, wann oder ob er überhaupt nach Hause zurückkehren würde). Ich dachte an alles Mögliche, nur nicht an das, was da vor mir lag – die traurigen Überreste eines großen Herrschers.

Amina war ein Stück hinter mir. Ich drehte mich um und wollte sie zur Eile antreiben, aber ich stellte fest, dass ich kein Wort herausbrachte. Der Gestank machte ihr zu schaffen, sie presste den Schleier fest gegen die Nase und starrte den Leichnam an. Viel mehr als die blutverklebte silberne Mähne konnte man nicht erkennen, aber es war doch genug, dass sie fragte: *»Priamos?«*

Ich nickte und bedeutete ihr, weiterzugehen, aber sie stand da wie angewurzelt und starrte weiter auf den Leichnam, die Augen so weit aufgerissen, dass ihr ganzes Gesicht nur noch aus diesen Augen zu bestehen schienen. Sie wandte sich ab und würgte, ihr ganzer Körper krümmte sich. Dann tupfte sie sich den Mund vorsichtig mit dem Rand ihres Schleiers ab.

»Geht's dir gut?«

Keine Antwort. Nun, verständlich, es war eine dumme Frage. Mit dem Rand ihrer Sandale schob sie genügend Erdreich zusammen, um das Erbrochene zu bedecken. Sie ließ sich Zeit, sorgsam, wie eine Katze. Als sie sich schließlich umwandte und mich anblickte, erschrak ich. Ich weiß nicht, was ich erwartet hatte: Ekel? Ja. Erschütterung? Ja. Selbst ausgewachsene Hysterie möglicherweise; alles, aber nicht diesen kühlen, ruhigen, berechnenden Blick. Er machte mich nervös. »Komm, gehen wir nach Hause.«

»Nach Hause?«

Es war zu spät, um andere Worte zu wählen, und ohnedies, ob es ihr gefiel oder nicht, war die Hütte der Frauen jetzt ihr Zuhause. Ich ging weiter und hoffte, sie würde mir folgen, aber das tat sie nicht. Als ich zurückblickte, stellte ich fest, dass sie noch immer dastand und vor sich hin starrte – aber jetzt nicht mehr auf Priamos, sondern auf die kleine Aufhäufung von Erdreich, die sie zusammengeschoben hatte, um ihr Erbrochenes zu bedecken. Sie blickte auf. »Das Erdreich ist sehr locker. Es wäre ein Leichtes, hier zu graben.«

Zuerst begriff ich nicht. Dann sagte ich streng: »Nein. *Nein!*«

»Wir können ihn nicht einfach so liegen lassen.«

»Wir können nichts tun.«

»Doch, das können wir. Wir können ihn bestatten.« Dann, wie ein Kind, das seine Lektion wiederholt, die es auswendig gelernt hat: »Wenn ein toter Mensch nicht angemessen bestattet wird, ist er dazu verdammt, auf der Erde umherzuirren. Er findet keinen Einlass in das Reich der Toten, in das er gehört.«

»Glaubst du das wirklich? Dass Priamos bestraft wird, weil Pyrrhos nicht zulässt, dass jemand ihn bestattet? Das würde ja nicht gerade für das Erbarmen der Götter sprechen, oder?« Keines dieser Worte war aufrichtig. Nichts in meinem Leben hatte mich bisher dazu veranlasst, an das Erbarmen der Götter zu glauben. »Es ist so: Pyrrhos will nicht, dass er bestattet wird, und was Pyrrhos sagt, das gilt.«

»Es gibt eine höhere Macht als Pyrrhos.«

»Ja«, sagte ich und verstand sie absichtlich falsch, »Agamemnon. Glaubst du vielleicht, ihn kümmert es, ob Priamos bestattet ist oder nicht?«

»Mich kümmert es.«

»Du bist ein Mädchen, Amina. Du kannst nicht gegen Könige kämpfen.«

»Ich will gegen niemanden kämpfen. Und das würde ich auch gar nicht – ich würde nur das tun, was die Frauen schon immer getan haben.«

Sie hatte natürlich recht. Tote für die Bestattung zurechtzumachen ist Frauenarbeit, ebenso wie das Gebären von Kindern und die Pflege der Neugeborenen. Wir sind die Hüterinnen der Tore, durch uns kommt und geht das Leben. Zu normalen Zeiten hätten die Frauen aus dem Hausstand des Priamos seinen Leichnam für die Bestattung vorbereitet, aber nun lagen die Dinge anders. Sie schien nicht zu begreifen, wie grundlegend sich ihr Leben verändert hatte.

»Schau, Amina, um zu überleben, muss man anfangen, in der wirklichen Welt zu leben. Troja ist zerstört. Und hier gilt: Was immer Pyrrhos will, das bekommt er auch.« Was ich eigentlich sagen wollte, war: *Du bist eine Sklavin. Lerne, wie eine zu denken!* Aber das brachte ich nicht über mich. Sie war so jung und so tapfer. Und ich war ein Feigling. Ich ließ die Sache einfach auf sich beruhen und hoffte, Amina würde begreifen, in welcher Lage sie sich befand, ohne dass ich ihr das unmissverständlich klarmachen musste. »Komm. Wir gehen zurück zur Hütte. Da kannst du auch etwas essen.«

Sie nickte widerstrebend. Ich machte mich auf den Weg und schritt aus, so schnell ich konnte, doch in diesem Bereich hinter den Dünen wuchsen die Gräser und Pflanzen beinahe hüfthoch. Es war ein Kampf, hier voranzukommen. Vor uns lag der mit Asche bestreute Pfad, der die Ställe mit den Weidegründen auf der Landzunge verband. Ein Stallknecht kam auf uns zu, einen schwarzen Hengst am Zügel. Das Pferd war wegen des starken Windes unruhig, es warf den Kopf zurück und brach so häufig nervös zur Seite aus, dass der Mann, der auf der anderen Seite des Pferdes ausschritt, kaum zu sehen war. *Ebenholz.* Ich erkannte das Pferd, es gehörte zum Gespann des Streitwagens von Pyrrhos. Ich blieb am Rand des Pfades stehen und hob nur kurz den Schleier. Ich war so davon in Anspruch genommen, die ständigen schreckhaften Sprünge des Pferdes zu verfolgen, dass mir zunächst nicht auffiel, wer der »Stallknecht« war. Doch dann erhaschte ich einen Blick auf windzerzaustes rotes Haar, das sich grell vom seidig glänzenden schwarzen Hals des Pferdes abhob. Es war Pyrrhos selbst.

Was um alles in der Welt machte er hier? Warum holte er sein eigenes Pferd von der Weide, wo er doch ein gutes Dutzend Stallknechte hatte, die das für ihn erledigen konnten? Aber dann erinnerte ich mich, dass Alkimos mehr als einmal eine Bemerkung darüber hatte fallen lassen, wie viele Stunden Pyrrhos in den Stallungen zubrachte. »Er kann hervorragend mit Pferden umgehen«, hatte er gesagt, als Pyrrhos im Lager eingetroffen war, zehn Tage nach Achills Tod. Und er hatte es in einem Tonfall gesagt, der andeutete, dass Pyrrhos mit Menschen nicht ganz so hervorragend umgehen konnte. »Ein merkwürdiger Bursche.« Deutlicher hatte er seinen Zweifeln niemals Ausdruck verliehen, doch ich wusste, dass er welche hegte. Ich fragte mich, ob Reste dieser anfänglichen Zweifel bestehen geblieben waren, obwohl Pyrrhos sich in Troja so gut geschlagen hatte. Ein kurzer Krieg, aber ein guter – so schien das allgemeine Urteil zu lauten. (»Sich in Troja gut schlagen« und »ein guter Krieg« sind Worte, die mir Schmerzen bereiten.)

So standen wir beide da, den Schleier wieder über dem Gesicht, und warteten darauf, dass Pferd und Mann vorbeizogen. Vielleicht konnte Ebenholz den Tod riechen, vielleicht gefielen ihm auch nur die riesigen schwarzen Vögel nicht, die noch immer am Himmel kreisten. Ihre deutlichen, kantigen Schatten zogen über den Boden zu seinen Hufen. Er zerrte an seinem Führstrick und stieg auf, dann buckelte er drei- oder viermal in schneller Folge, schlug mit den Hinterbeinen aus und ließ eine Reihe ohrenbetäubender Fürze fahren. Pyrrhos hielt Ebenholz gut fest. Er hatte es mit einigem Widerstand zu tun, aber er bewahrte die Ruhe und sprach leise und besänftigend auf das Pferd ein, bis es schließlich ruhiger wurde, obwohl es heftig schwitzte. Pyrrhos wechselte auf die andere Seite hinüber und bog ihm den Kopf zur Seite, sodass er die furchtbaren Vögel nicht mehr sehen musste. Und sie waren furchtbar – auch mir kamen sie so vor, obwohl ich keinen Grund hatte, sie zu fürchten –, rau krächzend im schwächer werdenden Licht, die Schwungfedern wie ausgestreckte Finger, die die Nacht heranlocken. Erst als er ein gutes Stück an Priamos' Leichnam vorbei war, ließ Pyrrhos dem Pferd Strick nach, sodass es den Kopf wieder frei bewegen konnte.

Ich atmete aus, obwohl ich bis zu diesem Zeitpunkt nicht bemerkt hatte, dass ich die Luft anhielt, und wartete, bis Pyrrhos uns weit voraus war. Erst dann trat ich wieder auf den Pfad, und mit sorgfältig ausdruckslosem Blick auf Amina machte ich mich auf den Weg zum Lager, während ich mir die ganze Zeit über bewusst war, dass sie mir nur zögernd folgte.

4

Als wir auf dem Umweg über den Stallhof das Gelände betreten hatten, sah ich, dass die trojanischen Frauen die Erlaubnis bekommen hatten, ihre Hütte zu verlassen. Sie saßen in zwei Reihen auf den Stufen der Veranda und wirkten in ihren langen schwarzen Kleidern wie Schwalben, die sich auf den Abflug vorbereiten, wenn sie in den Tagen, ehe sie fortziehen, aufgereiht auf Felsvorsprüngen und Brüstungen sitzen. Aber Schwalben tschilpen die ganze Zeit, während die Frauen still waren. Frauen – eigentlich waren es Mädchen, keines älter als siebzehn und einige sehr viel jünger. Sie schmiegten sich aneinander und waren zu verängstigt, um auch nur zu flüstern. Alle starrten sie in Richtung Troja, wo schwarze Rauchsäulen über der Zitadelle hingen und hin und wieder noch rote und orangefarbene Flammen aufloderten.

Amina eilte zu den anderen. Sie rutschten die Stufe entlang, um ihr Platz zu machen, aber sie begrüßten sie nicht.

Ich ging weiter zur Hütte von Alkimos. Als ich den Riegel hob, ließ eine Windböe die Tür gegen die Wand krachen. Ich musste regelrecht kämpfen, um die Tür hinter mir zu schließen. Dann stand ich einen Augenblick schweigend da und blickte mich in der Hütte um, die jetzt mein Zuhause war: in diesem, dem größten Raum befanden sich ein Tisch, vier Stühle, ein Bett, das dicht an die Wand geschoben war, einige Teppiche und in der Ecke eine geschnitzte Truhe, die die Kleidung von Alkimos enthielt. Es war ein gemütliches Zimmer: Auf den Stühlen lagen Kissen, an einer Wand hing ein Wandbehang, Lampen und Kerzen standen bereit – doch nichts hier fühlte sich an, als gehörte es mir. Ich war am Tag nach Achills Tod in diese Hütte gekommen, als Alkimos von Trauer überwältigt und das ganze Lager in Aufruhr gewesen war. Das war fünf Monate her, und noch immer fühlte sich das Zimmer fremd an. Ich musste irgendwohin gehen, etwas tun, egal was; also beschloss ich, hinauszugehen und nach den Vorbereitungen fürs Abendessen zu schauen.

Das Kochfeuer befand sich hinter der Hütte, wo ein kleiner eingefasster Platz Schutz vor dem Wind bot. Ich hatte jetzt Frauen, die mir halfen, Sklavinnen. Es gibt ein Sprichwort, nach dem die schlechteste Herrin, die ein Sklave haben kann, eine ehemalige Sklavin ist. Ich bemühte mich darum, dass das auf mich nicht zutraf: Die Sklavinnen des Alkimos hatten einen sicheren Schlafplatz, und ich sorgte dafür, dass sie genug zu essen bekamen.

Als ich sah, dass die Vorbereitungen im Gange waren, ging ich wieder hinein und griff nach einem Korb mit roher grauschwarzer Schurwolle. Klumpen von Dung klebten in den Fasern. Ich glaube kaum, dass irgendjemand das Kämmen von Wolle als seine liebste Arbeit bezeichnen würde; meine ist es ganz sicher nicht. Nach wenigen Minuten waren meine Hände glitschig vom Wollfett, aber ich machte weiter, obwohl die eintönige Wiederholung der Handgriffe mich in einen Tunnel unbestimmter Angst hineinzog. Ich hörte Amina wieder sagen: *Es wäre ein Leichtes, hier zu graben*, und ich verlagerte mein Gewicht ein wenig, damit ich meinen schmerzenden Rücken strecken konnte. Natürlich hatte sie es nicht so gemeint. Sie wäre nicht verrückt genug, etwas derart Gefährliches zu tun – und die Hütte der Frauen wurde ohnehin nachts bewacht. Nein, es war alles in Ordnung. Es gab nichts, worüber man sich Sorgen machen musste.

Aber dann sah ich die Hand von Priamos. Sie erschien zwischen mir und der Wolle; seine Hand mit dem goldenen Daumenring, den er stets trug und der in der Sonne glitzerte. Ohne dass ich es wollte, glitt ich immer weiter und weiter zurück in die ferne Vergangenheit. Als ich zwölf Jahre alt war, nicht lang nach dem Tod meiner Mutter, hatte mein Vater mich nach Troja geschickt, wo ich bei meiner verheirateten Schwester leben sollte. Helena, die unerklärlicherweise die beste Freundin meiner untersetzten Schwester war, fand Gefallen an mir. Jeder machte seine Bemerkungen dazu, ich war immer »die kleine Freundin von Helena«. Sie nahm mich mit, wenn sie auf die Zitadelle stieg, und das war beinahe jeden Tag der Fall. Sie beugte sich über die Brüstung und schaute begierig der Schlacht zu, die tief unter ihr tobte – und in ihren weit aufgerissenen Augen lag etwas Unangenehmes. Als wir zum ersten Mal dorthin gingen, war auch Priamos da. Inmitten all seiner Sorgen – der Krieg lief nicht gut, seine Söhne lagen im Streit miteinander, seine Truhen leerten sich, eine ganze Generation junger Männer kam ums Leben – fand er die Zeit, freundlich zu mir zu sein. Er holte eine Silbermünze hervor, legte sie in seine Hand, murmelte ein paar magische Worte und fuhr mit der anderen Hand rasch darüber – und die Münze war verschwunden. Ich starrte auf seine leere Hand und wollte mich meiner zwölf Jahre würdig erweisen, ich war zu alt für Zaubertricks, und doch war ich gleichzeitig fasziniert, weil ich immer noch nicht begreifen konnte, wie er das gemacht hatte. Priamos klopfte seine Taschen ab und tat, als suchte er in seinen Gewändern. »Wo ist sie hin? Sag ja nicht, ich hätte sie verloren. Hast *du* sie vielleicht?« Ich schüttelte heftig den Kopf. Dann streckte er die Hand aus und »entdeckte« die Münze natürlich, und zwar hinter meinem Ohr. Trotz allem musste ich lachen. Er verbeugte sich höflich und überreichte mir die Münze – dann wandte er sich ab und verfolgte wieder den Verlauf der Schlacht. Sein Gesicht legte sich wieder in Falten und nahm den Ausdruck tiefer Trauer an.

Nun, Jahre später, erinnerte ich mich daran – und sah dieselbe Hand entehrt auf dem schmutzigen Boden liegen. Ich presste die Finger fest in meine Augen, um das Bild aus meinem Kopf zu vertreiben. Dann lehnte ich den Kopf zurück gegen den Stuhl. Kein Wollekämmen mehr, beschloss ich, es war zu niederschmetternd. Ich kniff die Augen fest zusammen, saß einfach nur da und lauschte dem Wind.

Als Alkimos schließlich heimkam, brachte er Automedon mit. Das war keine Überraschung – sie aßen oft gemeinsam zu Abend –, aber ihnen folgte ein dritter Mann. Pyrrhos. Ich verbeugte mich tief und holte Becher und Wein herbei. Weil ich wusste, dass es so von mir erwartet wurde, wählte ich den besten Wein aus und kredenzte ihn unverdünnt, und dazu servierte ich Brot und Oliven. Die drei setzten sich um den Tisch, unterhielten sich und tranken. Alkimos hielt Schritt mit Pyrrhos, aber er bewahrte einen klaren Kopf, und seine Sprache wurde nur in ganz geringem Maße undeutlicher. Automedon wirkte, obwohl er genauso viel zu trinken schien wie die anderen, vollkommen nüchtern. Pyrrhos dagegen war zweifelsfrei betrunken. Ich holte einen zweiten Krug, stellte ihn neben Alkimos auf den Tisch und zog mich in den Schatten am Bett zurück. Niemand würdigte mich auch nur eines Blickes.

Sie sprachen über den Plan von Alkimos, Wettkämpfe zwischen Mannschaften der verschiedenen Gelände abzuhalten. Die Männer müssten etwas zu tun bekommen, sagte Alkimos. Untätigkeit würde nur zu Unzufriedenheit führen, und schon jetzt machten im Lager Gerüchte die Runde, das Wetter wäre abnorm, Agamemnon oder einer der anderen Könige müsse die Götter beleidigt haben. Es waren Kämpfe zwischen rivalisierenden Gruppen ausgebrochen, und das war gefährlich. Die griechischen Königtümer hatten eine lange Geschichte schwelender Grenzstreitigkeiten, Blutfehden wurden über Generationen hinweg fortgeführt, andauernd gab es Konflikte – und nun, da die Trojaner besiegt waren, gab es nichts mehr, was die gegnerischen Gruppen einte. Das Bündnis, das den Krieg gewonnen hatte, zerfiel, und jedes Königreich versuchte, sich eine günstige Position zu verschaffen. Die königlichen Brüder Agamemnon und Menelaos, die die Unternehmung angeführt hatten, waren zerstritten, weil Menelaos entgegen Ehre, Anstand und gesunden Menschenverstand das Miststück Helena zurück in sein Bett genommen hatte. Tausende junger Männer waren umgekommen, damit Menelaos seine Hure wieder vögeln konnte. Also, fuhr Alkimos fort, mussten sie die Situation irgendwie unter Kontrolle bekommen und die Zerstrittenen miteinander versöhnen. Pyrrhos sagte »Ja« und »Nein«, trank und äußerte die Auffassung, dass das, was die Männer wirklich brauchten, einfach ein bisschen Spaß sei. Die Spiele würden ein Spaß, behauptete Alkimos beharrlich. »Bis sie einander wegen der Ergebnisse umbringen«, sagte Automedon.

Sie hatten den zweiten Krug schon beinahe geleert, und ich wusste noch immer nicht, ob Pyrrhos zum Essen bleiben würde. Er war jetzt sehr betrunken und begann von der Rolle zu berichten, die er beim Fall von Troja innegehabt hatte – aber eigentlich erzählte er nicht, er gab an. Ich sah, wie Alkimos und Automedon einen Blick wechselten. Die Myrmidonen waren – sind – ein kräftiger, dunkelhaariger, olivhäutiger Menschenschlag, so flink wie ihre Bergziegen und zutiefst skeptisch. Sie vertrauen anderen nur langsam und sind wortkarg. Weder Alkimos noch Automedon wirkten, als fühlten sie sich wohl dabei, Pyrrhos' weitschweifigem, lallendem Gerede zu lauschen; insbesondere Automedon, der mit bleichem, adlerartigem Gesicht ausdruckslos in seinen Becher starrte. Auch mir gefiel das Ganze nicht. Ich wollte nicht bei den Dingen verweilen, die in Troja geschehen waren, und ich wollte auf keinen Fall erfahren, was Alkimos getan hatte. Ich musste den Rest meines Lebens mit diesem Mann verbringen, und es würde einfacher sein, wenn ich nichts wusste. Aber ich hätte mich nicht zu sorgen brauchen: Pyrrhos sprach von niemandem außer von sich selbst.

Er beschrieb – durchlebte von Neuem – den Augenblick, als er sich durch die Palasttüren des Priamos hackte. Ich hätte Pyrrhos nie für einen beredten Menschen gehalten, aber bei diesem Thema strömten die Worte nur so aus ihm heraus. Ich war gezwungen, alles durch seine Augen zu sehen: den langen Korridor, von dem zu beiden Seiten Türen abgingen, flüchtige Blicke auf Teppiche, Wandbehänge und goldene Lampen, auf den ganzen sagenumwobenen Reichtum Trojas – obwohl er gerade nur lange genug geschaut hatte, um sicherzugehen, dass sich in den Räumen keine Krieger versteckten. Dann war er weiter auf die Tür zum Thronsaal zugerannt, während er, wie er sagte, das Blut des Achill in seinen Adern pochen spürte. Er fand den Eingang schwer bewacht vor und war auf der Suche nach dem geheimen Durchgang abgebogen, der von Hektors Flügel zu den Privatgemächern des Priamos führte. Dass er von diesem Verbindungsgang wusste, war einer der entscheidenden Hinweise gewesen, den Priamos' Sohn Helenos unter der Folter preisgegeben hatte. Nach kurzer Suche schon hatte Pyrrhos den Gang gefunden. Mittlerweile hatte er die anderen griechischen Krieger weit hinter sich gelassen, und so waren, als er schließlich Priamos in voller Rüstung auf den Stufen des Altars stehen sah, die beiden ganz allein.

All das schmerzte mich, obwohl ich es mir unwillkürlich nicht anders ausgemalt hatte. Bei dem, was als Nächstes kam, versuchte ich, nicht hinzuhören, aber es war zwecklos, ich musste weiter zuhören. Er sprach davon, wie stolz er verkündet hatte, wer er war: Pyrrhos, der Sohn des Achill. Wie einzig bei der Erwähnung dieses Namens Priamos vor Scheck erbleicht sei. Wie er die Stufen zum Altar hinaufgesprungen sei, den Kopf des alten Mannes zurückgerissen und ihm rasch und sauber, geschickt und mühelos die Kehle durchgeschnitten habe. Nur ein einziges Mal zugestoßen, sagte er. Als würde man ein Schwein abstechen.

Ich schaute ihn an und dachte: *Du lügst.* Ich weiß nicht, woher ich das wusste, aber ich wusste es. Priamos war nicht annähernd so gestorben. Doch niemand würde dem Bericht von Pyrrhos je widersprechen können, denn niemand sonst war dort gewesen. Endlich verfiel er in Schweigen und starrte in seinen Becher, als könnte er sich nicht besinnen, wozu er diente. Ich betrachtete ihn und suchte, nehme ich an, nach einer Ähnlichkeit mit Achill, dessen ungezügelter Zorn Hunderte, wenn nicht Tausende das Leben gekostet hatte. Die Leute sagten Pyrrhos immer, er sei seinem Vater wie aus dem Gesicht geschnitten, aber ich konnte das nicht erkennen. Für mich sah er aus wie eine Büste des Achill aus grobem, rotem Ton, geschaffen von einem tüchtigen, aber mittelmäßigen Bildhauer. Das Ergebnis? Ja, es gab eine Ähnlichkeit; und nein, er war kein bisschen wie Achill.

Als ob er sich unter meinen Blicken unwohl gefühlt hätte, richtete Pyrrhos sich auf und sah sich um. »Wisst ihr, was ich wirklich bedaure?«, sagte er. »Dass ich diesem verdammten Weib Hektors Schild gegeben habe, damit sie ihr Balg drin bestatten kann.« Er streckte den Finger aus und zeigte auf Automedon. »Du hättest mich davon abhalten sollen.«

»Das war sehr großherzig«, sagte Automedon steif.

»Das war sehr dumm, verdammt.«

»Ihr habt seinen Helm«, sagte Alkimos. »Und Ihr habt alle anderen Teile seiner Rüstung.«

»Darauf kommt's aber nich' an. Mein Vater hat dem toten Hektor die Rüstung genommen, gleich nachdem er ihn getötet hatte. Ich hätte alles kriegen sollen – und jetzt fehlt was.«

Er erhob sich abrupt und schwankte. Alkimos streckte eine Hand aus, aber Pyrrhos beachtete ihn nicht, hielt sich an der Tischkante fest und setzte sich in Richtung Tür in Bewegung. Alkimos folgte ihm nach draußen auf die Veranda. Ich konnte sie reden hören, doch ihre Worte wurden von den Windstößen zerfetzt. Nach einigen Minuten kam Alkimos zurück und brachte einen Schwung kühler Nachtluft mit sich. Er zog seinen Stuhl heran und setzte sich wieder an den Tisch.

»Nun«, sagte er.

Automedon zuckte mit den Achseln. Die beiden waren es gewohnt, im Hinterhalt zu warten, wo schon ein Flüstern ausreichte, um sie zu verraten. Im Lauf der Jahre hatten sie eine Art der Kommunikation entwickelt, die sich kaum auf Worte zu stützen schien. Ich spürte, dass sich diese spezielle Unterhaltung bereits wortlos über einen Großteil der vergangenen Stunde erstreckt hatte.

»Er ist sehr jung«, sagte Alkimos.

»Nicht jung genug.«

Nicht jung genug, als dass betrunkene Angeberei entschuldbar wäre?

»Er will beweisen, dass er so gut ist wie Achill. Aber das ist er nicht.« Alkimos warf einen Blick in meine Richtung. »Das ist keiner.«

Angespanntes Schweigen. Ich hatte nie jemandem erzählt, dass meine Ehe nicht vollzogen worden war, nicht einmal Ritsa, und bis zu diesem Augenblick war ich sicher gewesen, dass auch Alkimos nicht darüber gesprochen hatte. Jetzt spürte ich plötzlich, dass Automedon Bescheid wusste. Oder – was wahrscheinlicher war – dass er es zumindest ahnte.

»Noch etwas Wein?«, fragte ich.

»Besser nicht«, antwortete Alkimos. »Wir sollten lieber gehen.«

Ich nickte und bedauerte, dass wieder einmal ein Abendessen nicht angerührt worden war. An der Tür zögerte er. »Ich weiß nicht, wann ich zurückkomme.«

Und ich spürte, dass er selbst dieses kleine Zugeständnis an die Verpflichtungen des häuslichen Lebens verabscheute. Das war der Kern meines Unbehagens. Ich wusste oder glaubte zu wissen, dass Alkimos mich einst geliebt hatte, dass er zumindest von mir betört gewesen war. Mir war aufgefallen, wie er mich anschaute, wann immer wir gemeinsam in einem Zimmer waren, obwohl er natürlich nie irgendetwas gesagt hatte. Als Achills Ehrengeschenk war ich für ihn so unerreichbar gewesen wie eine Göttin. Andererseits: Vielleicht hatte es ihm ja auf diese Weise besser gefallen? Vielleicht hatte seine wirkliche Liebe stets Achill gegolten.

5

Als Gattin des Alkimos lebte ich wesentlich isolierter und zurückgezogener als zu der Zeit, als ich Achills Ehrengeschenk gewesen war. Ich wartete den Männern beim Abendessen in der Halle nicht länger auf, um ihnen Wein auszuschenken, und die Gesetzlosigkeit im Lager erschwerte es mir, mich mit meinen Freundinnen zu treffen. Viele Stunden verbrachte ich allein. Alkimos kam und ging und war stets damit beschäftigt, die Arbeit auf dem Gelände zu organisieren. Wir sprachen kaum miteinander. Abends war ich immer allein, ich saß da, spann Wolle und ließ mich von dem Faden hinunter in ein Labyrinth der Erinnerungen führen. Ich stellte fest, dass ich viel an meine Schwester Ianthe dachte – die Tochter der ersten Frau meines Vaters. Aus meiner Kindheit hatte ich keine Erinnerungen an sie, denn als ich auf die Welt kam, war sie bereits eine junge Frau auf der Schwelle zum heiratsfähigen Alter gewesen. Erst später, als meine Mutter tot war und ich nach Troja geschickt wurde, um bei Ianthe zu leben, lernte ich sie wirklich kennen. Nun dachte ich an sie, denn ich fühlte mich so einsam wie nie, seit ich ins Lager gekommen war, und sie war meine einzige lebende Verwandte. Falls sie noch lebte.

Als die gefangenen Frauen nach dem Fall von Troja auf dem großen Platz zusammengetrieben worden waren, hatte ich mich auf die Suche nach ihr gemacht. Da sie mit einem der Söhne des Priamos verheiratet gewesen war, suchte ich sie zuerst bei den Frauen der königlichen Familie, die in einer überfüllten Hütte am Rand des sandigen Platzes untergebracht worden waren und darauf warteten, den verschiedenen Königen als Ehrengeschenke zugeteilt zu werden. Einige Frauen waren aus der Hütte gekommen und saßen oder lagen im schmutzigen Sand. Das Haar strähnig von Schweiß, die Gesichter zerschlagen, die Augen blutunterlaufen, die Tuniken zerrissen: Ihre eigenen Familien würden einige von ihnen kaum wiedererkannt haben. Während ich durch die Menge ging, betrachtete ich jedes einzelne Gesicht gründlich, aber Ianthe war nicht unter ihnen.

Später suchte ich sie bei den einfachen Frauen. Ich hatte gesehen, wie man sie auf dem schlammigen Pfad ins Lager gezwungen hatte, sie stolperten, und manchmal fielen sie hin, wie Vieh, das zum Schlachter getrieben wird. Wer hinfiel, wurde durch Schläge mit dem stumpfen Ende eines Speeres dazu »ermutigt«, wieder aufzustehen. Es waren keine schwangeren Frauen unter ihnen, stellte ich fest. Einige Frauen hielten kleine Mädchen an der Hand, aber Jungen gab es keine. Wieder schaute ich von einem entsetzten Gesicht zum nächsten. Die Angst ließ sie alle gleich aussehen, und ich brauchte lange, um festzustellen, dass meine Schwester nicht dabei war. Später erfuhr ich, dass sich mehrere Hundert Frauen von den Mauern gestürzt hatten, und sobald ich das hörte, spürte ich mit Sicherheit, dass Ianthe eine von ihnen gewesen sein musste. Es passte zu ihr, das zu tun – so wie es zu mir nicht gepasst hatte.

Während die Tage vergingen, hatte ich allmählich zu akzeptieren gelernt, dass sie tot war. Aber sicher konnte ich nicht sein – und Sicherheit brauchte ich nun mehr denn je. Der einzige Mensch, den ich fragen konnte, war Helena. Sie war Ianthes Freundin gewesen – obwohl es eine Freundschaft war, deren Wesen nicht viele Leute hatten begreifen können. Also erhob ich mich eines frühen Morgens, zog die dunkelsten Gewänder an, die ich hatte, und machte mich auf. Ich bewegte mich langsam zwischen den Hütten dahin, so unauffällig, wie ich konnte, nervös und allein. Auf diesen Gang konnte ich Amina nicht mitnehmen, denn sie würde es den anderen Mädchen erzählen, und ich wollte nicht, dass dieser Besuch bekannt würde. Ich war nicht sicher, ob ich es schaffen würde, zu Helena zu gelangen. Jeder wusste, dass sie streng bewacht wurde – aber die Wachen am Tor winkten mich durch. Frauen wurden nicht als Bedrohung betrachtet.

Ich war nie zuvor auf dem Gelände des Menelaos gewesen, also hatte ich keine Ahnung, an welcher Tür ich klopfen sollte. Nachdem ich mich eine Zeit lang umgeschaut hatte, fiel mir ein junges Mädchen auf, das auf den Stufen einer der Hütten saß und Getreide zerstieß. Sie war mager, hatte dunkle Schatten unter den Augen und eine offene Wunde am Mundwinkel – ganz offensichtlich eine der Frauen, die ein elendes Leben an den Kochfeuern führten. Als ich sie nach dem Weg fragte, wies sie auf eine der Hütten. »Du willst Helena sehen?«, fragte sie. Und dann spuckte sie aus, um den Mund wieder sauber zu bekommen, nachdem sie ihren Namen ausgesprochen hatte.

Ich stieg die Stufen hinauf, zögerte einen Augenblick und wünschte mir, ich wäre nicht gekommen, dann klopfte ich. Ich hatte noch die Hand in der Luft und den Mund bereits geöffnet, um die Zofe zu fragen, ob ich ihre Herrin sehen könnte, als ich sah, dass es nicht nötig sein würde – denn da stand Helena. Ich nahm keine Veränderung an ihr wahr, überhaupt keine. Sie sah aus, als wäre sie so alt wie ich, vielleicht sogar ein bisschen jünger – dabei hatte sie eine Tochter im heiratsfähigen Alter. Sie trug das Haar offen und so zerzaust, dass ich dachte, sie müsste geradewegs aus dem Bett kommen.

»Tut mir leid, dass ich dich gestört habe.«

»Das hast du nicht. Ich habe gearbeitet.«

Ich bemerkte in der hinteren Ecke der Hütte einen Webstuhl und rings um ihn herum brennende Lampen. Helena und ihre Webarbeiten .... Ich erinnerte mich an eine grausame Geschichte, die ich als Kind gehört hatte.

Die Leute glaubten – oder zumindest gaben sie vor, es zu glauben –, dass, wann immer Helena einen Faden abschnitt, ein Mann auf dem Schlachtfeld starb. Jetzt fragte ich mich, ob sie wusste, dass die Leute so über sie sprachen – und falls sie es wusste, ob es sie so sehr erschreckt hatte, wie es beabsichtigt gewesen war. Man gab Helena die Schuld an jedem einzelnen Tod in diesem Krieg.

Sie sah mich an, trat aber nicht zur Seite, um mich einzulassen. Ich begriff, dass sie mich nicht erkannte, also schob ich meinen Schleier vom Gesicht fort. »Briseis.«

Sofort leuchtete ihr Gesicht erfreut auf. »Na, schau dich bloß mal an!« Sie fasste mich bei den Händen. »Du bist so groß wie ich.« Sie hielt die Hand in die Luft zwischen unseren Köpfen und zeigte die Höhe an. »Und so schön! Ich wusste, dass du eine Schönheit werden würdest.«

»Da warst du die Einzige. Jeder sagt mir immer, was für ein unscheinbares Ding ich bin.«

Sie schüttelte den Kopf. »Augen und Wangenknochen – mehr braucht man nicht.«

Das sagte die Frau, die alles hatte. Sie zog mich zu einem Stuhl und setzte sich mir gegenüber. Auf ihren Wangen erschienen zwei rote Flecken. Sie war herzlich, freundlich, aufgeregt. Es gab keinen Zweifel an der Aufrichtigkeit ihres Willkommens.

»Du hast dich nicht verändert.«

Ich meinte es als Kompliment, nehme ich an, oder als eine schlichte Beobachtung. Niemand machte Helena jemals echte Komplimente wegen ihres Aussehens – wozu auch? Doch die Worte hingen in der Luft wie eine Anklage. Und ja, ich merkte, dass ich ein Anzeichen von Kummer oder Bedauern, irgendein äußeres Zeichen begrüßt haben würde – ein paar kleine Fältchen um Augen und Mund vielleicht. Wäre das zu viel verlangt gewesen? Aber da war nichts.

Falls Schärfe in meiner Stimme gelegen hatte, schien Helena es nicht zu bemerken. Sie war damit beschäftigt, Wein zu mischen und ihn in Becher zu füllen. Als sie mir den einen reichte, sagte sie: »Die Schwangerschaft steht dir. Ist es Achills Kind?«

Ich nickte.

»Ein großer, ein großartiger Mann. Menelaos spricht nur Gutes von ihm.«

Ich wusste nicht, was ich darauf antworten sollte. Offenbar betrachtete sie die Vergangenheit als erledigt. Helena war wieder eine Griechin, sie war nicht mehr Helena von Troja, das war vorbei. Sie war wieder Helena von Argos, Königin von Argos. *So viele Tausend Männer …*

Ich unterbrach meinen Gedanken. »Ich habe mich gefragt, ob du etwas über das Schicksal meiner Schwester weißt.«

Sofort veränderte sich ihr Gesichtsausdruck. »Ich habe sie an jenem Tag gesehen. Sie hat mich besucht. Wir haben im Innenhof gesessen, draußen im Schatten, und einen Becher Wein getrunken. Sie war glücklich, glaube ich – zumindest so glücklich, wie sie es eben sein konnte. Und dann hörten wir den Aufruhr und das Geschrei auf den Straßen. Ich wusste gar nicht, was los war – die Sklaven rannten alle herum und schwatzten etwas von einem Pferd. Also gingen wir hinaus und schauten nach, und ich wusste gleich, dass es eine Falle war. Ich weiß, ich weiß – hinterher ist man immer klüger, aber ich wusste es wirklich. Ich spürte, dass etwas Lebendes darin war, das konnten nur Männer sein. Und natürlich war da auch Kassandra, die aus Leibeskräften schrie: *Lasst sie nicht herein!* Bis Priamos ihr befahl, zu schweigen und nach Hause zu gehen. Nach Einbruch der Dunkelheit ging ich wieder hin. Ich bin um das Pferd herumgegangen und habe griechische Lieder gesungen.«

Liebeslieder. Das hatte man mir erzählt, obwohl an der Geschichte doch etwas merkwürdig war: Einige Männer hatten Helena gar nicht singen hören – Automedon nicht, Pyrrhos nicht –, und selbst diejenigen, die sich an ihren Gesang erinnerten, konnten sich nie einigen, welches Lied es gewesen war. Es war, als hätte jeder das Lied gehört, das ihm am meisten bedeutete.

»Warum?«

»Warum ich gesungen habe? Ach, ich weiß nicht, ich glaube, es war eine Art … Kontaktaufnahme.«

»Wolltest du sie dazu bringen, dass sie sich verraten?«

»Nein.« Sie schüttelte so heftig den Kopf, als versuchte sie, eine Wespe abzuschütteln, die sich in ihrem Haar verfangen hatte. »Ich wollte nach Hause.« Bei diesen Worten brach ihr die

Stimme. Sie hob die Hand und tupfte sich den Winkel eines perfekten Auges.

»Helena – du hättest jederzeit fortgehen können.«

»Hätte ich das wirklich? Du machst dir ja keine Vorstellung davon, wie schwierig das war.«

Irgendwie war meine Schwester aus der Unterhaltung verschwunden, aber das war typisch für Helena. In diesem Augenblick begriff ich etwas, dessen ich mir nie zuvor bewusst gewesen war. Man kann sich kaum eine weiblichere Frau vorstellen als Helena und auch keinen männlicheren Mann als Achill – und doch ähnelten sie sich in jeder Hinsicht, auf die es ankam: Es ging immer um sie.

»Ianthe«, erinnerte ich sie mit fester Stimme.

»Ach ja. Man hat mir berichtet – ich weiß nicht, ob es stimmt –, sie hätte sich in einen Brunnenschacht gestürzt. Offenbar haben das einige Frauen getan. Da gab es eine ganze Gruppe Frauen, die sich gewöhnlich im Tempel der Artemis trafen – Witwen, weißt du … Sie ist sehr fromm geworden, nachdem ihr Mann gefallen war. Keine Kinder, nichts, nehme ich an, woran sie sich festhalten konnte … Ein Tempelmäuschen, fürchte ich …« Helena sah mich an. »Wie ich schon sagte, sicher weiß ich es nicht.«

»Nun. Das ist wohl besser als der Sklavenmarkt.«

Denn das war die einzige andere Möglichkeit. Meine Schwester war viel älter als ich, und gefangene Frauen, die sich dem Ende ihrer fruchtbaren Jahre nähern, werden üblicherweise auf den Sklavenmarkt geschickt. In vielerlei Hinsicht ist das ein schlimmeres Schicksal. Ältere Frauen sind billig zu haben, und man lässt sie sich zu Tode schuften. Warum auch nicht? Man kann jederzeit eine neue kaufen. In diesem Augenblick beschloss ich zu glauben, dass Ianthe tot war.

Ich hatte keinen Grund, weiter zu bleiben, und doch stand ich nicht auf. Wir schwiegen eine Weile, aber es war kein verlegenes Schweigen. Zu meiner Überraschung war vielmehr etwas von der alten Vertrautheit zurückgekehrt.

»Du warst so ein merkwürdiges kleines Ding«, sagte sie.

»Ich war nicht besonders glücklich.«

»Ja, das habe ich gemerkt.«

Zwischen uns hatte aufrichtige Zuneigung geherrscht. Die arme Frau hatte an Freundschaften nehmen müssen, was sich ihr bot. Ihre echten Freunde waren Priamos und Hektor, die sie stets zuvorkommend behandelten, aber sie hatte die beiden damals nur selten gesehen. Wie alle Frauen verbrachte sie ihr Leben überwiegend getrennt von den Männern, und jede Frau in Troja (meine Schwester ausgenommen) verabscheute sie. Helena ihrerseits verabscheute die trojanischen Frauen. Ja, in der Öffentlichkeit brachte sie ihnen Respekt entgegen, aber im Privaten sah es ganz anders aus. Andromache war »die Kindsbraut«, Kassandra »die Verrückte« und Hekabe … wie hatte sie sie noch gleich genannt? Ich erinnerte mich nicht. Vielleicht war Hekabe verschont geblieben. Ich konnte mir vorstellen, dass sie innerhalb des Wohnbereichs der Frauen eine respekteinflößende Gegnerin gewesen war, selbst für Helena zu einschüchternd, als dass sie es mit ihr aufgenommen hätte. Wir verfielen wieder in Schweigen und ließen uns von den Wellen der Erinnerung überspülen.

Schließlich hörten wir Stimmen vor der Hütte – das Gelände erwachte zum Leben, und ich rührte mich. »Darf ich deine Webarbeit sehen?«

Ihr Gesicht leuchtete auf. »Ja, natürlich.«

Sie sprang auf, nahm mich am Arm und zerrte mich beinahe durch das Zimmer. Helenas Webarbeiten unterschieden sich von denen aller anderen. Die meisten Frauen verwenden Motive, die in ihrem Kulturkreis üblich sind – häufig sind es stilisierte Blumen und Blätter oder Szenen aus dem Leben der Götter –, doch Helenas Entwürfe waren schon immer absolut einzigartig gewesen. Sie hatte eine Geschichte des Krieges gewebt und die Geschichte mit Wolle und Seide erzählt, so wie die Barden sie mit Worten und Gesang erzählten. Ich nahm an, das würde sie noch immer tun, und tatsächlich: Auf ihrem Webstuhl nahm ein riesiges hölzernes Pferd Gestalt an. In seinem Bauch erkannte man zwei lange Reihen zusammengekrümmter Föten; Männer-Babys, die in einem Schoß lagen.

Ich stand da und ließ die Arbeit auf mich wirken. Mein Schweigen war wahrscheinlich ein besseres Kompliment, als jedes Wort es gewesen wäre.

»Das ist für den Palast von Menelaos, oder?«

»Wer weiß?«

Etwas in ihrer Stimme brachte mich dazu, mich umzuwenden und sie anzublicken. Das Licht der Lampen, die ihre Arbeit beleuchteten, fiel direkt auf ihr Gesicht, aber es war nicht ihr vertraut perfektes Aussehen, das mir jetzt ins Auge stach, sondern eine Kette aus runden Blutergüssen rings um ihren Hals. Mir fiel auf, dass sie viele verschiedene Farbschattierungen hatte – ich fürchte, ich bin in diesen Fragen so etwas wie eine Expertin. Von wütenden roten Fingerabdrücken über blau und schwarz bis zu fleckigem Gelb und dem Purpurrot alter Verletzungen. Alle auf ihrem Hals und an der Kehle – ihr Gesicht hatte er nicht angerührt. Er hatte sie gewürgt, während er sie fickte.

Unwillkürlich begann sie, sich das blaue Schultertuch wieder enger an den Hals zu ziehen, doch dann ließ sie die Hand sinken und begegnete mir mit diesem zu unbewegten, leeren Blick, den ich schon so oft gesehen hatte und noch so oft sehen würde. Sie schämte sich und wusste doch, dass sie keinen Grund hatte, sich zu schämen. Sie wollte ihre Verletzungen verstecken, doch zugleich wollte sie, dass ich sie sah.

»Oh Helena.«

»Weißt du, er betrinkt sich und dann … Es sind einfach so viele.«

»So viele was?«

»So viele Namen derer, die gefallen sind. Patroklos, Achill, Ajax …«

»Aber der hat sich das Leben genommen.«

»Egal, er macht trotzdem mich dafür verantwortlich. Nestors Sohn – wie heißt er gleich? Antilochos. Agamemnon …«

»Agamemnon? Der war aber sehr lebendig, als ich ihn zuletzt gesehen habe.«

»Ja, aber das Verhältnis zwischen den beiden hat sich sehr verschlechtert. Er sagt, er hat seinen Bruder verloren – und weshalb haben sie sich entzweit? Meinetwegen.«

Arme Helena. Die ganze Schönheit, der ganze Liebreiz – und in Wirklichkeit war sie nur ein schäbiger alter Knochen, um den sich die wilden Hunde stritten.

»Ich weiß, es ist die Trauer, und es ist nur natürlich, aber es geht die ganze Zeit so … unablässig. Und natürlich ist alles meine Schuld. Alles – jeder einzelne Tod ist *meine* Schuld. Als ich ihm nach dem Fall von Troja zurückerstattet wurde, sagte er zunächst, er würde mich töten. Manchmal wünsche ich mir, er hätte es getan.« Sie würgte ein Lachen hervor. »Nur dass ich es mir natürlich nicht wünsche.«

»Das tut mir leid.«

»Ich muss ein paar Pflanzen in die Hände kriegen.«

»Doch kein Gift?«

»Nein – damit würde ich niemals davonkommen. Aber es gibt Arzneien, die die Menschen vergessen machen – selbst wenn jemand stirbt, den man liebt, empfindet man nichts, man weint nicht, man trauert nicht … Man ist nicht zornig. Es wird alles …« Sie machte eine fließende Handbewegung. » … eingeebnet.«

»Ich weiß nicht, wie du an so etwas kommen könntest.«

»Ich hatte an Machaon gedacht.«

»Nun, du könntest ihn jederzeit fragen. Er würde dir sicher einen Schlaftrunk geben.«

»Nein, das nützt nichts. Ich brauche ihn wach, aber friedlich.« Sie zögerte. »In Troja wächst jede Menge davon. Im Kräutergarten.«

Ich verstand, worum sie bat. »Das ist ein weiter Weg. Ich glaube, du solltest Machaon fragen.«

Ich machte Helena keinen Vorwurf daraus, dass sie Menelaos ein Beruhigungsmittel verabreichen wollte. Als ich sie anschaute, sah ich nicht die zerstörerische Harpyie aus den Geschichten der anderen. Ich sah eine Frau, die um ihr Leben kämpfte.

»Er wird mich umbringen«, sagte sie.

Ich schüttelte den Kopf. »Wenn er das tun wollte, hätte er es schon getan.«

»Du wirst mir also nicht helfen?«

»Frag Machaon.«

Das war alles. Zum Schluss, als alles gesagt war, blickten wir uns nur noch an. Dann berührte sie mich sanft am Arm und führte mich zur Tür. Als sie sie öffnete, offenbarte das Licht das ganze Ausmaß der Blutergüsse, die bis hinunter zu ihren Brüsten reichten. Sie wollte, dass ich sie mit diesem Anblick verließ, das spürte ich, und ich merkte, wie ich zurückschreckte.

»Du kannst es mir nicht verdenken, dass ich zu überleben versuche«, sagte sie und schob die Tür zu, bis nur noch ein kleiner Spalt offen stand. »Nach allem, was ich höre, bist du selbst ziemlich gut darin.«

6

An diesem Abend aß ich wieder einmal allein. Nach dem Essen ging ich, statt auf Alkimos zu warten, gleich in mein Zimmer. Es war das kleinste in der Hütte, gerade groß genug für ein Bett und – kürzlich bei der Plünderung von Troja erbeutet – eine Wiege. Sie hatte so elegante Schnitzereien und war so prächtig mit Elfenbein und Gold verziert, dass sie nur einer adeligen oder der königlichen Familie gehört haben konnte. Ich legte mich aufs Bett und starrte hinauf zu den Dachsparren, während das Baby in mir, das den ganzen Tag unruhig gewesen war, sich langsam in seine eigene Art von Schlaf versenkte.

Wenn ich auf dem Rücken ausgestreckt lag, musste ich die Wiege nicht sehen. Alkimos hatte sie mir so stolz überreicht, dass mir klar war, ich würde sie nicht loswerden können, ich konnte nicht einmal vorschlagen, sie in eines der Lagerhäuser zu stellen. Doch sie war mir zuwider. Ich musste die ganze Zeit an Andromaches Sohn denken, den kleinen Jungen, den Pyrrhos von den Festungsmauern Trojas in den Tod geschleudert hatte. Es gab keinen schlüssigen Grund anzunehmen, dass es seine Wiege war, und doch wusste ich: Sie war es. Ich spürte seinen Geist im Zimmer.

Es war schwierig, mit diesem Gedanken im Kopf einzuschlafen, doch endlich gelang es mir. Nur einige Augenblicke später –

so schien es, obwohl es auch Stunden gewesen sein können – erwachte ich mit einem Ruck. Jemand klopfte heftig an die Tür. Ich stand zu schnell auf und spürte, wie mir schwindelig wurde, aber ich schaffte es, den Flur entlangzustolpern. Das Klopfen hatte aufgehört, begann aber von Neuem.

»Ich komme!« Ich spähte in die Dunkelheit und sah eines der Mädchen dastehen, doch ich konnte nicht erkennen, wer es war, bis sie einen Schritt näher trat. »Amina. Was ist los?«

»Er hat nach Andromache geschickt.«

Mehr musste sie nicht sagen. Ich holte meinen Mantel und trat über die Schwelle. Sofort spürte ich den feuchten Sprühregen auf meinem Gesicht. Wir liefen an der Einfriedung entlang. Sobald wir den Windschatten einer Hütte verließen, riss der Wind an uns, der mit voller Kraft vom Meer her kam. Amina klopfte an die Tür, und eines der Mädchen ließ uns ein. Ich kannte noch keines von ihnen näher, drei oder vier mit Namen, bei den anderen nicht einmal das. Es wurde nicht gerade leichter dadurch, dass viele von ihnen noch immer schwiegen. Sie hatten ihre Pritschen unter der Hütte hervorgeholt, wo sie untertags verstaut wurden, und sie in Reihen im Raum aufgestellt. Jedes Mädchen hatte ein kleines Wachslicht neben ihrem Kissen stehen. Als sie sich umdrehten und mich anschauten, beleuchteten die schwachen Flammen ihre Gesichter von unten – sie sahen aus wie ihre eigenen Geister. Ein Mädchen namens Helle sagte: »Du kommst zu spät, sie ist fort.« Sie klang gehässig und verdrossen – wie ein kleines Kind klingen könnte, dessen Mutter es nicht hat beschützen können.

»Es ist in Ordnung«, sagte ich. »Ich weiß, wo ich sie finde.«

Das wusste ich in der Tat. Auf der kurzen Strecke zwischen der Hütte der Frauen und der Halle muss ich unzählige Male mir selbst in früheren Gestalten über den Weg gelaufen sein.

Als ich näher kam, hörte ich, wie mit den Fäusten auf die Tische gehämmert wurde, und ich hörte den Gesang und das brüllende Gelächter junger Männer, die heftig trinken, um zu feiern – oder um zu vergessen. Die Stimme von Pyrrhos war lauter als die der anderen. Ich ging über die Veranda zum Seiteneingang, der direkt in seine Wohnquartiere führte. Als ich die Tür öffnete, drückte der Wind mich in den Raum. Ich blickte mich um. Ein Feuer brannte, doch das Holz war noch frisch und rauchte stark, sodass mir die Augen brannten. Auf der anderen Seite der Feuerstelle standen zwei Stühle einander gegenüber.

Auf dem einen hatte Patroklos immer gesessen. Ich sah ihn vor mir; wie immer mit einigen Hunden, die zu seinen Füßen schliefen, Jagdhunde, die zuckten und winselten, während sie im Traum eingebildete Kaninchen über die Wiesen jagten. Einer jaulte auf, und seine Pfoten scharrten über den Boden. Patroklos lachte, und der Mann im anderen Stuhl, dessen Gesicht ich nicht sehen konnte, blickte von seiner Leier auf und lachte ebenfalls. Und einen Augenblick lang vergaß ich, dass Andromache in dem kleinen Zimmer wartete, dass Pyrrhos sich in der Halle bis zur Bewusstlosigkeit betrank, ich starrte einfach nur die leeren Stühle an, die in meiner Erinnerung keineswegs leer waren. Wie viel Macht die Toten doch besitzen!

Wieder ertönte ein Schrei von der Halle her. Erneut hörte ich den Gesang, lauter jetzt, und begleitet von stampfenden Füßen.

Haltet ihn zurück, ihr Krieger von Argos!
Haltet ihn zurück, ihr Hauptleute von Argos!
Hauptleute! Hauptleute! Hauptleute! Hauptleute!

Haltet ihn zurück? So wie ich Pyrrhos erlebt hatte, würde *Stützt ihn!* besser gepasst haben.

Ich wusste, dass Andromache in dem Zimmer sein musste, das an dieses hier angrenzte – der Schrank, wie ich dieses zweite Zimmer genannt hatte. Ich klopfte an die Tür. »Andromache? Ich bin es – Briseis.«

Ich schob die Tür auf und sah ihr Gesicht, bleich und körperlos in der Dunkelheit treibend wie die Spiegelung des Mondes auf dem Wasser.

»Woher hast du gewusst, dass ich hier bin?«

»Amina hat es mir gesagt.« Noch während ich das sagte, wurde mir klar, dass ich sie falsch verstanden hatte. »Ich kenne dieses Zimmer.«

In meiner ersten Nacht hier hatte Patroklos mir einen Becher Wein gebracht. Das konnte ich nicht begreifen – ein so mächtiger Mann, Achills maßgeblicher Berater, bediente eine Sklavin? Diese schlichte liebenswürdige Tat verfolgt mich seit jenem Tag. Ich wandte mich zum Tisch links neben der Tür, goss zwei Becher voll und reichte ihr einen.

Sie schaute besorgt drein. »Sollen wir das wirklich tun?«

»Ich wüsste keinen Grund, weshalb wir es nicht tun sollten. Der Wein gehört Priamos, und ich glaube nicht, dass er uns diesen Becher missgönnen würde.«

Unsicher hob sie ihren Becher an die Lippen.

»Hast du etwas gegessen?«

Sie schüttelte den Kopf, also ging ich zurück ins andere Zimmer, holte einen Korb mit Käse und Brot und stellte ihn neben sie. Ich erwartete nicht, dass sie aß, aber zumindest konnte sie nun essen, wenn sie wollte. Ich setzte mich dicht neben sie auf das Bett, und wir saßen eine Weile schweigend da und lauschten dem Gesang in der Halle.

»Alles wird gut.« Das klang dürftig, aber alles, was man in dieser Lage sagen konnte, hätte dürftig geklungen. »Es ist bald vorüber, und dann bist du wieder in deinem eigenen Bett.«

»Weißt du, dass er mein Kind getötet hat?«

Manchmal gibt es keine Worte. Ich legte ihr den Arm um die Schultern. Sie war so mager wie ein Vogel, und ich rechnete beinahe damit zu spüren, wie ihr Herz gegen die Rippen schlug. Zuerst reagierte sie nicht, sie war ganz verkrampft, aber dann drückte sie sich plötzlich an mich und barg den Kopf in meiner Halsbeuge. Ich drückte ihr die Lippen aufs Haar, und so saßen wir lange Zeit da. Meine freie Hand lag auf der Bettdecke. Das Muster der Blätter und Blumen war mir so vertraut, dass ich es aus der Erinnerung hätte nachzeichnen können, ohne hinzuschauen. Ich dachte an meine Freundin Iphis, die mir in diesem Raum so oft Gesellschaft geleistet hatte, während ich wartete. Nach meiner ersten Nacht im Bett des Achill hatte sie ein heißes Bad für mich bereitgehabt. Sie hatte begriffen, wie nötig es war, dass man sich sauber fühlte, dass man in diese Wärme eintauchte, die einen ganz umschloss. In diesem Augenblick beschloss ich, dass auf Andromache ein heißes Bad warten würde, wann immer er sie gehen lassen würde.

Das Geschrei in der Halle war zu einem leisen Gemurmel verklungen, ab und zu schwoll noch ein Gelächter an. Ja, sie waren mit sich zufrieden, diese Griechen, sie feierten die Zerstörung Trojas. Die Bäuche vollgeschlagen mit geraubtem Rindfleisch, betrunken von geraubtem Wein, ihre Stimmen übertönten das Tosen des Windes – so konnten sie vergessen, dass sie an dieser Küste gefangen waren, ohne Hoffnung darauf, ihre schwarzen Schiffe bald zu Wasser lassen zu können. Doch der Abend ging seinem Ende entgegen, und der Wind würde die ganze Nacht um ihre Hütten pfeifen.

Die Männer begannen, das Abschlusslied zu singen. Ich kannte jedes Wort; ich hatte so oft gehört, wie es gesungen wurde, während ich hier in diesem Zimmer gewartet hatte. In dem Lied geht es um Freundschaft; Freunde scheiden am Ende eines schönen Abends voreinander, die Herzlichkeit und das Leben werden gefeiert, aber es hat auch einen melancholischen Unterton. Als die letzten Noten verklangen und es still wurde, kippten die Männer die Reste des Weins auf die Binsen, mit denen der Boden ausgelegt war – ein letztes Trankopfer an die Götter.

Ich drückte Andromaches Schulter. »Ich muss gehen.«

Sie nickte und wappnete sich. Das nächste Mal, wenn sich die Tür öffnete, würde es Pyrrhos sein. Und in diesem Augenblick schwand die ganze Gefühllosigkeit, die ich in den vergangenen Monaten zum Schutz um mich errichtet hatte, und ich war wieder in diesem Zimmer, saß dort, wo sie saß, wartete auf Achill und durchlebte noch einmal die ganze entsetzliche Furcht, die ich verspürt hatte, als die Tür aufging und sein riesiger Schatten das Licht verdeckt hatte.

7

Als ich zurückkehrte, war die Hütte noch immer leer. Ich hatte keine Ahnung, wo Alkimos war oder ob er nach Hause kommen würde. Wahrscheinlich nicht. Ich wusste nicht, wo er schlief, wenn er die ganze Nacht fortblieb, und ich hatte nicht das Recht, danach zu fragen. Natürlich hatte er andere Frauen – das haben alle Männer –, aber ich wusste von keiner Bestimmten.

Es war zu spät, als dass ich noch begonnen hätte, Wolle zu kämmen, doch ich wusste, ich würde nicht schlafen können. Stattdessen ging ich hin und her, während die Erinnerungen, die ich bisher so erfolgreich unterdrückt hatte, in mir aufstiegen. Das Baby in meinem Bauch warf sich hin und her. Andromaches Schicksal zwang mich dazu, meine eigene Anfangszeit im Lager noch einmal zu durchleben. Wenn ich auf diese Zeit zurückblicke, muss ich am Rande des Wahnsinns gestanden haben. Nach außen hin war ich normal, ich war ruhig und lächelte – ich hatte stets ein Lächeln auf den Lippen –, aber ich bewegte Arme und Beine wie eine Puppe und hatte kein Gefühl darin. Es vergingen ganze Tage, an deren Ende ich nicht in der Lage gewesen wäre, mich auch nur an eine einzige Sache zu erinnern, die sich zugetragen hatte. Doch nein, das stimmt nicht ganz. Ich erinnerte mich und erinnere mich noch immer an die vielen kleinen

Gesten der Freundlichkeit. Ich konnte es Iphis nicht vergelten, aber ich konnte ihre Freundlichkeit weitergeben – Andromache würde ihr Bad bekommen.

Aber das war eine Sache für morgen früh. Zuerst musste ich die Nacht überstehen. Vielleicht könnte ich einen kleinen Schluck von dem Schlaftrunk nehmen, den Alkimos neben seinem Bett aufbewahrte, obwohl ich skeptisch war, was seine Wirksamkeit anging. Alkimos hatte Albträume; solche, die nicht zu Ende sind, wenn man die Augen öffnet. Ich hatte ihn manchmal im Schlaf stöhnen gehört. Und doch, so sagte ich mir, ein Mundvoll konnte jetzt nicht schaden. Ich nahm einen großen Schluck und verzog bei dem bitteren Geschmack das Gesicht, dann ging ich zum kleinen Zimmer am Ende des Flurs. Auf dem Weg dorthin wurde mir klar, dass es die genaue Entsprechung des »Schranks« in Achills Privaträumen war. Es war ein Raum, in dem die Frauen saßen, während sie darauf warteten, dass man nach ihnen schickte. Ich fragte mich, wer hier in den Jahren zuvor auf Alkimos gewartet hatte, vor seiner unfreiwilligen Hochzeit.

Mein Bett war hart, und allein auf dem kurzen Weg zurück von der Halle des Pyrrhos war mir die Kälte in die Knochen gedrungen. Die schwülen Sommernächte waren längst vorbei; das Jahr wandte sich zur Dunkelheit hin. Ich schloss die Augen und hielt sie geschlossen, doch die ganze Zeit über war ich mir der leeren Wiege am Fußende meines Bettes gewahr.

Weißt du, dass er mein Kind getötet hat?

Ich wusste es, doch ich hatte es erst vor Kurzem herausgefunden. Zunächst hatte ich angenommen, es wäre Odysseus gewesen, der Andromaches Sohn getötet hatte, einfach weil ich gehört hatte, wie leidenschaftlich und intensiv er sich dafür eingesetzt hatte, alle männlichen Trojaner müssten sterben, selbst die Säuglinge im Mutterleib. *Alle*, darauf hatte er bestanden, besonders aber die Nachkommenschaft des Priamos. Niemand durfte am Leben bleiben, der Anspruch auf den trojanischen Thron würde anmelden können, niemand, der einen Mittelpunkt für Widerstand und Rache würde darstellen können. Ich war über die Wahrheit gestolpert, als ich zufällig eine Unterhaltung zwischen Alkimos und einem anderen Krieger mit anhörte. Pyrrhos war ausgewählt worden, um das Baby zu töten – als Belohnung für die Rolle, die er beim Fall von Troja gespielt hatte. Seine Heldentaten gingen von Mund zu Mund und wurden dabei zweifellos immer großartiger. Ich hatte sogar ein Gerücht gehört, er hätte Priamos getötet, indem er ihn mit dem Leichnam seines kleinen Enkelsohnes niederschlug. Das traf nicht zu; zumindest hoffte ich, dass es nicht zutraf, obwohl er gelogen hatte, was den Tod des Priamos anging, da war ich mir sicher. Als Troja an den Feind gefallen war, waren derart viele abscheuliche Dinge geschehen, dass es schwer war, irgendetwas auszuschließen.

Das Kind in mir trat erneut, und ich legte die Hände auf meinen Bauch. Ich wusste nicht, was schwangere Frauen empfinden sollten, und hatte niemanden, den ich fragen konnte, außer Ritsa – und sie antwortete immer automatisch mit der Fröhlichkeit einer erfahrenen Hebamme. Doch was empfand ich nun für dieses Baby, dessen Vater meinen Mann und meine Brüder getötet und meine Stadt niedergebrannt hatte? Ich hatte das Gefühl, es gehörte nicht zu mir. Manchmal kam mir das Ding in mir eher vor wie ein Parasit als wie ein Kind. Er übernahm die Macht über mich und benutzte mich für seine eigenen Zwecke – für die Zwecke der Griechen: alle Männer und Jungen töten, die Frauen schwängern und der Existenz der Trojaner ein Ende setzen. Die Griechen waren nicht nur fest entschlossen gewesen, alle Männer zu töten; sie wollten ein ganzes Volk auslöschen.

Ich hatte bei dieser Schwangerschaft keine Wahl gehabt; ich hatte sie nicht gewollt. Und doch wusste ich: Sie war meine Rettung. Ohne sie wäre ich bei den Begräbnisspielen des Achill als erster Preis ausgelobt worden. Stattdessen besaß ich nun den Stand einer Ehefrau, Sicherheit; mir wurde sogar ein gewisser Respekt entgegengebracht. Mir war eine merkliche Veränderung aufgefallen, sobald die Schwangerschaft sichtbar geworden war. Erst kürzlich hatte ein Mann, den ich kaum kannte, mir die Hand auf den Bauch gelegt, nicht auf sexuelle, lüsterne Weise, sondern als Zeichen seiner Loyalität gegenüber der Nachkommenschaft des Achill. Ich war die Schatulle, die die Kronjuwelen enthielt – so zumindest schienen die Myrmidonen mich zu betrachten. Ich als Mensch zählte überhaupt nicht. Falls sie je über meine Gefühle nachdachten – und ich war ziemlich sicher, dass sie das nicht taten –, nahmen sie wahrscheinlich an, ich würde vor Stolz glühen beim Gedanken daran, dass ich den Sohn des Achill trug, dass ich schwanger war vom größten Krieger seiner Zeit, vielleicht sogar aller Zeiten. Konnte sich eine Frau mehr wünschen?

Ich lauschte dem Wimmern des Windes. Nachts veränderte sich manchmal das Getöse, das den ganzen Tag über quälend und drohend klang, und wurde zu einem untröstlichen Schluchzen – wie ein ausgesetztes Kind, das um Einlass bettelt. Inzwischen kannte ich jede Schwachstelle der Hütte. Da gab es den Spalt unter der Tür, durch den stets Sand hereingeblasen wurde, sodass die Böden immer sandig waren, egal, wie oft man fegte. Man musste darauf achten, die Lampen weit außerhalb der Reichweite von Zugluft aufzustellen, denn wenn sie umgeblasen wurden, brannten sie weiter. Kerzen waren sicherer, denn sie würden wahrscheinlich beim Umfallen verlöschen. Man hatte das stete Gefühl, der Wind blase Dunkelheit durch jede Ritze.

Als ich mit geschlossenen Augen dalag und allmählich einnickte, hörte ich ein neues Geräusch, das ich noch nicht kannte: ein Klopfen, das mir noch nie zuvor aufgefallen war. Ich rappelte mich aus dem Halbschlaf empor, öffnete die Augen und sah, dass die Wiege zu schaukeln begonnen hatte. Von keiner menschlichen Hand berührt, knarrte sie vor sich hin und bewegte sich, einen Fingerbreit um den anderen, den Boden entlang. Mein Geist kämpfte um eine Erklärung, und sobald ich es geschafft hatte, den Schlaf abzuschütteln, war es ziemlich offensichtlich. Auf Höhe des Fußbodens befand sich ein Spalt in der Wand – man konnte den Luftzug an den Knöcheln spüren, wenn man das Zimmer betrat –, und da der Boden von der Außenwand zur Tür hin leicht abfiel, konnte sich die Wiege tatsächlich ganz einfach in Bewegung setzen. Es gab nichts auch nur annähernd Übernatürliches daran, und doch kribbelte mir die Haut im Nacken. Ich sah zu, wie die Wiege schaukelte, und spürte das erdrückende Gefühl großer Furcht. Es dauerte lange, bis ich wieder einschlafen konnte.

Noch leicht benommen vom Schlaftrunk ging ich am nächsten Morgen als Erstes zur Hütte der Frauen und wollte auf Andromache warten. Doch von Helle, die mir die Tür öffnete, erfuhr ich, dass sie bereits zurückgekehrt war. »Sie ist nur ein paar Stunden dort gewesen.«

Das war seltsam. Wenn nach einer Frau geschickt wurde, verbrachte sie normalerweise die ganze Nacht dort – genauer gesagt war es bei Achill so gewesen. Mit Pyrrhos hatte ich keine Erfahrung. Ich ging den Flur entlang in Andromaches Zimmer, das in Größe und Form genauso war wie meines. Sie lag zusammengerollt unter einer Decke, tränenüberströmt und still, doch als ich mich aufs Bettende setzte, drehte sie sich um und wischte sich mit der Hand über die Augen.

»Das wäre überstanden«, sagte sie. »Und ich bin froh, dass es vorüber ist.«

Ich bot ihr ein kleines Tuch aus Leinen an, damit sie sich die Nase putzen konnte. Aus seinen Falten tauchte sie schniefend, mit feuchtem Gesicht und geröteten Augen auf, aber viel ruhiger, als ich erwartet hatte. Sie wies mit dem Kopf auf die Tür. »Sie fragen mich die ganze Zeit, wie es gewesen ist …«

Das war nur verständlich; sie gingen vermutlich davon aus, dass bald sie an der Reihe wären. Ich rief mir in Erinnerung, wie wichtig es gewesen war, dass Iphis mir niemals Fragen gestellt hatte. »Komm mit zu mir«, sagte ich, »dort kannst du ein Bad nehmen, ich habe jede Menge heißes Wasser …«

Sie schaute sich hilflos im Zimmer um, als würde es ihr zu viel Angst machen, aus dem Bett zu steigen, als wäre es zu beängstigend, auch nur darüber nachzudenken, doch dann schwang sie die Beine über die Bettkante und stand auf. Ihr Haar war verdreckt und ihre Tunika voller Flecken. Ich ging vor ihr her zur Hütte zurück, gab ein heißes Bad in Auftrag und stellte Essen auf den Tisch: kalte Scheiben Fleisch vom gestrigen Abendessen, warmes Brot, reife Aprikosen, weißen krümeligen Käse. Ich glaubte keinen Moment lang, dass sie in der Lage sein würde, zu essen, aber sie überraschte mich. Ich kann nicht behaupten, dass sie herzhaft zugriff, aber ich weiß nicht, ob sie das jemals tat. Doch sie trank einen Becher Wein, und das brachte ein bisschen Farbe auf ihre Wangen.

Als sie ausgetrunken hatte, war das Wasser heiß, und ich nahm sie mit nach draußen hinter die Hütte, wo sie ungestört baden konnte. Vom Wasser stieg Dampf auf, süß duftende Kräuter schwammen darin, Handtücher wurden auf einem hölzernen Gerüst am Feuer vorgewärmt … bei diesem Anblick heiterte sich ihr Gesicht ein wenig auf. Als sie ihre Tunika auszog, bemerkte ich, dass sie einen Ring an einer silbernen Kette um den Hals trug, und ich fragte mich, wie um alles in der Welt sie es geschafft hatte, ihn zu behalten. Wenn eine Frau gefangen genommen wird, nimmt man ihr den Schmuck üblicherweise ab. Vielen Mädchen hatte man die Ohrringe einfach herausgerissen, und sie waren mit abgerissenen Ohrläppchen im Lager eingetroffen. Ich konnte erkennen, dass es der Daumenring eines Mannes war; aber ich wollte nicht zu genau hinschauen. Mehr als alles andere brauchte sie ihre Ruhe. Ich wusste, wie wund sie sich fühlen musste – jeder Fingerbreit ihres Körpers, als wäre sie gehäutet worden.

Ich wandte mich ab und beschäftigte mich mit den Handtüchern. Als ich mich wieder umblickte, war sie ins Wasser eingetaucht und hatte die Augen geschlossen. Die Schatten vorüberziehender Wolken glitten sanft über ihr Gesicht. Ich ließ sie allein, ging zurück in die Hütte und suchte eine meiner Tuniken für sie heraus. Es dauerte volle zwanzig Minuten, bis ich hörte, dass sie meinen Namen rief. Sie stieg aus dem Bad in die Umarmung der warmen Handtücher. Dann half ich ihr in die saubere

Tunika, und wir setzten uns auf die Stufen, während ich ihr das Haar kämmte und flocht. Im Haarekämmen liegt etwas Tröstendes, für beide, die daran beteiligt sind. Ich versuchte, mich an Andromache zu erinnern, wie sie zu meiner Zeit in Troja gewesen war. Ich war erst zwölf gewesen, also hatte ich sie als erwachsene Frau betrachtet, doch rückblickend wurde mir klar, dass sie sehr jung gewesen sein musste – nicht einmal fünfzehn Jahre, als sie Hektor heiratete. Das war ungewöhnlich früh, besonders da sie nach allem, was man hörte, eine innig geliebte einzige Tochter gewesen war. Doch ihr Vater hatte sie sicher verheiraten wollen, denn er argwöhnte (und das ganz zu Recht), dass seine Stadt als nächste auf der Liste der Angriffsziele von Achill stand.

Ich konnte mir vorstellen, wie schwierig die erste Zeit ihrer Ehe gewesen sein musste. Hektor war vollkommen vom Krieg in Anspruch genommen und hatte eine Hochzeit hinausgeschoben, bis er weit über dreißig war. In diesem Alter hatte er vermutlich bereits etliche Konkubinen gehabt haben, und zumindest einige der Kinder, die um den Tisch herum spielten, müssen seine gewesen sein. Aber das war nicht anders zu erwarten. Und eine junge Frau, die sich von den Konkubinen ihres Mannes das Leben schwer machen lässt, ist eine Närrin. Nein, das eigentliche Problem war Helena. Hektor war geblendet von ihr, aber er besaß viel zu viel Anstand, als dass er der Schwärmerei für die Frau seines Bruders in Worten oder Taten Ausdruck verliehen hätte. Helena dagegen flirtete schamlos mit ihm und machte sich kaum die Mühe, das Gefühl zu verbergen, dass sie den falschen Bruder geheiratet hatte. Sie verhielt sich Andromache, der »Kindsbraut«, gegenüber äußerst geringschätzig. In Helenas Anwesenheit verblassten alle Frauen, aber Andromache – mager, flachbrüstig und fürchterlich schüchtern – noch mehr als die meisten. Hektor behandelte seine Frau bei den seltenen Gelegenheiten, bei denen sie verpflichtet waren, gemeinsam in der Öffentlichkeit aufzutreten, immer mit dem größten Respekt – und wenn seine Blicke bei solchen Gelegenheiten häufig in Richtung Helena schweiften … nun, das konnte man auch von jedem anderen Mann im Raum behaupten.

Helena war sich ihrer Wirkung sehr wohl bewusst. Ich erinnere mich insbesondere an einen Abend, an dem sie, augenzwinkernd wie üblich, den Trojanern Komplimente darüber gemacht hatte, wie streng sie ihre unverheirateten Mädchen beaufsichtigten. Helena stammte aus Argos, wo man die Dinge ganz anders handhabte. »Wisst ihr«, sagte sie, »als ich schon erwachsen war, ein Mädchen im heiratsfähigen Alter, bin ich noch immer mit nacktem Oberkörper am Strand mit meinen Brüdern um die Wette gelaufen. Ich meine …« Sie blickte sich unschuldig am Tisch um. »Könnt ihr euch das vorstellen?« Oh ja, das konnten sie, und zwar eindeutig. Einige der betagteren Ratgeber des Priamos wirkten, als könnte dies das Letzte sein, was sie sich überhaupt je im Leben vorstellten. Die Frauen murmelten miteinander und warfen sich missbilligende Blicke zu, während Priamos am Kopfende der Tafel belustigt schmunzelte, Helenas Blick begegnete und sanft tadelnd den Kopf schüttelte.

Als ich Andromaches Haar zu Ende flocht, konnte ich nicht anders, als bei der Erinnerung an damals zu lächeln. Trotz allem hatte ich Helena nie hassen können, und damit bildete ich bei den trojanischen Frauen eine Minderheit, genauer gesagt stand ich damit allein. Ich knotete ein Band um den geflochtenen Zopf, und Andromache, die in einen beinahe tranceartigen Zustand verfallen war, öffnete die Augen und blickte um sich.

»Danke schön«, sagte sie. »Ich glaube, ich hätte es keine Minute länger in dieser Hütte ausgehalten. Die anderen stellen immer wieder Fragen, und ich will einfach nicht darüber reden.«

»Nein, natürlich nicht«, sagte ich, holte einen Krug Wein und stellte ihn neben uns auf den Boden. Wir plauderten über dies und das, aber bei keinem Thema verweilte sie länger, und nach einer Weile begann sie mir von Pyrrhos zu erzählen. Es war offensichtlich, dass sie das von Anfang an hatte tun wollen, seit sie hergekommen war.

»Er war derart betrunken – so habe ich noch nie im Leben jemanden gesehen. Er warf immer wieder Sachen um und sagte etwas, und dann hat er vergessen, dass er es gesagt hat, und sagte es noch mal. Ich meine, Hektor hat auch getrunken – sie trinken ja schließlich alle –, aber nicht annähernd so.« Sie hielt einen Augenblick inne und starrte auf das spärliche Gras zu ihren Füßen. »Ich glaube, das hat mir auf gewisse Weise geholfen, denn ich wusste, er würde sich an nichts erinnern – und das bedeutete, dass ich mich auch nicht erinnern musste. Ja, ich weiß, es ist verrückt – ich sage ja nur, wie es sich angefühlt hat.« Sie blickte auf. »Als du gegangen warst, saß ich in diesem Zimmer und dachte, er würde hereinkommen und einfach … über mich herfallen. Aber so war es gar nicht. Er ließ mich Platz nehmen und starrte mich einfach nur an. Ich konnte kaum atmen und brachte kein Wort heraus … Nach einer Weile schenkte er mir einen Becher Wein ein – das meiste hat er verschüttet –, dann sprang er auf und holte ein Kästchen vom Tisch. Er kippte alles aus, was darin war, und sagte: ›Los, such dir was aus.‹ Es war in der Hauptsache Schmuck, Halsketten und Gewandspangen, aus Troja, nehme ich an. Wäre ich in der Lage gewesen, klar zu denken, hätte ich wahrscheinlich vieles wiedererkannt. Und er sagte immer wieder: ›Mach schon, such dir was aus.‹ Nun, ich wollte mir auf keinen Fall ein Stück aussuchen, mit dem ich mich für ihn schmückte, also habe ich das hier genommen.«

Sie griff in den Ausschnitt ihrer Tunika und holte den Ring an der Kette hervor, der mir zuvor schon aufgefallen war. Er war aus Gold und hatte einen großen grünen Stein – kein Smaragd, sondern ein blasser, milchig-grüner Stein von der Farbe des ruhigen Meeres. Ich schaute ihn an; und eine Männerhand mit einer Silbermünze, die auf der Handfläche glitzerte, stieg aus dem Dunkel der Vergangenheit auf.

»Der Ring des Priamos?«

»Ja. Ich wollte nicht, dass *er* ihn hat.«

»Aber hat er dich nicht gefragt, wieso du einen Männerring willst? Du wirst ihn nie tragen können.«

»Ich trage ihn bereits. Nein, er hat nicht gefragt. Ich glaube, er hatte in dem Augenblick damit zu tun, sich nicht zu übergeben.« Sie zögerte. »Ich weiß noch immer nicht, ob er ... du weißt schon. Er musste immer ...« Sie bewegte die Faust ruckartig in einer raschen Bewegung hin und her. »So ging es die ganze Zeit.« Ihr Schnauben war kein echtes Lachen. »Und dann hat er mich vor die Tür gesetzt.«

»Du musst wissen, ob er in dir gekommen ist.«

Einen Augenblick glaubte ich, sie würde nicht antworten. Dann sagte sie: »Ja. Ja, das ist er.«

Ihr Gesicht war wieder grau geworden; jedes bisschen Leben schien sie zu verlassen, während ich sie ansah. Wir saßen eine Weile schweigend da und lauschten dem Wind. Und dann hörte ich zwischen allen anderen vertrauten Geräuschen das Knirschen von Wiegenkufen auf einem Holzboden. Ich hoffte, sie würde es nicht hören, aber sie hörte es. Sofort sprang sie auf und stolperte durch die Tür, fast als wäre es mitten in der Nacht und sie hätte ihr Kind schreien hören. In der Hütte war das Geräusch lauter zu hören, und sie eilte weiter. Ich holte sie ein, als sie meine Schlafzimmertür erreichte, und sah über ihre Schulter, wie die Wiege schaukelte. Andromache fiel neben ihr auf die Knie und spähte durch den Vorhang in die leere Wiege.

»Ich gebe sie dir zurück«, stotterte ich im verzweifelten Versuch, Andromache auf keinen Fall noch schlimmer zu verletzen. »Ich kann es nicht sofort tun, weil Alkimos sie mir geschenkt hat, aber keine Sorge, sobald ich kann, gebe ich sie dir zurück …«

Ihre Hand hatte sich um die Seitenwand der Wiege gekrampft und das Schaukeln gestoppt. In der plötzlichen Stille hörte man nur unseren Atem. Dann schaute sie zu mir hoch. »Warum sollte ich sie zurückhaben wollen?«, fragte sie. »Ich werde dann nur *sein* Kind hineinlegen müssen.« Ihr Blick glitt von meinem Gesicht zu meinem Bauch. »Wie soll man *ihre* Kinder nur lieben?«

Sie starrte mich an, fast als erwarte sie, dass ich eine Antwort darauf haben würde. Mir wurde übel, ich hielt mir die Hand vor den Mund und wandte mich ab.

8

Es tut sogar weh, wenn er nur den Kopf auf dem Kissen bewegt. Sein Mund ist ausgetrocknet; er muss die ganze Nacht geschnarcht haben wie ein Fisch. Was für eine dämliche Redensart ist das eigentlich – hat man je einen Fisch schnarchen hören? Mit fest geschlossenen Augen streckt er die Arme aus und findet die andere Seite des Bettes leer. Sie ist also schon fort. Wann ist sie wohl gegangen? Dunkel erinnert er sich daran, dass er sie aus dem Bett geworfen hat. Nein, nicht geworfen, das hätte er nicht getan, schließlich ist sie Hektors Witwe – eine wichtige Auszeichnung, so wie Hektors Helm und sein Schild. Nur dass er den Schild nicht mehr hat. Automedon hätte nicht zulassen dürfen … Seine Augen sind jetzt offen, aber das Licht brennt wie Säure, und er ist froh, dass er sie wieder schließen kann. Irgendetwas macht ihm zu schaffen … Der Ring, oh ja, verdammt, der Ring. Er hat ihr Halsketten, Armbänder und Broschen angeboten – und sie hat sich einen Männerring ausgesucht. Warum? Weil es Hektors Ring war? Weil sie ihn wiedererkannt hat? Er hätte nicht zulassen sollen, dass sie ihn nimmt, und das hätte er auch getan – wenn sie ihm nicht leidgetan hätte. Wenn er sich nicht so hätte anstrengen müssen, sich nicht zu übergeben.

Wie sie es dann geschafft haben, Sex zu haben, weiß er nicht. Aber sie haben es geschafft, das feuchte Laken unter ihm ist der

Beweis. Er kann sich kaum mehr erinnern, aber er hat es geschafft. Das hat er doch? Ja, natürlich. Jetzt kehren die Ereignisse der Nacht zurück, obwohl sie kaum der Erinnerung wert sind. Als ob man seinen Schwanz in einen Beutel mit fettigen Hühnerknochen steckt. Er hätte nicht zulassen sollen, dass sie den Ring nimmt. Das ist sein Problem: Er ist einfach zu großzügig, die Leute halten ihn für einen Dummkopf. *Sie* hält ihn bestimmt für einen Dummkopf. Trotzdem hat es ihr nicht viel geholfen, oder? Das Wichtigste jedoch: Es ist vorbei. Beim nächsten Mal wird es einfacher sein und beim Mal darauf auch, und beim Mal darauf … Scheiße. Es ist lebenslänglich – eine Auszeit gibt es nur, wenn er sie schwängert, aber sonst … Er muss aufhören, so zu denken. Das Wichtigste ist: Er hat getan, was er musste. Die Mauern von Troja sind endgültig niedergerissen.

Mit diesem kurzzeitigen Schub an Selbstbewusstsein schafft er es, sich aufzusetzen, und schaut sich um. Wie immer scheint das Zimmer vor ihm zurückzuweichen. Es ist seltsam, wie lebendig die Gegenstände sind: Die Leier, die dort liegt, als hätte Achill sie gerade erst zur Seite gelegt; der Spiegel, der einst sein Abbild wiedergegeben hat, jetzt aber schwarz ist; sein Schild, der gegen die Wand gelehnt dasteht. Alle diese Sachen gehören jetzt ihm, aber sie fühlen sich nicht an, als wären sie seine. Er kann nicht auf der Leier spielen, und er wird sicher auch niemand sonst auf ihr spielen lassen. Er kann den Schild polieren, und das tut er auch. Der Spiegel spielt ihm Streiche. Manchmal zieht er Achills Rüstung an und stellt sich davor, aber sein Spiegelbild bewegt sich nicht immer, wenn er sich bewegt. Er verliert sich selbst.

Genug jetzt. Die einzige Lösung besteht darin, aus dem Haus zu gehen. Er zieht eine saubere Tunika an, fährt mit den Füßen in die Sandalen und verlässt eilig die Hütte. Der Wind nimmt ihm den Atem und schlägt die Tür hinter ihm zu, fast, als würde er ihn aussperren. Wo soll er hin? Es ist niemand wach. Das Trinkgelage im Saal ging bis spät in die Nacht, und alle werden stöhnen und sich den schmerzenden Kopf halten, so wie er selbst eben noch. Bis auf ein paar Frauen, die die Feuer schüren und Getreide zerstoßen, ist das Lager menschenleer. Also auf zum Meer!

Er folgt dem Weg durch die Dünen und ist sich bei jedem Schritt, den er tut, bewusst, dass er den Fußstapfen des großen Achill folgt. Es gibt buchstäblich keinen Ort am Strand oder im Lager, an dem er stehen kann, ohne zu wissen, dass Achill vor ihm dort gestanden hat. Nichts, was er berühren kann: den Tisch, den Becher, die Teller beim Abendessen … nichts. Natürlich ist es ein Trost, seinen Vater so nahe bei sich zu haben. Nur stimmt das nicht. Er ist gar nicht da. Als Pyrrhos den Strand erreicht, nimmt er die unermessliche Weite von Meer und Himmel als eine unerträgliche, schmerzhafte Abwesenheit wahr.

Schwimmen. Wie Achill früher geschwommen ist – jeden Morgen und jeden Abend. Aber das Meer ist ein Wall aus braunem, aufgewühltem Sand. Schon beim Gedanken daran, dort einzutauchen, spürt er Übelkeit in sich aufsteigen, aber er muss es tun – er hat keine Wahl. Er hat nie eine Wahl gehabt. Also watet er ins Wasser, spürt es eiskalt an seine Knie schwappen, spürt, wie der Sand zwischen seinen Zehen weggespült wird. Die nächsten Wellen klatschen an seine Lenden, seine Brust, seinen Mund, und dann schwimmt er, den Kopf am verkrampften Nacken aus den Wellen gereckt. Er versucht, mit dem Fuß aufzukommen, aber er hat keinen Boden mehr unter den Füßen, und so muss er weiter, durch den brodelnden Schaum in das ruhigere Wasser dahinter, obwohl selbst hier die Wogen weiße Spitzen haben und entlang ihrem Kamm schäumen. Schließlich dreht er um und kämpft sich zurück. Noch ein paar Schritt blamables Hundepaddeln, das immer hektischer wird, als die Wellen ihn fortzutragen drohen, dann ist er fertig und kommt aus dem Wasser. Halb watet, halb krabbelt er durch die seichten Stellen; er hat nicht das Gefühl, dass er eine besondere Leistung erbracht hätte. Das Meer hat ihn verschlungen und wieder ausgespien, das ist alles.

Achill konnte schwimmen wie ein Seehund, so hat man Pyrrhos immer wieder erzählt – als wäre das Meer sein eigentliches Element gewesen. Einmal ist er so lange unter Wasser geblieben, dass Patroklos ins Meer gerannt ist, um ihn zu retten, da sah er ihn ein paar Hundert Schritt weiter draußen wieder auftauchen. Diese Szene ist eines der klarsten Bilder, das er von seinem Vater hat: ein Mann, der weit draußen im Meer schwimmt, und ein anderer, der besorgt an der Küste wartet. Jetzt fällt ihm zum ersten Mal auf, dass diese Szene gar keinen Sinn ergibt. Wieso hat sich Patroklos gesorgt? Der beste Schwimmer des griechischen Heeres, draußen bei ruhiger See?

Es gibt so vieles, was er nicht begreift.

Langsam zieht er seine feuchte Tunika an, schiebt die Füße in die sandigen Sandalen, dreht sich um und schaut zurück zum Lager. In den Hütten brennen jetzt hier und da Lichter, aber er hat kein Verlangen danach, zurückzugehen. Hier draußen ist er besser dran, mit dem Wind, der die schäbigen Erinnerungen an diese Nacht aus seinem Kopf tilgt. Nicht ihre Schuld, die arme Kuh, wirklich nicht ihre Schuld. Wenn es nur nicht so kalt wäre.

Wenn nur der Wind aufhören würde. Und in genau diesem Augenblick, gerade als er das denkt, lässt der Wind nach.

Stille. Nichts regt sich, nicht einmal ein Grashalm. Überall im Lager erwachen die Männer, die den tosenden Sturm hindurch tief und fest geschlafen haben, und starren einander an. War es das? Ist es vorbei? Können wir heimfahren? Aber bevor sie auch nur den Mund aufmachen können, hebt der Wind erneut an; zunächst nicht mehr als der zuckende Schwanz einer Katze auf totem Laub und Gras, dann immer stärker und stärker, bis er das Meer wieder aufpeitscht, mit mindestens genauso viel Kraft und Gehässigkeit wie zuvor.

Diese unberechenbaren Windstillen, in denen sich einen kurzen Augenblick die Hoffnung zu erfüllen scheint, dass sie aufbrechen und nach Hause reisen könnten, untergraben die Moral stärker als die schlimmsten Sturmböen. Und jedes Mal verliert der gesunde Menschenverstand ein wenig mehr an Boden: dass der Wind nichts zu bedeuten hat, dass er nur, um das geringschätzige Wort von Machaon zu verwenden, *Wetter* ist. Denn nach diesen Windstillen fühlt es sich tatsächlich so an, als würden die Götter mit ihnen spielen, als würden sie ihnen die Heimreise auf der ausgestreckten Hand hinhalten, nur um sie dann wieder wegzuziehen.

Pyrrhos spürt, wie der Wind sein nasses Haar im Nacken hebt, wie er seine feuchte Tunika noch enger an den Körper drückt, und stapft weiter. Jetzt ein heißes Bad? Eine Schüssel Eintopf? Die Reste von gestern Abend, denn Eintopf schmeckt manchmal am zweiten Tag sogar besser. Oder ein Besuch in den Ställen? Ebenholz sehen, den Stallburschen helfen, die Pferde auf die Weide zu bringen? Nein, nichts davon. Nicht jetzt.

Die ganze Zeit, in der er so getan hat, als dächte er an heiße Bäder und Essen, haben seine Füße ihn dorthin geführt, wo er sein muss. Gleich ist er am richtigen Ort. Er hält sich die Nase zu, atmet laut durch den Mund und folgt dem Pfad, bis er sieht, was hier ausgestreckt im schmutzigen Sand liegt. Er braucht das hier. Er muss bestätigt sehen, was er bereits weiß: dass die Zunge, die diese Worte ausgesprochen hat, nun verfault. Pyrrhos wird sie nicht wiederholen, nein, nicht einmal in der dröhnenden Leere seines eigenen Geistes. Er steht da, starrt den verrottenden Schädel an, nimmt auch die kleinste Einzelheit in sich auf, bemerkt jede Veränderung.

Genug. Es reicht. Er wird nicht wieder herkommen müssen, wahrscheinlich mehrere Tage nicht, aber er wird wiederkommen. Denn dies ist sein Beweis, dass er der ist, der er zu sein behauptet: der Mann, der König Priamos getötet hat. Der Sohn des großen Achill. Der Held von Troja.

9

In den folgenden Tagen dachte ich viel an Priamos. Der Ring um Andromaches Hals hatte die Erinnerungen zurückgebracht. Ich konnte nicht verhindern, dass sein Leichnam entehrt wurde – doch zumindest konnte ich seiner Witwe Hekabe einen Besuch abstatten und ihr vielleicht mit irgendeiner kleinen Hilfe das Leben angenehmer gestalten. Also machte ich mich eines Morgens auf, um sie zu besuchen, und nahm Amina mit. Ich hätte auch ein anderes Mädchen wählen können, aber ich dachte, auf dem Weg würde ich Gelegenheit haben, mit ihr zu sprechen. Ich machte mir noch immer Sorgen um sie; sie schien nicht in der Lage, die Realität zu begreifen, und war tatsächlich weiterhin gefährlich uneinsichtig. Aber auf unserem Weg über den Versammlungsplatz bot sich keine Möglichkeit, mit ihr zu reden. Der Wind war so stark, dass er jede Unterhaltung unmöglich machte. Ich musste mit gesenktem Kopf laufen, in meinen Schleier eingemummt, während Amina hartnäckig hinter mir blieb.

Eine Gruppe Männer rechte den Sand auf dem Boden des Platzes. Der Vorschlag von Alkimos, Wettspiele abzuhalten, hatte Anklang gefunden, und viele der Wettkämpfe sollten hier stattfinden. Ich blieb stehen, um den Männern einen Augenblick bei der Arbeit zuzuschauen, und mir fiel auf, dass zu Füßen der Götterstatuen kleine Stapel Opfergaben lagen: Früchte, große Sträuße aus violetten Blumen und auch andere, ausgefallenere Gaben, Modelle von Schilden und Speeren, ein Paar neue Sandalen und das Spielzeugpferd eines Kindes. Als ich mich umblickte, sah ich, dass vor einigen Göttern, insbesondere vor Athene, mehr Geschenke aufgehäuft lagen als vor anderen. An diesen Opfergaben konnte man erkennen, was die einfachen griechischen Soldaten dachten: *Warum sitzen wir an diesem beschissenen Strand fest? Welchen Gott haben wir beleidigt?* Die Antwort – oder zumindest glaubten die Soldaten das: Athene. Und weshalb Athene? Weil in ihrem Tempel Kassandra vergewaltigt worden war und der Vergewaltiger Ajax – Ajax der Kleine – nicht so bestraft worden war, wie er eigentlich hätte bestraft werden sollen, was Agamemnon und die anderen Könige wohl zu Mitschuldigen an seinem Verbrechen machte. Natürlich war es nicht die Vergewaltigung, an der die Soldaten sich störten; es war die Schändung des Tempels. Das war ein Vergehen, für das Athene sich möglicherweise rächen wollte.

Amina starrte die Stapel mit Opfergaben an, und ihre Blicke huschten von einer Götterstatue zur nächsten. Ich fragte mich, was sie von ihnen hielt. Kurz nachdem sie aufgestellt worden waren, mussten sie prächtig gewesen sein, doch über die Jahre hatte der Zahn der Zeit an ihnen genagt: Die Sockel waren inzwischen morsch, und die Farbe blätterte ab. Artemis, die Herrin der Tiere und Göttin der Jagd, war in besonders schlechtem Zustand: Ihre Gesichtszüge waren halb verwittert, und auf ihrer Kleidung war kaum noch eine Spur von Farbe zu erkennen.

Wenn ich schon hier war, konnte ich auch einmal wieder Hekamede besuchen, Nestors Ehrengeschenk und nach Ritsa meine engste Freundin im Lager. Als ich kam, fegte sie gerade die Halle aus. An der Tür lag ein Stapel frischer Binsen bereit, um auf dem Boden verteilt zu werden. Nachdem wir uns umarmt hatten, erklärte sie, es sei eigentlich kaum nötig, den Saal sauber zu machen. Bei Nestor hatte kein Festmahl stattgefunden. Sein jüngster Sohn, Antilochos, war beim letzten Angriff auf Troja gefallen. Antilochos, der Junge, der Achill so geliebt hatte. Sein Tod hatte den ganzen Haushalt in Trauer gestürzt. Sobald man die Schwelle der Halle überschritt, spürte man den Kummer über den Verlust eines jungen, verheißungsvollen Lebens. Amina blieb an der Tür stehen. Ich setzte mich auf eine Bank und hob die Füße, während Hekamede zu Ende fegte. Dann half ich ihr, die Binsen auszustreuen.

»Wie geht es Nestor?«, fragte ich.

Sie verzog das Gesicht. »Nicht gut.«

Ich konnte nicht glauben, dass Nestor tatsächlich krank war. Er war wie ein alter Baum, der sich in jedem Sturm biegt und von dem man glaubt, er würde jeden Augenblick umstürzen – doch am nächsten Morgen steht er noch immer da, während rings um ihn herum jede Menge gesunde junge Setzlinge liegen, die in der Nacht entwurzelt worden sind. Doch ich konnte verstehen, warum seine Krankheit, was immer es war, Hekamede quälte. Wenn Nestor starb, was würde dann aus ihr? Wenn sie Glück hatte, würde einer der überlebenden Söhne sie nehmen, obwohl die Söhne normalerweise nicht die Konkubinen ihrer Väter erben. Es war wahrscheinlicher, dass sie bei Nestors Begräbnisspielen als Preis ausgelobt werden würde.

Wir legten die Binsen zu Ende aus und setzten uns auf eine der Bänke. Es duftete nach Karamellzucker und Zimt, und weiter hinten auf dem Tisch standen zwei Servierplatten mit kleinen Küchlein. Sie waren kaum größer als ein Mundvoll, aber absolut köstlich und hießen bei allen »Noch-ein-Küchlein«, denn niemand brachte es fertig, schon nach einem davon Schluss zu machen. »Es kann nicht so schlimm um ihn stehen, wenn er diese Küchlein isst.«

»Die sind nicht für ihn, sondern für Hekabe, ich wollte sie ihr gleich bringen. Möchtest du mitkommen?«

»Natürlich. Ich war ohnehin auf dem Weg zu ihr, ich konnte nur nicht widerstehen, vorher noch bei dir vorbeizuschauen.«

»Gut, dann können wir zusammen gehen. Zuerst muss ich aber noch nach Nestor schauen.«

Offenbar hatte er gesagt, er wolle sich auf die Veranda hinaussetzen. Aber als wir den Kopf in sein Zimmer streckten, fanden wir ihn schlafend – er schnarchte laut, und seine Oberlippe verzog sich bei jedem Atemzug. Selbst aus dieser Entfernung konnte ich sehen, dass seine Nase und seine Lippen blau angelaufen waren. »Diese scharfen Gesichtszüge gefallen mir nicht«, sagte Hekamede und berührte ihre Nasenspitze. »So sehen sie aus, wenn das Ende bevorsteht.«

Es war eine Erleichterung, das Zimmer mit seinem Geruch nach altem, krankem Fleisch zu verlassen. Zurück in der Halle, holte ich mehrmals tief Luft. Dann bedeckten wir die Kuchen mit Tüchern; Hekamede nahm die eine Servierplatte und ich die andere, und wir machten uns mit Amina auf den Weg über den Versammlungsplatz, wo die Statuen der Götter lange Schatten auf den frisch gerechten Sand warfen. Die Sonne blendete uns, wir kamen vom Licht in den Schatten und wieder zurück ins Licht – ein kurzer, zügiger Gang im sandigen Wind. Vor Hekabes Hütte zogen wir den Kopf ein und traten ins stickige Dunkel. *Von einem Krankenzimmer ins nächste,* dachte ich. Aber damit endete die Ähnlichkeit auch schon: Nestor schlief in einem königlichen Bett, inmitten aller Insignien von Reichtum und Macht; und Hekabes Unterkunft ähnelte eher einer Hundehütte als einer menschlichen Behausung. Doch zumindest hatte sie die Hütte für sich allein – ein seltener Luxus in dem überfüllten Lager. Odysseus schien sie wirklich einigermaßen respektvoll zu behandeln. Als die Frauen der trojanischen Königsfamilie unter den Fürsten verteilt worden waren, hatte es eine Menge Witzeleien auf Kosten von Odysseus gegeben. Agamemnon und einige andere Könige hatten die jungfräulichen Töchter des Priamos erhalten, Pyrrhos eine knackige junge Witwe – in der steckte einiges an Schwung, wenn sie nur mal ein bisschen fröhlicher wäre –, Odysseus hingegen stand mit einer hageren alten Frau da. Er zuckte nur mit den Schultern und ging über das Gelächter hinweg. Er wusste, dass er die einzige Frau heimführte, die Penelope, seine Gattin, akzeptieren würde – und mit ein bisschen Glück würde er es schaffen, sie davon zu überzeugen, dass er die letzten zehn Jahre allein geschlafen und nichts ihm die einsamen Abende vertrieben hatte, abgesehen von den gelegentlichen Kegelspielen mit seinen Männern. Er war klug genug, um es überzeugend klingen zu lassen – und nach allem, was man hörte, war Penelope ebenfalls klug genug, um so zu tun, als glaubte sie es. Jeder, mit dem man sprach, lobte Penelopes Verstand und ihre Liebenswürdigkeit. Ich konnte mir Hekabe gut vorstellen, wie sie in einer warmen Stube saß und leichte Stickarbeiten ausführte, statt wie so viele andere ältere Frauen steinerne Fußböden zu schrubben, während man sie anschrie, weil sie nicht schnell genug arbeiteten. Es würde wohl ein elendes Leben in tiefer Trauer sein, doch zumindest hätte sie es körperlich angenehm in den Wochen oder Monaten, die ihr vielleicht noch blieben.

Doch all diese Vorstellungen waren unsinnig. Seit dem Tod von Priamos gedachte Hekabe nicht mehr länger zu leben.

Auf den ersten Blick war sie nur noch Haut und Knochen, zusammengekauert unter einer schmutzigen Decke. Der Arm, der herausragte, war so runzelig und voller Altersflecken, dass er eher aussah wie das Fell eines Tieres als wie menschliche Haut. Sie regte sich, als sie unsere Stimmen hörte, blinzelte im plötzlichen Licht und versuchte, sich aufzusetzen. Ich war entsetzt, als ich sah, wie gebrechlich sie geworden war; selbst in der kurzen Zeit seit ihrer Ankunft im Heerlager schien sie zusammengeschrumpft zu sein. Ich fragte mich, wie viel sie aß. Hekamede berührte ihre Füße als Zeichen der Ehrerbietung und bot ihr die Platte mit den Küchlein dar. Hekabe dankte ihr überschwänglich, stellte sie aber sofort zur Seite und blinzelte zu mir hinauf.

»Das ist Briseis«, sagte Hekamede.

Auch ich kniete nieder und berührte Hekabes Füße. Ich erwartete nicht, dass sie sich an mich erinnerte. Wir waren uns in den zwei Jahren, die ich in Troja verbracht hatte, oft genug begegnet, aber damals war ich noch ein Kind gewesen. Ich musste mich seither so verändert haben, dass man mich unmöglich wiedererkennen konnte – und sie sah einen Augenblick ratlos drein, doch dann streckte sie den Arm aus und legte ihre hagere Hand an meine Wange. »Ich möchte dir danken, meine Liebe.«

»Weshalb? Hekamede hat die Kuchen gebacken.«

»Du bist gut zu Priamos gewesen, als er bei Achill war. Er hat sich an dich erinnert, er hat sich erinnert, dass Helena dich mit auf die Zitadelle gebracht hat. ›Helenas kleine Freundin.‹ Du musst damals noch ein Kind gewesen sein.«

»Ich war zwölf.«

»Er hat von dir gesprochen, als er zurückkam. Er sagte, du seist gut zu ihm gewesen.«

Ich brachte kein Wort heraus, beinahe hätte ich geweint.

»Nun …« Hekabe tätschelte mir den Arm. »Lasst uns ein paar Küchlein essen.« Sie spähte in den Schatten, wo Amina stand, demonstrativ im Hintergrund wie immer. Ich begriff, dass Hekabe nicht mehr gut sehen konnte.

»Amina?«, sagte ich.

Da trat sie vor, kniete nieder und berührte Hekabes Füße. Zu meiner Überraschung sagte Hekabe: »Amina. Mein armes Kind. Wie geht es dir?«

»Recht gut.«

»Du gehörst jetzt Pyrrhos?«

»Ja – nicht das, was ich mir ausgesucht hätte …«

Hekabe gab ein merkwürdiges Geräusch von sich, halb Schnauben, halb Lachen. »Je nun, ich glaube, dass wir eine Wahl hatten, gehört nun der Vergangenheit an.«

Hekamede reichte die Küchlein herum, ich schenkte Wein aus. Hekabe war zu aufgeregt, um zu essen, doch mir fiel auf, dass sie rasch trank. Nun, sollte sie trinken! An ihrer Stelle hätte ich das halbe Meer leer getrunken. Nach wenigen Minuten erschienen auf ihren Wangen zwei rote Flecken, die sich auffallend gegen die allgemeine Fahlheit ihres Gesichts und ihrer Haare abzeichneten. Zunächst konzentrierte sie sich einzig und allein auf den Wein, doch dann begann sie von Helena zu sprechen. Wussten wir schon, dass Menelaos wieder mit ihr schlief? Sie hatte eine ganze Hütte für sich allein – »keine wie die hier, sondern *drei* Zimmer!« Sie hatte Dienerinnen, die ihr aufwarteten und ihr hinterherräumten. Oh, und einen Webstuhl. Helena webte wieder, wie eine Spinne in Erwartung einer Erschütterung, die ihr anzeigt, dass die nächste Fliege gelandet ist, ein weiteres Opfer, das sie aussaugen kann … Es lag ein unglaublicher Hass in Hekabes Stimme, als sie von diesen Dingen sprach. Ich fragte mich, wie sie über den Webstuhl Bescheid wissen konnte, aber in diesem Lager machte der Klatsch in Windeseile die Runde – und sicherlich waren Helenas Dienerinnen Trojanerinnen. Wahrscheinlich hatte sie das alles von ihnen. Sie drückten die Ohren an die Wand, um das Grunzen von Menelaos zu hören und Helenas ekstatische Schreie … Und es gab sicherlich jede Menge ekstatischer Schreie; Helena war schließlich nicht dumm.

Das gesamte Lager nahm es Menelaos übel, dass er sie zurückgenommen hatte. Die griechischen Krieger und die trojanischen Sklaven waren sich in einem einzigen Punkt einig: im Hass auf Helena. Menelaos hatte so häufig geschworen, er würde sie töten – noch in der Minute, in der er sie zu Gesicht bekam. Dann sagte er, er würde sie mit zurück nach Argos nehmen und sie von den Frauen zu Tode steinigen lassen – und an Freiwilligen hätte es keinesfalls gemangelt, es gab so viele Witwen, so viele Frauen, die Söhne verloren hatten … Und nun war er doch wieder mit ihr im Bett. »Die ganze Nacht«, sagte Hekabe. »Was will er machen – sie zu Tode ficken?«

Ich glaube, ich war schockiert; damals kannte ich Hekabe noch nicht so gut wie später.

»Und was sie für Lügen auftischt! Sie wäre vergewaltigt worden – *mein Sohn* soll sie vergewaltigt haben? Sie konnte doch gar nicht genug von ihm kriegen! Und zu behaupten, wir hätten sie in Troja gefangen gehalten. Davon kann keine Rede sein. Sie hätte jederzeit heimfahren können, wenn sie gewollt hätte. Was hat sie denn geglaubt, wer sie bei uns haben wollte? Mein Idiot von Sohn – sonst keiner! Jedes meiner Mädchen hätte sie über das Schlachtfeld geführt, wenn sie zu viel Angst gehabt hätte, allein zu gehen. Ich selbst hätte sie aus Troja herausgeführt!«

Man sah ihr an, dass es die Wahrheit war: Sie war furchtlos. Die ganze Zeit war ihr Mund in Bewegung geblieben, und selbst nachdem sie zu Ende gesprochen hatte, musste sie noch die Lippen zusammenkneifen, um sie still zu halten. Sie sah aus wie ein schwacher, abgemagerter alter Vogel, eine Drossel vielleicht, deren Federn vom Wind zerzaust waren und die doch noch immer sang und trotzig von ihrem Ast aus ihre Rufe ausstieß.

Es fiel mir schwer, ihre Gefühle nachzuvollziehen. Jeden Tag sah ich, wie zerstört Andromache vor Trauer war, und ich glaube, ich hatte erwartet, es würde bei Hekabe genauso sein – oder noch schlimmer. Aber sie reagierte ganz anders. Der Hass auf Helena verzehrte sie. Vielleicht spürte sie, dass die Könige zu mächtig, zu bedrohlich waren, als dass sie sie hätte hassen können. Vielleicht hatte sie auch stets den Frauen die Schuld gegeben und die Männer freigesprochen, so sind manche Frauen. Aber es reizte mich zum Widerspruch.

Ich sagte: »Ihr dürft nicht einfach Helena verantwortlich machen! Nicht Helena hat Priamos getötet – Pyrrhos war es. Wer hat Hektors Sohn von den Festungsmauern geschleudert? Pyrrhos. Und wer hat Polyxena geopfert? Nicht Helena, sondern Pyrrhos.«

»Und was tust du dagegen?«, fragte Hekabe.

Schweigen. Darauf hatte ich keine Antwort. Pyrrhos befand sich weit außerhalb unserer Einflussmöglichkeiten. Ich blickte die Wände der Hütte entlang und wünschte mir nur noch, draußen zu sein und frische, saubere Luft in die Lungen zu bekommen – falls man diesen heftigen Wind mit seinen aufgepeitschten Sandkörnern »sauber« nennen konnte. Ich wollte weg von dem muffigen Geruch, den die schmutzigen Decken auf ihrem Bett verströmten. Und vor allen Dingen wollte ich nicht dieser unaufhörlich schimpfenden, erschöpften Stimme zuhören müssen. Doch gleichzeitig empfand ich Mitleid und eine Art von Ehrfurcht vor Hekabe.

Endlich schwieg sie. Sie aß tatsächlich eines der Küchlein und tupfte sich den Mund anmutig mit dem Saum ihres Schleiers ab. »Köstlich«, sagte sie und wies ein weiteres zurück. »Weißt du«, wandte sie sich an mich, »ich wüsste nicht, dass ich in Troja jemals solche Kuchen gekostet hätte – dabei hatte Priamos die besten Köche der Welt. Aber ich muss sagen, dass mir diese Küchlein am allerliebsten sind. Ist das Ingwer? So ein kräftiger Geschmack.«

Hekamede blickte besorgt drein. »Zu intensiv?«

»Nein, perfekt ausgewogen. Nicht zu würzig und nicht zu süß.« Sie wandte sich wieder an mich. »Und was ist mit dir, meine Liebe?«

Ich wusste nicht genau, was sie meinte. »Ob ich backen kann? Nun ja, ein bisschen – nicht annähernd so gut wie Hekamede.«

»Ich bin sicher, du verfügst über andere Gaben. Man sagt, du kennst dich gut mit Kräutern aus?«

»›Gut‹ würde ich nicht sagen.«

»Sieh mal …« Sie machte eine Pause und schaute sich in unserem kleinen Kreis um. »Ich habe darüber nachgedacht, was wir tun könnten.«

Ich fühlte mich unbehaglich, während ich zuhörte. Sie sprach weiter und schien Hekamede zu bitten, einen Kuchen für Helena zu backen. *Für Helena?*

Und dann schaute sie mich an und sagte: »Ich weiß, wo man die richtigen Pflanzen finden kann.«

Natürlich wusste sie das. Der Kräutergarten von Troja hatte einen abgetrennten Bereich, der giftigen Pflanzen vorbehalten war. Paradoxerweise gewinnt man aus Giftpflanzen einige der wirkungsvollsten Arzneien. In kleinsten Dosen verabreicht und unter sorgfältiger Überwachung können diese Pflanzen tatsächlich Leben retten. Bilsenkraut, Wolfswurz, Fingerhut, Steinklee – so unschuldige Namen, nicht wahr? Schlangenholz, Rizinus, Brechnuss …

Hekabe berührte mich am Arm. »Wüsstest du, welche man pflücken muss?«

Ich blickte zu Hekamede hinüber und merkte, wie sie begriff, wozu wir hier aufgefordert wurden. Sie griff nach Hekabes Hand. »Wieso überlasst Ihr sie nicht den Göttern?«

»Weil es beschissen läuft, wenn man die Dinge den Göttern überlässt! Werd erwachsen, Mädchen!«

»Allein die Götter dürfen richten.«

»Pah! Glaubst du etwa, den Göttern liegt an Gerechtigkeit? Wo ist Gerechtigkeit bei dem, was mir widerfahren ist?«

Sie wandte sich von uns ab und zog die Schultern zusammen wie ein Habicht im Regen. Einen Augenblick herrschte Stille. Dann sagte sie: »Amina versteht das, nicht wahr?«

Amina nickte. »Ja.«

»Zum Glück«, sagte ich, »darf Amina die Hütte der Frauen nicht ohne mich verlassen.«

Nun war die Stimmung vollkommen getrübt. Ich fragte Hekamede mit blitzenden Augen: *Wie bald können wir aufbrechen?* Doch dann wandte Hekabe sich wieder an uns, und ihr ganzes Gebaren hatte sich verändert, fast, als wäre die zerstörerische Vorstellung, Helena zu vergiften – die, so vermutete ich, ihre einzige Gefährtin in langen, schlaflosen Nächten gewesen war –, mit einem Mal von ihr abgefallen und hätte sie plötzlich erleichtert hinterlassen. »Wisst ihr, vielleicht schaffe ich doch noch ein Küchlein.«

Es war nur noch eines übrig. Als sie fertig war, benetzte sie ihren Finger und las die letzten Krumen von der Servierplatte auf. »Und nun würde ich gern einen Spaziergang machen.«

Wir drei schauten uns an. Die Vorstellung war geradezu wahnwitzig; der Wind würde sie davonwehen. Ich sah schon vor mir, wie sie in den Himmel hinaufgeblasen wurde wie ein skelettiertes braunes Blatt, aber ich nickte und half Hekabe auf. Sie legte Hekamede und mir ihre dürren Arme um die Schultern, und dann schlurften wir, ungeschickt wie ein missgebildetes Kalb mit sechs Beinen, auf die Tür zu.

Als wir draußen auf der Veranda waren, blieb Hekabe plötzlich stehen, und ich spürte, wie ein Zittern durch ihren Körper ging. Sie blinzelte im grellen Licht, als würde ihre eigene Verwegenheit sie einschüchtern. Fast erwartete ich, dass sie ihre Meinung ändern, umkehren und sagen würde, sie werde es an einem anderen Tag noch einmal versuchen; aber nein, sie war entschlossen. Ein paar Frauen, die auf dem Boden kauerten und

Getreide zerstießen, blickten auf, als sie ihren gefährlichen Weg die Stufen hinunter in Angriff nahm. Ich hatte fürchterliche Angst, sie würde stürzen. Schließlich hoben wir sie einfach hinunter – sie wog so gut wie nichts.

»Wohin möchtet Ihr gehen?«, fragte ich.

Sie überlegte einen Augenblick. »Ans Meer. Ich bin seit Jahren nicht mehr am Meer gewesen.«

Also machten wir uns auf den Weg und hielten uns dabei, so gut wir konnten, im Schutze der Hütten. Mehrmals mussten wir stehen bleiben, damit sie sich den Schleier um den Mund schlingen konnte; der Wind nahm ihr den Atem – uns auch, aber sie hatte weniger Atem zur Verfügung. Als wir den Schutz der Hütten verlassen hatten, wurde der Wind noch schlimmer. Der Schleier flatterte hinter ihr her, und sie musste mich loslassen, sonst wäre er davongeflogen. Über uns zogen Krähen ihre Kreise, ihre zerfetzten Flügel hoben sich schwarz gegen den weißen Himmel ab. »Schaut euch die Mistviecher an!«, sagte sie. »Nicht so abgemagert wie wir.« Und sie gab ein Geräusch von sich, das unter anderen Umständen ein Lachen hätte sein können.

Langsam, sehr langsam brachten wir sie zum Strand hinunter. Wir hatten die Arme hinter ihrem gebeugten Rücken verschränkt, während sie auf das Meer zuwankte. Einmal flatterte ihr der Schleier vollends davon. Amina jagte ihm über den Sand nach, brachte ihn zurück und verknotete ihn sicher um Hekabes Kopf. Am Rand des Meeres machten wir Halt und betrachteten die Wellen, die unablässig gegen das Land anstürmten. Eine Welle nach der anderen scheiterte, fiel zurück, löste Kiesel, die hinter ihr her den abfallenden Strand entlangrollten – der lange, knirschende Seufzer ihrer Niederlage. Aber hinter jeder Welle ließ das Meer bereits seine mächtigen Schultern für den nächsten Angriff spielen.

Hekabe starrte zu den schwarzen Schiffen mit schnabelförmigem Bug hinüber, die auf dem Strand angeordnet waren wie eine Schar Greifvögel. Wahrscheinlich sah sie zum ersten Mal die Streitmacht, die ihr Leben zerstört hatte. Ich fürchtete, sie würde den Strand entlang dorthin blicken, wo Krähen und Möwen noch immer um den Leichnam von Priamos zankten, doch stattdessen holte sie erschaudernd Luft, drehte sich um und blickte landeinwärts.

Nicht weit entfernt hatte sich eine Gruppe von Frauen versammelt, Sklavinnen, die aus den Hütten des Odysseus herbeigerannt waren, um ihre frühere Königin zu sehen. Doch sie schaute über ihre Köpfe hinweg auf die zerstörte Stadt. Ich folgte ihrem Blick und betrachtete durch ihre Augen Trojas schwarze kaputte Türme, die wie die Finger einer halb bestatteten Hand anklagend gen Himmel wiesen. Ich wartete darauf, dass Hekabe etwas sagen würde, aber sie schwieg. Vielleicht erschienen ihr Worte angesichts dieses Anblicks überflüssig, sodass sie sich die Mühe sparte. Irgendwo tief in ihrer Kehle bildete sich ein wortloses Geräusch. Ich hörte es nicht; ich spürte es – es drang über ihren Hals und ihre Schultern hinunter in meinen Arm. Und ehe ich begriff, was geschah, war sie meinem Griff entglitten und auf die Knie gefallen. Sie kauerte auf dem harten Sand, und plötzlich brach das Leid aus ihr hinaus. Sie hob das Gesicht zum Himmel und schrie nach Priamos und dann nach Hektor und nach all ihren anderen toten Söhnen. Und dann wieder nach Priamos. *Priamos! Priamos!* Sie riss sich ganze Büschel Haare aus, schlug sich die Nägel in die Wangen, hämmerte auf den Boden, als könnte sie sich mit ihren Schreien in den düsteren Hallen des Hades Gehör verschaffen. Als könnte sie die Toten erwecken.

Ich kniete neben ihr und versuchte, ihr den Arm um die Schultern zu legen; ich gab unsinnige, tröstende Geräusche von mir, im verzweifelten Versuch, sie zu beruhigen – ebenso sehr um meiner selbst willen, fürchte ich, wie um ihretwillen. Ich konnte es nicht ertragen. Und dann warf sie den Kopf in den Nacken und stieß ein Heulen aus, und das Wehklagen ging fort und fort, es schien kein Ende zu nehmen. Die Frauen, die sie beobachteten, rückten näher heran, versammelten sich um die Stelle, wo sie auf dem schmutzigen Sand kniete, und stimmten in das Klagegeschrei von Hekabe ein, bis sie sich von Frauen in Wölfe verwandelten – das gleiche schreckliche Geheul, das aus hundert Kehlen strömte. Und ich klagte mit ihnen, fürchterlich erschrocken über die Töne, die ich von mir gab, aber doch außerstande, damit aufzuhören. Hekamede schrie, und auch Amina, wir alle beklagten den Verlust unserer Heimat, den Verlust unserer Väter, Männer, Brüder und Söhne. Wir wehklagten um jeden, den wir je geliebt hatten. Um alle Männer, die der Lauf der Geschichte, dunkel vom Blut, davongetragen hatte.

Wenn jemals lebende Stimmen in die Welt der Toten vordringen konnten, dann sicherlich in diesem Moment; doch niemand antwortete uns. Nach einer Weile kam Odysseus aus seiner Halle, um nachzuschauen, was es mit dem Tumult auf sich hatte, und wenige Minuten später erschienen Wachleute und beorderten die Frauen grob zurück an die Arbeit.

10

Irgendwo weiter den Strand hinunter hat ein Rudel Hunde zu heulen begonnen. Kalchas hält inne und lauscht, während das Geheul schwächer wird und in Gewinsel übergeht, dann herrscht Stille.

Er schaut sich um und ist sich bewusst, dass sich etwas verändert hat. Aber was? Der Himmel brennt noch immer im gleichen schrecklichen Rot, die Luft schmeckt noch immer nach Eisen, die Wellen schlagen noch immer mit dieser tödlichen Monotonie an den Strand … Er spürt, wie seine Lungen darum kämpfen, mit dem endlosen Auf und Ab Schritt zu halten; seine Brust scheint voll wirbelndem Wasser zu sein. Er legt die Hand auf die mit Seepocken besetzte warzige Seite eines Schiffes und versucht, tief Luft zu holen. Einen Augenblick wird ihm schwindelig, seine Sicht trübt sich ein, doch dann schwimmt der Strand ganz langsam zurück ins Blickfeld. Eine Wolke aus feinen Sandkörnern weht über den harten Sand, und während er hinsieht, trudeln einige Knäuel aus getrocknetem Gras vorüber.

Das alles hat er schon so viele Male gesehen, warum also fühlt es sich plötzlich merkwürdig an? Er leckt an seinem Zeigefinger und hebt ihn in die Höhe. Ja, das ist es: Der Wind hat sich verändert. Nicht besonders – er bläst noch immer vom Meer her, aber in einem etwas anderen Winkel. Vielleicht wird es ihm das Gehen erleichtern; vielleicht wird er aber auch dahinrollen wie eines dieser Grasknäuel. Er verlässt den Schutz des Schiffes und macht sich zuversichtlich auf den Weg. Er ist nicht mehr der linkische Junge, der einst zu Füßen des Priamos gekniet hat. Er ist der Hohepriester des Apoll, der oberste Seher des griechischen Heeres, ein Mann, der das Vertrauen von Königen genießt. Doch als er sich umdreht und zurückblickt, sind die Abdrücke seiner Füße, die sich über den feuchten Sand ziehen, so unregelmäßig wie die eines Krebses. Trotzdem geht er zügig weiter, er will seine Hütte erreichen, ehe die Dunkelheit hereinbricht. Er beschließt, sich heute Abend einen Becher starken Wein zu erlauben, vielleicht mit einem kleinen Kuchen zum Eintunken. Man darf sich nicht immer die angenehmen Dinge des Lebens versagen; der Verzicht hat ihn erschöpft. Mit einigem Unmut denkt er an Machaon, der sich nie etwas versagt hat und der doch Agamemnon sieht, sooft er will – jeden Tag, erzählt man sich –, während er, der dem König jahrelang getreu gedient hat, *jahrelang*, seine Tage damit zubringt, auf einen Ruf zu warten, der niemals kommt.

Das Licht schwindet jetzt schnell, aber es sind nicht die blauen Schatten eines gewöhnlichen Abends, die sich lang über den Boden erstrecken, nicht die aufsteigende Dämmerung, in der die Flammen von Feuern und Lichtern normalerweise heller und einladender wirken. Nein, diese Schatten haben eine widerwärtige gelbe Farbe, wie das knochige Elfenbein alter Haut. Er erinnert sich an Hekabes faltigen Hals. Er hat ihn gesehen, als man sie ins Lager geführt hat, und er berührt nervös seinen eigenen Hals. Männer erfahren ihr eigenes Altern durch die Körper von Frauen, selbst Männer wie er, die sich für ein enthaltsames Leben entschieden haben. Nicht dass er sich tatsächlich je für die Enthaltsamkeit entschieden hätte – oder dabei geblieben wäre, wo wir gerade davon sprechen.

Er geht weiter. Jetzt ist er zurück in Troja und wieder ein Kind – weiße Häuser, schwarze Schatten, ein kleiner Junge, der auf einer Türschwelle sitzt und in die Sonne blinzelt. Schwach ist er sich bewusst, dass der Himmel um ihn herum immer dunkler wird, dass seine schmalen Füße aufblitzen, wenn er durchs flache Wasser geht, aber er hat sich in Erinnerungen an die Vergangenheit verloren …

Und als er wieder aufblickt, steht da Agamemnon.

Zuerst traut er seinen Augen nicht. Agamemnon verlässt seine Halle nie. Seit der Wind sich gedreht hat und die griechischen Schiffe am Strand festhält, hat man ihn nicht mehr draußen gesehen – er, der immer Festmähler veranstaltet oder Festmähler besucht hat, die andere Könige veranstaltet haben. Doch nun steht er da, in einem dunkelblauen Umhang, mit einem goldenen Reif um den Kopf, damit ihm das strähnige Haar, grau wie Eisen, nicht ins Gesicht geblasen wird. Er hat Kalchas nicht bemerkt, sondern starrt aufs Meer hinaus. Kalchas schaut sich um, aber niemand sonst ist in der Nähe. Dies ist die Stunde, zu der sich die Männer in warme Umhänge hüllen und sich um die Feuer versammeln. Die Stunde, zu der sie ernsthaft zu trinken beginnen.

Und so sind sie allein mit dem Wind, der aus losem Sand Schlangen formt, die sich über den Strand winden. Was soll er tun? Er wagt es nicht, sich Agamemnon zu nähern, der offensichtlich allein sein will – wäre er sonst ohne Begleitung gekommen? Doch ebenso wenig kann er einfach vorübergehen, ohne Agamemnon zu beachten. Das schräg einfallende Licht lässt die Ausscheidungen von Würmern sichtbar werden, kleine Haufen aufgetürmten Sandes, jeder mit seinem eigenen spezifischen Schatten. Kalchas gibt vor, sich sehr dafür zu interessieren, kniet sogar nieder, als wollte er sie genauer untersuchen. Dann verbringt er ein paar Augenblicke damit, aufs Meer hinauszuschauen, wo jede Welle, die auf die Klippen prallt, donnernd und tosend die Unmöglichkeit betont – als wäre eine solche Betonung noch notwendig –, mit den Schiffen die Bucht zu verlassen. Ist Agamemnon deshalb hier? Um sich die Hoffnungslosigkeit seiner Situation bestätigen zu lassen, wie jemand, der einen abgebrochenen Zahn anstößt, um zu überprüfen, dass es noch wehtut?

Kalchas spürt, wie scharfe Sandkörnchen in seine nackten Knöchel schneiden. Der Wind ist jetzt kühler, und noch immer kann er sich nicht rühren. Aber dann hört er ein neues Geräusch, irgendetwas zwischen einem Stöhnen und einem Brüllen. Es scheint vom Boden unter seinen Füßen auszugehen. Singender Sand. Ein wohlbekanntes Phänomen, das jedem vertraut ist, der an dieser Küste lebt. Die Wörter »wohlbekannt« und »vertraut« sind tröstlich, denn sie versuchen, das Erlebnis zu zähmen, es aus dem Bereich des Unheimlichen zu holen und zu beweisen, dass es zum normalen Leben gehört. Obwohl man eigentlich gar nicht von »Singen« sprechen kann – es ist ein viel bedrohlicherer Klang, der aus dem tiefen Inneren der Erde zu kommen scheint. Als hätten die Toten endlich eine Stimme gefunden – oder vielleicht die Stimmen wiedererlangt, die sie einst besaßen.

Agamemnon starrt um sich her. Schließlich kniet er nieder und legt beide Hände auf den Boden, als brauche er diese Berührung, um zu bestätigen, was seine Ohren ihm melden. Alles verbindet sich in dieser Situation miteinander, das schwindende Licht, der heulende Sand, der allmächtige, doch hilflose König, und löst eine Woge fürchterlicher Angst in Kalchas aus. Er würde davonrennen, wenn es einen Ort gäbe, an den er rennen könnte, aber das Getöse ist allgegenwärtig. Überall im Lager sind laute Stimmen zu hören, also müssen die Männer an den Feuern es auch hören. Aber dort wird es leiser sein und weniger furchteinflößend, weil die Männer nicht allein sind. Dort werden sie sich mit Witzen und Gelächter gegen das Grauen zur Wehr setzen können, aber hier draußen, ungeschützt am dunkler werdenden Strand, wenden sich zwei Männer einander zu und starren sich an, und keiner von ihnen schafft es, seine Furcht zu verbergen.

Und dann hört das Gebrüll auf – so plötzlich, wie es begonnen hat. Agamemnon richtet sich hoch auf, schaut einen Augenblick in Kalchas' Richtung und scheint etwas sagen zu wollen, doch dann wendet er sich schroff ab und geht mit langen Schritten in Richtung seines Anwesens davon.

Kalchas folgt ihm etwas langsamer. Sein Mund ist trocken, das Herz hämmert ihm gegen die Rippen, aber unter alldem triumphiert er, denn das hier kann Agamemnon nicht ignorieren. Er ist ein Mann, der Zeichen und Omen herbeisehnt, der selbst in den alltäglichsten Ereignissen noch ein Handeln der Götter sieht und der natürlich davon ausgeht, dass jede Botschaft der Götter ausschließlich an ihn gerichtet ist. *Ja! Jetzt muss er nach mir schicken.* Doch Kalchas überlegt weiter und fällt wieder in seinen vorherigen sorgenvollen Zustand zurück. Ja, Agamemnon wird nach ihm schicken. Man wird ihn auffordern, zu erklären, warum die Götter den Griechen nicht gestatten, den Ort ihres größten Sieges zu verlassen – und er hat nicht die geringste Ahnung, nicht die Spur einer Ahnung, was er sagen soll.

11

Nach einer sturmgepeitschten Nacht stellte ich Brot und Käse und einen Krug mit schwachem Wein auf den Tisch, falls Alkimos zum Frühstück nach Hause käme. Dann ging ich hinunter zum Strand, der bedeckt war von den Überbleibseln der Flut vom Vorabend. Ich war daran gewöhnt, am Strand eine Menge toter Tiere zu finden, aber ein Gemetzel wie an jenem Tag hatte ich nie zuvor gesehen. Der Sand war übersät mit blassen grüngrauen Krabben, Quallen, wohl hundert Seesternen, die im Tod ihre Farbe verloren hatten – und gerade sie taten mir besonders leid, weil ich sie so liebte. Ich suchte überall nach einem Geschöpf, das überlebt hatte, doch ich fand keines. Während ich mir einen Weg durch die Zerstörung bahnte, fühlte ich mich wie auf einem Schlachtfeld nach einem der blutrünstigen, rasenden Anfälle vom Zorn des Achill. Doch das hier hatte das Meer getan, das Meer hatte diese kleinen, zarten Wesen so weit hinauf an Land geschleudert, wo sie keine Chance gehabt hatten zu überleben.

Ich war einige Minuten am Rand des Wassers auf und ab gegangen, als ich aufblickte und vielleicht zwanzig Schritt vor mir einen großen, dünnen Mann stehen sah, der aufs Meer hinausblickte. Kalchas. Als ich ihn so beobachtete, während wir beide allein am verwüsteten Strand standen, spürte ich, dass ich ihn genauer anschaute als je zuvor.

Er war ungeheuer groß, an die zwei Meter, doch das Wort, das ihn am ehesten beschreiben würde, war nicht »groß«, sondern vielmehr »lang«. Lange Füße, lange Hände, lange Finger – selbst sein Hals war lang, der Kehlkopf trat so stark hervor, dass er bei bestimmtem Lichteinfall seinen eigenen deutlichen Schatten warf. Wie alle Priester der Trojaner schminkte er sein Gesicht weiß und umrandete die Augen mit Schwarz. Auf diese Weise setzte er gewissermaßen eine Maske auf, hinter der seine Gedanken undurchschaubar blieben. Wenn man eine leichte Sprachbehinderung hinzufügt, die jedes Wort, das mit »s« beginnt, in ein Zischen verwandelte, wird klar, warum die Griechen ihn sowohl furchterregend als auch lächerlich fanden. Er kam ihnen weibisch vor, und damit fühlten sie sich unwohl, also lachten sie über ihn, fürchteten ihn aber zugleich.

Ich war jetzt nur wenige Schritte von ihm entfernt, und noch immer hatte er sich nicht gerührt. Aus Neugier blieb ich stehen und blickte über die Bucht hinaus, um zu sehen, was ihn so faszinierte. Ich brauchte nicht lang, um es zu entdecken: Ein riesiger schwarzer Vogel – doch möglicherweise erschien er nur vor dem bronzefarbenen Gegenlicht schwarz – flog hoch über den Wellen dahin. Überall am Strand versammelten sich die Möwen und stoben wieder auseinander wie sprühende Gischt, doch dieser Vogel flog präzise und mit einer bestimmten Absicht, wie eine Eule auf der Pirsch über einer Wiese.

Plötzlich schoss er in die Tiefe und fuhr im letzten Augenblick seine knotigen gelben Fänge aus. Ein Platschen, ein Glitzern von Silber, dann kämpfte er darum, wieder aufzusteigen, die kraftvollen Schwingen schlugen heftig, um das Gewicht seiner Beute zu tragen. Ein Moment lang dachte ich, er würde vielleicht hinuntergezogen werden, aber nein, langsam, langsam kämpfte er sich seinen Weg in die Luft und hatte es fast geschafft, als ein Windstoß ihn packte. Er kam vom Kurs ab und prallte auf den feuchten Sand. Ein Anflug von Mitleid regte sich in mir, als ich sah, wie er sich mühte, wieder zu Atem zu kommen. Sonst erweckte allerdings nichts an ihm Mitleid in mir. Der Schnabel war dazu bestimmt, lebendiges Fleisch von den Knochen zu reißen, und die Augen – blassgolden funkelnd und aufmerksam – waren die Augen Agamemnons.

Noch während ich zuschaute, rappelte das Tier sich auf und begann die gewaltigen Schwingen zu bewegen, und schließlich, noch immer den um sich schlagenden Fisch in den Fängen, stieg es auf. Keine Minute später war er nur noch ein schwarzer Punkt im Glutofen des Himmels.

Erregt wandte ich mich an Kalchas. »War das nicht erstaunlich?«

Ich meinte nicht nur den Seeadler selbst, obwohl er erstaunlich war – ich meinte die Tatsache, dass er durch den Windstoß von seinem Kurs abgekommen war. Es hatte etwas Schockierendes darin gelegen: Als würde man Achill einen Speer werfen sehen, der sein Ziel verfehlte.

Kalchas starrte mich an. Ich erwartete, er wäre genauso aufgeregt wie ich, aber in den schwarz umrandeten Augen sah ich nur Berechnung. Er deutete den Vogelflug, also verbrachte er natürlich einen großen Teil seiner Zeit damit, Vögel zu beobachten. Doch ich hatte den Verdacht, einen noch größeren Teil seiner Zeit verbrachte er damit, Menschen zu beobachten. Wer war gegenwärtig der Mächtigste? Wer stieg die schwankende Leiter zur Macht empor? Wer musste beschwichtigt werden? Und vor allem: Was wollte diese Frau, die genau diese Frage zu genau diesem Zeitpunkt stellte, von ihm hören? Ich konnte sehen, wie er sich bemühte, dahinterzukommen, wer ich war, ob ich es wert war, dass er sich mit mir abgab. Ihr müsst bedenken, unlängst noch war ich eine Sklavin gewesen, so weit unter seiner Würde wie eine Nacktschnecke. Nach einer langen Pause nickte er schließlich. »Ja, äußerst ungewöhnlich.« Steif, gekünstelt, schwülstig – typisch für diesen Mann. Ich schätzte ihn falsch ein, sehr falsch. Aber das dachte ich damals.

»Was, glaubt Ihr, hat das zu bedeuten?« Eine etwas boshafte Frage.

»Nun, zur Auslegung von Omen sind viele Stunden des Nachdenkens und des Gebets notwendig.«

Wieder so steif. Wie konnte er nur so unbewegt sein angesichts dessen, was wir soeben gemeinsam beobachtet hatten? Aber ich verneigte mich, um seine überlegene Weisheit anzuerkennen, und sah zu, wie er fortging, auf das Anwesen des Agamemnon zu. Mir fiel auf, dass seine Schritte langsamer wurden, als er sich dem Tor näherte. Den Gerüchten zufolge war er in Ungnade gefallen und Agamemnon verzichtete darauf, seinen Rat einzuholen. Als ich sah, wie er herumtrödelte und sich Zeit ließ, hatte ich keine Schwierigkeiten, das zu glauben.

Seit dem Fall von Troja hatte ich von einer Stunde zur nächsten gelebt, ohne Energie und ohne Hoffnung. Jetzt fühlte ich mich plötzlich wieder lebendig, energiegeladener, ja mehr als das – *hochgestimmt*. Irgendwie hatte die Begegnung mit dem Adler alles verändert. Ich war einem der Herren über das

Leben begegnet, und diese Erfahrung hatte meine Stimmung so gehoben, dass ich mich kaum wiedererkannte; obwohl den Eindruck, den ich während dieser Begegnung gewann, einer von reiner Brutalität war. Als Frau bewegte ich mich in diesem Lager in einer komplizierten und gefährlichen Welt, dem Adler jedoch gehörte von Rechts wegen alles, was er sah. Denn er war vollkommen: Jede Feder, jede Krümmung des hakenförmigen Schnabels, jedes Funkeln seiner von der Sonne beschienenen Augen – alles war genau, wie es sein sollte. Er war älter als die Götter. Und einen Augenblick, einen winzigen Augenblick lang, war ich mit ihm dort oben gewesen, hatte auf die Wellen des Meeres und die an die Erde gefesselten Wesen herabgeblickt, die sich dort, weit unten, abmühten. Wenn er herabblickte, sah er … *Beute.* Sonst nichts – nichts Kompliziertes, nichts Schwieriges, nichts, was möglicherweise eine Bedrohung darstellen könnte – einfach nur Beute. In dieser Schlichtheit lag etwas Erhabenes – und mir missfiel die Vorstellung, dass Kalchas das alles mit seinen schmierigen Fingern anpackte und versuchte, ihm eine »Bedeutung« beizumessen. Der Adler war seine eigene Bedeutung.

In dieser Nacht lag ich wach und dachte an Helena und Hekabe, an meine Schwester, von der ich hoffen musste, dass sie tot war, und an meine verlorenen Brüder. Die gleichen Gedanken, die mich jede Nacht wach hielten. Doch als ich endlich einschlief, träumte ich von dem Adler – wie auch in vielen der folgenden Nächte. Als ich kurz vor Anbruch der Dämmerung erwachte, lag ich im Dunkeln, lauschte dem Wind und dachte an Kalchas, der ebenso, das spürte ich mit Sicherheit, wach lag und in das gleiche Dunkel starrte, sich an den Adler erinnerte und verzweifelt versuchte, sich darüber klar zu werden, was dieses »Zeichen«, dieses Omen, diese »Botschaft der Götter« bedeuten könnte.

12

Der Ausbruch von Energie, den ich verspürte, nachdem ich den Adler gesehen hatte, hielt an. Ich begann, nach Wegen zu suchen, die Lage für die gefangenen Mädchen zu verbessern. Bisher hatten sie den Hof hinter ihrer Hütte nicht nutzen können, weil ein Teil des Zaunes umgeweht worden war. Ich brachte Alkimos dazu, den Zaun reparieren und dort alles forträumen zu lassen. Es war nicht leicht, denn die Griechen verwandten äußerst ungern Zeit und Anstrengung auf Dinge, die sie aufzugeben im Begriff waren, doch sobald sie einmal mit der Aufgabe begonnen hatten, kostete es sie keine Stunde. Es verschaffte den Mädchen einen ungestörten Bereich und ein bisschen Schutz vor dem Wind. Am Nachmittag bereitete ich Kuchen und zwei große Tabletts mit Zuckerwerk zu und stellte sie zum Abkühlen zur Seite. Ich war die Einsamkeit meiner Hütte leid und freute mich auf einen Abend mit den anderen Frauen.

Sobald es dunkel wurde, halfen mir drei der Mädchen, die Servierbretter mit Essen und Krüge mit Wein in den Hof zu tragen, und wir verteilten sie auf Teppichen rund um das Feuer. Argwöhnisch zunächst verließen die anderen Mädchen die Hütte, wie Tiere, die man zum ersten Mal aus einem Pferch lässt und die zunächst herumschnuppern. Ein paar von ihnen schauten tatsächlich zurück zur Hütte, als hätten sie sich drinnen wohler gefühlt, aber die meisten schienen die größere Freiheit zu genießen. Das Feuer wollte zunächst nicht recht brennen, aber sie hockten sich darum, bliesen auf Zweige, warfen mehrere Handvoll trockenes Gras in die Flammen und stießen schließlich triumphierende Schreie aus, als ein großes Holzscheit zu brennen begann.

Ich hatte gehofft, Andromache würde uns Gesellschaft leisten, aber sie blieb in ihrem Zimmer. Ich klopfte an ihre Tür und fragte, ob es ihr gut gehe, erhielt aber nur ein Grunzen zur Antwort. Als ich wieder hinausging, sah ich, dass das Feuer nun prasselte, Funken wirbelten zum Himmel herauf, Schatten zuckten über die Gesichter der Mädchen. Die Luft war klar, aber kalt. Wir rückten dicht um die Flammen zusammen, unsere Zehen nur wenige Fingerbreit entfernt von den Herdsteinen. Ich hatte Trommeln und Flöten mitgebracht – Alkimos hatte in seiner Hütte eine große Sammlung an Instrumenten. Ich dachte, ein oder zwei der Mädchen könnten möglicherweise Flöte spielen, und der Rest von uns würde es sicher schaffen, auf den Trommeln den Takt zu schlagen. Ich hatte auch Alkimos' Leier mitgebracht – mit seiner Erlaubnis natürlich –, doch ich würde gut auf sie achtgeben und jeden klebrigen Fingerabdruck abwischen müssen, denn es war ein gutes, wertvolles Instrument. Nicht vergleichbar mit der Leier von Achill, aber besser als die meisten – und es war liebenswürdig von ihm, sie uns zu leihen. Amina, so stellte sich heraus, konnte die Leier schlagen, ziemlich gut sogar – aber eine echte Entdeckung war Helle, die nicht nur die Leier beherrschte, sondern auch Flöte spielen konnte. In ihrem früheren Leben war sie Straßenkünstlerin gewesen, eine Tänzerin, Musikerin und Akrobatin. Ihre Erfahrungen waren so weit vom behüteten Leben der anderen Mädchen entfernt, wie man es sich nur vorstellen kann. Sie war eine Sklavin gewesen, wie es solche Künstler für gewöhnlich waren, doch die besten von ihnen waren in der ganzen Stadt berühmt.

Endlich waren die Instrumente verteilt. Amina und Helle nickten, zum Zeichen, dass sie bereit waren. »Nichts Trauriges«, sagte ich. Die Mädchen riefen sich ihre Lieblingslieder zu – und viele davon waren glückliche, sogar lustige Lieder; doch sobald der Gesang begann, klangen sie alle traurig. Vielleicht klingen alle Lieder so, wenn sie im Exil gesungen werden. Schon bald waren viele Mädchen in Tränen aufgelöst. Maire, eine untersetzte junge Frau, deren Augenbrauen in der Mitte zusammengewachsen waren, heulte regelrecht. Doch trotzdem sangen sie weiter; selbst die beiden Mädchen, die noch immer nicht sprechen konnten, sangen. Und das verblüffte mich. Mir war bis dahin nicht klar gewesen, dass Menschen, die durch einen Schock verstummt sind, trotzdem singen können.

Helle, die alles andere als mitfühlend war, starrte fassungslos auf die schluchzenden Mädchen und fing an, etwas so Schnelles und Wildes zu spielen, dass sie alle Mühe hatten, mitzuhalten, sie klatschten und verschluckten Silben des Textes, bis sie bei den abschließenden Trommelwirbeln in hilfloses Gekicher ausbrachen.

»Noch mal!« Ich stand auf und ermunterte sie mit Gesten, das Gleiche zu tun, und eine nach der anderen stand auf. Die Musik begann von Neuem, jetzt kam das Aufstampfen mit den Füßen dazu. Unsere Schatten sprangen über die Mauern, die uns einsperrten, und entkamen in die Nacht.

Als wir uns wieder hinsetzten, warf ich einen Blick zu Amina hinüber, aber sie war damit beschäftigt, die Saiten auf der Leier zu richten, und wich meinem Blick geschickt aus. Das wurde allmählich zu eine festen Angewohnheit, die sie hervorragend beherrschte. Sie schien mir nie aus dem Weg zu gehen, aber irgendwie war sie zufällig immer auf der anderen Seite des Zimmers oder, in diesem Fall, des Feuers. Ich fühlte mich unwohl damit, aber ich schob es beiseite. Ich wollte nicht, dass irgendetwas diesen Abend verdarb.

Als Amina fertig war, begann sie, ein Liebeslied zu singen. Sie hatte eine hohe, klare Stimme, wie die Stimme eines Jungen, bevor sie bricht. Einen solchen Klang findet man in der Stimme einer Frau nicht oft, und wenn doch, geht es einem ans Herz. Viele Mädchen weinten erneut, und ich fragte mich, wie viele von ihnen jungen Männern zur Ehe versprochen gewesen waren, deren Leichname nun verwesend innerhalb des trojanischen Mauerrings lagen. Sie mussten trauern, doch nach einer Weile spürte ich, dass das Weinen jetzt lange genug gedauert hatte. Ich blickte Helle an, die das Gesicht verzog und mit den Achseln zuckte: *Was soll man mit ihnen anfangen?* Doch im nächsten Augenblick sprang sie auf. Sie tanzte und klatschte mit über dem Kopf erhobenen Händen im Gleichtakt zu ihren stampfenden Füßen. Ich nahm eine Trommel auf, einige der anderen Mädchen auch, und die restlichen begannen, im Takt zu klatschen. Bald waren wir alle auf unterschiedliche Weise im gleichen Rhythmus.

Ich habe noch nie ein Mädchen so tanzen sehen wie Helle in jener Nacht. Bei Hochzeiten und religiösen Festen tanzen die Mädchen zwar, doch stets sittsam, von den Schlüsselbeinen bis zu den Knöcheln in fließende Roben gehüllt und ängstlich darauf bedacht, dass ihr Blick nichts anderes als die Bewegungen ihrer Füße betrachtet. Helle trug eine ärmellose Tunika, deren Saum ein gutes Stück oberhalb der Knie endete – im Grunde genommen eine Männertunika. Ihre geölte Haut glitzerte im Licht des Feuers, ihr sorgfältig geflochtenes Haar schwang ihr um die Schultern, während das Stampfen und Klatschen an Tempo zunahm.

Neben Amina war Helle diejenige, die unter allen Mädchen herausstach. Viele im Lager hatten all ihre männlichen Verwandten verloren, und weil die älteren Frauen zum Sklavenmarkt geschickt worden waren, hatten die jüngeren Mädchen auch noch ihre Mütter verloren. Nur Helle zeigte keinerlei Anzeichen von Trauer. Sie hatte gesehen, wie ihr Besitzer, einen Speer in der Kehle, auf dem Boden gezappelt hatte wie ein Fisch auf dem Trockenen und wie er vor ihren Augen erstickt war. Als ich einmal einige zaghafte Worte des Mitgefühls murmelte, hatte sie laut aufgelacht. »Ach, keine Sorge«, sagte sie. »Das hätte ich schon seit Jahren gern selbst getan.«

Er hatte sie gekauft, als sie noch sehr jung gewesen war, nicht älter als sechs oder sieben Jahre, und sie hatte keine Erinnerung an ihr Leben vor jenem Tag auf dem Sklavenmarkt, also war eigentlich ihr ganzes Leben eines voll körperlicher Schmerzen gewesen. Ihr Besitzer wählte sie damals aus, indem er ihr die Daumen nach hinten zwang, bis sie die Handgelenke berührten. Er hieß sie sich auf den Rücken legen und drehte ihr die Beine in den Gelenkpfannen mehrmals ringsherum. Er hatte sie zur Akrobatin ausgebildet, zur Sängerin, Tänzerin und Musikantin. Sie war die Attraktion in einer Truppe gewesen, die regelmäßig am Hof des Priamos auftrat. Natürlich hatte ihr Eigentümer sie auch für andere Dienste zur Verfügung gestellt, aber nur sehr angesehenen Kunden, und selbst dann zu einem exorbitanten Preis. Arme Helle. In mancherlei Hinsicht war sie von allen Mädchen am meisten zu bedauern – obwohl sie das sicherlich nicht so gesehen hätte. Sie war frei von Trauer, das wohl – doch nur, weil ihr früheres Leben frei von Liebe gewesen war.

Das Schlagen der Trommeln und das Klatschen wurden immer schneller, um mit Helles tanzenden Füßen Schritt zu halten. Ich fragte mich, warum sie sich bei dieser Vorführung vor einem rein weiblichen Publikum so viel Mühe gab, wo sie den anderen Mädchen doch immer mit solcher Geringschätzung begegnete. Nur aus Freude an der Sache? Bei ihrem Tanz kam sie dem Feuer gefährlich nahe; so nahe, dass die Mädchen zu raunen begannen, dann zog sie sich ein wenig zurück, nur um erneut zum Feuer zu flattern, wie eine Motte, die von der Flamme angezogen wird. Der Feuerschein schimmerte auf ihren Armen und Beinen, die schlank, aber muskulös waren. Sie sah aus wie ein Knabe – anmutig, schön sogar –, doch ein Knabe. Und das hier war ein Kriegstanz.

Außerhalb des Lichtkreises leistete ihr Schatten ihr Gesellschaft, er zuckte am Zaun entlang. Die Gesichter der Mädchen, die gefesselt waren von der Musik und von Helles Tanz, wurden vom Feuer erhellt. Ein paar Mädchen standen sogar auf und begannen auch mit den Füßen aufzustampfen, doch dagegen trat die Anmut und die Kraft von Helles Tanz nur noch deutlicher zutage. Ich blickte mich in der Runde um und schaute dann wieder auf Helles tanzenden Schatten. Am Rand meines Blickfeldes nahm ich etwas wahr und wusste zunächst nicht, was es war. Dann fiel mir eine Bewegung im Inneren der Hütte auf.

Ich hoffte, es wäre Andromache, die sich entschlossen hätte, uns nun doch Gesellschaft zu leisten, aber im nächsten Augenblick erkannte ich, während ich in die Dunkelheit spähte, Pyrrhos. Es war sein gutes Recht, hier zu sein, ihm gehörte die Hütte und jede einzelne Frau darin. Nur ich nicht. Ich barg diesen Gedanken wie einen Schatz in mir und hütete ihn in der Dunkelheit. *Nur ich nicht.*

Das Trommeln wurde nun zu einem Hämmern. Ich sah, wie Helle die Höhe des Feuers abschätzte und wollte noch *Nein!* rufen, aber sie hatte bereits Anlauf genommen, und bevor ich ein Wort herausbringen konnte, war sie hinübergesprungen und leichtfüßig auf der anderen Seite aufgekommen. Die Flammen wirbelten im Luftzug, als Helle über sie hinwegflog, als würden sie sich nach ihr ausstrecken, um sie zu erwischen. Aber sie stand bloß da, lachte und reckte die Faust in die Höhe, wie Männer es tun, wenn sie ein Rennen gewonnen haben. »Geht es dir gut?«, fragte ich. Als Antwort streckte sie eines ihrer schönen Beine in meine Richtung. Zunächst konnte ich nichts erkennen, doch dann bemerkte ich eine leuchtend rote Stelle oberhalb des Knöchels.

»Das Feuer hat mich geküsst.« Ich muss besorgt ausgesehen haben, denn sie lachte erneut. »Es tut nicht weh.«

Ihr Blick glitt zur Tür der Hütte, aber Pyrrhos hatte sich in den Schatten zurückgezogen. Also hatte sie gewusst, dass er dort stand! Sie hatte es die ganze Zeit über gewusst.

Ihr geflochtenes Haar verströmte den Geruch von Rauch, während sie sich unter dem Jubel der anderen zu einem Becher Wein niederließ. Nur Amina wirkte unbeeindruckt, ja sogar missbilligend. Helle schaute ihr geradewegs ins Gesicht, hob den

Becher und prostete ihr spöttisch zu. Ich spürte, dass sich die beiden hassten. Das war sehr bedauerlich, denn beide waren starke Persönlichkeiten, geborene Anführerinnen. Gemeinsam hätten sie so vieles schaffen können, aber keine von ihnen schien geneigt, die Rolle der Anführerin zu übernehmen, die von Rechts wegen Andromache zugefallen wäre; Amina nicht, weil sie auf dem Pfad der Tugend und der religiösen Reinheit wandelte, und Helle nicht, weil sie sich ausschließlich auf ihr eigenes Überleben konzentrierte. Von den anderen Mädchen kam nicht eine als Anführerin infrage. Und ich schätze, so kam es, dass diese Rolle mir zufiel. Ich wusste, die Mädchen blickten zu mir auf, sie vertrauten mir, weil ich an diesem albtraumhaften Ort überlebt hatte, an den es sie nach dem Verlust ihrer Familien verschlagen hatte.

Es dauerte nicht lange, da schickte Pyrrhos nach Helle. Beinahe sofort, wir saßen noch im Hof, er konnte gerade erst zurück in seine Hütte gekommen sein. »JAWOHL!«, rief Helle und riss die Arme hoch.

Ich dachte, das wäre das Letzte, was wir bis zum Morgen von ihr sehen würden, aber als wir uns schließlich vom Feuer losrissen und die Hütte betraten, fanden wir sie eingerollt auf ihrer Pritsche, die Decke hochgezogen bis zum Kinn.

»Was ist geschehen?«, fragte ich.

»Nichts ist geschehen. Er wollte nur, dass ich zuschaue, wie er wichst.«

Die Mädchen schauten sich an. Mir wurde klar, dass keine von ihnen wusste, was dieses Wort bedeutet.

Es war merkwürdig – und es war nicht das erste Mal, dass ich mir dessen bewusst wurde. Pyrrhos war ein junger Mann, kaum erwachsen, doch er zeigte sehr wenig Interesse an den Mädchen.

Bis er nach Helle geschickt hatte, hatte er sogar überhaupt kein Interesse gezeigt. Mit Andromache zu schlafen, schien er eher als Strafe zu betrachten denn als Vergnügen. Alkimos hatte bisher nichts dazu gesagt. Vielleicht war es ihm nicht aufgefallen, aber ich fragte mich, ob dies nicht das Thema der wortlosen Unterhaltung war, die er und Automedon so häufig führten.

Eine halbe Stunde später, als ich sicher und warm in meinem Bett lag, rief ich mir den Abend noch einmal in Erinnerung und fand, dass er ein großer Erfolg gewesen war. Natürlich wäre es besser gewesen, wenn Andromache sich uns angeschlossen hätte, aber auch ohne sie waren die Mädchen als Gruppe zusammengewachsen. Ich war zufrieden. Das sagte ich mir immer wieder, denn ich fühlte ein wachsendes Unbehagen in mir, das ich nicht benennen konnte. Lag es daran, dass Pyrrhos nach Helle geschickt hatte? Nein, das war es nicht. Besser sie als eines der anderen Mädchen. Helle konnte es ohnehin kaum erwarten, in die Halle zu kommen; man merkte ihr an, wie ehrgeizig sie war. Nein, es war sinnlos – ich kam nicht darauf, warum ich das Gefühl hatte, dass etwas nicht stimmte. Aber ich würde nicht wach liegen und darüber nachgrübeln.

Ich blies die Kerze aus, zog die Decke über mich und starrte in die Dunkelheit. Vom Rauch des Feuers brannten mir die Augen, ich roch ihn noch auf meiner Haut und in den Haaren. Morgen früh würde ich als Erstes ein Bad nehmen. Die ganze Zeit ging ich doch noch unwillkürlich die Ereignisse des Abends durch. Was war es nur? Irgendetwas passte da nicht. Und dann, an der Schwelle zum Schlaf, wurde es mir klar: Es war der Augenblick ganz zum Schluss, als sich die Mädchen um Helles Bett versammelt hatten, die Gesichter voll Neugier und Furcht. Ich hatte mich im Kreis umgeblickt und begriffen, wie verwundert und ahnungslos sie alle waren. Ich schloss die Augen und versuchte, mir diesen Moment genau in Erinnerung zu rufen, denn ich musste mir sicher sein. Langsam erschienen die Gesichter, eines nach dem anderen, selbst die der beiden stummen Mädchen, deren Namen ich noch immer nicht kannte. Alle Gesichter – mit Ausnahme von Aminas. Sie war nicht dabei gewesen.

Ich sagte mir, dass es nicht von Bedeutung war. Wahrscheinlich war sie bloß draußen auf dem Hof geblieben, hatte die Becher eingesammelt und das Feuer gelöscht. Das sah ihr ähnlich. Sie räumte stets das Durcheinander in der überfüllten Hütte auf und reagierte gereizt und frustriert, wenn die anderen Mädchen keine Ordnung hielten.

Doch ich war besorgt, ich fragte mich sogar, ob ich aufstehen und nachschauen sollte, ob es ihr gut ging. Doch die Mädchen würden inzwischen alle schlafen – nein, die Sache konnte bis zum Morgen warten. Ich wälzte mich von einer Seite auf die andere, während das Baby Purzelbäume schlug, wie immer, wenn ich aufgewühlt war. Schließlich fand ich eine Liegeposition, die uns beiden zusagte, doch selbst dann dauerte es noch lange, bis ich einschlief.

13

Kalchas träumt, wie er es jetzt oft tut, von seiner Kindheit in Troja, lange bevor er Priester geworden ist, damals, als er, zumindest dem Namen nach, der Lehrling seines Vaters in der Schmiede gewesen ist. Ein mageres, bleiches Kind mit zwei linken Händen, das sich nur langsam bewegt, wenn sein Vater Anweisungen bellt, und nicht annähernd schnell genug ist, um seinen Fäusten auszuweichen. Er verschwindet gern ins Haus, wo seine Mutter backt – der Duft von warmem Brot und Zimt, der Schwall von Hitze, wenn sie die Brotlaibe aus dem Ofen holt, wie sie die Unterlippe vorschiebt, um sich Haarsträhnen aus dem erhitzten Gesicht zu pusten. Sie hält einen Augenblick inne, wenn er hereinstürzt und das geschwollene Gesicht an ihre Seite drückt, aber sie wagt nicht, zu viel zu sagen. Sie hat noch mehr Angst vor seinem Vater als er. Kalchas regt sich, erwacht kurz und denkt an seine Mutter. Eine verhuschte kleine Frau, so erscheint sie ihm heute, die ihm doch einst die Welt bedeutet hat. Immer ist sie ins Gebet vertieft, an jedem Festtag geht sie in den Tempel, vielleicht ist sie ja ein bisschen in den Priester verliebt? Hier und da ein blauer Fleck, doch nichts, was nicht das gute Recht ihres Ehemannes gewesen wäre. Sie beklagte sich nicht, sie wünschte nur, ihr Mann wäre nicht so hart mit dem Jungen. Und dann, eines Tages, bot sich die naheliegende Lösung. Kalchas erinnert sich an einen Tag, an dem hinter verschlossenen Türen geredet wurde, an das fortgesetzte Gepolter seines Vaters, dann die Stimme des Priesters, durchdringend, aber gebieterisch, die sich darüber erhob. Und plötzlich werden seine wenigen Besitztümer zusammengeschnürt und er folgt dem Priester im respektvollen Abstand von drei Schritten durch die schmalen, verwinkelten Gassen und die überfüllten Straßen, die alles sind, was er bisher kennengelernt hat – hin zu den sonnenbeschienenen Plätzen und prächtigen Tempeln in der Nähe der Zitadelle. Hier sind die Gerüche anders. Es duftet nach Blumen und Weihrauch, und über allem hängt der eisenhaltige Geruch vom Blut der Opfertiere. Fleisch, immer Fleisch, so viel Fleisch! Er lässt den fürchterlichen Gestank der Gerberei, des Leimkochens und der Abdeckerei hinter sich, der sich nur so lange auf seiner Haut hält, bis Kalchas das zeremonielle Bad genommen hat. Dann ist er fort, mitsamt dem Geruch von gebackenem Brot und Zimt.

Einmal im Monat ist es ihm gestattet, nach Hause zu gehen, und zunächst sehnt er diesen Tag herbei. Er markiert die Tage sogar mit einem Stück Kreide auf dem Boden. Doch mit jedem Besuch fühlt er sich ein bisschen fremder in dem Stadtviertel, zunehmend auch in seinem eigenen Elternhaus – als wäre er auf einem Schiff, das rasch davonsegelt, als wäre seine Mutter nur eine winzige Gestalt, die ihm von der Küste aus zuwinkt.

Nach einer Nacht voller wirrer Träume erwacht Kalchas mit trockenem Mund. Seine Augen sind verklebt. Er trinkt nicht oft starken Wein, aber gestern Abend hat er es getan, und in seinem Kopf hämmert es. Er hat die letzten Tage und Nächte damit zugebracht, auf den Ruf von Agamemnon zu warten, von dem er weiß, dass er bald kommen muss – aber als es endlich an seiner Tür klopft, sieht er dort nicht die achtungsgebietende Gestalt des königlichen Herolds stehen, sondern das Sklavenmädchen von Herrn Nestor, sein »Ehrengeschenk«, wie die Griechen sagen. Er erinnert sich dunkel an sie, aus den Zeiten, als er in Nestors Halle gespeist hat, doch es dauert ein paar Augenblicke, bis ihm ihr Name einfällt. Hekamede – genau, das war's. Als Erstes kommt ihm in den Sinn, dass Nestor gestorben sein muss. Seit dem Tag, als sein jüngster Sohn gefallen ist, sind Gerüchte über seine Gesundheit im Umlauf. Kalchas spürt, wie sein Kopf zu arbeiten beginnt, um abzuwägen, was Nestors Tod für das labile Gleichgewicht der Macht im Lager bedeuten wird, doch einen Augenblick später wird ihm klar, dass das alles Unsinn ist. Die Nachricht vom Tod eines Königs wird von Herolden verkündet, nicht von Sklaven überbracht! Er kämpft noch immer darum, die letzten Reste Schlaf abzuschütteln und ganz wach zu werden. Als das Mädchen schließlich spricht, sagt sie auf angenehme, bescheidene Weise: »Hekabe würde Euch gerne sehen.«

»Hekabe?«

Sofort ist er empört. Ist er in seinem Status tatsächlich so weit gesunken, dass er von einer Sklavin gerufen wird, um eine Sklavin aufzusuchen? Denn das ist Hekabe jetzt – ganz gleich, ob sie einst Königin von Troja gewesen ist. Doch dann erinnert er sich allmählich daran, wie sie früher gewesen ist. Sie (und natürlich auch Priamos) hat den Tempel immer an den besonderen Weihetagen des Apoll besucht. Als er sie zum ersten Mal gesehen hat, muss er … vierzehn, fünfzehn Jahre alt gewesen sein. Vielleicht ein bisschen älter. Als er niedergekniet war, um Priamos die ersten Stücke vom Fleisch des Opfertieres darzubieten, hatte er Hekabe aus dem Augenwinkel betrachtet, wie sie dasaß in ihrem goldbestickten Gewand, blitzende Diamanten im Haar. Wie alt mochte sie damals gewesen sein? Nicht jung. Selbst vor so langer Zeit konnte sie nicht jung gewesen sein. Und sie war nicht schön, nicht auf die Art, auf die viele Konkubinen des Priamos schön waren. Aber sie hatte eine außergewöhnliche Stimme; tiefer, als es die Stimmen der Frauen normalerweise sind, und von einer rauen Beschaffenheit, die unangenehm hätte sein können, es aber nicht war.

Später hatte er an sie gedacht, als er auf seiner Pritsche lag und Schlaf zu finden versuchte, nach allem, was er an diesem Festtag gesehen und gehört hatte und ihm im Kopf herumging. Der Klang ihrer Stimme ließ ihn an die Fingernägel einer Frau denken, die den Rücken eines Mannes hinuntergezogen werden, vom Genick bis ganz hinunter zur Spalte in seinem Arsch – aber sanft, ganz sanft, sodass sie nur ganz schwache Kratzer auf der Haut hinterlassen. Sechzehn muss er gewesen sein. Ein Alter, in dem man wirklich nur an eines denkt: an Sex.

»Was will sie?«

»Ich weiß es nicht, Herr, das hat sie nicht gesagt.«

»Nun, sag ihr …« Er schluckt die Worte hinunter.

Das Mädchen stand da und atmete sacht.

»Sag ihr, ich werde kommen, wenn es sich einrichten lässt.«

Es gibt keine Aufgabe, die ihn auf Agamemnons Gelände festhalten würde, und doch erträgt er es nicht, es zu verlassen. Er wartet den ganzen Tag in seiner Hütte, und noch immer wird nicht nach ihm geschickt. Also macht er sich am späten Nachmittag – sein Schatten auf dem Strand ist schon ganz schmal und lang – auf den Weg zum Gelände des Odysseus, frustriert, übellaunig, aber auch neugierig. Er ist erstaunt, als er feststellt, dass er noch immer einen leichten Sog von Anziehung verspürt. Aber sie ist jetzt eine alte Frau, zu alt, um Gefühle dieser Art hervorzurufen.

Er findet sie auf ihrer Pritsche liegend, den Kopf hochgelagert auf zwei Kissen. Offenbar hat man einige Anstrengungen unternommen, um es ihr bequem zu machen, obwohl die Decke, unter der sie liegt, alles andere als sauber ist. Als sie sie zur Seite schiebt, geht ein Geruch nach Krankheit von ihr aus, von altem Fleisch. Er wünscht, er hätte daran gedacht, die mit Gewürznelken gespickte halbe Zitrone mitzubringen, die er immer bei sich trägt, wenn er gezwungen ist, die übel riechenden Gegenden des Lagers aufzusuchen.

»Hekabe.« Kein Titel. Was nützt es noch, sich etwas vorzumachen?

Sie starrt zu ihm herauf. »Um Himmels willen, Mann, setz dich. Du bist immer noch so ein Strich in der Landschaft.«

Die gleiche warme, dunkle, raue Stimme, die ihn aus der Bahn wirft. Er schaut sich in dem armseligen kleinen Loch von einer Hütte um, leckt sich die Lippen wie ein verwirrter Hund – und dann, unerwartet und unfreiwillig, setzt er sich hin. Es überrascht ihn, sie jedoch nicht, sie hat seinen Gehorsam schon immer für selbstverständlich gehalten. Er schaut sie an, sieht den faltigen Hals und die Altersflecken auf ihrer Haut, er sieht alles, aber nichts davon ist wichtig. Sie dreht den Kopf, und schon ist er wieder ein Junge, der zu Füßen von Priamos kniet und Hekabe aus dem Augenwinkel betrachtet.

Sie greift nach einem Krug. »Schenk dir ein. Es ist der letzte Dreck, aber wenn ich es runterkriege, bin ich sicher, du kannst es auch.«

»Nein danke, im Augenblick nicht.«

Er hört sich selbst: gekünstelt, überkorrekt, gehemmt. Seine Blicke schweifen zu dem Kuchen, der auf einer Servierplatte neben ihrem Bett steht.

»Nur zu, bedien dich ruhig, ich würde ihn sowieso nicht alleine schaffen.« Sie schiebt ihm schwungvoll die große Platte entgegen. »Den Kuchen hat Hekamede gebacken. Niemand macht einen besseren als sie.«

»Ich habe sie heute Morgen gesehen.«

»Nun, natürlich hast du sie gesehen, ich habe sie ja geschickt.«

Sie ist gebieterisch wie eh und je. Er erinnert sich, wie sie aussah, als er sie zum ersten Mal gesehen hat: eine kleine, dünne, braunhäutige Frau mit hohen Wangenknochen und der eigentümlichen Gewohnheit, die Wangen einzusaugen, als hätte sie gerade auf etwas unerwartet Saures gebissen. Vielleicht hilft es einer Frau sogar im Alter, wenn sie früher nicht allzu schön gewesen ist? In den fünfzig Jahren Ehe mit ihr hat Priamos nie das Interesse an Hekabe verloren; sie hat ihn amüsiert, verärgert, frustriert und vollkommen betört. Und sie hat so einige haarsträubende Dinge von sich gegeben. *Ein Strich in der Landschaft?* Ernsthaft? Was für eine Sprache ist das für eine Königin? In Troja ist sie auch so unverblümt gewesen. Er erinnert sich vage an Priamos, wie er dasitzt, die Hände vors Gesicht geschlagen, und *»Hekabe!«* ausruft. Bei welcher Gelegenheit das gewesen ist, daran kann er sich nicht erinnern – irgendein Empfang für einen ausländischen Gesandten.

»Behandelt man dich gut?«, fragt er, tupft mit dem Zeigefinger einen Klecks Sahne auf und schiebt ihn sich in den Mund.

»Oh ja, es fehlt mir an nichts.«

Er ist nicht sicher, was sie damit meint. Im Gegensatz zum Palast in Troja mangelt es in dieser … Bruchbude, anders kann man es wirklich nicht nennen, an sehr vielem.

»Ich bekomme Essen, ich bekomme Wein – wirklich scheußlichen Wein, aber …« Sie zuckt mit den Achseln. »Odysseus will, dass ich am Leben bleibe. Er will mich seiner Frau bei seiner Rückkehr schenken.«

»Penelope genießt einen ausgezeichneten Ruf.« Liebe Güte, klingt er aufgeblasen. Wie ist er so ein Mensch geworden? »Ich glaube wirklich, sie wird dich gut behandeln.«

»Oh ja, ich weiß, ich weiß. Die *treue* Penelope, die *ergebene* Penelope, die *kluge* Penelope … das bin ich auch alles gewesen – hat mir herzlich wenig genutzt.«

Treu: ja; ergeben: ja. *Klug?* Plötzlich kann er es kaum erwarten, in seine Hütte zurückzukehren, auf den echten Ruf zu warten, denjenigen, der wirklich von Bedeutung ist, aber sie hält ihn hier fest, durch reine Willenskraft, wie es scheint. Und er ist es leid, er ist die Arroganz dieser Menschen leid, die glauben, dass sie zum Herrschen geboren sind, und die sich dann, wenn das Schicksal sich gegen sie wendet, nicht anpassen können – oder anpassen wollen. Da liegt sie in ihren verdreckten Wolldecken auf einem Sklavenbett, und in ihrer Vorstellung ist sie noch immer Königin. Es gab Zeiten, da hätte er das bewundernswert gefunden, aber heute nicht. Kluge Leute setzen die richtigen Segel, wenn der Wind umschlägt; sie segeln nicht geradewegs in einen Sturm hinein. Er macht eine Bewegung, um sich zu erheben, doch dann schaut er sie wieder an und erkennt in den ausgeprägten Wangenknochen und den eingefallenen Schläfen eine anders geartete Art von Autorität. Er begreift, dass sie stirbt und dass sie weiß, dass sie stirbt. Und diese Tatsache ist es, die ihr Macht verleiht, nicht irgendeine wahnhafte Vorstellung, sie wäre noch immer Königin. Ihm wird klar, dass sie niemanden fürchtet, weil sie nichts zu verlieren hat – nicht einmal ihr Leben.

»Na, das hat dir aber geschmeckt.«

Er schaut auf die Servierplatte hinunter und stellt zu seinem großen Schrecken fest, dass der Kuchen verschwunden ist. Der ganze Kuchen!

»Maßhalten in allen Dingen«, sagt Hekabe scheinheilig. »Im Maßhalten bist du nie besonders gut gewesen, oder?«

Er spürt, wie er unter der Schminke rot wird. Er weiß genau, worauf sie anspielt: auf einen bestimmten, ziemlich unglücklichen Vorfall. Aber warum spielt sie darauf an? Das ist die Frage. Noch immer hat sie nicht gesagt, was sie will – und er fragt sich nun, ob sie zur Erpressung fähig wäre. Nun, wenn ja, wird es ihr nicht viel bringen. Es ist alles zu lange her, es kümmert niemanden – und überhaupt, wer wird schon einer Sklavin Glauben schenken? Die Gedanken schwirren ihm durch den Kopf, automatisch berechnet er Risiko und Wahrscheinlichkeit, plant seinen nächsten Zug … Jetzt ist keine Emotion mehr im Spiel, Emotionen kann er sich nicht leisten – aber dann schaut er Hekabe noch einmal an. Das Licht fällt auf ihr Gesicht, und er ist wieder in Troja. All die Jahre, die dazwischenliegen, die Jahre des geheimen Planens und der Verstellung, des Schweigens, wenn Dinge gesagt wurden, die gegen alles verstießen, woran er geglaubt hatte – diese ganzen Jahre sind nun ausgelöscht, er ist sich selbst überlassen, nackt wie ein Einsiedlerkrebs ohne seine Muschel.

»Wir hatten unseren Spaß, nicht wahr?«, sagt Hekabe.

»Dann und wann.«

»Nun komm schon, du weißt, dass es so war.«

Ja, es hatte Spaß gemacht. Riesigen Spaß. Er erinnert sich an heiße Sommerabende in den Obstgärten des Priamos, an mondlose Nächte, in denen man den Menschen, mit dem man zusammentraf, kaum erkennen konnte, und an noch viel mehr. Es hätte auf Dauer nicht gut gehen können, zumal seine Stellung bei Hofe zunehmend unsicher wurde. Schon bald nach dem unglücklichen Vorfall hatte man ihm nahegelegt, ein zölibatäres Priesteramt wäre möglicherweise nicht seine wahre Berufung. Er hatte den Wink verstanden und seine Sachen gepackt, er hatte sich eingeredet, ein Szenenwechsel wäre ihm willkommen, obwohl es ihn in Wirklichkeit tief verletzte. *Vielleicht haben sie recht*, hatte er gedacht. Und hier steht er nun, zwanzig Jahre später, noch immer ein Priester, noch immer zölibatär. Doch zugegebenermaßen wird die Enthaltsamkeit nun strenger überwacht.

»Wie geht es Agamemnon?«, fragt Hekabe.

»Wieso glaubst du, ich wüsste das? Ich habe ihn nicht gesehen, seit …«

»Seit du die Zeremonie beim Tod meiner Tochter abgehalten hast.«

»Das war nicht nur ich, das waren …«

Wir alle. Alle Priester aus dem Lager waren dort gewesen. Er hatte die Augen geschlossen, als Pyrrhos das Schwert hob, und er hatte sie geschlossen gelassen, bis es vorüber war. Reine Feigheit, doch selbst so war der Versuch, sich zu schonen, gescheitert. Im Traum hört er nachts noch immer die Stille und dann das Keuchen der Menge, als die Klinge fiel.

»Sie ist voll Tapferkeit gestorben.« Er schluckt gegen den Kloß in seinem Hals an. »Weißt du, dass die Männer Blumen auf ihr Grab legen?«

»Die *Griechen*?«

»Ja. Sie war tapfer, davor haben sie Respekt. Und du musst bedenken, es ging schnell, innerhalb von Sekunden, sie war tot, ehe sie zu Boden fiel.«

»Ich nehme an, dafür muss ich Pyrrhos dankbar sein. Das muss ich wirklich – er hätte es auch verpfuschen können. Bei Priamos hat er es komplett verpfuscht. Einen Hund würde man nicht auf diese Weise töten!«

»Du bist dabei gewesen?«

»Ja, ich habe alles gesehen.«

Sie wirft den Kopf zurück, legt ihren faltigen Hals und die Kehle frei, und ein neues Geräusch dringt aus ihrem Mund, ein Wimmern, wie von einem Hund, der kurz davor ist, loszuheulen. Er kann es nicht ertragen; er muss wegschauen. Als er sich ihr wieder zuwendet, hat sie die Finger um den Mund gelegt. Sie drückt tatsächlich ihre Lippen zusammen, um zu verhindern, dass der furchtbare Laut herausdringt. Er wartet, bis sie sich wieder unter Kontrolle hat. Schließlich richtet sie sich auf.

»Polyxena war ein liebes Mädchen. Sie hätte sich um mich gekümmert.« Bebend holt sie Luft. »Wir hätten uns umeinander gekümmert.«

»Sie sagen, er ist verrückt.«

»Agamemnon?«

»Ja. Offenbar schickt er jede Nacht nach Machaon. Er kann nicht schlafen. Leert einen ganzen Becher von Machaons Schlaftrunk und kann noch immer nicht schlafen. Weißt du, man soll den Trunk nicht zusammen mit starkem Wein zu sich nehmen – aber sag das mal Agamemnon! Ach, und anscheinend hat er jetzt auch Visionen.«

»Was für Visionen?«

»Achill.«

»Ach, darüber weiß ich Bescheid. Deshalb musste Polyxena sterben: Gib ihm ein Mädchen, vielleicht bleibt er dann unter der Erde.«

»Er hat eine ungeheure Wut auf Menelaos. Anscheinend sprechen sie nicht mehr miteinander. Weißt du, dass er wieder mit Helena schläft?«

»Ja – und das überrascht mich nicht. Ich hatte ihn gewarnt … Ich hab ihm gesagt: Lass sie auf keinen Fall in deine Nähe, schick sie mit einem anderen Schiff nach Hause. Ich wusste, sie würde sich wieder in sein Herz einschleichen – ich hab es gewusst. Tja, da haben wir's: Pack einen Mann am Schwanz, dann kannst du ihn überallhin führen.«

Er ist geneigt, sich ein bisschen über ihre Worte und ihre niedrige Meinung von seinem Geschlecht zu entrüsten. Sie ist mit Priamos verheiratet gewesen, um Himmels willen – worüber soll *sie* sich schon beschweren? Nicht wie seine eigene arme Mutter, an einen Mann gebunden, der knauserig mit Geld und großzügig mit Schlägen gewesen ist.

»Hat er nach Kassandra schicken lassen?«, fragt sie.

»Das kann ich dir nicht sagen.«

»Kannst du es nicht oder willst du nicht?«

»Nun, sie hat schließlich seinen Tod geweissagt …«

»Was denn, glauben sie etwa, sie wird sein Bett anzünden, oder was? Na ja, das hat sie tatsächlich mal getan, ein Bett angezündet.« Ihre Stimme wird sanfter. »Wie geht es ihr?«

»Sie ist ruhiger – so hat man es mir erzählt. Ich habe sie nicht gesehen.«

»Du könntest doch sicher darum bitten?«

»*Nein.* Ich weiß nicht, auf wen Agamemnon zurzeit hört, aber ich bin es sicher nicht.«

»Warum, glaubst du, ist das so?«

»Ich weiß es nicht.«

»Ach, komm schon, du musst es doch wissen! Ein so kluger Mann wie du!«

»Er hat sich einmal mit Achill gestritten – und mein Rat an die Versammlung hat sich gegen ihn gerichtet.«

»Aufs falsche Pferd gesetzt, was?«

Er sagt steif: »Ich habe die Wahrheit ausgesprochen.«

»Ich will meine Kassandra sehen. Eine Tochter habe ich schon verloren. Sie will ich nicht auch noch verlieren.«

Plötzlich sieht sie ganz erschöpft aus. Es ist merkwürdig, wie schnell die Farbe aus ihrem Gesicht weicht. Selbst ihre Lippen sind blass geworden.

»Ich kann dir nicht helfen.«

Er sagt es äußerst ungern, aber es ist die Wahrheit. Die Frauen des Agamemnon werden streng bewacht, und sein Einfluss auf diesem Gelände geht gegen null.

»Nun denn.« Sie stellt den Weinkrug zur Seite. »Ab mit dir.«

Auf diese Weise entlassen, steht er auf, verbeugt sich – und aus reiner Macht der Gewohnheit fängt er an, sich rückwärts aus der Hütte zu entfernen. Aber dann merkt er es plötzlich. Sie mag an Selbsttäuschung leiden, was ihren Status angeht, aber das ist kein Grund, das Gleiche zu tun. Er dreht sich auf dem Absatz um, marschiert hinaus und versucht, das leise Lachen zu überhören, das ihm die Stufen hinunter folgt.

14

Als ich Hekabe das nächste Mal besuchte, wurde gerade der Versammlungsplatz für den Wettkampf im Bogenschießen vorbereitet, und ich blieb einen Augenblick stehen, um zuzuschauen, wie die Zielscheiben aufgestellt wurden; grob gemalte Gesichter trojanischer Krieger, ein Überbleibsel von den Übungen während des Krieges. Die meisten Wettkämpfe wurden auf diesem Sandplatz abgehalten, denn er lag vergleichsweise geschützt. Einige, wie das Bogenschießen und das Speerwerfen, wären auf dem Übungsgelände oben auf der Landzunge, wo der Wind noch heftiger blies als hier unten, komplett unmöglich gewesen. Ich hatte mich abgewandt und ging durch die am Rand stehenden Zuschauer auf Hekabes Hütte zu, als die Tür aufging und Kalchas heraustrat. Wir verbeugten uns voreinander. Ich war verwundert, dass er sich die Mühe machte, Hekabe zu besuchen. Normalerweise schien es ihm vor allem ein Anliegen zu sein, seine Beziehungen zu mächtigen Männern auszubauen. Einen Augenblick hatte ich den Eindruck, er würde stehen bleiben und mit mir sprechen wollen, doch dann schien er sich eines Besseren zu besinnen und ging mit langen Schritten davon.

Sobald ich die Hütte betrat, fiel mir auf, dass Hekabe heiterer aussah. Ihre Decken lagen fein säuberlich gefaltet am Fußende ihres Bettes, und sie war auf, wackelig zwar, aber sie ging in der Hütte hin und her.

»Nun«, sagte ich, »schaut Euch nur an!«

Sie lächelte tatsächlich. »Ja, aber ich bin froh, wenn ich mich gleich wieder hinsetzen kann.«

Sie setzte sich aufs Bett, und ich half ihr dabei. Weil ich nicht mit leeren Händen hatte kommen wollen, hatte ich Feigen, Weintrauben und weißen Käse mitgebracht, und ich sah erfreut, dass sie ein bisschen davon nahm. Neben ihr auf dem Boden stand bereits ein Krug mit Wein. Sie war die guten Weine des Königshofs gewöhnt, doch mir fiel erneut auf, dass dieser saure Landwein ihr auch recht flott durch die Kehle floss und eine leichte Röte auf ihre Wangen brachte.

»Was hat Kalchas gewollt?«

»Ach, was er will – das weiß man nicht immer, oder?« Sie schien abzuwägen, ob sie noch mehr sagen sollte. »Er war jetzt zum zweiten Mal hier. Wir haben ordentlich gelacht – nun ja, ich zumindest. Du wirst es kaum glauben, aber als junger Mann war er wirklich schön, weißt du. Nicht nur ziemlich gut aussehend, sondern einfach *umwerfend* schön.« Sie seufzte. »Ach ja, manche Leute sollten einfach jung sterben.«

Ich glaube, ich war ziemlich schockiert von ihrem leichtfertigen Tonfall. Mit ihren wechselnden Stimmungen konnte ich einfach nicht Schritt halten. Am einen Tag klagte sie am Strand um Priamos, und am nächsten Tag erwähnte sie ihn bloß am Rande, als wäre er ihr nur eben ins nächste Zimmer vorausgegangen. Ich war neunzehn und begriff nichts. Es hat mich beinahe fünfzig Jahre gekostet, dass ich heute sagen kann: Ich verstehe Hekabe.

Doch auch, wenn ich nichts verstand, merkte ich doch, dass es ihr Freude machte, Wein zu trinken, Käse zu essen und Klatsch zu erzählen …

»Alle waren hinter ihm her – Männer und Frauen. Nicht dass er je besonders schnell davongerannt wäre.« Sie senkte die Stimme zu einem Flüstern. »In einer Nacht kamen Priamos und ich von einem Festmahl zurück, und Priamos sah jemanden, dem er nicht begegnen wollte, einen seiner Ratgeber, an den Namen kann ich mich nicht mehr erinnern – egal, ein netter Mensch, aber du liebe Güte! Der redete unaufhörlich. Also machten wir einen Umweg durch die Schlafgemächer. Du weißt ja, wie sie alle an einem Flur liegen? Nun, die Tür eines Schlafgemachs flog auf, und wir sahen Kalchas auf allen vieren zwischen zwei adeligen Herren …« Sie kicherte. »An beiden Seiten in Beschlag genommen.«

»Was habt Ihr getan?«

»Irgendjemand besaß die Geistesgegenwart, die Tür wieder zuzuwerfen. Priamos lachte darüber, aber es war wirklich ein bisschen zu viel. Kalchas sollte ja eigentlich zölibatär leben. Liebe Güte, was hatte man Ärger mit ihm … Und wenn man ihn heutzutage anschaut … Hast du je einen solchen Hungerhaken gesehen?«

Sie genoss es, mich mit Klatschgeschichten vom trojanischen Hof zu unterhalten. »Heiliges Ilion« hat man Troja früher genannt wegen seiner Fülle an Tempeln – aber es hatte auch eine andere Seite gegeben; dessen war ich mir selbst als Kind schon dunkel bewusst gewesen. So aßen, tranken und lachten Hekabe und ich – aber die ganze Zeit merkte ich, dass es da noch irgendetwas gab, worüber sie nicht sprach. Wir verfielen einen

Augenblick in Schweigen, und dann sagte sie: »Ich will Kassandra sehen.«

Ich habe den Gedanken nie ertragen können, dass Mütter und Töchter voneinander getrennt sind – vielleicht, weil ich meine eigene Mutter so früh verloren habe. »In Ordnung«, sagte ich vorsichtig. »Aber das wird nicht leicht. Ich bezweifle, dass sie ihre Hütte verlassen darf.«

Keine Antwort. Hekabe saß da, den Kopf demonstrativ abgewandt, in der mürrischen Haltung eines Raubvogels in der Mauser. Mir fiel Kassandras Prophezeiung wieder ein: Agamemnon würde sie heiraten – und das würde auf direktem Weg zu seinem Tod führen, zum Niedergang des königlichen Geschlechts des Atreus, zur Zerstörung des Reiches, das Troja besiegt hatte.

»Glaubt Ihr, was Kassandra weissagt? Dass Agamemnon umkommen wird?«

Hekabe zuckte mit den Achseln. »Sie lässt sich manches Mal hinreißen. Die Leute sagen immer, es ist die göttliche Raserei, aber ich konnte das nie erkennen. Ich glaube, sie erfindet die Dinge einfach so, wie sie ihr passen.«

Es ist vermutlich schwierig zu glauben, dass die eigene Tochter eine Prophetin ist: das kleine Mädchen, das man ans Töpfchen gewöhnt und nachts in den Schlaf gesungen hat.

»Aber es sind alles sehr genaue Beschreibungen, nicht wahr? Sie sagt, seine Frau wird ein Netz über ihn werfen, während er im Bad sitzt, und ihn dann mit einer Axt zerstückeln. Warum sollte sie das tun?«

»Weil er ihre Tochter geopfert hat, um die richtigen Winde für die Fahrt nach Troja zu bekommen. Die Griechen saßen fest und warteten, und allmählich gerieten sie in Streit miteinander, genau wie jetzt – die ganze Unternehmung wäre beinahe gescheitert … Also hat er sein Kind geopfert.« Sie hatte vor sich hin gestarrt, aber dann drehte sie sich plötzlich um und schaute mir in die Augen. »Ich würde den Dreckskerl umbringen. Du nicht?«

»Sie sagt, dass sie auch sterben wird.«

»Ich weiß, was sie sagt.« Ihr Gesichtsausdruck wurde sanfter. »Sie hat schon als kleines Mädchen Angst vor Netzen gehabt. Früher haben wir die Betten der Kinder nachts mit leichten Netzen abgedeckt, damit die Insekten ihnen nicht so zusetzten, aber Kassandra hat nie zugelassen, dass ich ein Netz über ihr Bett hängte. Sie schrie dann immer fürchterlich und riss es wieder herunter, bis ich schließlich aufgab. Natürlich wurde sie vollkommen zerstochen und hat sich den ganzen nächsten Tag über die Haut zerkratzt. Ich sagte nur: ›Geschieht dir recht.‹ Ich habe sie sogar gezwungen, sich hinzusetzen und die Stiche zu zählen – siebenundvierzig waren es, *siebenundvierzig Stiche!* –, aber das half gar nichts, sie wollte immer noch kein Netz.«

Die unterschiedlichsten Gefühle glitten über ihr Gesicht: Bedauern, Liebe, Schuld, Verzweiflung … Mütter und Töchter fechten ihre Kämpfe aus, das wusste ich. Meine Mutter war gestorben, bevor ich das heikle Alter erreicht hatte, und ich hatte nur glückliche Erinnerungen an sie. Aber die Beziehung zwischen Hekabe und Kassandra schien schlimm gestört zu sein; eine Beziehung, in der nichts jemals richtiggestellt worden war.

»Ich muss sie sehen.«

Was konnte ich sagen? »In Ordnung, ich gebe mein Bestes.«

Der Wettkampf im Bogenschießen war inzwischen in vollem Gange, und unsere Unterhaltung wurde immer wieder unterbrochen, wenn die Männer draußen losbrüllten oder aufstöhnten.

Als ich die Hütte verließ, stand ich vor einer undurchdringlichen Wand aus Rücken. Es herrschte gespannte Stille, als einer der Teilnehmer das Ziel anvisierte. Dann folgte ein dumpfer Aufschlag, als der Pfeil das Ziel traf, gefolgt vom Stimmengewirr der Zuschauer. Ich spähte zwischen den Reihen der Rücken hindurch und sah die Zielscheiben eine neben der anderen aufgereiht dastehen, die geschminkten Gesichter der trojanischen Krieger darauf in Fetzen gerissen.

So viel Hass!

Der ganze Boden unter unseren Füßen war damit getränkt.

Ich wandte mich ab und ging weiter.

15

Auf meinem Weg durchs Lager nahm ich mir fest vor, Ritsa nicht mit meinen Problemen zu belasten. Doch als ich mich unter der Zeltklappe hindurchduckte und blinzelnd ins grüne Dämmerlicht trat, konnte ich nicht anders, ich musste daran denken, dass ich bei meinem letzten Besuch Amina dabeigehabt hatte – und das weckte erneut das quälende Unbehagen, das mich nie lange verließ. Am nächsten Morgen war Amina wieder da gewesen, als wäre nichts geschehen. Hatte ich mich geirrt? Hatte ich sie im Kreis der Mädchen nur übersehen?

Das Zelt war kein einladender Ort. Ich hatte das Gefühl, in einer kranken Lunge zu stehen, die darum kämpfte, zu atmen, doch sobald ich Ritsa umarmte und mich neben sie auf die Bank setzte, begann ich, mich besser zu fühlen.

»Heute ohne Zofe?«

»Sie hat zu tun«, sagte ich. »Und sie ist nicht meine Zofe.«

»Ich frag ja bloß.«

Ich griff nach Stößel und Mörser und fing an, einige der Kräuter zu zerkleinern, die Ritsa vor sich ausgebreitet hatte. Sie sagte nichts dazu, und einige Minuten arbeiteten wir schweigend vor uns hin.

»Ich habe mich gefragt, ob ich Kassandra sehen könnte.«

»Ich wüsste nicht, was dagegen spricht. Aber vielleicht lässt du ihr noch ein bisschen Zeit. Als ich ging, hat sie geschlafen.«

Ich schaute mich im Zelt um. »Ist hier mittlerweile mehr los?«

»Ach, nur junge, dumme Idioten, die aufeinander losgehen. Streiten sich über die Spiele – neulich nachts hatten wir einen Burschen hier, dem wäre beinahe das Ohr abgerissen worden. ›Na, du glaubst wohl, das wäre schlimm, was?‹, sagt er. Du weißt schon, ganz großspurig. ›Da solltest du erst mal den anderen sehen.‹ Machaon hat ihn ordentlich zur Sau gemacht.«

Armer Alkimos, dachte ich. Bisher hatte Automedon recht behalten: Über jedes Ergebnis gab es Streit, und jeder freundschaftliche Wettkampf endete mit einer Schlägerei.

»Wie geht es Kassandra?«, fragte ich.

»Ach, weißt du, mal so, mal so. Die Nächte sind noch immer schlimm.«

»Also nicht besser?«

»Ein bisschen schon. Man kann sich jetzt mit ihr unterhalten, vorher dagegen …«

»Hekabe möchte sie sehen.«

»Nun, natürlich, die arme Frau – aber ich fürchte, die Chancen dafür stehen nicht besonders gut. Kassandra darf die Hütte nicht verlassen. Du weißt doch, wie er ist.«

»Das hab ich mir gedacht. Und Hekabe ist zu schwach, den ganzen Weg hierherzulaufen …«

»Selbst wenn, wäre sie möglicherweise nicht willkommen. Ich habe gehört, wie Kassandra ein paar ziemlich schreckliche Dinge über ihre Mutter gesagt hat. Sie haben nicht viel füreinander übrig.«

Wir hatten vielleicht eine halbe Stunde gearbeitet, als am Eingang Unruhe entstand und zwei Männer hereinkamen, die einen dritten halb trugen und halb zerrten. Sie ließen ihn unsanft zu Boden fallen und verschwanden wieder. Wir standen auf und gingen nachsehen – es war Thersites. Zuerst dachte ich, er wäre zusammengeschlagen worden, doch dann fiel mir auf, dass seine Augen richtungslos blickten oder vielmehr auf einen Punkt gerichtet waren, der nur eine Handbreit von seinem Gesicht entfernt war. Immer wieder machte er merkwürdige kleine schnappende Bewegungen, als versuchte er, etwas zu fangen, das nur er sehen konnte. War er betrunken? Sein Atem stank, aber er roch nicht nach Wein, zumindest nicht mehr als üblich.

»Am besten legen wir ihn in ein Bett«, sagte Ritsa. »Er soll sich ausschlafen.«

Es gab mehrere rindslederne Pritschen, die bereitstanden und nicht belegt waren, also ging es in der Hauptsache darum, Thersites zu der nächststehenden hinüberzuschleifen und ihn zu überreden, dort hinaufzukriechen. Er war von Kopf bis Fuß mit etwas bedeckt, das aussah wie Gänsekacke – der Himmel weiß, wo er gewesen war. »Wir müssen ihn waschen«, sagte Ritsa. »Machaon wird sehr zornig werden, wenn er das sieht.« Sie sah erschöpft aus und hielt sich sogar an meinem Arm fest, während sie sprach. Offenbar bekam sie immer noch nicht genug Schlaf.

»Geh nur und setz dich hin. Ich erledige das.«

»Briseis, das kannst du nicht machen.«

Ich wusste, was sie meinte: *Du bist die Gattin von Alkimos.* Es war gut und schön, wenn eine Dame einen Kranken in ihrem eigenen Haus badete, aber die gleiche niedere Tätigkeit im Krankenzelt auszuführen und sich damit tatsächlich für die Arbeit einer Sklavin zu entscheiden? Das war für Ritsa unvorstellbar.

Das hatte sie mir wahrscheinlich schon sagen wollen, als ich Stößel und Mörser zu mir herangezogen hatte.

»Geh nur«, sagte ich. »Husch, husch.«

Ich holte einen Kübel und einige Lappen und machte mich ans Werk, zog Thersites die stinkende Tunika und das Lendentuch aus und rieb den feuchten Lappen in großen Schwüngen über seinen Körper. Das Wasser im Eimer wechselte schnell die Farbe, während ich arbeitete. Über meinem Kopf schlug und spannte sich die Leinwand, aber ich gewöhnte mich daran und fürchtete nicht länger, dass sich das ganze Zelt im nächsten Augenblick in die Lüfte erheben würde. Ein- oder zweimal schrie Thersites auf – eher, so schien es mir, weil er frustriert war, dass er die unsichtbaren Objekte vor sich nicht fangen konnte, als aus echtem Schmerz. Sein Körper war mit Blutergüssen übersät, einige violett, einige gelb, einige an den Rändern blau und in der Mitte blass. Zusammen ergaben sie eine sichtbare Aufzeichnung der letzten Wochen von Thersites' Leben. Er brabbelte die ganze Zeit vor sich hin, und die paar Fetzen, die ich verstehen konnte, waren typisch für den Mann: unflätig, aggressiv, besessen von Ausscheidungen, Unrat, Blut und Eiter. Es war erstaunlich, wie viele von seinen Beschimpfungen Geschwüre zum Inhalt hatten: Eiterbeulen, Blasen, Bläschen, Talgzysten, Pusteln, Schanker, Herpes. Ich fragte mich, woher diese Besessenheit mit kranker Haut rührte. Aber dann drehte ich ihn um. Ein Blick auf seinen Hintern, und ich fragte mich nicht mehr.

Ich richtete mich auf und winkte Ritsa herbei. Ich wollte sie um Rat fragen wegen einer Behandlung mit Breiumschlägen, sobald ich die Geschwüre gereinigt hätte. Sie wischte sich die Hände an der Schürze ab und trat zu mir ans Fußende des Bettes.

»Wie sollen wir hier vorgehen, was meinst du?«, fragte ich.

Thersites, der noch immer mit dem Gesicht nach unten lag, verdrehte den Oberkörper und warf einen Blick über die Schulter. »Ach, du bist es. Hat dich wohl rausgeschmissen, was?«

Ich ignorierte ihn, während Ritsa und ich beratschlagten, wie wir die Geschwüre am besten behandeln sollten.

»He, du!« Sein Ruf klang betrunken, arrogant, streitsüchtig. »Ich red mit dir. Hat er dich rausgeschmissen?«

Es war Zeitverschwendung, sich über irgendetwas aufzuregen, das Thersites sagte. Er hasste Frauen, besonders die jungen, hübschen Mädchen, die die Könige zu ihrem eigenen Gebrauch bestimmt hatten. Besonders verabscheute er Frauen wie mich, die Ehrengeschenke, denn wir waren so weit außerhalb seiner Reichweite wie Göttinnen. Doch selbst was die einfachen Frauen an den Feuern anging, war er wohl oft genug von stärkeren Männern mit Ellenbogenstößen zurückgedrängt worden. Ich fragte mich, wie viele seiner Blutergüsse von solchen Zusammentreffen herrührten. Aber alles Mitgefühl, das ich je für ihn empfunden hatte, war lange vorbei. Ich gab Salz ins Wasser und schrubbte seinen Arsch ordentlich ab.

»Au! Verdammtes Miststück!«

»Es ist zu deinem eigenen Besten.«

»Das tut verteufelt weh – und ich kann nicht mal auf'm Rücken liegen.«

»Dann bleib auf dem Bauch.«

Als ich eine Stunde später wiederkam, hatte er sich auf der Seite zusammengerollt und döste, aber er wurde wach, als ich das Essen neben ihm hinstellte. Er beachtete es nicht und machte sich sofort über den Wein her, spuckte aber gleich den ersten Mundvoll wieder aus. »Ist das das Beste, was ihr habt? Jungfrauenpisse!«

»Wenn du ihn nicht willst – es gibt genügend andere, die ihn wollen.«

Er maulte weiter, aber schließlich beruhigte er sich und aß. Das Essen war gut und nahrhaft, darauf bestand Machaon.

Wenige Minuten später kam er selbst, untersuchte die Geschwüre und erkundigte sich nach den schnappenden Bewegungen. »Weiße Dinger«, sagte Thersites. »Kleine weiße Dinger, die so rumflattern.«

Machaon wandte sich an Ritsa und rasselte eine Liste von Anweisungen herunter, wie man die Geschwüre behandeln sollte. Schließlich blickte er auf Thersites hinunter. »Und keinen starken Wein.«

»Kaum Aussichten, so was hier zu kriegen. Diese Kühe!«

»Immer schön höflich bleiben.«

Nach einigen weiteren Anweisungen über Waschungen mit Salzwasser und die verschiedenen Umschläge, die Ritsa ausprobieren könnte, verbeugte er sich vor mir und ging. Die Verbeugung amüsierte mich. Als ich Machaon zum ersten Mal begegnete, war ich eine Sklavin auf dem Gelände von Agamemnon gewesen und ins Krankenzelt geschickt worden, weil es überfüllt war und die Pflegerinnen kaum in der Lage gewesen waren, mit dem Zustrom an Verwundeten fertig zu werden, die jeden Tag neu hereinkamen. Nur wenige Minuten nachdem er mich begrüßt hatte – und es war eine herzliche Begrüßung gewesen –, hatte Machaon ziemlich unbefangen seine Tunika hochgeschoben und sich ausgiebig an den Eiern gekratzt, ganz genau, wie er es getan hätte, wäre er allein gewesen. Denn er war allein. Eine Sklavin zählt nicht mehr als ein Bett oder ein Stuhl.

Und nun verbeugte er sich vor mir.

Ich folgte Ritsa und dachte, es wäre vielleicht an der Zeit, nach Kassandra zu sehen.

»Ja natürlich«, sagte Ritsa. »Ich will das nur gerade noch fertig machen.« Sie arbeitete an einer Kaolin-Salbe. »Dann hast du bald alle trojanischen Frauen besucht.«

Ich nickte. »Ja, beinahe alle.«

»Auch Helena.«

»Wer hat dir das erzählt?«

»Ach, eines der Mädchen.«

Ritsa scheute keine Mühe, um auch den einfachen Frauen zu helfen. Ihr Gefäß mit Gänsefett war nach manch einer ruppigen Nacht sehr hilfreich, und ich zweifle nicht daran, dass sie auch auf andere Weise half. Mir war aufgefallen, dass das Krankenzelt große Mengen an Flohkraut vorrätig hatte und dass es in ganzen Beeten auf dem unwirtlichen Boden hinter den Hütten wuchs. Dabei war es, soweit ich wusste, für die Behandlung der verwundeten Männer von keinerlei Nutzen, doch wenn man es richtig anwendete, konnte es eine ungewollte Schwangerschaft beenden.

»Du heißt es nicht gut«, sagte ich, »dass ich Helena getroffen habe.«

»Geht mich nichts an.«

Ich erklärte die Sache mit meiner Schwester – und dann erwähnte ich Helenas Blutergüsse. »Du bist nicht für sie verantwortlich«, sagte Ritsa. »Überhaupt, soll er sie doch umbringen! Was anderes hat sie nicht verdient.«

Selbst Ritsa, die gütigste aller Frauen, hasste Helena – genau wie alle anderen.

»Sie ist gut zu mir gewesen, nachdem meine Mutter gestorben war – als ich in Troja lebte und dich nicht hatte.«

Ritsa nickte, doch ihr Mund blieb hart. Wir wollten beide nicht, dass unsere Begegnung in einem unsinnigen Streit über Helena endete, also plauderten wir, lachten und scherzten, während sie den Umschlag für Thersites' Hintern fertig machte. »So, der kann jetzt in den Ofen.« Sie wischte sich das Kaolin an ihrer Schürze aus Sackleinen ab. »Zuerst soll er sich zu Ende ausschlafen.«

»Was, glaubst du, stimmt nicht mit ihm?«

»Er ist einfach bösartig.«

Darauf gab es nichts zu erwidern. Wir vergewisserten uns, dass er noch schlief, dann folgte ich Ritsa über den kleinen Hof neben Agamemnons Halle. Früher hatten hier die angebundenen Tiere ihrer Schlachtung entgegengesehen, auch Hühner, Gänse und Enten. Ich erinnerte mich besonders an eine Schar Hennen, über die ein junger weißer Hahn mit blutrotem Kamm herrschte, der mit seinem Krähen jeden Morgen eine Stunde vor Anbruch der Dämmerung das ganze Gelände geweckt hatte. Nun waren die Hühner fort, und an ihrer Stelle stolzierte ein halbes Dutzend Krähen herum, deren nackte Augen funkelten, als wir näher kamen. Wir gingen rasch und sprachen dabei, und doch machten sie sich kaum die Mühe, die Flügel zu rühren und aus dem Weg zu flattern. Krähen waren in diesen Tage überall, sie wirkten so arrogant und schienen dermaßen gut zu gedeihen, als wären sie die heimlichen Herrscher über das Lager.

Kassandras Hütte war überraschend groß und, wie mir auffiel, als Ritsa die Tür öffnete und mich hineinführte, sehr reich ausgestattet. Teppiche, Kissen, Lampen, und an der Wand gegenüber der Tür ein sehr fein gearbeiteter Wandbehang: Artemis, die Herrin der Tiere, mit Hunden auf der Jagd. Aber keine Kassandra. Ich warf Ritsa einen fragenden Blick zu, und sie legte einen Finger an die Lippen und führte mich den Flur entlang zu einem Raum an dessen Ende. Dort lag Kassandra fest schlafend auf dem Bett, das offene Haar über das Kissen ausgebreitet, und neben ihr, den Kopf auf ihre Brust gebettet, lag ein ziemlich schöner junger Mann. Mein Herz machte vor Schreck einen Satz, aber dann wurde mir klar, dass es ihr Zwillingsbruder Helenos sein musste. Der Mann, der unter der Folter die Einzelheiten über Trojas innere Verteidigung verraten hatte. Helenos war Trojaner und ein Mann – warum war er überhaupt noch am Leben? Vielleicht war das Teil der Abmachung gewesen, die er mit Odysseus getroffen hatte. Vielleicht betrachteten die Griechen ihn aber einfach nicht als Mann. Der Verrat an seinem Vater und seiner Stadt schien nicht schwer auf ihm zu lasten. Er schlief so tief wie Kassandra, und seine Oberlippe machte bei jedem Ausatmen ein leises, ploppendes Geräusch.

Ritsa zog mich zurück. »Er ist immer hier und bettelt um Essen – was soll man da machen? Ich kann ihn nicht abweisen, er ist ihr Bruder.« Zurück in den Wohnräumen, sagte sie: »Willst du warten? Es wird wohl nicht mehr lange dauern – sie schlafen schon seit Stunden.«

»Eine halbe Stunde gebe ich ihnen noch.«

Wir saßen schweigend unter dem Wandbehang der Artemis. Nach einer Weile fiel mir auf, dass Ritsa eingenickt war – sie war vollkommen erschöpft, die Ärmste. Nach einer Weile schaute ich mir den Wandbehang genauer an. Er stellte die Geschichte von Aktaion dar, den Artemis in einen Hirsch verwandelt hatte, als er versuchte, ihr Gewalt anzutun. Einer anderen Fassung zufolge war er zufällig auf Artemis gestoßen, während sie badete, und hatte sie dabei beobachtet, woraufhin sie seine eigenen Hunde auf ihn gehetzt hatte. Als sich der Wandbehang im Luftzug bewegte, schien Aktaion in panischer Angst vor den Hunden zu fliehen, obwohl keine Hoffnung bestand, dass er entkommen würde; er war nur wenige Handbreit von ihren geifernden Mäulern entfernt. Ritsa schnarchte leicht, der Kopf war ihr nach vorne auf die Brust gesunken. Ich schloss die Augen und lehnte mich in meinem Stuhl zurück. Sofort sah ich hinter geschlossenen Lidern Kassandra und Helenos auf dem Bett liegen, die Arme fest umeinandergeschlungen. Sie wirkten wie Liebende; vielleicht war es das, was mich so verstört hatte – doch ich nehme an, nur wenige Liebende erreichen je einen solchen Grad an Intimität. Die Monate vor der Geburt, in denen sich ein Zwilling, wie dunkel auch immer, der Anwesenheit des anderen bewusst ist … was für ein Band das schmieden musste! Und doch, als Junge und Mädchen, Mann und Frau, musste sie der gesamte Verlauf ihrer beiden Leben später voneinander entfernt haben.

Ein paar Minuten später hörte ich, wie die Tür sich öffnete, und Kassandra betrat den Raum. Sie blinzelte und gähnte, das Haar noch ganz zerzaust vom Schlaf. Als sie mich sah, trat sie einen Schritt zurück, aber Ritsa rappelte sich auf und stellte uns einander vor.

»Oh ja, ich weiß, wer du bist.« Kassandra hatte wissbegierig helle, ganz besonders aufmerksame Augen und die Angewohnheit, einem geradewegs ins Gesicht zu starren, ohne zu zwinkern. Sie schien immer nach den richtigen Worten zu suchen. Das hatte die merkwürdige Wirkung zur Folge, dass sie dumm erschien, was natürlich nicht stimmte. Schließlich, nach ziemlich langem Schweigen, sprach sie weiter: »Mein Vater hat mir von dir erzählt.«

»Priamos?«

»Ja, als er mit Hektors Leichnam nach Troja zurückkehrte. Er sagte, du seist sehr gut zu ihm gewesen.«

Wieder einmal rührte es mich, dass Priamos sich an mich erinnert hatte. Einen Augenblick musste ich die Tränen zurückhalten.

Wir setzten uns an den Tisch, und Ritsa brachte Brot und Käse. Kassandra aß sehr wenig. Sie formte aus dem Brot kleine graue Kügelchen, die sie zwischen Daumen und Zeigefinger rollte. Mir fiel auf, dass sie ziemlich maskulin wirkende Hände hatte. Die Knochen traten hervor, und die erhabenen blauen Adern wirkten wie unter die Haut gesunkene Würmer. Schließlich blickte sie auf. »Und was führt dich hierher?«

Ich sagte, ich würde versuchen, alle Frauen zu treffen, die aus Troja ins Lager gekommen waren.

»Oh, du bist also das Empfangskomitee.«

»Eigentlich nicht.«

»Dann hast du vermutlich auch meine Mutter gesehen?«

»Ja, und sie sorgt sich sehr um Euch.«

»Ein bisschen spät dafür.«

»Sie würde Euch gerne sehen.«

»Ich fürchte, das ist nicht möglich. Hier darf niemand hinein, und ich darf nicht hinaus ... ich bin hier lebendig begraben.« Die Stille dauerte so lange an, dass ich nicht dachte, es würde noch etwas kommen, doch dann sagte sie: »Ich wünsche mir einfach nur, dass dieser fürchterliche Wind aufhört.« Sie stützte den Kopf in die Hände und spähte durch die Finger zu mir hin wie ein verängstigtes Kind. »Weißt du, was mir wirklich Angst macht? Sie werden mich fragen, warum sie nicht segeln können, und ich werde nicht wissen, was ich sagen soll … Ich weiß es nicht!«

»Sie werden nicht Euch fragen – sie fragen Kalchas.«

»Wirklich?«

Ich tat mein Bestes, um sie zu beruhigen, und betonte, Agamemnon habe seine eigenen Priester und Seher, unter denen Kalchas der bei Weitem wichtigste sei, aber ich hätte genauso gut schweigen können. Die Augen, die nicht zwinkerten, starrten geradewegs durch mich hindurch.

»Ist es nicht ohnehin offensichtlich, wieso die Götter zornig sind?«, sagte Ritsa. »Denkt nur daran, was passiert ist: Tempel wurden entweiht, Kinder ermordet, Frauen vergewaltigt …«

Kassandra beachtete sie nicht.

Ich sagte: »Manche Leute behaupten, es liegt an dem, was Euch zugestoßen ist.«

»Was ist damit?« Nun klang sie feindselig.

»Nun, war das nicht ein Vergehen an den Göttern?«

»Es war ein Vergehen an *mir*. Wie auch immer, ich möchte nicht darüber sprechen.«

Sie ging wieder dazu über, Kügelchen aus Brot zu rollen. Doch kurz darauf brach es aus ihr heraus. Wie sie vom Palast nach Hause gegangen war, als sie plötzlich Kampfgetöse in den Straßen gehört, sich in den Tempel der Athene geflüchtet und hinter einer riesigen bemalten Statue der Göttin versteckt hatte.

Wie Ajax der Kleine sie dort gefunden und hervorgezerrt hatte. Wie sie sich an die Bildsäule geklammert hatte und diese neben ihr zu Boden gestürzt war. Wie sie die ganze Zeit während dem, was dann geschah, in die eulengleichen Augen der Göttin gestarrt und sich geweigert hatte zuzugeben, dass der Körper unterhalb ihres Halses zu ihr gehörte. Ich erinnere mich, dass ich das die ersten paar Male mit Achill auch so gemacht hatte.

»Wisst ihr, was das Schlimmste war?«, sagte sie. »Ich hatte meine Periode. Das war ihm egal, er zog einfach den blutigen Lappen weg und warf ihn fort … Er hat Dinge gesehen, die ich sogar vor meinen Schwestern verborgen habe.«

Ich rang um Worte.

Kassandra holte tief Luft. »Ihr müsst bedenken: Was mir zugestoßen ist, ist Hunderten von Frauen zugestoßen. Sobald sie den Kampflärm hörten, rannten sie los und versteckten sich in den Tempeln, und die Griechen wussten genau, wo sie sie suchen mussten. Es gab nicht einen Tempel in Troja, der nicht entweiht worden wäre.«

Scheiß auf die Tempel, dachte ich. *Was ist mit den Frauen?*

Aus dem Augenwinkel sah ich, wie Ritsa den Kopf schüttelte. Ich nickte, um zu signalisieren, dass ich begriff, aber da streckte mir Kassandra schon die Hände hin, leicht erhoben, sodass ihre Armreifen zurückrutschten und die aufgescheuerte Haut darunter freilegten.

»Sie fesseln mich nachts ans Bett. Sie müssten sich gar keine Sorgen machen – ich werde ihn nicht töten. Seine Frau wird ihn töten.« Ihre Stimme klang verträumt, geistesabwesend. »Sie bereitet ihm ein heißes Bad, reicht ihm einen Becher vom besten Wein, sagt den Mägden, sie sollen seinen Rücken mit Öl salben, und dann, wenn er schon beinahe im Halbschlaf ist, warm und träge und träumend und schlummernd, wirft sie ihm ein Netz über, hebt die Axt und SCHLÄGT ZU SCHLÄGT ZU SCHLÄGT ZU …« Sie hämmerte mit geballten Fäusten auf den Tisch.

Es war im Wesentlichen das, was ich schon einmal gehört hatte; auf dem Versammlungsplatz, an dem Tag, als man die trojanischen Frauen hinunter ins Lager verschleppt hatte. Ich suchte nach Worten, um Kassandra zu beruhigen, aber mein Kopf war ganz leer – und es war ohnehin zu spät. Sie war aufgesprungen und lief hin und her, schlug wild mit den Armen um sich, der Speichel flog, sie warf sich gegen die Wände und prallte von ihnen zurück.

»Lass sie«, sagt Ritsa. »Sie wird bald erschöpft sein.«

Allmählich beruhigte sich Kassandra. Schließlich kam sie mit blassem Gesicht auf mich zu. »Du hast meine Mutter also schon gesehen?«

»Sie sorgt sich sehr um Euch«, wiederholte ich.

Sie verzog den Mund. »So, so. Weißt du auch, dass ich, wann immer ich meine Mutter anschaue, sehe, wie ihr Haare aus dem Herzen wachsen?«

Damit drehte sie sich um und ging hinaus. Als die Tür hinter ihr zufiel, zuckte Ritsa mit den Achseln und brachte sogar ein kleines Lächeln zustande, doch ich spürte, dass sie mit mir nachsichtiger war, als ich es verdiente. »Es tut mir leid«, sagte ich.

»Es war nicht deine Schuld.«

»Doch, das war es.«

»Na gut, das war es.« Sie tätschelte mir die Schulter. »Jetzt weißt du auch, warum ich beide Augen zudrücke, wenn sie ihren Bruder hier reinschmuggelt. Was bleibt ihr denn sonst noch?«

»Ich hoffe bloß, sie bereitet dir keine allzu schlimme Nacht.«

Ritsa machte sich nicht die Mühe, darauf zu antworten. An der Tür umarmten wir uns, und dann machte ich mich auf den Heimweg. Als ich den Hof überquert hatte, drehte ich mich um und blickte zurück, aber sie war schon hineingegangen und hatte die Tür zugemacht.

16

Es war zu spät, um Hekabe aufzusuchen, und gute Nachrichten hatte ich auch keine für sie, also ging ich nach Hause. Als ich das Gelände betrat, merkte ich sofort, dass etwas nicht stimmte. Die Männer standen in kleinen Gruppen zusammen, viele blickten sich über die Schulter, und alle schauten auf die Tür zur Halle von Pyrrhos. *Was geht hier vor?* Ich hörte die Frage von einem Mund zum nächsten springen, doch niemand schien die Antwort zu kennen.

Ich wusste auch keine Antwort. Während ich mich durch die Menge zur Hütte hinschob, bildete sich in meiner Magengrube ein Knoten aus Angst, der sich immer weiter verknäulte und härter wurde. Als ich die Hütte betrat, sah ich Alkimos und Automedon, wie sie sich am Tisch gegenübersaßen. Ich setzte ihnen Brot und Oliven vor und begann Wein auszuschenken, aber Alkimos machte eine abweisende Handbewegung, also setzte ich mich aufs Bett. Keiner von beiden sagte ein Wort, doch ich hatte den Eindruck, dass sie miteinander gesprochen hatten, bevor ich hereingekommen war. Kurz darauf begann jemand laut an die Tür zu hämmern. Ich dachte, in der Hütte der Frauen wäre etwas passiert, und lief los, um zu öffnen, aber Alkimos war vor mir dort und schob mich zur Seite. Pyrrhos quoll herein – anders kann man es nicht beschreiben –, und nachdem er eingetreten war, schien er sich auszudehnen, bis er mit seiner Wut jeden verfügbaren Fingerbreit an Raum eingenommen hatte.

»Das kann ich nicht durchgehen lassen«, sagte er, während er sich setzte.

Ich spürte es in den Knochen – im Urin, wie die alten Frauen sagen –, was »das« bedeutete, und doch lauschte ich begierig, denn ich musste meine schlimmsten Befürchtungen bestätigt bekommen. In der vergangenen Nacht – doch es hätte auch die vorletzte oder sogar noch eine Nacht zuvor sein können – hatte jemand versucht, Priamos zu bestatten. Derjenige hatte sogar recht gute Arbeit geleistet – obwohl das Grab nur flach ausgehoben war, reichte es, um Möwen und Krähen fernzuhalten. In der Nähe hatte man eine Schaufel entdeckt, zusammen mit einem Krug Wein und ein paar Stücken altem Brot. Der Krug war noch halb voll, und so schien es wahrscheinlich, dass die Bestattungsriten unterbrochen worden waren, vielleicht von jemandem, der Pferde den Weg zwischen den Weiden und dem Stall entlangführte. Wer konnte das getan haben? – so lautete die Frage.

»Keiner von unseren Leuten«, sagte Pyrrhos. Er weigerte sich zu glauben, dass es ein griechischer Krieger gewesen war.

Automedon wies darauf hin, dass einige Leute heftige religiöse Vorbehalte dagegen hegten, die Toten unbestattet zu lassen und ihnen die Riten für den Übergang in die andere Welt zu verweigern. »Jedermann verdient ein anständiges Begräbnis«, sagte er.

»Was, auch die Krieger des Feindes?«

»Ja … schon.«

»Mein Vater hat Hektor auch nicht bestattet.« Offenbar meinte er, jeglicher Bezug auf Achill reiche aus, um eine Streitfrage beizulegen. »Nein, es ist jemand aus Troja – es muss jemand aus Troja sein.«

Alkimos legte geduldig dar, dass es im Lager nur zwei Trojaner gab: Kalchas, einen Priester und Seher, hoch respektiert, selbst wenn er Schminke trug und in einem Frauengewand umherlief. Konnten sie ihn ausschließen? Ja, das konnten sie – beinahe. Wieso sollte er plötzlich sein Leben aufs Spiel setzen, um Priamos zu beerdigen? Jede Gefolgschaftstreue, die er Priamos gegenüber einst empfunden haben mochte, lag weit zurück. Er stand seit mindestens zehn Jahren in den Diensten von Agamemnon.

Pyrrhos blickte zweifelnd drein. »Ja, aber er steht derzeit nicht in seiner Gunst, oder? Schon eine ganze Weile nicht mehr.«

»Er kann's nicht sein«, sagte Alkimos. »Nicht integer genug.«

»Keine Eier«, sagte Automedon.

Pyrrhos blickte vom einem zum anderen. »Nun – dann bleibt noch Helenos.«

»Der war's auch nicht«, sagte Alkimos. »Er hat seinen Vater verraten.«

»Unter der Folter«, sagte Automedon.

»Was hat das damit zu tun?«

»Keiner von uns weiß, wie er unter der Folter handeln würde.«

»Na ja«, sagte Pyrrhos, der offensichtlich der Meinung war, er wüsste es.

»Aber könnte er es nicht aus genau diesem Grunde getan haben?«, fragte Automedon. »Als eine Art von Wiedergutmachung?«

Sie überlegten.

»Das könnte ich mir vorstellen«, sagte Pyrrhos.

»Nun gut«, sagte Automedon, »dann holen wir ihn her. Aber wenn er auch nur das kleinste bisschen Verstand besitzt, ist er abgehauen.«

»Wohin denn?«, sagte Alkimos. »Er kann nirgendwohin.«

»Er könnte sich von dem ernähren, was die Natur hergibt. In den Gärten des Priamos gibt es genug zu essen.«

»Das würdest du vielleicht tun«, sagte Alkimos. »Ich bezweifle, dass Helenos es tun würde. Und überhaupt, er kann kaum laufen.«

Das stimmte. Ich hatte gesehen, wie er im Lager umherhumpelte, blutbefleckte Lappen um die Knöchel geknotet. Odysseus musste seine Fußsohlen zu Brei geschlagen haben.

»Dann sind wir uns also einig?«, fuhr Alkimos fort. »Wir holen Helenos her. Aber was ist mit Kalchas? Den können wir nicht einfach so herbeizitieren – er ist ein Priester.«

»Wir könnten ihn zum Essen einladen«, schlug Automedon vor.

Pyrrhos stöhnte. »Um Himmels willen …«

»Aber Ihr seid schon der Meinung, dass wir mit ihm anders umgehen müssen?«

»Ja. Wenn es sein muss! Aber setzt ihn bloß nicht neben mich.«

Pyrrhos war schon aufgestanden, offenbar wollte er mit der Angelegenheit schnell vorankommen. Die beiden folgten ihm zur Tür und boten an, Helenos zu suchen, aber Pyrrhos bestand darauf, selbst zu gehen. Zum Schluss machten sie sich alle drei gemeinsam auf den Weg. Ich lauschte ihren Stimmen, die in der Ferne verklangen, dann war es wieder still, bis auf die Windstöße.

Ich starrte, ohne etwas zu sehen, das Brot und die Oliven auf dem Tisch an, mein Geist war auf der Suche nach einer Möglichkeit, das zu leugnen, was ich bereits wusste. Ich erinnerte mich an den Augenblick am Feuer, als ich zu Amina hinübergeschaut und sie den Blick gesenkt und so getan hatte, als müsste sie die Saiten auf ihrer Leier richten. Ich hatte mir gesagt, es müsse nichts bedeuten; vielleicht mochte sie mich ganz einfach nicht, aber es war bloß ein Beispiel in einem ganzen Muster der Vermeidung. Und später hatte Amina im Kreis der Mädchen gefehlt, die sich um Helle versammelt hatten. Zumindest war ich mir *beinahe* sicher, dass sie gefehlt hatte; ganz sicher war ich mir noch immer nicht. Ein Teil von mir glaubte einfach nicht, dass Amina hinter der ganzen Sache steckte. Die Hütte der Frauen wurde schließlich bewacht. Ja, aber sie könnte über den Zaun an der Rückseite geklettert sein. Ich ging auf und ab und fragte mich, was ich tun sollte. Und die ganze Zeit merkte ich, wie in mir Wut über die Unterhaltung aufstieg, die ich eben mit angehört hatte. Es gab also nur zwei Trojaner im Lager? Es gab Hunderte Trojaner im Lager; aber es waren Trojanerinnen, und Frauen sind unsichtbar. Möglicherweise war das ja von Vorteil? Wenn Amina Priamos bestattet hatte, bestand ihre beste Chance, damit davonzukommen, darin, dass niemand glauben würde, ein Mädchen könnte dazu fähig sein. Ich musste mit ihr sprechen. Egal, wie lange ich über die Sache nachdachte, und das tat ich, über eine Stunde – darauf lief es immer wieder hinaus: Ich musste mit ihr sprechen. Und zwar außerhalb der Hütte, ohne die anderen Mädchen. Was immer Amina getan hatte, die anderen durften nicht mit hineingezogen werden.

Früh am nächsten Morgen holte ich vier Weidenkörbe vom Hof und ging zur Hütte der Frauen. Die Mädchen saßen noch auf ihren Pritschen, selbst Helle, die normalerweise früh auf war und im Hof Bewegungsabläufe übte. Als ich hereinkam, blickte Amina auf und sah dann schnell zur Seite. Ich versuchte zu erraten, ob eine von ihnen Bescheid wusste; aber insgesamt glaubte ich das nicht. Amina hätte sicher nicht versucht, jemand anders einzubeziehen. Sie war vermutlich stolz darauf, dass sie allein gehandelt hatte. Aber sie musste stundenlang fort gewesen sein … Zumindest einigen der Mädchen musste das aufgefallen sein, und sie mochten gewusst haben, was sie tat – oder hatten es zumindest geahnt. *Falls* sie es getan hatte. Möglicherweise war ihnen allen, einschließlich Amina, nicht klar, was sich außerhalb der Hütte abspielte.

Ehe ich mit Amina sprach, ging ich den Flur entlang zum Zimmer von Andromache. Ich machte mir Sorgen um sie; sie war so blass und dünn und elend, dass mir in den Sinn kam, sie könnte zu den Menschen gehören, die sich für das Sterben entscheiden und einfach nichts mehr essen. Eine Zofe meiner Mutter hatte sich zu Tode gehungert. Ich konnte mich ziemlich gut an sie erinnern; sie hatte ein Muttermal an der Oberlippe gehabt. Ich hatte jahrelang nicht an diese Frau gedacht und fragte mich, warum sie mir jetzt wieder so lebhaft vor Augen stand.

Andromache lag im Bett und schien zu schlafen.

»Andromache?« Beim Klang ihres Namens flatterten ihre Augenlider. »Andromache? Wach auf.«

»Was ist los?«

»Jemand hat versucht, Priamos zu bestatten.«

Nun waren ihre Augen weit geöffnet. »Helenos?«

»Vielleicht. Aber ich glaube, es könnte eher eines der Mädchen gewesen sein.«

»Was? Welches denn?«

Sie klang wirklich ungläubig. Was auch immer passiert war, es musste ohne ihr Wissen geschehen sein.

»Amina.«

»Ist das die Tänzerin?«

»Nein, das ist Helle.«

Zum ersten Mal verspürte ich Ungeduld, Unmut sogar, dass sie sich so wenig für die Mädchen interessierte, sich weigerte, das zu tun, was ihre Rolle gewesen wäre – *ihre*, nicht meine! Und dann schämte ich mich, denn ich wusste nicht, wie es war, wenn einer Frau das Kind getötet wurde; ich hatte sogar Angst, es mir vorzustellen. Ich hatte gewiss kein Recht, sie zu verurteilen.

»Ich nehme Amina mit und schaue, ob ich sie dazu bewegen kann, mit mir zu reden.«

»In Ordnung.« Andromache setzte sich auf und schlang die dünnen Arme um ihre Knie. »Ich bin froh, dass er bestattet ist.«

»Ja, ich auch – solange Pyrrhos keinen Unschuldigen dafür büßen lässt. Sie werden Helenos befragen, aber dabei werden sie es nicht belassen …«

Amina faltete ihre Decke, und ich ging zurück in das andere Zimmer. Die Luft war erfüllt vom Geruch ungewaschener junger Körper und ihrem leicht sauren frühmorgendlichen Atem. Auf die eine oder andere Art musste ich für sie alle eine Bademöglichkeit organisieren. Es gab so wenig, was ich tun konnte. Plötzlich war ich zornig, so ungeheuer zornig, dass ich am liebsten losgebrüllt hätte. Ich war voller Zorn, dass man uns an einem so engen, kleinen Ort einsperrte, der uns durch die Gewalt des

Windes und des Meeres auferlegt wurde – und durch die Gewalt der Griechen. Andererseits, so rief ich mir in Erinnerung, gab es kein »uns« mehr, kein »wir«. Ich war keine Sklavin mehr – und vielleicht hatte ich die Mädchen deshalb im Verdacht, Dinge vor mir zu verbergen. Ich wollte, dass sie sich mir anvertrauten, aber sie sahen meine Schwangerschaft, meine schöne Kleidung, meinen griechischen Ehemann – und fragten sich sicherlich, wem ich mich tatsächlich verpflichtet fühlte. Ich konnte es ihnen kaum verübeln, konnte ich die vielen Widersprüche doch selbst nicht auflösen. Die Mutter Trojanerin, das Baby Grieche – wie sollte das gehen?

»Amina«, hörte ich mich sagen, und mein Tonfall war schärfer als beabsichtigt, »ich hole frische Kräuter und möchte, dass du mitkommst.«

Ich streckte ihr zwei Körbe entgegen. Amina hätte einen Vorwand finden können, um nicht mitgehen zu müssen, aber vielleicht wusste sie das nicht – oder vielleicht lockte sie auch der Gedanke an frische Luft und die Vorstellung, ein paar Stunden von der Hütte fort zu sein.

»Ja«, sagte sie einfach. Sie wandte sich an eines der anderen Mädchen und bat sie, ihre Decke und ihr Bett zu verstauen. Ich war schon an der Tür, froh, dem stickigen Raum zu entkommen. Selbst der Wind, der mir die Tür aus der Hand riss und sie hinter mir zuschlug, war mir willkommen. Ich wartete so lange, dass ich gerade wieder hineingehen und Amina holen wollte, da trat sie zu mir hinaus, von Kopf bis Fuß in ihren üblichen schwarzen Mantel gehüllt.

»Ich wusste gar nicht, dass es im Lager einen Kräutergarten gibt«, sagte sie im Plauderton. Ich dachte: *Sie bemüht sich um*

Normalität und hofft entgegen jeder Wahrscheinlichkeit, dass ich nichts erraten habe.

»Es gibt einen kleinen Kräutergarten oben auf der hinteren Landzunge, aber da gehen wir nicht hin. Wir gehen nach Troja.«

Sie riss die Augen auf. Vielleicht fürchtete sie sich davor, zurückzugehen – wer könnte ihr das verübeln? Doch sie brauchte sich keine Sorgen zu machen; ich hatte nicht die Absicht, die Stadt zu betreten. Die Obstgärten des Priamos, der Küchengarten, der Kräutergarten – sie alle lagen außerhalb der Stadtmauern. Die Obstgärten waren das bevorzugte Jagdgebiet von Odysseus und Diomedes gewesen, um Gefangene zu machen, denn die Trojaner mussten dorthin gehen; sie mussten ihr Leben riskieren, um sich mit grundlegenden Nahrungsmitteln zu versorgen. Helenos hatte man in den Obstgärten seines Vaters ergriffen; dieses Schicksal hatte mehr als einen von Priamos' Söhnen ereilt.

Wir machten uns auf und nahmen den schmalen Weg durch den Graben. Man hatte ihn ausgehoben, um das Lager zu verteidigen, vor mittlerweile unvordenklichen Zeiten, als es noch möglich schien, dass die Trojaner den Krieg gewinnen könnten. Doch dann war Achill, um den Tod von Patroklos zu rächen, in den Kampf zurückgekehrt. Nun lag der Graben verlassen da, und zahlreiche Schubkarren und Spaten lagen darin. Ich fragte mich, ob der Spaten, mit dem Priamos begraben worden war, hierher stammte, und blickte Amina von der Seite an, aber sie starrte geradeaus. Nach Troja natürlich, auf die zerstörten Türme.

Ich wusste, es gab einen Weg am Fluss entlang, aber um dorthin zu gelangen, mussten wir das Schlachtfeld überqueren. Wir gingen schweigend, und Amina blieb zurück, was mich ein bisschen ärgerte, aber ich schaffte es, nichts zu sagen. Der Untergrund war so uneben, dass ich genau darauf achten musste, wohin ich die Füße setzte. Tiefe Spurrillen durchzogen den Boden, alte Wunden, zugefügt von Wagenrädern und den schweren Schritten marschierender Füße; in das Land gekerbte Erinnerungen. Diese Ebene war einst Ackerland gewesen; schwere schwarze Erde. Sie war zu wertvoll, um hier Vieh weiden zu lassen, sie war dazu geschaffen, hier Getreide anzubauen. So sollte es sein und so war es Hunderte, vielleicht Tausende Jahre lang gewesen – bis die schwarzen Schiffe kamen.

Der Tag war verhangen, doch wir hatten es mittlerweile aufgegeben, auf Regen zu warten. Es war anstrengend, über den aufgerissenen Boden zu stolpern; ich spürte, wie meine Achselhöhlen vor Schweiß kribbelten. Rücken und Oberschenkel schmerzten mir. Schließlich musste ich stehen bleiben. Amina, die noch immer hinter mir ging, den Blick wie ich auf den Boden geheftet, prallte gegen mich. Wir standen da und blickten um uns, während wir wieder zu Atem kamen. Ich hatte dieses Schlachtfeld von den trojanischen Befestigungsanlagen aus gesehen, als es voller Fußsoldaten gewesen war, Männer, die miteinander kämpften, bis einer von ihnen tot war – während hoch über ihnen die Könige in ihren funkelnden Streitwagen dahinjagten.

Jetzt war alles leer und trostlos.

Vielleicht war es ein Fehler gewesen, stehen zu bleiben, um zu verschnaufen, denn ich stellte fest, dass ich nun, da ich einmal aufgeblickt hatte, nicht wieder dazu übergehen konnte, auf meine Füße zu starren. Während wir weitergingen, nahm ich alles um mich herum mit geschärften Sinnen wahr. In der Stille, die hier herrschte, lag etwas Unheimliches. Sie war wie die Stille, die man in leeren Zimmern hört, wenn jemand, den man liebt, gestorben ist – sie war vergiftet. Die Griechen hatten die Bäume gefällt, um ihr Lager zu errichten, und ohne sie sah das Land nackt und geradezu unschicklich aus, ohne den geringsten Schutz, um seine Verunstaltungen zu verbergen. An einigen Stellen war Wasser aus dem Boden gedrungen, aus lehmigen Tiefen, es füllte Senken und Krater bis zum Rand. Ab und zu brachen durch die Oberfläche Luftblasen von wer weiß welchen Verwesungsprozessen, die dort unten vor sich gingen. Wir mussten mehrere diese kleinen Seen durchwaten, ehe wir den Weg erreichten, der neben dem Fluss verlief. Hier hörte man wenigstens etwas: das Wasser, das über Steine plätscherte – doch es unterstrich nur noch die Stille des Schlachtfelds.

Hinter einer Flussbiegung stießen wir auf eine Leiche. Der Mann war seit mehreren Wochen tot, der Leichnam in seinem Kampfhemd aufgebläht, die unteren Körperregionen mitleiderregend entblößt. Weder das Wasser noch das Land hatte ihn für sich beansprucht, und so lag er da, das Gesicht zum Glück abgewandt. Ich sah, wie Amina sich den Schleier auf den Mund drückte, als habe sie Angst, sich zu übergeben, doch als ich den Arm ausstreckte, um sie zu berühren, schüttelte sie heftig den Kopf und trat von mir weg.

Als wir uns der Stadt näherten, durchbrach ein neues Geräusch die Stille: die krächzenden Rufe der Krähen, die über der schwelenden Stadt kreisten. Krähen sind ungeheuer intelligente Vögel. Ich habe früher beobachtet, wie sie sich versammelten, wenn die Männer zu einem weiteren Kriegstag aufbrachen. Der Klang von Trommeln, Pfeifen und Trompeten, das rhythmische

Schlagen von Schwertern auf Schilden – für die Kämpfer bedeutete diese Musik Ehre, Ruhm, Mut, Kameradschaft ... Für die Krähen verhieß sie immer nur frisches Futter. Ihnen war es gleich, welches Heer Sieg oder Niederlage davontrug. Für die Krähen nahmen solche Tage stets ein gutes Ende.

Wir blieben erneut stehen und schauten auf die rauchenden Türme der Stadt. Ich fragte mich, ob Amina an Brüder oder Cousins dachte, die tot innerhalb der Mauern lagen. Ich hatte vier Brüder verloren, als meine Stadt, Lyrnessos, gefallen war; und der Gedanke an ihre unbestatteten Leiber quälte mich nach ihrem Tod monatelang – und er tut es auch heute noch; bei den seltenen Gelegenheiten, bei denen ich mir gestattete, überhaupt daran zu denken. Aber sie waren tot und ich konnte nichts tun, um ihnen zu helfen – doch Amina lebte noch.

»Komm«, sagte ich. »Es ist nicht mehr weit.«

»Ich weiß, wo die Gärten sind.«

Der Weg führte um die Mauern der Stadt. Als wir dort entlanggingen, kam mir plötzlich eine Erinnerung an meine Zeit in Troja in den Sinn, daran, wie sich die Blumen im Schatten der hohen Mauern schon lange vor Anbruch der Dunkelheit schlossen. Es waren blasse Blumen, geformt wie Sterne, die um uns herum an den Abhängen wuchsen und von denen sich einige tatsächlich bereits zu schließen begannen; ihre Blütenblätter wirkten wie gespitzte Lippen. Ich sah, wie Amina wiederholt über die Schulter zurückblickte. Vielleicht hoffte sie, eine Gruppe verborgener trojanischer Krieger, die die Massaker wie durch ein Wunder überlebt hätten, würde hervorkommen und sie retten, aber da war nur das heisere Schreien der Krähen, die weiter um die schwarzen Türme kreisten, als hätten sich Stücke von verkohltem Holz gelöst und in die Luft erhoben. Zunächst war ihr Geschrei das einzige Geräusch, doch dann vernahm ich ein weiteres: das Summen von Fliegen innerhalb der Mauern, viel schlimmer als die Rufe der Krähen.

Ich hatte mich gesorgt, wir könnten die Gärten verschlossen vorfinden, aber nein, die Tore standen weit offen – das vermittelte mir das merkwürdige Gefühl, wir würden erwartet. Zweifellos waren die Gärtner losgerannt, um zu helfen, das Pferd durch die Straßen zu ziehen, dann waren sie bei den Festlichkeiten geblieben und nie mehr zurückgekehrt. Als wir durch die Tore in den Schutz der hohen Gartenmauern traten, war der Wind plötzlich wie abgeschnitten. Die Wipfel der Obstbäume bewegten sich, doch am Boden war nicht mehr als eine leichte Brise zu spüren, sobald wir von den offenen Toren fort waren. Ich spürte, dass wir beobachtet wurden, nicht von Menschenaugen, sondern von den Blumen, die durch unsere Gegenwart erschreckt schienen. Wir sahen viele Vögel, klein, bunt, flatternd, solche, die Samen und reife Früchte dem verrottenden Aas vorziehen. Sie genossen ihr Festmahl ohne die Gärtner, die sie fortjagten. Zwei Reihen Goldfinken saßen keck auf den Armen einer Vogelscheuche und schienen zu wissen, dass es niemanden mehr gab, den sie fürchten mussten.

Wir gingen zwischen zwei riesigen Gemüsebeeten entlang zum Kräutergarten am hinteren Ende der Anlagen. Sofort begann ich ganze Hände voll Koriander zu pflücken. Aus dem Augenwinkel sah ich, wie Amina sich auf den Boden hinkniete und ebenfalls Kräuter zu pflücken begann – doch mir fiel auf, dass sie am anderen Ende einer Reihe begann, zu weit weg, als dass eine Unterhaltung möglich gewesen wäre. Egal, ich konnte warten.

Die Bienen summten, es duftete nach Apfelminze, Thymian, Rosmarin, Oregano und Lorbeer, und alle diese Düfte vermischten sich miteinander. Die Hitze drückte mir wie eine Hand von oben fest auf den Kopf, der Schweiß stach mir in den Augen … ich hob die Hand, um ihn abzuwischen und spürte, wie mir schwindelig wurde; der Garten drehte sich um mich. Vorsichtig erhob ich mich und schaffte es, mich zu einer Bank zu begeben, wo ich mich in den Schatten setzen konnte. Das sah mir gar nicht ähnlich, aber vielleicht führte eine Schwangerschaft dazu, dass einem schneller schwindelig wurde? Ich machte die Augen zu und wünschte mir Wasser.

Als ich sie wieder öffnete, stand Amina vor mir. »Alles in Ordnung?«

»Ja, es geht mir gut.«

Ich fühlte mich ein bisschen besser, aber offenbar sah ich anders aus, denn sie setzte sich neben mich. »Tief durchatmen.«

Ich tat, wie mir geheißen, und heftete meine Blicke auf einen Büschel Fingerhut, bis der Schwindel allmählich nachließ. Ich fühlte mich erschöpft und leer. Als ich mich umblickte, wurde mir klar, dass alles hier – Kräuter, Blumen und Gemüse – von Menschen gepflanzt worden war, die damit gerechnet hatten, die nächste Jahreszeit, den nächsten Frühling noch zu erleben. Überall fanden sich Zeichen eines normalen Tages, der unterbrochen worden war. Ein Spaten, das Blatt verkrustet mit getrockneter Erde, lag am Ende einer frisch gegrabenen Reihe. Auf der Bank fand ich ein Viereck aus rot-weißem Stoff, in den irgendjemand sein halb gegessenes Mittagessen eingeschlagen hatte: einen Kanten Brot und eine dicke Scheibe verschimmelten Käse, der schon angebissen war. Wer immer es gewesen war – er musste gerade angefangen haben zu essen, als die Tore sich öffneten und das hölzerne Pferd hineingezogen wurde, und er war davongegangen, einfach so, sorglos, ohne sich Gedanken zu machen, in der Erwartung, er würde zurückkehren. Und dann war er im Geschrei und in der feiernden Menge verschwunden …

Nichts, was ich an jenem Tag erlebt hatte, hatte mich erschüttern können, nicht das Schlachtfeld, nicht der tote Krieger, nicht einmal das Summen der Fliegen innerhalb des Mauerrings, aber dieser Anblick schaffte es: die Bissspur eines unbekannten Menschen in einer Scheibe stinkendem, schimmligem Käse. Ich schlug mir die Hände vors Gesicht und weinte um das zerstörte Troja, den toten Priamos und sein Volk, das ins Unglück gestürzt war.

Amina nahm ich nur dunkel als ein verschwommenes Gesicht und starr blickende Augen wahr, doch dann spürte ich, wie sie mich in den Arm nahm. Sie hielt mich in den Armen, wiegte mich und streichelte mir über den Rücken, während ich Rotz und Wasser heulte. »Es tut mir leid, es tut mir leid«, sagte ich immer wieder, bis ich schließlich Schluckauf bekam, schniefte und mir die Nase mit dem Handrücken abwischte. Nach einer Weile nahm ich das rot-weiße Tuch und benutzte stattdessen das. »Lieber Himmel«, sagte ich. »Ich weiß nicht, was über mich gekommen ist – sonst weine ich nicht, ich weine nie.«

»Schon gut.«

Amina nahm ihren Schleier ab und trocknete mir damit das Gesicht – und dann saßen wir einfach dort im Schatten. Der Boden rund um die Bank war voller matschiger brauner Äpfel, und eine Myriade träger Bienen torkelte im Zickzackflug betrunken über dem Festmahl. Nun, da mein Tränenausbruch vorüber war, fühlte ich mich ermattet und niedergeschlagen, doch dann besserte sich meine Stimmung allmählich. Ich blickte mich um und sah die vielen Farben des Gartens: Violett, Blau, Rot, Grün, Gelb – viele von ihnen selbst in diesem Licht unglaublich leuchtend, denn obwohl wir vor dem Wind geschützt waren, hatten sich die grauen Wolken geteilt und alles in das übliche Orange getaucht. *Eines Tages werde ich auch einen solchen Garten haben*, dachte ich und spürte, wie sich Hoffnung regte, beinahe schmerzhaft, wie Blut, das zurück in ein taubes Glied strömt. Amina saß ganz ruhig neben mir, blickte hinauf in den Baum, in die Blätter und Zweige, die sich bewegten. Sie hatte keinen Versuch unternommen, mich zu trösten, abgesehen von dem bedeutungslosen *Schon gut* – und dafür war ich ihr dankbar. Vielleicht hätte ich in diesem Moment mit ihr sprechen sollen, als wir uns einen Augenblick nahe waren, aber ich fühlte mich zu verletzlich. Nach einer Weile, in der wir uns kaum angeblickt hatten, machten wir uns wieder daran, Kräuter zu pflücken.

In der Mitte des Gartens lag ein erhöhtes Beet in Form eines Rades. Die Speichen waren für jene Pflanzen gedacht, die sonst wuchern und ihre Nachbarn ersticken würden. Wir arbeiteten uns, aus unterschiedlichen Richtungen kommend, um den Kreis herum. Die Vertrautheit, die wir auf der Bank gespürt hatten, war schon wieder verflogen, und die Spannung zwischen uns nahm zu, während wir uns näher kamen, bis wir uns schließlich trafen.

»Nun«, sagte ich. »Bist du es gewesen?«

Die Lüge, die sie hatte aussprechen wollen, erstarb ihr auf den Lippen. »Warum willst du das wissen? Wäre es nicht besser, du wüsstest es nicht?«

Ich wischte den Einwand beiseite. »Es ist so: Pyrrhos wird die Frauen nicht verdächtigen. Im Augenblick denkt er an Kalchas – du weißt schon, der Priester – oder Helenos, denn sie sind die einzigen beiden Trojaner im Lager.«

»Ich bin eine Trojanerin!«

Das traf mich. »Ich ebenfalls.«

»Ja, aber bei dir ist es anders, oder?« Ihr Blick glitt zu meinem Bauch. »Du hast deine Wahl getroffen.«

»Meine Wahl? Glaubst du tatsächlich, ich hätte eine *Wahl* gehabt?« Ich holte tief Luft. »Also, ich will dir nur helfen. Wenn du dich unauffällig verhältst und nichts Dummes anstellst, stehen die Chancen gut, dass sich alles beruhigt. Wir können das durchstehen.«

»Wir?«

»Ja! *Wir.*«

Ihr Grinsen ärgerte mich so, dass ich ihr am liebsten eine Ohrfeige gegeben hätte. »Weißt du, dass er den Leichnam wieder hat ausgraben lassen?« Ich beobachtete Amina aufmerksam und konnte sehen, wie verletzt sie war.

»Er erzählt Lügen.«

»Wer?«

»Pyrrhos. Er hat Andromache erzählt, Priamos wäre schmerzlos gestorben, er sagte, es wäre schnell gegangen – und das stimmt einfach nicht. Ein Schwein würde man nicht so töten, wie er Priamos getötet hat! Das Schreckliche ist: Hekabe hat es gesehen. Sie hat Priamos gebeten, seine Rüstung nicht anzulegen, aber er hat es getan. Für ihn war es undenkbar, nicht zu kämpfen.«

»Er hat getan, was er musste.«

»Ja – und das habe ich auch.«

Während ich ihr zuhörte, wurde mir zusehends klarer, wie unbeugsam sie war, wie gleichgültig Argumenten gegenüber. Sie erinnerte mich an zwei Frauen, denen ich begegnet war, als ich neu ins Lager gekommen war, zwei Schwestern. Jeden Tag machten sie einen kleinen Spaziergang in der Abenddämmerung, Arm in Arm, stark verschleiert, sie schauten weder rechts noch links, sondern immer züchtig nach unten auf ihre Füße. Und dann, nach etwa zweihundert Schritt, ohne dass sie einander auch nur anblicken mussten, drehten sie um und gingen zurück. Oberflächlich betrachtet hätte niemand weniger wie Amina sein können als diese beiden ängstlichen kleinen Frauen. Doch ich nahm an ihr die gleiche Unbeugsamkeit wahr, die gleiche Weigerung zu akzeptieren, dass sich das Leben geändert hatte. Es machte sie unerreichbar, und doch hatte ich das Gefühl, ich müsste es weiterhin versuchen. »Er wird jeden umbringen, der jetzt erneut versucht, Priamos zu bestatten.«

»Ich weiß.«

Dabei musste ich es belassen. »Komm«, sagte ich. »Wir können ebenso gut ein paar Früchte essen, wo wir schon hier sind. Es wäre eine Schande, sie verderben zu lassen.«

Die Obstgärten lagen am anderen Ende des Geländes. Es war ein schattiger, geheimnisvoller Ort voller horchender Bäume. Die Kirschbäume waren mit Netzen bedeckt, um die Vögel abzuhalten, aber wir konnten auf Zehenspitzen stehend gerade so eines der Netze erreichen und zogen es herab. Amina kletterte auf den Baum und warf mir Kirschen hinunter. Ich erinnere mich, wie sie auf meinem Gesicht und meinen Armen landeten und rote Flecken hinterließen, wie Blutspritzer. Ich bat das Mädchen, herunterzukommen, ich hatte Angst, sie würde fallen, aber sie fuhr einfach fort, mich mit Kirschen zu bewerfen – lachend und voller Freude. Die Früchte waren reif, mehr als reif, und schmeckten köstlich. Ich wandte mich Amina zu und sah, dass sie in den Mundwinkeln rote Häkchen hatte, die aussahen, als würden sich ihre Lippen in Richtung eines Lächelns heben.

Es war fast, als wären wir Freundinnen.

Der Rückweg war eine schlimme Plackerei. Die Körbe waren schwer, und der Wind blies uns nun direkt ins Gesicht. Als ich nach vorne schaute, begriff ich: Man konnte ihn auf dem Schlachtfeld nur spüren, nicht aber sehen – es gab keine Bäume, die entwurzelt, keine Pflanzen, die flach gedrückt werden konnten. Wir kämpften uns weiter über das tote Land. Ich hatte falsch eingeschätzt, wie lange es dauern würde, und die Dämmerung zog herauf, bevor wir das Schlachtfeld auch nur halb überquert hatten. Die Krähen waren im schwächer werdenden Licht vor dem schwarzen Boden beinahe nicht zu erkennen, bis sie uns spät und unwillig Platz machten. Ich stellte die Körbe ab, schwenkte die Arme und klatschte in die Hände, aber nichts machte ihnen Angst. Sie krächzten triumphierend, diese Sieger – das waren sie sicherlich, die Kröpfe voll menschlichem Fleisch. Wir umgingen sie, so gut wir konnten, aber es war eine Erleichterung, als wir endlich den Graben erreichten, Lichter sahen und Stimmen hörten. Ich war so ausgehungert nach der Wärme und der verhältnismäßigen Sicherheit in meinem Gelände, dass ich die letzten hundert Schritte beinahe rannte.

17

Die Hütte war still und dunkel. Ich tastete mir meinen Weg durch den Raum, den ich zunächst für leer hielt, doch dann bemerkte ich am Bett eine längliche, tiefere Dunkelheit. Mit zitternden Fingern zündete ich eine Öllampe an, und der Schatten von Alkimos sprang über den Boden.

»Du bist lange fort gewesen.«

»Uns sind die Kräuter ausgegangen, ich …«

»Ich habe mir Sorgen gemacht.«

»Das tut mir leid. Kann ich Euch etwas bringen?«

»Einen Becher Wein – und schenk dir auch einen ein. Wir müssen uns unterhalten.«

Ich schenkte zwei Becher voll Wein und stellte sie auf den Tisch. Wir setzten uns einander gegenüber, aber trotz seiner Ankündigung sprach er nicht gleich. Ich wusste, ich durfte keine Fragen über Priamos' Bestattung stellen, es war unbesonnen, auch nur Interesse zu zeigen, aber ich konnte nicht anders. »Habt ihr Helenos gefunden?«

»Ja, er war bei seiner Schwester.«

Ich zwang mich, abzuwarten.

»Er schaute Pyrrhos ins Gesicht und sagte nur, er wünschte, er hätte Priamos bestattet. Er sagte, er schäme sich, dass es jemand anders hat tun müssen – er selbst hätte es tun sollen.«

»Hat man ihn …« *Gefoltert*, wollte ich fragen. Davor hatte ich große Furcht: dass jemand einen schrecklichen Preis für das zahlen würde, was Amina getan hatte. Ich zwang mich, das Wort auszusprechen.

Alkimos starrte in seinen Becher. »Nein, das war nicht notwendig, er ist ein gebrochener Mann. Wenn ein Mensch erst einmal so zerstört ist, wenn er alles verraten hat, dann gibt es keinen Weg zurück. Dann wird er immer reden.«

Stille. Ich betrachtete die Schatten in den Vertiefungen seiner Wangen. »Worüber wolltet Ihr mit mir sprechen?«

»Oh, ja. Über Andromache. Pyrrhos will, dass sie heute Abend beim Essen Wein ausschenkt.«

»Nein – das kann sie nicht!«

Die Worte waren ausgesprochen, ehe ich mich zurückhalten konnte. Es war das gute Recht von Pyrrhos; Andromache war sein Ehrengeschenk – warum sollte er nicht vor seinen Männern mit ihr prahlen? Vor gar nicht langer Zeit hatte Achill mich beim Abendessen auf die gleiche Weise zur Schau gestellt, aber ich hatte mich daran gewöhnt, es sogar schätzen gelernt, dass ich dadurch Zugang zu Informationen erhielt. Aber Andromache – in ihrem Zustand …? Ich wusste nicht, wie sie einer solchen Situation, allen Blicken der Männer ausgesetzt, auch nur ansatzweise gewachsen sein sollte.

»Ich dachte, du könntest es vielleicht zusammen mit ihr tun«, sagte Alkimos. Er hatte Andromache gegenüber immer große Sanftmut an den Tag gelegt – er und Automedon hatten ihren kleinen Sohn bestattet –, gleichwohl war ich überrascht, dass er meine Unterstützung überhaupt in Erwägung zog. »Wenn es dir nichts ausmacht?«

»Sie kann es nicht alleine tun.« Ich stand auf. »Ich werde zu ihr gehen, sofern es nichts anderes mehr zu besprechen gibt …?«

Er zögerte. »Sei vorsichtig, wenn du in der Nähe von Pyrrhos bist. Ich weiß, ich habe gesagt, Helenos ist nicht gefoltert worden, und das ist er auch nicht … aber Pyrrhos hat etwas Seltsames getan. Er hat Helenos seinen Dolch in den Bauch gestoßen. Nicht besonders tief, es war nur ein Schnitt, aber er hat seine Finger in das Blut getaucht – und ich glaube, er hat die Angst von Helenos genossen.«

Angesichts des Blutverlustes im Lager schien das absurd belanglos, aber offensichtlich hatte es Alkimos beunruhigt – einen Mann, der nicht leicht zu beunruhigen war. »Es wäre nicht notwendig gewesen«, fügte er hinzu. »Helenos hat sich beinahe überschlagen, um uns alles zu sagen, was er wusste: nämlich nichts!«

Ich wartete, aber es kam nichts weiter. »Wenn das alles ist …?«

»Ja, ja, geh nur.«

Zuerst ging ich zum Lagerraum und holte aus der Truhe, in der ich meine Kleidung aufbewahrte, eine bestickte Tunika. Danach ging ich weiter in mein Zimmer, um mir das Haar zu bürsten. Es war lange her, seit ich bei Tisch aufgewartet hatte, doch als Achill noch lebte, war dies über Monate hinweg meine abendliche Routine gewesen. Als ich mit Anziehen und Haarebürsten fertig war, öffnete ich den Mund mehrere Male so weit wie möglich und hörte meine Kiefer knacken, dann dehnte ich die Lippen mit einem verzerrten Lächeln. Die ganze Nervosität und Anspannung von früher war wieder da. Ich ging hinaus und den kurzen Weg zur Hütte der Frauen. Die Männer versammelten sich bereits vor der Halle, der Duft von gebratenem Fleisch drang durch die geöffnete Tür. Ich spürte, wie mir das Wasser im

Mund zusammenlief, aber ich wusste, ich würde erst sehr viel später etwas zu essen bekommen – wenn überhaupt.

In der Hütte ging ich direkt in Andromaches Zimmer. Sie lag nicht mehr im Bett und war angezogen, stand aber ziemlich hilflos da, das Haar noch vom Schlaf zerzaust. Die Tunika, die sie trug, war völlig ungeeignet. Ich verließ ihr Zimmer, wählte aufs Geratewohl zwei Mädchen aus und befahl ihnen, heißes Wasser und frische Kleidung zu holen. Unter meiner Anweisung halfen sie Andromache beim Waschen – ein Bad wäre besser gewesen, aber dazu blieb keine Zeit – und bürsteten ihr das Haar, bis es glänzte. Zu meiner großen Überraschung kam Amina herein und brachte einen Blumenkranz aus violetten Blumen von der Art, wie sie zu dieser Jahreszeit im Übermaß wuchsen. Sie setzte ihn Andromache auf, schob ihn zurecht und trat zurück, um die Wirkung zu bewundern. Die Farbe stand Andromache gut, das leuchtende Violett bildete einen schönen Kontrast zu ihrem dunklen Haar, doch der Gegensatz zwischen der Frische der Blumen und ihrem schwer gezeichneten Gesicht konnte einem nicht entgehen. »Es wird alles gut«, sagte ich heftig und rieb ihr die Arme. »Ich bin auch da – du bist nicht allein. Schenk einfach den vermaledeiten Wein aus und hoffe, dass sie dran ersticken.«

Auf dem kurzen Weg von der Hütte der Frauen zur Halle stolperte Andromache zweimal. Als wir über die Schwelle traten, spürte ich, wie ein Schwall heißer Luft mir die Poren öffnete. Es roch nach gebratenem Rind, nach Gewürzen und warmem Brot, nach verschwitzten Männern, nach Harz von den Wänden und Pech von den Fackeln – aber da waren auch die stechenderen, frischeren Gerüche der Binsen, die unter unseren Füßen raschelten. Was für ein Lärm hier herrschte! Die Männer sangen, leiser zuerst, dann lauter und brüllend, bis der Gesang in Gelächter und Spott überging. Sie hieben die Fäuste auf die Tische, manchmal im Takt der Lieder, manchmal, wenn das Essen nicht schnell genug kam, aus Protest. Ich führte Andromache ans hintere Ende der Halle, wo auf einem Seitentisch Krüge mit Wein aufgereiht standen, drückte ihr einen davon in die Hand und hoffte bloß, sie würde ihn nicht fallen lassen. Dann nahm ich selbst einen Krug und begann, am nächststehenden Tisch auszuschenken. Andromache hielt auf der anderen Seite des Tisches mit mir Schritt. Die Myrmidonen begrüßten mich mit allen Zeichen der Zuneigung; der eine oder andere tätschelte mir sogar den Bauch. Ich hätte mir nie vorstellen können, unterhalb der Taille von so vielen Männern ohne jede sexuelle Absicht berührt zu werden. Ich sah, wie die anderen beiden Frauen, einfache Frauen von den Feuern, sich den anderen Tisch entlangarbeiteten. Sie wurden die ganze Zeit betatscht, man fasste ihnen an die Brust und in den Schritt. Eine von ihnen schaute zufällig zu mir hinüber, und ihr Gesichtsausdruck, unglücklich, unbewegt und abwesend, hat sich mir eingebrannt bis zum heutigen Tag, doch an ihren Namen kann ich mich nicht erinnern.

Bis alle Männer mit Essen und Wein versorgt waren, hatte ich keine Muße, auch nur einen einzigen Blick zum kleinen Tisch am Kopfende zu werfen, wo Pyrrhos, Alkimos und Automedon saßen. Auch Kalchas saß dort, im vollen Priesterornat, die weiße Farbe auf seinem Gesicht bröckelte in der Hitze bereits ab. Begriff er, dass er nur hier war, um befragt zu werden? Dass die Männer, die rechts und links von ihm saßen, nicht seine Freunde waren? Alkimos starrte auf seinen Teller. Wenn man jemanden, den man gut kennt, aus der Entfernung sieht, nimmt man zuweilen Dinge wahr, die einem zuvor gar nicht aufgefallen sind. Er war dünner als damals, als ich ihn zum ersten Mal gesehen hatte, und wirkte älter. Als er von seinem Teller hochblickte, glitt sein Blick die Tische entlang, er schätzte den Tonfall der Männer ein, wachsam, um den Zeitpunkt nicht zu versäumen, an dem sich ein Geplänkel in echte Beleidigung verwandelte und alte Verletzungen wieder aufgerissen wurden und nach Rache verlangten. Diese Männer waren nervlich seit Jahren ungeheuer angespannt, und jetzt, wo alles ganz einfach hätte sein sollen, waren sie frustriert, weil die ersehnte Reise in die Heimat fortwährend aufgeschoben werden musste. Jeder Tag begann voller Hoffnung und endete mit Enttäuschung. Sie hatten gerade einen Krieg gewonnen. Wie war es möglich, dass dieser Sieg, der größte in der Weltgeschichte – und das war er, das kann niemand bestreiten –, allmählich begonnen hatte, sich wie eine Niederlage anzufühlen?

Alkimos war also fortwährend auf der Hut und lauerte auf Anzeichen von Ärger, und als ich mich umschaute, glaubte ich zu erkennen, warum. Pyrrhos hatte eine Gruppe junger Männer von der Insel seiner Mutter mitgebracht, von Skyros. Sie tranken heftig, schrien herum, drangsalierten die Mädchen, die ihnen aufwarteten – nichts davon war unüblich, aber ich erkannte, dass dieses Verhalten in den Augen der Myrmidonen einen Mangel an Respekt gegenüber den älteren und erfahreneren Männern aufwies, die den Krieg am stärksten zu spüren bekommen hatten. Zwischen Pyrrhos und seiner Gruppe flogen viele Bemerkungen und Rufe hin und her. Er war erhitzt – allerdings wurde seine helle Haut zugegebenermaßen schnell rot – und sah sehr mitgenommen aus. Er war weit davon entfernt, ihnen ein Vorbild zu sein, eher schien er einen großen Teil des Problems auszumachen. Von all diesen Dingen bekam ich nichts mit, wenn ich allein in meiner Hütte saß, Wolle kämmte, die Zubereitung des Abendessens überwachte und darauf wartete, dass Alkimos heimkehrte. Aber jetzt sah ich es ganz deutlich: Diese Halle war vom Boden bis zur Decke voller Holz, und ein Funke würde ausreichen, um alles in Brand zu setzen.

Andromache wirkte blass und elend, doch zumindest war sie noch auf den Beinen, und das war mehr, als ich erwartet hatte. Ich flüsterte ihr zu, sie solle anfangen, die Krüge einzusammeln. Wir mussten sie noch einmal auffüllen, sie auf die Tische stellen und dann auf das Zeichen warten, dass wir uns zurückziehen durften. Zumindest war das zu Achills Zeiten so gewesen. Man hatte mir stets gestattet, zu gehen, bevor das echte, ernsthafte Saufen begann. Wir stellten die vollen Krüge wieder in Abständen auf die Tische, dann holte ich etwas vom besten Wein für den oberen Tisch. Andromache nahm ihren Platz hinter dem Stuhl von Pyrrhos ein, und er streckte ihr, ohne sie auch nur eines Blickes zu würdigen, seinen Becher hin. Als sie einschenkte, glaubte ich flüchtig, eine Härte in ihrem Gesicht zu erblicken, die ich zuvor nicht gesehen hatte, und das ließ mich hoffen.

Die meisten Männer hatten mittlerweile genug gegessen. Sie stocherten nur noch in ihrem Fleisch herum oder wischten die Soße mit Brotstücken auf. Hier am oberen Tisch sprach Pyrrhos über den Versuch, Priamos zu bestatten. Wer immer das getan hatte, man hatte ihn unterbrochen, bevor er diese Aufgabe hatte zu Ende bringen können. Also hatte man die Leiche wieder ausgegraben und Wachen aufgestellt, um sicherzugehen, dass das nicht noch einmal passierte. Alle am Tisch wussten bereits darüber Bescheid. Die Erklärung richtete sich an Kalchas, der verwirrt schien, welche Wendung die Unterhaltung nahm. Ich konnte erkennen, dass er bereits tief gekränkt war über den Empfang, den man ihm bereitet hatte. Man hatte ihn nicht aufgefordert, der Tischgesellschaft vorzubeten, ebenso wenig hatte er den Göttern ein Trankopfer darbringen dürfen. Und nun ging Pyrrhos ihn an. In seinem Verhalten lag echte Aggression und keinerlei Respekt.

Ich füllte still und unsichtbar ihre Becher auf – und hörte zu. Und während ich in die Halle hinunterschaute, dachte ich plötzlich: *Das hat mir gefehlt!*

Mit dem Ende des Essens begann erneut der Gesang. Pyrrhos hatte sich die Dienste eines bedeutenden Barden gesichert, von denen es im Lager mehrere gab. Der Barde sang allein, obwohl es Kehrreime gab, in die die Männer einstimmen konnten. Jedes einzelne Lied handelte von Achill, seinem kurzen Leben und seinem ruhmreichen Tod, seinem Mut, seiner Schönheit, seinen häufigen, Furcht einflößenden Anfällen von Zorn. Ich erinnere mich, dass eines der Lieder schlicht »Zorn« hieß. Ich stand seitlich am oberen Tisch, sodass ich Pyrrhos' Gesicht betrachten konnte. Es muss ihn mit Stolz erfüllt haben, dass die Leistungen seines Vaters mit so wundervollen Worten und noch schönerer Musik gerühmt wurden – mit das Beste, was ich je gehört hatte –, aber wenn ich ihn mir so ansah, fragte ich mich, ob da noch andere, schmerzhaftere Gefühle am Werk waren. In einigen Teilen des Lagers, nicht nur auf dem Gelände der Myrmidonen, wurde Achill verehrt wie ein Gott. Es muss Zeiten gegeben haben, in denen Pyrrhos sich fühlte wie ein schwacher kleiner Setzling, der darum kämpft, im Schatten einer großen Eiche zu überleben. Zweifelte er manchmal an sich? Ich glaube schon.

Das letzte Lied verklang, und es herrschte Schweigen. Dann sprangen die Männer auf, klatschten, trommelten auf die Tische, verliehen ihrer Begeisterung mit lauten Rufen Ausdruck, während der Sänger sich an den oberen Tisch setzen durfte und einen Becher Wein entgegennahm.

Kurz darauf legte Alkimos Pyrrhos nahe, es sei für Andromache und mich an der Zeit, sich zurückzuziehen. Pyrrhos sah einen Augenblick lang verständnislos drein, dann nickte er. Wir zogen uns in den kleinen Raum zurück, den »Schrank«, setzten uns aufs Bett und aßen Brot und einige sehr trockene Feigen. Andromache holte tief Luft, als wäre sie bis eben nicht zu Atem gekommen.

»Kopf hoch«, sagte ich, als ich aufstand, um zu gehen. »Mit ein bisschen Glück betrinkt er sich bis zur Bewusstlosigkeit.«

Ich überquerte den Hof und ging zur Hütte von Alkimos, aber ich konnte noch nicht schlafen. Also stellte ich mir einen Stuhl aus der Hütte in die am besten geschützte Ecke der Veranda. Aus der Halle drang Lärm. Gegen Ende eines Abends wurde es immer laut, bevor die Männer herausströmten und sich auf die Suche nach anderer Unterhaltung machten, aber normalerweise hörte man nicht derartig viele laute Stimmen. Ich fragte mich, ob ich zur Hütte der Frauen hinübergehen und Amina vor den Wachen warnen sollte, die man beim Leichnam von Priamos aufgestellt hatte, aber die Mädchen hatten sich sicherlich bereits für die Nacht fertig gemacht, und überhaupt konnte ich mir nicht vorstellen, dass sie ein so verrücktes Risiko eingehen würde. Nicht ein zweites Mal. Wir sind alle nur ein einziges Mal mutig.

Von dem, was ich beim Abendessen gesehen und gehört hatte, schwirrte mir der Kopf: Sätze einer zufällig mitgehörten Unterhaltung, die für sich allein genommen nichts bedeuteten, aber zusammengenommen schon. Pyrrhos und die jungen Männer von Skyros, die er nicht unter Kontrolle halten konnte – oder wollte. Das wachsame Gesicht von Alkimos, als er an den Tischen hin und her blickte und für Pyrrhos genau das tat, was Patroklos für Achill getan hatte: Ärger abwenden. Aber Achill hatte Patroklos voll und ganz vertraut, während ich den Verdacht hatte, dass Pyrrhos Alkimos, der Seite an Seite mit seinem Vater gekämpft hatte, insgeheim verabscheute. Er hatte den Mann gekannt, den Pyrrhos nie kennenlernen würde. Ich begriff nun den Druck viel besser, unter dem Alkimos stand.

Der Tumult wurde lauter, doch ich konnte nicht verstehen, worum es ging. Eines schien mir sicher: Uns stand eine Nacht voller Krawall bevor. Ich stand auf und wollte gerade hineingehen, als am Eingang zur Halle Unruhe entstand. Pyrrhos und Kalchas erschienen auf der Veranda und stritten offenbar miteinander. Es schien sich um Apoll zu handeln und um die Rolle, die der Gott nach Auffassung von Pyrrhos beim Tod des Achill gespielt hatte. Für ihn war es offensichtlich: Ein Sterblicher konnte Achill nicht besiegt haben – es musste das Werk eines Gottes gewesen sein, und jedermann wusste, dass Apoll den Achill hasste, weil der ihm in Kraft und Schönheit gleichkam. Aus Sicht von Kalchas lästerte Pyrrhos den Gott. Er hob die Hand, um zu widersprechen, das glaubte ich zumindest, aber vielleicht sah Pyrrhos darin eine Bedrohung. Jedenfalls packte er Kalchas am Handgelenk und stieß ihn weg. Ich glaube nicht, dass er ihn verletzen wollte, aber unglücklicherweise verfing sich Kalchas im Saum seines Gewandes und stürzte kopfüber die Stufen zum Hof hinab, wo er mit ausgebreiteten Armen liegen blieb.

Nach einigen Sekunden hob er den Kopf. Aus einer Wunde an seiner Wange sickerte Blut, und seine weiße Schminke verwandelte sich in ein pinkfarbenes Geschmier. Pyrrhos starrte ihn zunächst entsetzt an, dann brach er in Gelächter aus. Er hätte es dabei belassen können, und das wäre schlimm genug gewesen, aber die jungen Männer aus Skyros drängten sich hinter ihm durch die Tür, lachten und stachelten ihn an. Inzwischen hatte Kalchas sich auf alle viere erhoben. Pyrrhos konnte er nicht widerstehen. Er sprang die Stufen hinunter und trat Kalchas in den Hintern, sodass er wieder flach hinfiel. Dann wandte er sich zu seinen Gefolgsleuten um, johlte und stieß die Faust in die Luft. Sie klopften ihm natürlich auf den Rücken und zerzausten ihm das Haar, dann zogen sie ihn wieder zurück in die Halle und riefen den Frauen zu, sie sollten noch mehr Wein bringen.

Mein erster Impuls bestand darin, hinüberzulaufen und Kalchas zu helfen, doch stattdessen zog ich mich weiter in den Schatten zurück und schaute zu, wie Automedon Kalchas aufhalf und ihm den Dreck abklopfte. Häufig werden die Zeugen der Demütigung eines Menschen beinahe genauso sehr verabscheut wie diejenigen, die ihm diese Demütigung zugefügt haben – und ich hatte nicht den Wunsch, mir Kalchas zum Feind zu machen. Alle Welt wusste, dass er nicht mehr die Gunst von Agamemnon genoss, doch er war noch immer ein kluger und mächtiger Mann. Also schaute ich zu, wie Automedon ihn stützte, während er versuchsweise ein paar humpelnde Schritte machte. Ich wusste, Automedon war ein tiefreligiöser Mensch, er würde die Beleidigung, deren Zeuge er soeben geworden war, verurteilen. Einige der Männer, die um die Feuer saßen, lachten leise oder höhnten offen, als der Priester vorbeihinkte. Es war nicht einmal so, dass sie Kalchas nicht mochten. Sie waren einfach Rüpel und bereit, sich gegen jeden zu wenden, bei dem sie Schwäche witterten, wie Wiesel, die Blut erschnüffeln. Andere hingegen waren offensichtlich entsetzt. Der eine oder andere machte sogar das Zeichen gegen den bösen Blick, als Kalchas, den Arm um die Schultern von Automedon gelegt, langsam zum Tor schlurfte.

Ich glaube, Automedon muss dem Priester den ganzen Weg nach Hause geholfen haben, denn obwohl ich noch eine Weile auf der Veranda blieb, sah ich ihn nicht zurückkehren.

18

Am Tag nach diesem Vorfall befahl Pyrrhos den Männern, im Hof Aufstellung zu nehmen, und sprach von den Stufen der Veranda aus zu ihnen. Es schien mir eine wenig durchdachte Aktion. Nachdem er ihnen mitgeteilt hatte, es sei ein Versuch unternommen worden, Priamos zu bestatten (das wussten sie), fuhr er mit der Ankündigung fort, dass jeden, der das erneut versuchen würde, die Todesstrafe erwarte. Zum Abschluss hielt er ihnen eine lange Predigt zum Thema Loyalität – obwohl die Myrmidonen stets äußerst loyal hinter ihrem Anführer standen, sie waren die loyalsten aller Truppen. Nach der Rede jubelten sie ihm zu, aber er hieß sie schweigen, und während sich die Menge zerstreute, sah ich, wie die Männer sich Blicke zuwarfen, doch gesagt wurde nichts.

Ich versuchte, mich die ganze Zeit zu beschäftigen; nie war die Hütte so sauber gewesen. Doch sobald ich mich setzte und die Augen schloss, kamen mir wieder die Bilder in den Kopf, wie die Tide, die in einen Gezeitentümpel strömt: Amina, die Andromache einen Kranz violetter Blumen aufs Haar setzt; Pyrrhos' errötetes Gesicht und sein übertriebenes Gelächter; Kalchas, wie er mit ausgestreckten Armen im Staub liegt. Eine Sache tat ich, die einigen Menschen wie Verrat vorkommen könnte: Ich bat

Alkimos, die Wachen aufzufordern, sie sollten den Bereich um die Hütte der Frauen kontrollieren. Ich weiß nicht, ob er daran dachte, es ihnen zu sagen oder nicht. Später am Abend ging ich mit Andromache zur Halle, wo wir während des Essens Wein servierten, und die Atmosphäre war angespannt.

Die Ansprache von Pyrrhos schien die schlechte Stimmung verstärkt zu haben, die zwischen den jungen Männern, seinen Gefährten von Skyros, und den Myrmidonen entstanden war; eine Kluft, die Pyrrhos zu gefallen schien. Ich hatte nicht das Gefühl, dass diese jungen Männer seine Freunde waren – ich bin nicht sicher, ob Pyrrhos überhaupt Freunde hatte –, aber er schien das Bedürfnis zu verspüren, sich bei ihnen beliebt zu machen. Gegen Ende des Abends brach ein Streit zwischen einem der Anführer von Skyros und einem älteren Myrmidonen aus. Der war im Allgemeinen nicht als streitsüchtiger Mann bekannt, es hatte ihm ganz einfach gereicht. Alkimos schritt ein, gefolgt von Automedon, aber Pyrrhos unterstützte sie nicht im Geringsten; wenn überhaupt, unterminierte er ihre Autorität, obwohl seine eigene Stellung von ihrer Fähigkeit abhing, seine Männer unter Kontrolle zu halten. Die Mahlzeit endete damit, dass die Burschen aus Skyros auf die Tische sprangen und dort eine Art Siegestanz aufführten, dem Pyrrhos laut Beifall spendete. Ich musste mir immer wieder bewusst machen, dass er erst sechzehn war.

In jener Nacht schlief ich schlecht. Lange bevor es dämmerte, schreckte ich auf und starrte in die Dunkelheit. Ich wusste, mich hatte ein neuer Laut geweckt, und ich ging die verschiedenen Geräusche durch, die der Wind erzeugte: Er durchlief sein übliches Repertoire an Klagen, Seufzern, Schluchzern und Pfeifen.

Die Wiege am Fußende meines Bettes knarrte. An alldem war nichts Neues, aber dann hörte ich es wieder: ein drängendes Zischen auf der anderen Seite der Wand. Jemand versuchte, mich aufzuwecken, wollte aber keine Aufmerksamkeit erregen, indem er an die Tür pochte. Ich drückte die Lippen an einen Spalt zwischen den Brettern und fragte: »Wer ist da?«

»Maire.«

Ich war so schlaftrunken, dass ich einen Augenblick brauchte, um mir ihr Gesicht ins Gedächtnis zu rufen. Sie war das schwere, grobschlächtige Mädchen, dessen Augenbrauen sich in der Mitte trafen und das immer in ein weites schwarzes Gewand gehüllt war, selbst in der Hütte. Sie war über Gebühr bescheiden – nicht einmal Amina ging so weit.

»Was ist los?«

»Amina ist weg.«

»Weg? Wie meinst du das – *weg*?«

Aber ich wusste, was sie meinte. Ohne eine Antwort abzuwarten, griff ich nach meinem Mantel und tastete mich den Flur entlang. Als ich die Tür öffnete, bog sie gerade um die Ecke der Hütte, ihr blasses Mondgesicht tauchte in der Schwärze auf. »Geh wieder zurück«, sagte ich. »Ich mache mich auf und suche sie.«

Maire nickte und wollte gehen, doch ich packte sie am Arm. »Wie lange ist sie schon weg?«

»Ich weiß es nicht – wir haben alle geschlafen.«

»In Ordnung, geh du jetzt zurück. Sag den anderen, sie sollen sich nicht sorgen.«

Wie viel wussten die anderen? Ich hatte Angst, dass Amina fähig sein könnte, die anderen Mädchen in ihre verrückte Mission hineinzuziehen. Andererseits glaubte ich nicht, dass sie das tun würde. Sie war zu stolz auf ihre Absonderung, ihre einsame, freudlose Rechtschaffenheit. Sie würde es nicht eilig haben, die Anerkennung für das Risiko, das sie einging, mit anderen zu teilen. Und so dachte ich, als ich die Hütte verließ, noch immer: *Nein, das wird sie nicht tun. Nicht jetzt, wo in der Nähe des Leichnams Wachen aufgestellt sind und Pyrrhos wild entschlossen ist, den Schuldigen zu finden.* Sie musste seine Ansprache gehört haben. Jeder auf diesem Gelände hatte sie gehört. Aber es gab noch eine Möglichkeit: Vielleicht war sie einfach weggelaufen. Möglicherweise hatte ich sie sogar unabsichtlich ermutigt? Sie hatte gesehen, wie viel Nahrung es in den verlassenen trojanischen Küchengärten gab. Sie dachte vielleicht, sie könnte sich dort verstecken – doch welche Zukunft hätte das? Mit räuberischen Krähen, mit Fliegen, die sich gütlich taten, mit ausgebrannten Häusern, mit Tempeln, die in Trümmern lagen – und mit dem Winter, der vor der Tür stand? Monatelang, wenn nicht länger, würde sie dort vollkommen isoliert leben, und schließlich würden das Gemüse im Boden und die Früchte an den Bäumen verfaulen. Der Vorrat an Nahrung, der jetzt so reichlich wirkte, würde rasch zu Ende gehen.

Ich stellte mir vor, wie sie über das Schlachtfeld rannte, nicht weil ich annahm, dass sie das getan hatte, sondern weil ich im Gegenteil wusste, dass sie es nicht getan hatte. Die Alternative war so viel schlimmer, dass ich es nicht ertrug, sie in Erwägung zu ziehen. Doch meine wahren Gedanken zeigten sich in der Bewegung meiner Füße, die mich zum Stallhof trugen. Mein Mantel war aus blauer Wolle, ein Blau so dunkel, dass man es leicht für Schwarz ansehen konnte, und ich hatte ihn mir eng um den

Kopf gezogen, sodass ich bis auf meine Augen ganz bedeckt war. Ich schlich seitlich an einer Hütte entlang, wartete, bis ich sicher war, dass mich niemand beobachtete, und lief dann rasch über die offene Fläche in den Schatten der nächsten Hütte. Durch die hölzernen Wände hörte ich Stöhnen und Murmeln, ab und zu einen Schrei. Nur sehr wenige Männer im Lager schliefen gut. Nachts im Dunkeln konnten sie die Erinnerungen an das, was in Troja geschehen war, nicht so leicht beiseiteschieben. Ich schaute mich um. Entweder gewöhnten sich meine Augen an die Dunkelheit oder es würde bald hell werden. Mir blieb nicht viel Zeit.

Im Stallhof brannten Fackeln, ihr Lichtschein flackerte, wie immer bei starkem Wind. Ich musste vorsichtig sein, denn ich wusste, dass in der Sattelkammer hinten im Hof ein Stallbursche schlief. Manchmal kam er heraus, mit schlaffem Mund und leerem Blick, einzelne Strohhalme im Haar. Ich zögerte, und die Pferde, die meine Anwesenheit spürten, begannen unruhig zu werden und hin und her zu tänzeln. Wegen des Windes waren sie ohnehin schon nervös, sie verabscheuten ihn. Ein Pferd schnaubte und trat gegen die Tür seines Stands, ein anderes wieherte leise zur Erwiderung. Ich zwang mich, mich nicht vom Fleck zu rühren, und als keines von ihnen erneut wieherte, verließ ich die Schatten und schlich über den Hof.

Bald war ich auf dem mit Asche bestreuten Pfad, der durch das Buschland zu den Pferdeweiden führte. Hier fühlte ich mich ausgesetzter, keine Wände schützten mich mehr, und irgendwo in der Ferne vernahm ich die Stimmen von Männern. Dichte schwarze Wolken zogen über den Himmel, aber ich wusste, dass sich dahinter der Vollmond verbarg, der jederzeit herauskommen konnte. Ich hockte mich hin und versuchte, die Wachen auszumachen.

Ich strengte meine Augen an, bis die Schatten der Bäume und Büsche sich zu bewegen schienen, dann schlich ich langsam weiter. Schließlich entdeckte ich sie etwa zweihundert Fuß voraus. Sie hatten ein kleines Feuer entzündet, um das sie hockten, ihre Schatten zuckten über das struppige Gras. Ich zählte drei Männer, doch als sich einer vorbeugte, um ein Holzscheit ins Feuer zu werfen, entdeckte ich hinter ihm einen vierten. Ich erhaschte einen flüchtigen Blick auf bärtige, vom Feuer beleuchtete Gesichter unter Umhängen mit Kapuzen. Sie waren warm angezogen, denn in der Nacht fielen die Temperaturen bereits stark. Die Männer hatten auf der windabgewandten Seite des Leichnams Aufstellung genommen, so weit entfernt, wie sie nur konnten, doch nahe genug, um als Bewachung glaubwürdig zu wirken. Ich hatte nicht so viel Glück und nahm bereits einen leichten Gestank in der Luft wahr.

Der Boden vor mir und meine Hände wurden plötzlich heller. Der Wind hatte ein Loch in die Wolken geblasen und der Mond blickte hindurch – ein alter Mond, verhärmt und kummervoll. Ich dachte an Hekabe und fröstelte, aber ich schob den Gedanken beiseite; in meinem Kopf war jetzt für niemanden Platz außer für Amina. Wo war sie? Ich hörte und sah nichts, das auf sie hinwies. In mir keimte die Hoffnung auf, die Wachen hätten sie abgeschreckt. Sie war bestimmt am Strand und ging dort auf und ab, wie ich es früher getan hatte, um endlich das zu akzeptieren, was man eigentlich nicht akzeptieren konnte. Wenn ich den Weg am Strand entlang zurückging, könnte ich sie vielleicht einholen. Ich begann durch die Dünen zu gehen, schnell und leise, und alle paar Schritte hockte ich mich hin, um dem Wind weniger Angriffsfläche zu bieten. Über meinem Kopf glänzte der Strandhafer silbern im Licht des Mondes.

Aber vielleicht sollte ich noch rasch an der Leiche vorbeigehen, um zu überprüfen, dass Amina nicht da war? Dann könnte ich die Dünen zum Strand hinunterrutschen und gefahrlos nach Hause gehen. Doch sogleich fiel mir ein, dass ich dann nicht unbemerkt ins Lager zurückkehren konnte. Der strandseitige Eingang zum Gelände wurde bewacht, und obwohl die Wachen mich kannten, würde es ein bisschen schwierig werden zu erklären, weshalb ich mitten in der Nacht umherspazierte. *Darüber kannst du dir später Gedanken machen.* Ich fiel auf die Knie, kroch in Richtung des Gestanks und versuchte mir gleichzeitig den Mantel über Nase und Mund zu halten – ein seltsames, verkrüppeltes, dreibeiniges Krabbeln durch den losen Sand. Immer wieder hielt ich inne und bemühte mich, die Wachen zu hören, aber entweder übertönte der Wind ihre Stimmen oder sie schwiegen. Waren sie eingeschlafen? Wahrscheinlich. Eine langweiligere Aufgabe als diese konnte ich mir kaum vorstellen.

Doch dann hörte ich ein Geräusch: rasche, flache Atemzüge. Ich dachte an die Raubtiere, die in der Nacht möglicherweise von einem Leichnam angezogen wurden. Schreien konnte ich nicht, um was immer es war zu vertreiben, das hätte die Aufmerksamkeit der Wachen erregt. Und doch kroch ich weiter. Es wurde heller, die sandige Böschung vor mir schimmerte bereits weiß. Jeden Augenblick konnten nun die Stallburschen, die stets vor Anbruch der Dämmerung munter waren, die Pferde zur Weide führen. Ein rascher Blick, sagte ich mir, dann würde ich nach Hause zurückkehren. Als ich näher kam, wurden die Atemzüge lauter und der Gestank unbeschreiblich widerwärtig – und dann sah ich sie, einen zusammengekauerten schwarzen Schatten, der mit beiden Händen in der Erde scharrte.

»Amina.«

Sie fuhr herum, das Gesicht spitz vor Angst. Als sie begriff, dass ich es war zischte sie: »Verschwinde!«

Ich krabbelte weiter. Der Boden rund um den Leichnam war aufgerissen, überall Spuren ihrer Finger, wie die Klauen eines Tieres. Ich zwang mich, genauer hinzuschauen, und sah, dass der Leichnam beinahe bedeckt war, nur ein skelettierter Arm lag noch offen, die Hand schien sich nach mir auszustrecken. Ich erinnerte mich an diese Hand, mit einer silbernen Münze, die auf der Handfläche glitzerte – nur dass es jetzt keine Handfläche mehr gab, es war überhaupt kein Fleisch mehr da. Die weißen Knochen flehten mich an, sie zu bedecken. Ohne eine bewusste Entscheidung zu treffen, scharrte ich auf einmal im sandigen Boden, genau wie Amina. Wir schauten uns nicht an, wir sprachen nicht – aber zu zweit erledigten wir die Aufgabe schnell. Ich wischte mir die Hände an meiner Tunika ab und wollte aufstehen, doch da begann sie zu meinem Entsetzen die Gebete für die Toten zu sprechen. *Immerwährendes Licht, ewige Ruhe …* »Amina!«, sagte ich und zwang mich, leise zu sprechen. Etwas in meiner Brust hinderte mich am Atmen – nichts so Lästiges oder Kleines, wie man es manchmal bei Halsweh oder einer Erkältung hat, sondern groß wie die Faust eines Mannes. »Du hast das getan, wofür du gekommen bist. Wir können jetzt gehen.«

Sie schüttelte den Kopf. »Nicht bevor ich die Gebete zu Ende gesprochen habe.«

»Das kannst du in der Hütte tun.« Ich sah etwas auf dem Boden neben ihr liegen, ein großes Stück Brot und einen Krug Wein. Beides benötigte man, um das Ritual zu Ende zu bringen. »Du hast das hier schon einmal gemacht.«

»Nein, das habe ich nicht, es ist jemand gekommen und ich musste aufhören. Diesmal muss ich es richtig machen.«

»Glaubst du, die Götter kümmert das? Du hast genug getan.«

Aber sie hörte nicht. Und ich konnte sie nicht allein lassen. Also knieten wir da und sprachen schnell die Gebete für die Toten: *eine sichere Überfahrt, eine ruhige See, endlich Frieden …* Alle Hoffnungen, an die wir uns klammern, wenn wir einen Verstorbenen hinaus ins Dunkel schicken. Ich habe die Gebete für eine Bestattung in meinem ganzen Leben nicht so schnell heruntergerattert gehört, wie wir sie in jener Nacht sprachen – und ich habe in meinem Leben an einigen eiligen Bestattungen teilgenommen. Als wir fertig waren, brach Amina ein Stück Brot ab und reichte mir den Krug. Der Brotkanten war hart und der Wein sauer – als ich beides hinuntergewürgt hatte, liefen mir die Tränen über die Wangen. Auch Amina schaffte es, ihren Brotkanten hinunterzuschlucken, obwohl sie beinahe daran erstickte, dann schüttete sie den restlichen Wein als Trankopfer für die Götter in den Sand. Der Boden war so ausgedörrt, dass die Tropfen aufspritzten, ehe sie die Oberfläche kräuselten und einsanken. Plötzlich wurde mir bewusst, wie hell es geworden war, und ich wurde zornig. »Jetzt komm endlich«, sagte ich, packte sie an den Armen und riss sie hoch.

Sie starrte mich an. Ich begriff nicht, warum sie sich nicht regte oder etwas sagte, doch dann merkte ich, dass sie nicht mich anschaute, sondern etwas hinter mir. Im gleichen Augenblick packte mich eine Hand im Nacken. *Die Wachen.* Ich spürte, wie ein Stoß durch meinen Körper ging; das Baby in mir trat. Ich wand mich und wollte mich umdrehen, damit sie sahen, wer ich war, denn ich wusste, die Myrmidonen würden mir nichts antun. Doch als ich von einem Gesicht zum anderen blickte, sah ich kein Lächeln und kein Zeichen des Wiedererkennens: Das hier waren junge Krieger von Skyros, die Männer von Pyrrhos – und ich wusste, auf sie konnte ich keinen Einfluss nehmen. Sie drehten uns roh die Arme auf den Rücken und zwangen uns vor sich den abschüssigen Pfad entlang, hinunter zum Lager.

19

Wir wurden durch den Stallhof abgeführt. Mittlerweile hatte sich die Sonne über den Horizont erhoben und warf grelles Licht auf die Gesichter der Stallknechte, die zuschauten, wie wir vorbeigezerrt wurden. Vor der Halle von Pyrrhos standen weitere Wachen, Myrmidonen diesmal, die mich gleich als Gattin von Alkimos erkannten.

»Wir sollten Alkimos holen«, sagte einer von ihnen.

»Nein«, sagte der Wächter, der mich fest gepackt hielt. »Fürst Pyrrhos hat klare Anweisungen gegeben. Sie sollen ihm direkt vorgeführt werden.«

Und so schubsten sie uns die Stufen zur Veranda empor und hämmerten an die Tür. Sie mussten geraume Zeit hämmern, ehe Pyrrhos selbst öffnete, seine Bettdecke, purpurrot und silbern, locker um die Schultern gelegt, darunter offenbar nackt. Er schaute von einem zum anderen, übernächtigt, übellaunig und verwirrt über die überraschende Störung. »Was soll das?«

»Wir haben sie dabei erwischt, wie sie Priamos begraben haben.«

Pyrrhos gab den Weg frei, und die Wachen stießen uns vor sich her in die Halle.

»Frauen?«, sagte Pyrrhos und starrte uns ungläubig an. »Seid ihr sicher?«

»Wir alle haben sie gesehen, Herr, und wir haben sie auch gehört. Sie haben die Totengebete gesprochen.«

Viele Myrmidonen waren uns in die Halle gefolgt. Einer von ihnen räusperte sich und zeigte auf mich. »Das ist die Gattin von Alkimos.«

»Ach, tatsächlich?«

Pyrrhos konnte nicht wissen, dass ich mit Alkimos verheiratet war. Selbst wenn er mich bei einem seiner seltenen Besuche in Alkimos' Hütte bemerkt hatte, hatte er wahrscheinlich angenommen, ich wäre einfach nur eine weitere Sklavin.

»Und *sie* war dabei?«

Die jungen Männer blickten sich an. Sie schienen sich jetzt leicht unbehaglich zu fühlen, aber derjenige, der mich festhielt, nickte.

»Nun, dann holt ihr Alkimos am besten mal her.« Pyrrhos hatte offenbar das Gefühl, er müsse die Situation unter Kontrolle bekommen. Er tippte einen der Wachleute an. »Du: hiergeblieben! Ihr anderen: zurück mit euch – GRABT DEN MISTKERL WIEDER AUS!«

Ich sah, wie Amina zusammenzuckte, doch als Pyrrhos sie ansah, begegnete sie seinem Blick voller Herausforderung. Ich schaute eilig auf meine Füße und fürchtete mich vor dem Moment, an dem Alkimos auftauchen würde.

»Ich geh mich anziehen«, sagte Pyrrhos. »Behalt sie im Auge.«

Er marschierte aus der Halle. Ich fühlte mich plötzlich schwach und warf einen sehnsüchtigen Blick auf die Sitzbank am Tisch. Ich wusste, es wäre zwecklos, an die Myrmidonen zu appellieren; sie verfügten über keinerlei Macht, die sie Pyrrhos hätten entgegensetzen können, und glotzten mich nur verwundert an. Wer weiß, wie lange es dauern würde, Alkimos zu finden; er konnte überall im Lager sein, feiern, trinken … oder im Bett einer anderen Frau liegen. Also starrte ich bloß in der Halle umher, die, wie immer, wenn am vorangegangenen Abend ein Festmahl stattgefunden hatte, regelrecht verwüstet war. Es roch nach ranzigem Fett, nach Harz von den Wänden und nach dem Rauch von Öllampen. Die Binsen waren, obwohl erst am Tag zuvor frisch ausgelegt, bereits zu zertreten, um ihren süßen Geruch zu verströmen. Mir war schwindelig, und ich begann mich in Richtung Bank zu schieben, doch in diesem Augenblick kehrte Pyrrhos zurück, das Gesicht ganz verzerrt vor Ärger. *»Warum?«*, sagte er.

Amina starrte ihn unverwandt an. »Ich habe meinen König bestattet. Was gibt es da noch zu erklären?«

Sogleich, es blieb kein Augenblick Zeit zum Nachdenken, versetzte er ihr eine Ohrfeige. Das Geräusch des Schlages hallte im Raum nach.

»Hast du gewusst, was ich angeordnet habe? Der Leichnam darf nicht bestattet werden.«

»Ja, das wusste ich. Aber das dürft Ihr nicht – Ihr könnt die Gesetze der Götter nicht außer Kraft setzen. Niemand darf das, egal, wie mächtig er ist.«

Ich dachte, er würde sie wieder schlagen, doch auf der Veranda erklangen Schritte, die ihn ablenkten. Alkimos kam herein, ganz derangiert, die Tunika voller Weinflecken. Er verbeugte sich vor Pyrrhos, doch sein Blick war einzig auf mich gerichtet. »Was um alles in der Welt ist in dich gefahren?«

Seine Stimme war leise und eindringlich, nicht viel lauter als ein Flüstern, aber Amina hörte ihn.

»Sie hat überhaupt nichts getan.«

Pyrrhos sagte: »Die Wachen haben sie dabei erwischt. Alle beide.«

»Ja, aber sie hat ihn nicht bestattet – sie hat nur versucht, mich davon abzuhalten.«

Das war wahr und zugleich nicht wahr. Ich schloss die Augen und wünschte mir, ich könnte meinen Geist verschließen. Vor mir erschien die skelettierte Hand des Priamos, die sich aus dem Boden nach mir auszustrecken schien. Ich hatte geholfen, ihn zu bestatten – nicht weil ich den Göttern Gehorsam schuldete, sondern einfach aus Respekt vor einem alten Mann, der gut zu mir gewesen war, zu einem Kind, das Güte ungeheuer nötig gehabt hatte. Einen Augenblick lang war ich versucht, Aminas Angebot als Ausweg zu akzeptieren, doch dann sagte ich, oder vielmehr hörte ich mich selbst sagen: »Das ist nicht wahr. Ich habe ihr sehr wohl geholfen, ihn zu bestatten.«

Amina fuhr herum. »Das hast du *nicht!*«

In diesem Augenblick bekam ich einen flüchtigen Eindruck vom vollen Ausmaß ihres Stolzes. Sie stand da, kreidebleich, die Spuren von Pyrrhos' Schlag als roten Abdruck auf der Wange, strahlend vor Stolz. Sie versuchte nicht, mich zu retten; sie wollte alle Welt davon überzeugen, dass sie allein gehandelt hatte. Vielleicht hatte sie es schon geschafft, sich selbst zu überzeugen.

Schweigend streckte ich Pyrrhos meine Hände hin. Sie waren völlig verdreckt, unter jedem einzelnen der Fingernägel war Schmutz.

Pyrrhos wandte sich an Alkimos. »Darüber kann ich nicht einfach hinwegsehen, egal, mit wem sie verheiratet ist.«

»Ich habe nichts davon gewusst«, sagte Alkimos.

»Sie hat mir nicht geholfen«, behauptete Amina beharrlich. »Sie hat nur versucht, mich zurück zur Hütte zu ziehen.«

Alkimos beachtete sie nicht. »Ich werde das mit meiner Frau selbst regeln.«

»Nein, das wirst du nicht«, sagte Pyrrhos. »Sie stecken beide mit drin. Schau dir doch nur mal ihre Hände an!«

»Was wollt Ihr tun?«

»Ich weiß nicht – sie einsperren, denke ich.« Pyrrhos schüttelte den Kopf wie ein verwunderter Ochse. »Es muss jemand anders dahinterstecken – es können nicht nur die Frauen sein.«

Amina fiel ihm ins Wort. »Ich sage Euch doch – da war niemand sonst.«

Plötzlich wurde mir klar, dass sie tatsächlich sterben *wollte.* Und dass sie sehr wahrscheinlich auch sterben würde – und ich zusammen mit ihr.

Alkimos sagte: »Nun, da wäre die Waschhütte – die kann man verriegeln. Und auch die Hütte, in der wir die Rüstungen aufbewahren. Ich finde, ihr solltet sie nicht zusammen in eine Hütte sperren.«

Ich brachte es nicht über mich, ihn anzuschauen. Er verriet mich – *und* Achill. Das war die eigentliche Überraschung.

»In Ordnung«, sagte Pyrrhos. »Wir können später entscheiden, was wir mit ihnen machen.« Er nickte den Wachen zu. Die Männer traten vor, um Amina aus der Halle zu führen; einer von ihnen packte sie im Genick und stieß sie gewaltsam vor sich her.

»He – das ist nicht nötig«, sagte Alkimos.

Auch um meinen Arm schloss sich eine Hand. Amina und die Wachen waren schon fast an der Tür, als sich draußen Lärm erhob. Die Wachen, die Pyrrhos fortgeschickt hatte, um den

Leichnam wieder freizulegen – von »ausgraben« konnte nicht die Rede sein; flacher hätte ein Grab kaum sein können –, platzten herein. Sie stießen eine magere Gestalt, einen Halbwüchsigen mit leerem Blick und merkwürdig unbeholfenen Bewegungen, nach vorne. Ich erkannte ihn wieder: Wenn man ihn nicht gerade benötigte, um einen Leichnam zu bewachen, arbeitete er in den Ställen und war für die anderen üblicherweise Zielscheibe des Spotts, eine Art Dorftrottel – doch niemand vermochte besser als er ein nervöses Pferd zur Ruhe zu bringen.

»Na los«, sagte eine der Wachen und schob ihn auf Pyrrhos zu. »Mach schon, zeig's ihm!«

Der arme Kerl war sich dunkel bewusst, dass man ihn vorgeschickt hatte, um Prügel einzustecken. Er stand im Raum und schaute verzweifelt von einem Gesicht zum anderen, doch Pyrrhos hatte erstaunlich viel Geduld mit ihm. Natürlich – er kannte den Jungen von den langen Stunden her, die er in den Ställen verbrachte, wo er, so erzählte man es sich zumindest, selbst niedere Tätigkeiten versah. Er rieb verschwitzte Pferde ab, reinigte Sattelzeug, sogar die Ställe sollte er ausmisten … Arbeit, die ein Mann seines Standes einfach nicht tat. Nun beugte er sich zu ihm hin und fragte sanft: »Was hast du denn da?«

Widerstrebend öffnete der Junge die Hand – und da lag der Daumenring eines Mannes. Im Stein fing sich ein Lichtstrahl. Diesen Ring hatte ich zuletzt an einer Kette um Andromaches Hals hängen sehen. Alkimos und die Wachen hatten keine Ahnung, wem der Ring gehörte oder weshalb das von Bedeutung sein könnte. Instinktiv wandte ich mich ab und verbarg mein Gesicht – ich weiß nicht genau, warum. Es war beinahe, als fürchtete ich, mein Wiedererkennen des Rings könnte sich auf irgendeine Weise auf sie übertragen.

Aber Pyrrhos hatte ihn bereits erkannt. »Den habe ich Andromache geschenkt.«

»Und ich habe ihn gestohlen«, sagte Amina rasch. »Sie hat gebadet und ihn abgenommen und … und ich hab ihn gestohlen. Sie war vollkommen am Boden zerstört und hat ihn überall gesucht, sie hat uns mehr oder weniger die Dielenbretter aufreißen lassen …«

Sie redete viel zu viel. Ich schloss die Augen und wünschte mir sehnlichst, sie würde still sein.

»Weshalb?«, fragte Alkimos.

»Weshalb ich ihn gestohlen habe? Für den Fährmann.«

Wenn man einen Leichnam für seine letzte Reise vorbereitet, legt man ihm normalerweise Münzen auf die Augen. Sie halten seine Lider geschlossen, aber die Frommen glauben, dass sie außerdem dazu dienen, den Fährmann zu entlohnen, der die Geister der Verstorbenen über den Styx in den Hades übersetzt, ins Land der Toten. Amina besaß keine Münzen und keinen Schmuck, nichts, das irgendwie von Wert gewesen wäre; keine der Frauen besaß so etwas. Außer Andromache, die den Ring des Priamos trug. Sagte Amina die Wahrheit? Als Andromache vor meiner Hütte ein Bad genommen hatte, hatte sie den Ring nicht abgelegt, aber das musste nicht heißen, dass sie es nie tat. Es war durchaus möglich, dass Amina die Gelegenheit ergriffen und den Ring gestohlen hatte.

Das Schweigen zog sich in die Länge. Pyrrhos blickte uns an, und ich spürte, dass er uns allmählich mit anderen Augen zu betrachten begann: Amina, Andromache, mich … Es musste sich immer mehr wie eine Verschwörung gegen ihn anfühlen. Abrupt und ohne den Blick von uns zu wenden, brüllte er: »Andromache!«

Sie erschien zu rasch; sie musste an der Tür gelauscht haben. Als sie auf Pyrrhos zuging, fiel mir auf, dass ihr Mund vor Furcht ganz verkniffen war.

Pyrrhos hielt ihr den Ring hin. »Hast du ihr den gegeben?«

Andromache schaute von seinem Gesicht auf seine Hand und wieder zurück zu seinem Gesicht. Sie konnte sich nicht rühren, wie das Kaninchen vor der Schlange.

»Ich habe ihn gestohlen!«, rief Amina.

Pyrrhos fuhr herum und versetzte ihr einen weiteren Schlag. Diesmal griff sie sich an die Nase, und als sie die Hand wieder wegzog, war sie ganz blutig.

Er wandte sich wieder Andromache zu und sagte: »Na, was jetzt?«

»Ich weiß nicht, was passiert ist. Am Morgen hatte ich ihn noch, und am Abend war er verschwunden. Es tut mir leid.« Sie schluchzte. »Es tut mir leid, es tut mir so leid.«

Andromache schaute Pyrrhos an, während sie sprach, aber ich spürte, dass ihre Worte an Amina gerichtet waren.

Amina sagte noch einmal: »Sie hat mir den Ring nicht gegeben. Ich habe ihn gestohlen.« Noch immer tropfte ihr Blut aus der Nase. Sie starrte Pyrrhos geradewegs ins Gesicht. »Keine von ihnen hat mir geholfen. Ich habe es getan – und ich bedauere es nicht einen einzigen Augenblick lang.«

Dann wandte sie sich ab und ging aus eigenem Antrieb zur Tür. Die Wachleute folgten ihr, und so wirkte das Ganze eher wie eine königliche Eskorte. Nachdem sich die Tür hinter ihr geschlossen hatte, herrschte Schweigen.

Alkimos reichte mir ein Öllämpchen. »Sorg dafür, dass sie es behält«, sagte er zu meinem Wächter. Der Mann nickte.

»Nun gut«, wandte Pyrrhos sich an Alkimos. »Wir unterhalten uns später.« Er stieß regelrecht mit dem Finger nach Andromache. »Und du – RAUS HIER!«

20

Vor der Hütte mit dem Rüstzeug blieb der Wächter stehen und begann, die Riegel aufzuschieben. Dass es drei waren, bewies, wie wertvoll die Kampfausrüstung war, die man hier aufbewahrte. Als er fertig war, drehte er sich zur Seite und bedeutete mir höflich, einzutreten. Ich erkannte ihn als einen der Männer, die, als ich in der Halle Wein ausschenkte, meinen Bauch berührt hatten; ein Zeichen von Loyalität gegenüber der Nachkommenschaft des Achill. Nun, solche Gesten würden mir jetzt nicht helfen. Schließlich war es der Sohn von Achill, der mich hierher hatte bringen lassen.

Ich trat über die Schwelle. Der Wärter schloss die Tür hinter mir und verriegelte sie wieder. War das wirklich nötig? Wohin sollte ich schon gehen? Das Öllämpchen warf einen schwachen Lichtschein, und ich sah das Glitzern von polierter Bronze. Ich stellte die Lampe auf den Boden, kauerte mich daneben und starrte auf den schmalen Lichtspalt unter der Tür. Mir zitterten die Hände; ich zog sie in die Ärmel hinauf, um sie zu wärmen, konnte aber nicht verhindern, dass sie weiterhin zitterten. Die Hütte war erfüllt vom kalten, schweren Geruch von Metall und ölgetränkter Lappen. Er schien sich in meinem Magen festzusetzen und lag dort wie ein Stein. Ich glaube, in diesem Moment wurde mir klar, wie unsicher meine Lage tatsächlich war. Ich hatte begonnen, mich in meiner neuen Stellung als Gattin des Alkimos sicher zu fühlen, aber nun, dort in der Hütte, mit der verschlossenen Tür vor mir, wurde mir klar, dass ich die ganze Zeit nie mehr als einen Fingerbreit von der Sklaverei entfernt gewesen war.

Mein gesamtes Leben – Jahre, Wochen, Tage, Stunden – hatte zu diesem Augenblick und zu diesem Ort hingeführt. Ein Tag ganz besonders: der Tag, an dem meine Vaterstadt Lyrnessos gefallen war. Ich war auf das Dach der Zitadelle gestiegen, um die Schlacht zu beobachten, die tief unter mir tobte. Ich hatte mit angesehen, wie Achill meinen jüngsten Bruder mit einem Speerstoß in den Hals tötete. Bevor er den Speer wieder herauszog, wandte er den Kopf und schaute zum Turm hinauf. Ich wusste, dass die Sonne hinter mir am Himmel stand, ich wusste, dass er mich nicht sehen konnte – oder nur als einen dunklen Fleck, der hinunterblickte –, und doch spürte ich, dass er mich geradewegs anschaute. Allmählich, zu zweit oder zu dritt, kamen die anderen Frauen aus dem oberen Stockwerk auf das Dach, und gemeinsam warteten wir auf das Ende. Als die griechischen Krieger die Stufen hinaufdrängten, packte Ariana, meine Cousine mütterlicherseits, mich am Arm und sagte wortlos: *Komm.* Dann kletterte sie auf die Brüstung, und genau in dem Augenblick, als die Soldaten aufs Dach hinausbrachen, sprang sie in den Tod. Ihr weißes Gewand flatterte um sie, während sie fiel – wie eine versengte Motte. Es schien, als dauerte es lange Zeit, ehe sie auf dem Boden aufschlug, obwohl es nur Sekunden gewesen sein können. Ihr Schrei verklang und hinterließ eine leidvolle Stille, in der ich, die Königin dieser Stadt, langsam vor die Schar der anderen Frauen trat und mich den Feinden zuwandte.

Komm ...

Das hatte Ariana gesagt. Aber ich hatte mich zum Bleiben entschlossen – und alles andere, alles, was seither geschehen war, war aus dieser Entscheidung erwachsen. Von meinen ersten Stunden im Lager an war ich wachsam und aufmerksam und zielstrebig aufs Überleben konzentriert gewesen – bis zu dem Augenblick, als ich die Hand von Priamos entehrt im schmutzigen Sand hatte liegen sehen. Bereute ich, dass ich geholfen hatte, ihn zu bestatten? Ja. *Ja!*

Und nein.

Wie ich so in der Hütte kauerte, kam es mir so vor, als wäre ich in das alles nur irgendwie hineingestolpert. Ja, ich war hinausgegangen, um Amina zurückzuhalten. Ich hatte versucht, sie zu überzeugen, mit mir zu kommen und die Aufgabe unvollendet zu lassen, doch dann hatte ich die Hand von Priamos gesehen – und plötzlich hatte ich wie ein Hund im Sand gescharrt. Ich hatte die Gebete gesprochen, ich hatte den Wein getrunken und das harte Brot hinuntergezwungen ... Ich hatte Priamos bestattet – und das keine vierundzwanzig Stunden, nachdem ich gehört hatte, wie Pyrrhos verkündete, darauf stehe die Todesstrafe. Ich hatte alle Vorteile, die ich mir in diesem vergangenen fürchterlichen Jahr erworben hatte, weggeworfen. Pyrrhos konnte mich dafür töten oder mich von jemand anderem töten lassen. Amina würde weiterhin lügen, um mich zu retten – oder um ihr Bild von sich selbst zu retten: dass sie als Einzige tapfer genug gewesen war, um Pyrrhos zu trotzen und den Göttern zu gehorchen. Aber wahrscheinlich würde man ihr nicht glauben. Warum auch? Wo ich doch Pyrrhos den Dreck unter meinen Fingernägeln gezeigt hatte.

Ich schloss die Augen. Allmählich – es war ein langsamer Prozess – spürte ich hinter mir in der Dunkelheit eine Anwesenheit. »Anwesenheit« ist das falsche Wort, aber ich weiß nicht, welches das richtige Wort wäre. Ich öffnete die Augen und zwang mich, das Öllämpchen hoch über den Kopf zu halten – und dann schrie ich vor Schreck auf. Denn dort, an der hinteren Wand, standen Priamos, Hektor, Patroklos und Achill. Der Schrei erstarb mir auf den Lippen, denn natürlich waren sie nicht da. *Natürlich nicht.* Was ich sah, waren Rüstungen – nicht in den Ecken gestapelt, wie ich angenommen hatte, sondern an den Wänden befestigt, jedes Teil an seinem richtigen Ort, sodass sie die Umrisse von Männern bildeten, von Männern, die man auf den ersten Blick erkannte. Hier war die Rüstung von Priamos; Hekabe hatte ihn am letzten Tag angefleht, sie nicht anzulegen. Das Metall war ganz mit Blut bedeckt, denn das Blut eines Feindes wischt man nie ab. Daneben hing Hektors Rüstung, sein berühmter Helm mit dem Federbusch glitzerte im Licht – aber es fehlte der Schild. Andromache hatte Pyrrhos angefleht, ihren kleinen Sohn, ein Säugling noch, im Schild seines Vaters bestatten zu dürfen – und er hatte zugestimmt, obwohl er seine Großzügigkeit im Nachhinein noch immer bedauerte. Ich konnte mir vorstellen, wie zornig er jedes Mal war, wenn er auf die leere Stelle an der Wand blickte. Auch bei der Rüstung von Achill fehlte der Schild, aber nur, weil Pyrrhos ihn bei sich in seinen Räumen aufbewahrte und ihn wie besessen polierte – genau wie Achill selbst es gehalten hatte.

Ich hielt das Licht höher und schaute hinauf zu Achills Helm. Sobald ich die Hand bewegte, jagten Licht und Schatten einander über das Metall und erzeugten eine Bewegung hinter den

Augenlöchern des Helms. Ich hörte zwei Menschen dort atmen, wo zuvor nur einer geatmet hatte. Es fielen keine Worte; es waren keine nötig. Ich weiß nicht, ob diese Begegnung – und es fühlte sich wirklich an wie eine Begegnung – Minuten oder Stunden dauerte, aber sie veränderte mich. Am Tag von Polyxenas Tod hatte ich an Achills Grabhügel gestanden und mir gesagt, dass die Geschichte von Achill nun hier an seinem Grab zu Ende ging und meine eigene Geschichte begann. In Wahrheit endet die Geschichte von Achill niemals – überall, wo Männer kämpfen und sterben, da ist Achill. Und was mich angeht – meine und seine Geschichte waren untrennbar miteinander verknüpft.

Jemand näherte sich der Tür. Sie ging auf, und ein breiter werdender Bogen Tageslicht schnitt ein Stück aus der Dunkelheit. Das Licht traf mich wie kaltes Wasser und riss mich aus meinem tranceartigen Zustand. Es war Alkimos. Er sagte: »Briseis!«, und als ich auf ihn zuging, trat er beiseite, um mich herauszulassen. Den ganzen Weg über den Hof spürte ich ihn, starr vor Zorn, hinter mir hergehen. Offenbar war für mich der Zeitpunkt gekommen, an dem ich Rechenschaft ablegen sollte. Ich sah, dass ich mit meiner Vermutung richtiglag, als ich die Wohnquartiere betrat und Automedon dort wartete.

Alkimos setzte sich an den Tsch. »In Ordnung. Fangen wir von vorne an.« Er deutete auf einen Stuhl, und ich setzte mich. Das Licht war schwach, also zündete er eine Kerze an und stellte sie neben mich, so nahe, dass ich die Wärme auf der Haut spüren konnte. Automedon setzte sich ans Kopfende des Tisches – ich erinnere mich noch, dass ich es seltsam fand, denn dort saß sonst immer Alkimos. Bisher hatte Automedon mich nicht einmal angeschaut. Seine Anwesenheit störte mich, und gleichzeitig wusste ich, dass ich kein Recht hatte, mich von irgendetwas gestört zu fühlen. Aber ich spürte, dass ich mit Alkimos nicht offen sprechen können würde, wenn Automedon dabeisaß. Ich fragte mich – zum ersten Mal, ich weiß, es ist dumm –, ob Achill gezögert hatte, welchem der beiden Männer er mich schenken wollte, und wie lange er gebraucht hatte, seine Entscheidung zu treffen. Ich wusste, was er von ihnen hielt; er hatte nie ein Geheimnis daraus gemacht. Alkimos war ein anständiger Mensch, gutherzig, ein guter Krieger, aber in vielerlei Hinsicht kindlich und ein bisschen einfältig. Automedon konnte man sein Leben anvertrauen, er war brutal ehrlich und hatte keinen Sinn für Humor, ein selbstgerechter, intoleranter Tugendbold. Aber sie waren beide tapfer und loyal – und Achill vollkommen ergeben gewesen.

Alkimos räusperte sich. »Eines sollte ich noch erwähnen, ehe wir anfangen: Ich habe Pyrrhos erzählt, dass du das Kind von Achill erwartest.«

»Was hat er darauf gesagt?«

»Nicht viel.«

»Das wird dir nicht unbedingt helfen«, sagte Automedon, und ich spürte, wie er es genoss. »Ich habe den Eindruck, ihm gefällt der Gedanke, der *einzige* Sohn des großen Achill zu sein. Schwer zu sagen, wie er reagieren wird.«

»Das wird sich zeigen.«

Ich sah, wie die beiden sich anblickten. Vielleicht reagierte auch ich nicht so, wie sie erwartet hatten.

»Fangen wir von vorne an«, sagte Alkimos erneut. »Wo warst du, als die Männer dich aufgegriffen haben?«

»Am Grab.«

»Hast du gestanden?«

»Nein, ich kniete dort. Ich …«

»Und du hattest Schmutz an den Händen?«

Ich nickte. Er griff nach meinen Handgelenken und zog meine Hände näher zur Kerze. Unter meinen Fingernägeln war Dreck, und meine Handflächen waren noch immer staubig vom Sand. Alkimos warf Automedon einen Blick zu, und die Atmosphäre im Zimmer veränderte sich fast unmerklich. Ich spürte einen kühlen Luftzug auf der Haut, obwohl die Luft im Zimmer stickig war und geschwängert vom Geruch der Wachskerzen.

Automedon beugte sich vor. »Wie war das beim ersten Mal? Bist du da auch dabei gewesen?«

»Nein.«

»Hat sie nichts gesagt?«

Ich zögerte und gewahrte ein Glitzern in seinen Augen. Dies war ein Verhör. Ich schaute zu Alkimos, denn ich wünschte mir etwas Wärme, etwas, das die Beziehung zwischen uns bestätigte, aber da war nichts. Wären wir allein gewesen, hätte ich versucht, ehrlich mit ihm zu sein. Ich hätte versucht, ihm das Durcheinander in meinem Kopf zu erklären. Ich hätte ihm erzählt, wie es zu diesem unbeabsichtigten Wechsel in meinem Verhalten gekommen war: dass ich Amina zunächst hatte abhalten wollen und ihr dann plötzlich geholfen hatte. Ich hätte ihm von der Begegnung mit Priamos auf den Festungsanlagen von Troja erzählt und davon, wie freundlich er zu mir gewesen war. Doch hier saßen sie nun mal zu zweit, und ich glaube nicht, dass Automedon in seinem ganzen Leben auch nur ein einziges Mal durcheinander gewesen war.

Er wartete noch immer auf meine Antwort.

»Nur dass sie entsetzt war, weil man Priamos nicht bestattet hatte.«

»Hat sie dir gesagt, was sie vorhatte?«

»Nein.«

Alkimos fragte: »Als du dann herausgefunden hast, dass er bestattet worden war – was hast du da gedacht?«

»Ich weiß nicht.«

Er beugte sich näher zu mir. Zwischen uns befand sich der Tisch, aber es fühlte sich überhaupt nicht so an. Er schien mir geradewegs ins Gesicht zu atmen. Und er sah anders aus: älter, schmaler, konzentrierter. Der betörte Junge – denn ich glaubte tatsächlich, dass er einmal von mir betört gewesen war – war verschwunden, und an seine Stelle war jemand getreten, der respekteinflößender wirkte. Da saß ein Mann, der am letzten Angriff auf Troja teilgenommen und in den Mauern der Stadt unaussprechliche Dinge getan hatte. Nicht mehr »kindlich«; nicht länger »ein bisschen einfältig«. Ich spürte plötzlich, dass ich ihn zum ersten Mal wirklich sah.

Nach einer Pause sagte ich: »Nun, Ihr habt gesagt, es müsse Helenos oder Kalchas sein, also habe ich wohl angenommen, es wäre einer von ihnen gewesen.«

Automedon schlug auf den Tisch. »Nein, das hast du nicht angenommen! Du hast *gewusst*, wer es war.«

»Sie hat nur gesagt, Priamos hätte eine angemessene Bestattung verdient. Das würde jeder Trojaner gesagt haben.«

»Jeder trojanische *Krieger*.«

»Glaubt Ihr, Frauen haben keine Meinung? Glaubt Ihr, wir Frauen wären niemandem gegenüber loyal?«

»Eine Frau muss ihrem Ehemann gegenüber loyal sein.«

Alkimos stand auf und holte einen Krug Wein vom Seitentisch. Er goss zwei Becher voll und nach einem winzigen Zögern einen dritten für mich.

»Gut«, sagte er. »Nun zu letzter Nacht. Hast du gewusst, was sie vorhatte?«

»Ich hatte keine Ahnung.«

Das war keine direkte Lüge, aber so ganz stimmte es auch nicht. Die beiden saßen schweigend da und starrten mich an. Alle beide. In diesem Augenblick spürte ich, dass ich meinen Ehemann verloren hatte. Zur gleichen Zeit beschlich mich der Verdacht, dass ich niemals wirklich einen Ehemann gehabt hatte. Ich wollte fragen, was Pyrrhos ihrer Meinung nach vorhatte, aber ich wagte es nicht; ich fürchtete die Antwort zu sehr.

Automedon sagte: »Und wann hast du es herausgefunden?«

»Eines der Mädchen hat mir Bescheid gegeben. Fragt mich nicht, welche, ich kenne sie nicht alle mit Namen. Ein paar von ihnen können noch immer nicht sprechen.« *Vorsichtig. Lass dir deinen Ärger nicht anmerken.*

»Nun, die hier konnte offensichtlich sprechen. Was hat sie gesagt?«

»Dass Amina nicht in der Hütte ist. Dass sie verschwunden ist.«

»Und was hast du gedacht, was passiert ist?«

»Ich dachte, sie wäre weggelaufen. Ich habe jedenfalls nicht gedacht, dass sie Priamos bestatten würde.«

Automedon schüttelte den Kopf.

»Wir sind erst kürzlich in den Gärten gewesen. Dort gibt es Unterschlupf und jede Menge Essen. Ich dachte, sie könnte vielleicht dorthin geflüchtet sein …«

»Aber da hast du sie nicht gesucht, oder? Du bist zu dem Ort gegangen, von dem du wusstest, dass dort der Leichnam liegt.«

Das konnte ich nicht bestreiten. Und im Rückblick war die Vorstellung, Amina wäre möglicherweise davongelaufen, nie mehr gewesen als ein flüchtiger Gedanke. Amina würde nie vor irgendetwas davonlaufen.

Alkimos sagte: »Was hast du vorgefunden, als du dort hinkamst?«

»Sie war fast fertig. Ich wollte nur, dass sie endlich fertig ist, ich wollte, dass sie schnell wieder in die Hütte zurückkehrt. In Sicherheit.«

»Also hast du ihr geholfen, Priamos zu bestatten?«, fragte Alkimos mit einem bellenden Lachen. »Du lieber Himmel, Frau!«

Nun war es zu spät für alles außer für die Wahrheit. »Schaut, ich habe wirklich versucht, Amina zu retten. Aber wisst Ihr was? Ihr habt vollkommen recht, ich habe Priamos bestattet. Weil ich Respekt vor ihm gehabt habe. Weil es eine Schande war, ihn dort liegen zu lassen. Ihr seid ihm beide begegnet! Als er ins Lager kam, um Achill zu sehen, seid Ihr ihm begegnet. Ihr wisst, was in jener Nacht geschehen ist: Achill hat ihn willkommen geheißen, er hat mit ihm gespeist, er hat ihm einen Schlafplatz gegeben, er hat ihn mit Respekt behandelt. Er hat ihm sogar sein eigenes Messer gegeben, damit er essen konnte. Glaubt Ihr, er hätte *das hier* gewollt?«

Sie blickten einander an. Ich konnte sehen, dass sie im Gesicht des anderen die Wahrheit lasen, aber keiner von ihnen würde es zugeben.

»Ihr *wisst* es«, sagte ich. »Alle beide. Ihr wisst, Achill würde gewollt haben, dass man Priamos bestattet.«

Alkimos sagte schleppend: »Du bist in erster Linie mir verpflichtet.« Er holte tief Luft. »So wie ich dir verpflichtet bin.«

Ich lachte; ich konnte nicht anders. »Nein, Alkimos, wir wissen beide, dass Ihr in erster Linie *dem hier* verpflichtet seid.« Ich zog den lockeren Stoff meiner Tunika eng über meinen Bauch.

»Sollte das nicht auch deine oberste Verpflichtung sein?«

Da schämte ich mich vor ihm. Seine aufrichtige Hingabe an ein Kind, das nicht das seine war, stand in so deutlichem Gegensatz zu meinen Zweifeln und meinem Zwiespalt.

Automedon hatte unterdessen schweigend dagesessen und in einem Fleck verschüttetem Wein auf dem Tisch herumgemalt, ihn in eine Spinne verwandelt, ihm Beine gegeben. »Ich glaube, wir können das Ganze umgehen«, sagte er schließlich. »Das Mädchen sagt, sie hat es allein getan. Das ist für uns von Vorteil. Briseis braucht nur zu sagen, sie hätte versucht, das Mädchen davon abzuhalten. Ich glaube, damit könnte sie davonkommen. Unter Umständen.«

So war Automedon, aalglatt und eiskalt. »Vergesst Ihr nicht die Wachen?«, sagte ich. »Sie wissen, dass ich den Leichnam mit Erde bedeckt habe – sie haben mich gesehen.«

»Die Wachen kannst du uns überlassen«, sagte Automedon. »Wenn wir ihnen sagen, sie hätten gesehen, wie du versucht hast, das Mädchen wegzuziehen, dann werden sie genau das sagen. Solange das Mädchen bei seiner Geschichte bleibt …«

»Sie wird dabei bleiben«, sagte ich. Nein, Amina würde genau dort sein, wo sie immer hatte sein wollen: in einem Kreis gleißender Fackeln, alle Blicke auf sie gerichtet, auf sie allein. Vielleicht hätte ich erleichtert sein sollen, aber ich war es nicht. »Was wird Pyrrhos mit ihr machen?«

Alkimos zuckte mit den Achseln. »Es geht niemanden etwas an, was er mit ihr macht. Sie ist seine Sklavin.«

»Aber was glaubt Ihr, wird er tun?«

»Ich weiß es nicht. Wenn sie Glück hat, verkauft er sie vielleicht. Jedenfalls geht dich das nichts mehr an. Je weniger du jetzt mit ihr zu schaffen hast, desto besser.« Damit erhob sich Alkimos und beendete das Verhör.

»Eine Frage noch«, sagte Automedon. »Hast du mit Kalchas gesprochen? Oder mit Helenos?«

Schweigend schüttelte ich den Kopf.

»Nun, das erleichtert die Sache. Und das Mädchen?«

»Nein – wie hätte sie das tun können? Sie dürfen die Hütte ja nicht verlassen.«

An der Tür wandte Alkimos sich um. »Während ich weg bin, öffnest du niemandem die Tür, verstanden? Sag, du wärst krank oder irgendwas. Lass niemanden rein.«

Alkimos ging zuerst hinaus – ich konnte mich des Eindrucks nicht erwehren, dass er froh war, hinauszukommen –, aber Automedon blieb. Als er sicher war, dass Alkimos außer Hörweite war, sagte er: »Sei vorsichtig, Briseis. Diesmal kommst du möglicherweise damit durch, indem du dich auf deinen Bauch berufst, aber so viel Glück wirst du nicht immer haben.«

Er hätte mir ebenso gut einen Schlag versetzen können. Ich dachte an die Frauen in Troja, denen die Soldaten in den Bauch gestochen oder denen sie den Speer zwischen die Beine gestoßen hatten – nur für den Fall, dass ihr Kind ein Junge war. Sie hätten sich noch so sehr auf ihren Bauch berufen können – es hätte ihnen nicht geholfen. Natürlich wagte ich nicht, das zu sagen.

Die Geschehnisse in Troja hatten sich bereits in einen Krater des Schweigens verwandelt, der alles verschluckte.

Aber so wollte ich die Sache nicht auf sich beruhen lassen. »Ich habe mich nicht auf meinen Bauch berufen«, sagte ich, »das war Alkimos. Und wisst Ihr was, Automedon? Wenn Ihr dort gewesen wärt, hättet Ihr genau das Gleiche getan.«

Dann wandte ich mich ab, ohne seine Antwort abzuwarten.

21

Den restlichen Tag verbrachte ich alleine. Einmal ging ich hinaus und setzte mich auf die Veranda, aber ich hatte das Gefühl, dass einige Krieger, die vorbeigingen, mich anstarrten, also ging ich wieder hinein. Ich kochte, zog neue Betttücher auf, wischte den Boden und gestattete mir erst am späten Nachmittag, mich hinzusetzen. Ich muss eingenickt sein, denn ich wurde meiner Umgebung erst wieder bewusst, als jemand an die Tür klopfte. Alkimos hatte mich angewiesen, niemanden hereinzulassen, aber die Tür wurde aufgestoßen, bevor ich mich auch nur von meinem Stuhl erheben konnte. Ich konnte nichts klar erkennen, nur einen unförmigen Schatten und das Glitzern heller Augen. Pyrrhos. Ich stand auf und dachte gerade noch rechtzeitig daran, mich zu verneigen.

Er trat einen weiteren Schritt ins Zimmer.

»Ich fürchte, Alkimos ist nicht da«, sagte ich.

»Ich weiß, er ist auf dem Weg zu Menelaos. Wahrscheinlich hätte ich auch dort hingehen sollen, aber mir war einfach nicht danach.«

Ich zog einen Stuhl vom Tisch zurück. »Bitte nehmt Platz …«

Ohne dass er mich dazu hätte auffordern müssen, ging ich zum Weinvorrat und schenkte einen Becher vom besten Wein aus. Als ich ihn zu Pyrrhos hinüberbrachte, wurde mir bewusst, dass ich ihn zum ersten Mal überhaupt nüchtern erlebte. Der Stuhl war fast zu schmal für ihn, die fleischigen Schenkel weit gespreizt, saß er darauf – massiv und schwer, und doch hatte er eine gewisse jugendliche Schlaksigkeit an sich, die darauf hindeutete, dass er noch nicht zu seiner vollen Stärke herangewachsen war. Ich erinnerte mich daran, wie meine Brüder in diesem Alter gewesen waren, wie ungeschickt, kaum in der Lage, einen Raum zu durchqueren, ohne dass sie in ein Möbelstück rannten. Er blickte auf, als er den Becher entgegennahm, und lächelte. Sein Lächeln beruhigte mich nicht. Mir kam in den Sinn, dass Alkimos, als er mich gewarnt hatte, niemanden hereinzulassen, möglicherweise Pyrrhos im Sinn gehabt, seinen Namen aber nicht auszusprechen gewagt hatte.

Dieser Besuch war ungewöhnlich, um es einmal milde auszudrücken. Normalerweise besucht ein Mann eine Frau nicht, wenn er weiß, dass ihr Mann abwesend ist – aber Pyrrhos schien daran nichts Merkwürdiges zu finden. Ihn als dumm zu bezeichnen, würde einen vollkommen falschen Eindruck vermitteln, und doch mangelte es ihm an irgendetwas. Er schien nicht zu wissen, wie sich Menschen für gewöhnlich verhalten, wie Beziehungen zu anderen funktionieren, und so verstieß er stets gegen die Regeln – nicht weil es ihn dazu trieb, gegen sie aufzubegehren, sondern einfach nur, weil er sich ihrer gar nicht bewusst war. Vielleicht dachte er auch einfach nur, sie würden für ihn nicht gelten.

»Willst du nicht etwas mit mir trinken?«, sagte er.

Also schenkte ich mir auch einen Becher ein, noch immer schweigend, und setzte mich ihm gegenüber, doch ich hütete mich, etwas zu sagen.

»Alkimos sagt, du erwartest das Kind von Achill?«

»Ja. Ich habe gedacht, Ihr wüsstet davon?«

Er schüttelte den Kopf.

»Nach der Plünderung von Lyrnessos hat das griechische Heer mich Achill als Ehrengeschenk übergeben – und später dann, als er ahnte, er würde im Krieg umkommen, hat er mich Alkimos zum Geschenk gemacht. Er war der Meinung, Alkimos werde das Kind gut beschützen.«

»Nun, da hat er recht gehabt. Eine gute Wahl.«

Ich spürte, dass er nicht gekommen war, um über die Bestattung von Priamos zu sprechen, und ich glaube, die Erleichterung darüber machte mich ein wenig närrisch. Auf jeden Fall trank ich viel zu schnell einen halben Becher voll starkem Wein, und als ich wieder aufblickte, sah ich, dass er mir die Hand entgegenstreckte.

»Schau her.«

Ich beugte mich vor. Als er merkte, dass ich immer noch nichts erkannte, stand er auf und kam auf mich zu. Sein massiger Körper verdeckte das Licht. Ich spürte, wie er mir etwas in die Hand legte, dann trat er zur Seite, damit das Licht der Lampe darauf fallen konnte. Ich hielt den Ring des Priamos in den Händen.

»Weißt du, was das ist?«

»Ja, es ist der Ring von Priamos.« Ich wollte ihm den Ring zurückgeben.

»Kannst du mit Bestimmtheit sagen, dass er Priamos gehört hat? Nicht Hektor?«

»Nein, er gehörte Priamos – er hat ihn immer getragen. Ich glaube, Hekabe hat ihm diesen Ring am Tage ihrer Hochzeit geschenkt.«

»Aber du hast ihn in der letzten Zeit gesehen?«

»Ja, Andromache hat ihn mir gezeigt. Sie sagte, Ihr hättet ihr diesen Ring geschenkt. Und sie hat gesagt, wie freundlich das von Euch gewesen ist.«

»Aha.«

Er nahm den Ring wieder an sich und kehrte zu seinem Stuhl zurück. Einen Augenblick dachte ich, das wäre alles gewesen, aber dann sagte er: »Manchmal glaube ich, die Menschen verwechseln Freundlichkeit mit Schwäche.«

»Ich bin sicher, das tun manche Menschen – aber Andromache gehört nicht zu ihnen. So ist sie nicht.«

»Ich habe ihr einen ganzen Berg von Juwelen angeboten – Armbänder, Halsketten … alles Schmuck, der einer Königin würdig ist. Und sie sucht sich den Ring eines Mannes aus?«

»Nun, sie hat ihn an einer Kette um den Hals getragen.« Ich sah nicht einen einzigen guten Grund, aus dem er diese Angelegenheit weiterverfolgen sollte. Es konnte nur um eines gehen: Er wollte, dass ich Andromache in die Bestattung des Priamos hineinzog.

»Glaubst du wirklich, dieses Mädchen hat ihn gestohlen?«

Dieses Mädchen. Arme Amina, sie hatte nicht einmal einen Namen. Um die Antwort hinauszuzögern, trank ich noch einen Schluck Wein und versuchte nachzudenken. Jede Lüge, mit der ich versuchte, Andromache zu helfen, würde die Lage für Amina verschlimmern. Andererseits konnte es nicht viel schlimmer werden. Vielleicht sollte ich versuchen, den einen Menschen zu retten, der noch zu retten war? »Ich weiß nur so viel: Andromache war außer sich, als sie den Ring verloren hatte. Sie war ganz bestürzt, wirklich vollkommen aufgelöst.«

»Du bist eine treue Freundin.«

War ich das wirklich? Meinem Empfinden nach war ich alles andere als das. »Habt Ihr mit Andromache gesprochen?«

»Nein, zuerst will ich die Wahrheit aus dem Mädchen herausholen.«

Ich versuchte, nicht darüber nachzudenken, was ›die Wahrheit aus dem Mädchen herausholen‹ bedeuten könnte. Seine riesigen Hände lagen im Schein der Lampe auf seinen Oberschenkeln. Wenn er nichts weiter von Achill geerbt hatte – seine Hände hatte er. Es fiel mir schwer, den Blick von ihnen abzuwenden.

»Egal.« Er schlug sich auf die Knie und erhob sich. »Sag Alkimos, es ist in Ordnung.«

In Ordnung? »Selbstverständlich, ich werde es ausrichten.«

Ich geleitete ihn zur Tür, erleichtert, dass dieses ungewöhnliche, beunruhigende Treffen vorüber war – doch gerade als er vor die Tür treten wollte, hielt er mir den Ring des Priamos hin, als würde er ihn mir anbieten. Ich trat einen Schritt zurück.

»Na komm, ich hätte gern, dass du ihn nimmst. Für … du weißt schon …« Er zeigte auf meinen Bauch.

»Das kann ich unmöglich annehmen«, sagte ich mit Nachdruck. Ich erinnerte mich, wie er Andromache Hektors Schild geschenkt hatte und wie bitter er es bereute. Er war ein Mann, der einfach keine Verantwortung für sein Handeln übernehmen konnte. »An dem Tag, als Ihr Priamos getötet habt, habt Ihr ihm diesen Ring von der Hand gezogen. Jetzt gehört er Euch.«

Er wollte ihn mir in die Hand drücken, aber ich wich erneut zurück, bis ich ihn schließlich überzeugt hatte, dass ich den Ring nicht annehmen würde. Sofort schob er ihn sich auf den Daumen, sein Gesichtsausdruck schien mir Erleichterung auszudrücken. Er hatte sein Angebot niemals ernst gemeint. Pyrrhos lebte eine Vorstellung seiner selbst aus, so als würde er sein ganzes Leben vor einem Spiegel verbringen.

Mir fiel ein, dass ich noch etwas sagen musste. »Danke sehr. Bitte glaubt nicht, ich wäre Euch nicht dankbar, es ist ungeheuer großzügig von Euch – ich glaube nur einfach nicht, dass es recht wäre, den Ring zu nehmen.«

Während ich sprach, spürte ich, wie mir das Blut ins Gesicht schoss. Ich wollte nur noch, dass er ging, und nach einigen weiteren ungeschickten Worten machte er sich schließlich auf den Weg. Ich schaute zu, wie er über den Hof in Richtung Halle ging und stehen blieb, um einen der jungen Männer von Skyros zu begrüßen. Sie unterhielten sich ein Weilchen, brachen in Gelächter aus und klopften einander auf die Schulter. Dann rannte Pyrrhos die Stufen zur Halle hinauf, und die Dunkelheit verschluckte ihn.

22

Automatisch nahm ich seinen Becher und brachte ihn hinüber zum Seitentisch, doch ich achtete kaum auf meine Umgebung. Ich sah wieder, wie Pyrrhos sich den Ring des Priamos ganz beiläufig auf den Daumen schob – diese eine Geste stand sinnbildlich für die Zerstörung Trojas. Aber es schien etwas Merkwürdiges zu geschehen: Ich spürte den Ring, obwohl ich ihn nur kurze Zeit gehalten hatte, noch immer auf meiner Handfläche – als hätte dieser flüchtige Kontakt auf irgendeine Weise eine dauerhafte Spur hinterlassen. Ich weiß, es klingt belanglos, doch das war es nicht. Nicht für mich. Es war einer jener Augenblicke – wie sie, glaube ich, jedem einmal widerfahren, und sie müssen keineswegs dramatisch sein –, in dem sich die Dinge zu verändern beginnen. Man weiß, dass es sinnlos ist, darüber nachzugrübeln, denn das hilft nicht weiter, um eine Sache zu verstehen. Man ist einfach noch nicht so weit, als dass man sie begreifen könnte; man muss in ihre Bedeutung hineinleben.

Ich zündete weitere Lampen an, stand mitten im Zimmer und war mir bewusst, dass ich nun zahlreiche Schatten warf. Es musste noch recht früh am Abend sein, keinesfalls später, und Pyrrhos hatte mir ungewollt etwas Wichtiges verraten: Alkimos war bei Menelaos. Und Menelaos war bekannt dafür, gutes Essen und guten Wein zu lieben, seine Festmähler dauerten für gewöhnlich bis spät in die Nacht hinein. Also konnte ich die Hütte verlassen und Amina aufsuchen. Ich nahm Essen und Wein mit und, nach kurzer Überlegung, auch eine Laterne, denn ich war nicht sicher, ob sie in der Waschhütte Licht hatte. Wahrscheinlich hätte ich nicht gehen sollen – Alkimos hatte gesagt, je weniger ich jetzt mit Amina zu schaffen hätte, desto besser –, aber sie hatte Angst und sie war allein. Ich musste einfach hingehen.

Es war nicht schwer, über den Zaun zu steigen, der das Gelände der Waschhütte umgab. Trotz meiner Schwangerschaft war ich noch halbwegs wendig, und auf der anderen Seite stand ein Fass, sodass ich leicht herunterkam. Das Essen auf die andere Seite zu bekommen, war ebenfalls keine Schwierigkeit – ich steckte es mir einfach unter den Gürtel –, doch die Laterne und den Wein musste ich zurücklassen. Rasch überquerte ich den Hof. Es kamen nur selten Männer in die Waschhütte, denn das Waschen von Kleidung und das Aufbahren der Toten waren Frauenarbeit. Die meisten Krieger wussten wahrscheinlich gar nicht, dass es hinter dieser Hütte überhaupt einen Hof gab. Ich versuchte, die Tür zu öffnen, doch selbst als ich mich mit Schulter und Hüfte dagegenstemmte, schaffte ich es nicht, sie gab nicht nach. Regelrecht elend vor Enttäuschung trat ich zurück. Ich war so sicher gewesen, dass mein Plan aufgehen würde.

Von der anderen Seite der Wand her hörte ich eine Bewegung und drückte meine Lippen an einen Spalt zwischen den Planken. »Amina?«

»Briseis? Du solltest nicht hier sein.«

»Ich wollte dir etwas zu essen bringen.«

»Nun, das ist nett, aber …«

»Geh einmal die Wand zu deiner Rechten entlang, ungefähr fünf Schritt …« Ich versuchte, mir das Innere der Hütte in Erinnerung zu rufen, während ich sprach. »Dort müsste ein Spalt sein. Kannst du ihn sehen? Ungefähr auf Schulterhöhe.«

Ich hörte, wie ihre Finger an der Wand entlangkratzten. »Ja, ich seh ihn.«

»Ich reiche dir etwas durch.« Scheiben von kaltem Fleisch und Brot. Ich hatte auch Äpfel mitgebracht, aber die passten beim besten Willen nicht durch den Spalt. »Hast du genug Wasser?«

»Literweise. Hier wird Kleidung gewaschen, falls du dich erinnerst.«

»Sind sie schon bei dir gewesen?«

»Ja, sie haben mich befragt.«

»Aber sie haben dir nichts angetan?«

»Noch nicht. Aber vielleicht kommt Pyrrhos noch mal alleine her.«

»Schau, wenn er kommt, dann sei einfach ehrlich mit ihm …«

»Warum sollte ich nicht ehrlich mit ihm sein? Es gibt nichts, wofür ich mich schämen müsste.«

»Du könntest sagen … Ach, ich weiß auch nicht. Sag, du hättest Priamos gekannt, er sei gütig gewesen und …«

»Das sage ich auf jeden Fall, schließlich ist es wahr. Doch selbst wenn ich Priamos nie begegnet wäre, ich würde ihn trotzdem bestattet haben.«

»Und dann – es tut mir leid, Amina, ich weiß, es wird dir nicht gefallen – fleh Pyrrhos an, wirf dich auf die Knie, winsle um Gnade, wenn es sein muss. Tu alles, was nötig ist!«

»Würdest du das tun?«

»Ja – wenn ich müsste.«

»Glaubst du tatsächlich, er wird Mitleid mit mir haben?«

»Nein, aber er ist eitel, und ihm wird die Vorstellung gefallen, Gnade walten zu lassen – das kannst du dir zunutze machen.«

»*Du* könntest das.« Sie seufzte. »Geh zurück zu deinem Mann, Briseis. Lebe. Sei glücklich.«

»Ich werde es nicht ertragen, wenn du stirbst.«

»Ach, komm schon, du magst mich doch noch nicht mal!«

Das stimmte sogar. »Versuch wenigstens zu leben!«

Ich wünschte, ich hätte ihr Gesicht sehen, ihre Hand ergreifen können. Aber da waren nur unsere beiden Stimmen, die in der Dunkelheit durch einen Spalt in einer Wand miteinander flüsterten. Das war nicht genug. Ich spürte, wie Amina mir entglitt, es war, als würde man versuchen, nach einer Nebelwand zu greifen.

»Wieso willst du sterben?«

»Das will ich nicht!« Von außerhalb des Hofes erklang Gelächter. Eine Gruppe Krieger ging vorüber. »Aber ich kann den Gedanken nicht ertragen, dass er mich berührt.«

»Aber bisher hat er doch ...«

»Nein, aber er könnte es jederzeit tun – und ich müsste es über mich ergehen lassen. Die Menschen sind unterschiedlich, Briseis. Andromache kann das ertragen. Ich weiß nicht, wie, aber sie kann es. Ich könnte es nicht, das weiß ich.«

Weitere Rufe, mehr Gelächter. Die Krieger sammelten sich um die Feuer und richteten sich auf eine Nacht mit heftiger Trinkerei ein. Ich konnte es nicht riskieren, gesehen zu werden. »Ich muss gehen.«

Ich drückte meine Hand, so weit es irgend ging, durch die Planken und spürte, wie ihre Fingerspitzen die meinen berührten.

»Morgen werde ich wieder versuchen, dir etwas zu essen zu bringen«, sagte ich.

Dann ging ich zurück in meine Hütte. Ich fragte mich, ob ich Amina je wiedersehen würde.

23

Wenn er aus der Dunkelheit hereintritt, gibt es immer einen Augenblick, in dem er sich an das Zimmer erinnert, wie er es gesehen hat, als er zum ersten Mal im Lager eintraf. Das ist jetzt fünf Monate her, beinahe sechs. Damals kam es ihm prächtig vor, hell, einladend, erfüllt von der Gegenwart seines Vaters, obwohl Achill bereits zehn Tage tot war. Seine Begräbnisspiele waren vorüber, sein Leichnam eingeäschert, sein Grabhügel aufgeworfen. Doch heute wirken die Wohnquartiere trostlos – so trostlos, dass Pyrrhos versucht ist, gleich wieder hinauszugehen. Heute Abend finden jede Menge Trinkgelage statt. Er könnte hinübergehen zum Gelände von Menelaos, dort wäre er sicherlich willkommen – wie übrigens auch überall sonst im Lager. Er ist der Held von Troja, sein Ruf garantiert ihm einen freundlichen Empfang, wohin auch immer er kommt. Nur in diesem Zimmer nicht.

Nur hier nicht.

Was muss ich denn noch tun? Er strengt sich an, um diese Frage zu unterdrücken, doch sie steigt immer wieder in ihm auf. *Was willst du noch von mir?*

Es gibt nichts, worauf er sich freuen kann, das ist sein Problem. Keine Schlachten mehr, die es zu schlagen gilt, kein Ruhm mehr, den es zu gewinnen gibt. Er könnte bei den Spielen möglicherweise das Wagenrennen gewinnen – und dieser Gedanke versetzt ihn kurz in Erregung, aber sie hält nicht an.

Geistesabwesend greift er zum Lappen und beginnt, Achills schweren Schild zu polieren. Es kann ihn längst nicht jeder heben, aber Pyrrhos fällt es leicht. Er lehnt ihn gegen die Wand, stellt auf jede Seite eine Lampe, spürt die Flammen warm auf seinen nackten Schenkeln. Mittlerweile ist ihm die Ausgestaltung des Schildes so vertraut wie die Linien auf seinen Handflächen, und doch ist sie so vielschichtig, dass er noch immer Neues entdeckt. Vom Meer umschlossen, spielt sich das menschliche Leben in all seinen Ausprägungen vor ihm ab: zwei Männer, die eine Blutfehde austragen; ein Gerichtsverfahren; ein Krieg; eine reiche Stadt und eine Stadt, die in Flammen steht; eine Viehherde, die an einem Fluss grast; Menschen mit Fackeln auf dem Weg zu einer Hochzeit; Jünglinge und Mädchen, die Kreistänze aufführen und Blumenkränze über den Kopf heben …

Ein Schild, von einem Gott geschmiedet. Er ist unschätzbar wertvoll, denn es gibt auf der ganzen Welt nichts Vergleichbares – und er ist sein Eigentum. Jeder Fingerbreit davon gehört ihm, alles. Es ist alles seins. Nur seine Bedeutung versteht er nicht. Obwohl es nicht der Schild ist, den er verstehen muss, sondern den Mann, der einst vor ihm gekniet hat, genau wie er nun hier kniet und das Metall poliert, bis die Flammen der Lampen auf andere Flammen stoßen, die tief im Inneren der Bronze verborgen sind. Einst hat Achill auf diesen Schild gehaucht, bis das Metall beschlug, so wie er es heute mit seinem Atem tut, und eine andere Hand, seit Langem schon zu verkohlten Knochenstückchen zerfallen, hat diese Stellen poliert.

Nach einer Weile setzt die Gleichförmigkeit seiner Bewegungen seine Gedanken frei. Hat Achill deshalb diese Aufgabe immer selbst übernommen? Was er, Pyrrhos, nun entscheiden muss, ist vergleichsweise einfach, doch er kann die Entscheidung nicht länger hinausschieben. Wie soll man mit dem verdammten Mädchen weiter verfahren? Er kann noch immer nicht glauben, dass sie die Sache allein ausgeführt hat – da muss es noch jemand anderen geben. Nicht Helenos, das war von Anfang an klar, sobald er ins Zimmer gehumpelt kam. Dann also Kalchas? Er könnte es leicht gewesen sein. Obwohl, wie Alkimos gesagt hat: Wieso sollte er ausgerechnet jetzt Gefolgschaftstreue zeigen, wo die trojanische Sache verloren ist? Da hat Alkimos recht. Und doch hat Pyrrhos das Gefühl, dass es Kalchas gewesen sein muss. Ein schauderhafter Mensch, wirklich *schauderhaft* – aber anscheinend wird er damit davonkommen. Es ist das Mädchen, das die Konsequenzen zu spüren bekommt.

Und das führt ihn wieder zurück zur Ausgangsfrage: Worin werden diese Konsequenzen bestehen? Die Entscheidung liegt allein bei ihm. Sie ist seine Sklavin, er kann mit ihr machen, was er will. Ihm ist nicht danach zumute, sie zu töten. Er ist keineswegs der Auffassung, es wäre zu viel getötet worden – im Gegenteil: Es ist nicht ansatzweise genug getötet worden! Seines Rufs ist er sich nicht sicher. Ja, er hat in Troja tapfer gekämpft. Er will sich nicht damit brüsten, doch es ist nun einmal so. An den Toren und auf den Stufen zum Palast ist er Dutzenden von trojanischen Kriegern gegenübergetreten. Das war kein letztes Aufgebot an Jungs, die kaum das eine Ende eines Speeres vom anderen unterscheiden können, nein, es waren kampferprobte Veteranen, die verdammt gut wussten, dass sie um ihr Leben kämpften. Er hat gegen sie gekämpft und gesiegt. Und trotzdem scheint sich niemand daran zu erinnern. Wenn die Männer seinen Namen hören, denken sie vor allem daran, dass er Priamos getötet hat.

Und genau da liegt das Problem: Er ist berühmt dafür, dass er Priamos getötet hat und den kleinen Enkel des Priamos und Polyxena, die jüngste Tochter des Priamos, die er am Grab von Achill geopfert hat – einen alten Mann, ein Baby und ein junges Mädchen. Sicherlich, diese Tode waren allesamt notwendig. Er bereut sie nicht. Doch nachts spürt er manchmal die speckigen Beinchen eines kleinen Kindes gegen seine Brust treten, und er kämpft darum, wach zu werden, um dann erleichtert festzustellen, dass die Tritte nichts weiter sind als das Klopfen seines eigenen Herzens. Heldentaten, Gräueltaten – wer kann schon sagen, wo da die Grenze verläuft?

Es ist einfach nicht fair. Hätte er Priamos damals in einen jungen, starken Mann verwandeln können, in den bedeutendsten Krieger seiner Generation – er hätte nicht eine Sekunde gezögert. So wäre es ihm sogar lieber gewesen.

Er kehrt zurück in die Gegenwart … Nein, er will das Mädchen nicht töten, und doch muss er an ihr ein Exempel statuieren. Wenn man erst einmal zulässt, dass die Sklaven Ungehorsam üben, kann man ebenso gut gleich aufgeben. Auspeitschen, das ist die naheliegende Lösung – und sichergehen, dass die anderen Frauen sie schreien hören. Oder er verkauft sie an einen Sklavenhändler und erspart sich die ganzen Scherereien. Das ist tatsächlich keine schlechte Idee – gerade ist ein Tross von Sklavenhändlern im Lager, sie arbeiten sich von einem Gelände zum nächsten vor und feilschen um Sklaven, die die Griechen auf der Heimreise nicht gebrauchen können. Das Mädchen ist jung, zugegeben nicht besonders hübsch, aber stark und vermutlich fruchtbar. Sie wird einen guten Preis erzielen. Und damit wäre ihr Schicksal besiegelt – die Sache ist erledigt, Punktum, er muss sie nie wieder zu Gesicht bekommen.

Aber zuerst muss er etwas trinken. Wein ist das Einzige, was die grauenhafte Stille dieses Zimmers übertönt. Er wirft den Lappen zur Seite, geht zum Tisch und schenkt sich den Becher großzügig voll. Dabei achtet er darauf, sein Spiegelbild nicht zu Gesicht zu bekommen, denn in der letzten Zeit hat es sich nicht so verhalten, wie es sollte. Ein- oder zweimal hat es sich weiterbewegt, als er schon stehen geblieben war. Er stürzt den ersten Becher Wein hinunter, dann trinkt er einen zweiten, langsamer. Beim dritten zögert er, doch er entscheidet sich dagegen. Besser erst die Sache mit dem Mädchen hinter sich bringen, danach kann er sich entspannen.

Kurze Zeit später geht er den Weg zur Waschhütte entlang. Hier sind die toten Krieger für die Feuerbestattung vorbereitet worden. Man trug sie her, hievte sie auf die steinerne Platte, ließ saubere Kleidung und Münzen für die Augen da – und dann zog man sich zurück und ließ die Wäscherinnen mit ihren blassen, feuchten Gesichtern allein, damit sie mit der Arbeit beginnen konnten. Vor der Waschhütte stand immer eine ganze Reihe Tröge, die vor Pisse überquollen. Man sah die Frauen, die Röcke um die Hüften gerafft, knietief darin stehen und blutbefleckte Kampfhemden treten. Offenbar eignet sich Urin besser als alle anderen Mittel, um Blutflecken aus Leinen herauszubekommen. Manchmal sah man Männer, die stehen blieben und in die Tröge pinkelten, ab und zu richtete einer seinen Strahl auf die Frauen, die dann kreischten und auszuweichen versuchten. Natürlich alles nur harmloser Spaß – die Myrmidonen sind ein anständiger Haufen. Jetzt liegen in den Trögen keine blutverschmierten Kampfhemden mehr, doch die Gerüche hängen noch darin: der eisenhaltige Geruch von Blut, die ekelhafte Süße alter Pisse. Auch etwas anderes – Bleicherde? Heißt das so? Egal, das Zeug, mit dem sie die Laken weiß gemacht haben.

Er bleibt stehen und schaut sich um. Die Tröge sind jetzt leer. Seit dem Fall von Troja muss die Arbeit in der Waschhütte ein ganzes Stück einfacher geworden sein: keine blutbefleckten Kampfhemden und keine Verbände mehr. Weiß der Himmel, was sie jetzt tun, um sich ihr Essen zu verdienen …

Seit dem Fall von Troja … Diese Worte versetzen ihn noch immer in Erstaunen. Als er in jener Nacht in dem Pferd eingepfercht gewesen ist, hat er sich gesagt, dass sich die Dinge ändern würden – und sie hatten sich geändert. Aus seiner Sicht war es ein voller Erfolg gewesen. Gut, ab und an zweifelt er an sich, aber das heißt nichts. Odysseus hat ihm damals Achills Rüstung übergeben – das war nur recht und billig, doch es ist trotzdem schön, dass er sie hat. Und Menelaos steht mit ziemlicher Sicherheit kurz davor, ihm die Hand seiner Tochter anzubieten. Wie großartig sie zusammenpassen werden: die Tochter der Helena und der Sohn des Achill! Man kann nur hoffen, dass sie nicht aussieht wie ihr Vater. Überall hört man auf Pyrrhos, man zieht ihn zurate. Bei den Festmählern steht er auf der gleichen Stufe wie die Könige. Niemand in diesem Heerlager wagt es, sich ihm zu widersetzen.

Nur dieses Mädchen. Diese Sklavin.

Er ruft einen der Wächter, der ihm die Tür öffnet, und schickt ihn wieder davon. Im Gebäude greift er sich die Fackel aus einem

Wandleuchter, betritt die Vorhalle und tritt die innere Tür auf. Der Duft frischer Kräuter ist nicht stark genug, um den Gestank nach einweichender Wolle zu überdecken. Irgendwo im Schatten hört er ein kratzendes Geräusch, wie von einer Ratte. Aber es ist keine Ratte, es ist das Mädchen. Er hebt die Fackel hoch über den Kopf und versetzt die Schatten in Aufruhr; sie fliehen über die Wände. Im Mittelpunkt dieses Durcheinanders aus Licht und Dunkelheit sieht er ein kleines, bleiches Gesicht.

Er ignoriert das Mädchen erst einmal und schaut sich im Raum um. In der Mitte steht der lange Marmortisch, auf dem man die toten Krieger gewaschen und für die Bestattung vorbereitet hat. Darüber hängen zwei riesige Holzgestelle, die leicht im Luftzug schwingen und knarren. Hier hängt man die feuchten Hemden zum Trocknen auf, auch jetzt hängen ein paar dort und werfen Schatten. Sie wirken wie die Gestalten von Männern, die von einer Seite zur anderen schwanken, während die Gestelle sich bewegen; ein merkwürdig verwirrender Eindruck, denn der Raum scheint voller kämpfender Männer zu sein, und doch ist es still. Auf den Bänken an den Wänden sind Dutzende Kerzenstümpfe festgeklebt, alle auf unterschiedliche Länge heruntergebrannt. Geschmolzenes Wachs läuft an ihren hinab wie Tränen.

»Na, dann wollen wir die mal anzünden, was?«

Keine Antwort, doch er hat nicht mit einer Antwort gerechnet. Er zündet die Kerzen an, eine nach der anderen, und lässt sich Zeit – er weiß selbst nicht, warum er sich Zeit lässt. Er spürt, wie die Blicke des Mädchens ihm von der einen Flamme zur nächsten und zur übernächsten folgen. Nicht alle Flammen überleben. Einige flackern ins Leben, verlöschen aber gleich wieder und ersterben. Doch als er fertig ist, sind die Bänke voll mit kleinen Lichtern. Der Raum ist nicht länger ein verkommenes, stinkendes Loch, wo Wesen, die man kaum als Menschen erkennen kann, ein kümmerliches Dasein führen – nein, es ist ein Palast, ein königliches Schlafgemach, hergerichtet für eine Hochzeitsnacht.

Er zündet die letzte Kerze an und wartet ab, ob sie brennt, dann wendet er sich dem Mädchen zu. Ein unansehnliches, leicht männlich wirkendes Gesicht, doch markant. Er muss sie bei der Verteilung der Frauen für sich ausgewählt haben, obwohl er sich beim besten Willen nicht erinnern kann, warum. Möglicherweise hat er es gar nicht getan – sie könnte zu den Frauen gehören, die ihm durch das Los zugefallen sind. Dichte Augenbrauen, leicht vorstehende Augen, ein eckiger Kiefer. Er findet nichts an ihr, was ihn in Schwung bringen könnte. Helle kann sie nicht das Wasser reichen, Helle, das Mädchen, das er ums Feuer hat tanzen sehen.

Einen Augenblick erinnert er sich nicht an ihren Namen, dann fällt es ihm wieder ein. »Amina.«

Keine Antwort. Sie könnte ebenso gut aus Holz geschnitzt sein. Er steckt die Fackel in einen Wandleuchter an der Tür, dann geht er langsam auf sie zu und freut sich, dass die Bodenbretter unter seinen bedächtigen Schritten knarren. Mit dem Marmortisch im Rücken kann sie nicht zurückweichen. Auf dem Tisch ausgebreitet liegen Bündel frischer Kräuter, Blöcke von Salz, Scheuerbürsten, Schüsseln, in denen Kleidung einweicht. Die durchtränkten Falten erheben sich über das schaumige Wasser wie Felsen, die bei Ebbe freiliegen.

»Weißt du«, sagt er endlich, und seine Stimme klingt nach der langen Stille merkwürdig, »das hier muss kein Problem werden. Wenn ich den Wachen sage, sie sollen das Ganze niemandem erzählen, dann werden sie es nicht tun – so einfach ist das. Wir können es alle vergessen. Aber es hängt einiges davon ab, wie viele andere Leute Bescheid wissen. Bist du dort draußen noch jemandem begegnet?«

»Nur Briseis. Und sie hat versucht, mich aufzuhalten.«

»Das sagst du immer wieder. Was ist mit den anderen Mädchen? Haben sie davon gewusst?«

»Nein.«

»Na komm, du musst doch irgendetwas gesagt haben. Ich meine, du verlässt mitten in der Nacht die Hütte … Was haben sie wohl gedacht, wo du hingehst?«

»Ich habe nur gesagt, ich müsste nach draußen. Das stimmt auch – ich hasse es, wenn ich eingesperrt bin.«

»Dann muss das hier wohl ein Albtraum sein?« Er sieht, wie sie von einer Seite zur anderen schaut, die schwingenden Schatten verunsichern sie genauso wie ihn. »Du hast also Andromache nichts gesagt?«

»Nein.«

»Und sie hat dir den Ring nicht gegeben?«

»Ich habe ihn gestohlen.«

Erst jetzt, wo er sich selbst hört, wie er diese Fragen stellt, begreift er, dass es ihm *darum* geht. Er kann die Vorstellung nicht ertragen, dass sich Menschen hinter seinem Rücken gegen ihn verschwören – und er ist noch immer nicht überzeugt, dass sie das nicht getan haben. Die Schatten beginnen ihm auf die Nerven zu fallen. Die Schatten und die Stille. Ihre Stimmen – selbst ihre Stimme, die um einiges leiser ist als seine – hallen von den Wänden wider, und doch scheinen sie keinen Laut zu erzeugen. Der Wind heult, aber dieses Geräusch ist so vertraut, dass er es kaum mehr wahrnimmt, nicht mehr als das Geräusch seines eigenen Atems. Es ist, als hätte alles außerhalb dieses Raumes – das Lager, die Feuerstellen, die überfüllten Hütten – aufgehört zu existieren, als gäbe es nur noch diesen Augenblick, allein in diesem Raum, mit diesem Mädchen.

»Aber du hast gewusst, wem der Ring gehört hat?«

»Er hat Priamos gehört.«

»Nicht Hektor?« Diese Möglichkeit macht ihm noch immer zu schaffen.

»Nein, ich wusste, dass er Priamos gehört hat. Dieser Ring war Teil von Hekabes Brautschatz – sie hat ihn Priamos an ihrem Hochzeitstag geschenkt, und er hat ihn fünfzig Jahre lang getragen. Ich wollte ihn nicht stehlen, aber dann dachte ich: Nun, der Ring gehört ihm schließlich – und er brauchte etwas, um den Fährmann zu bezahlen.«

»Den Fährmann zu bezahlen? Hör dir mal zu! Glaubst du ernsthaft, die Seelen würden in alle Ewigkeit umherirren, nur weil sie einen verdammten Fährmann nicht bezahlen können, den es gar nicht gibt? Das ist nur eine Geschichte.«

»Ich weiß, woran ich glaube, Fürst Pyrrhos.« Sie starrt ihm geradewegs ins Gesicht. »Wisst Ihr es auch?«

Zu dreist für eine Sklavin; den Sklaven bringt man bei, ihren Herrn nicht anzuschauen, man bringt ihnen bei, das Gesicht zur Wand zu drehen, wenn er vorübergeht. Er ist nicht der Herr der Lage, wie er es sein sollte. Als er den Raum betreten hat, hat er ihre Angst riechen können – aber jetzt ist da nichts mehr. Doch das lässt sich ändern.

»Briseis sagt, sie hat dir geholfen.«

»Sie lügt.«

»Warum sollte sie lügen?«

»Sie hat mir nicht geholfen. Mir hat niemand geholfen!«

Jetzt ist sie verärgert. Als er sieht, wie ihre Augen aufblitzen, hat er das Gefühl, er würde sie zum ersten Mal sehen, aber es ist nicht das erste Mal. Etwas, das die ganze Zeit am Rand seines Bewusstseins gelauert und ihm keine Ruhe gelassen hat, seit die Wachen sie in die Halle gestoßen haben, bahnt sich schließlich seinen Weg. Sie ist eine der Frauen, die in Troja im Thronsaal gewesen sind, im Gefolge der Hekabe! Je länger er sie anblickt, desto mehr ist er davon überzeugt. Diese vorstehenden Augen, das Froschgesicht … Kein Zweifel, ein solches Gesicht vergisst man nicht – sie ist es tatsächlich. Sie ist diejenige, die aufgestanden ist und ihn angestarrt hat, während alle anderen sich aneinanderkauerten. Er braucht einen Moment, bis ihm klar wird, was das bedeutet. Sie hat alles mit angesehen: seine Ungeschicklichkeit, seine wiederholten linkischen Versuche, einen alten Mann ins Jenseits zu befördern. Er hätte ihn so leicht töten sollen wie ein Kaninchen. Sie hat alles mit angesehen.

»Du bist dort gewesen, oder?«

»Ja.«

Mehr muss sie nicht sagen. Er kann die Verachtung in ihren Augen sehen. Und nun ist die Flut der Erinnerungen nicht mehr aufzuhalten: wie glitschig sich das blutüberströmte Haar von Priamos angefühlt hat; sein schmachvolles Stechen nach dem dürren, alten Hals; die Sturheit von Priamos, seine verstockte Weigerung, zu sterben. *Warum stirbt er nicht endlich?* Wie nahe ist das Mädchen gewesen? Er erinnert sich nicht. Er hat die Frauen gar nicht richtig wahrgenommen, bis es vorüber war und ihr Geschrei ihm auf die Nerven zu gehen begann. Natürlich hat er sie gesehen – es ist nicht so, als hätte er vergessen, dass sie da gewesen sind. Aber er hat sie nie als mögliche Zeugen betrachtet, nicht so, wie griechische Krieger Zeugen gewesen wären. Niemand würde auf sie hören … aber darauf kommt es nicht an. Sie wissen Bescheid.

»Hast du gehört, was er gesagt hat?«

Sie lächelt – sie lächelt doch tatsächlich! »Natürlich. Er hat gesagt: ›Der Sohn des Achill? *Du?* Du bist kein bisschen wie er.‹«

Er schlägt zu, ohne zu zögern; ihm bleibt keine Wahl. Ihr Kopf schnellt zurück, und nun packt er sie an der Kehle – die Froschaugen quellen ihr aus dem Kopf. Er will, dass sie sein Gesicht sieht; er will, dass sein Gesicht das Letzte ist, was sie jemals sieht. Ihre Hände tasten hinter ihrem Rücken umher nach etwas, das auf der Marmorplatte liegt. Er sieht das Messer nicht, aber er spürt es, ein heftiger Schmerz zuckt von seiner Schulter den Arm hinunter. Fast lässt er sie los. Das Weiß ihrer Augen ist voller blutiger Äderchen. Ein letztes Mal zugedrückt, ein heftiger Ruck, und sie sticht nicht länger auf ihn ein.

Er lässt sie fallen. Steht da, wischt sich den Mund ab, spürt, wie die Stille von ihm Besitz ergreift, kühl wie Wasser. Sie ist tot. Ist sie wirklich tot? Oder zuckt sie noch? Aber nein, sie ist tot. Wie klein sie ist! Er starrt im Raum umher auf die Kerzen, die weiterbrennen, als wäre nichts passiert. Nun, viel ist ja auch nicht passiert. Er blickt auf seine Schulter – nur ein Kratzer –, dann wieder auf die Kerzen, aber die verwandeln sich jetzt in Augen, in Dutzende Augen, die ihn anstarren, ihn beobachten. Er will das Mädchen nicht so auf dem Boden liegen lassen, also schiebt er allen Plunder von der Steinplatte hinunter, hebt sie auf und legt sie auf den weißen Marmor. Noch immer scheint sie zu zucken – ihr Hals ist ganz schief, aber er will ihn nicht richten, es gefällt ihm nicht, wie sie sich anfühlt, diese scharfen Knochen unter der weichen Haut. Er geht zur Wand, nimmt die Fackel aus dem Leuchter, dreht sich um und wirft einen Blick zurück.

Die Kerzen beobachten ihn. Wie viele Frauen sind im Thronsaal gewesen, als er Priamos getötet hat? Wie viele Augenpaare haben gesehen, wie er die Sache verpfuscht hat? Wie viele Ohren haben gehört, was Priamos gesagt hat, als er sterbend dalag? Dreißig? Vierzig? Sie werden über das ganze Lager verstreut sein, diese Frauen. Flüstern sie nachts in den Hütten der Frauen darüber? Er muss seine Gedanken in den Griff bekommen. Was macht es schon aus, was Sklavinnen denken oder reden? Ihr Geflüster kann ihm nichts anhaben. Doch – das kann es. Von jetzt an wird er es hören, wo immer er hingeht, kleine Würmer aus Tönen, auf jeder Oberfläche, auf allem, was er berührt. Er schaut zu dem Mädchen, das auf der Steinplatte liegt, beleuchtet vom Licht der Flammen, die zu Augen geworden sind, und er würde am liebsten davonlaufen, er, der sein ganzes Leben lang nie vor irgendetwas davongelaufen ist.

Sie ist tot, sagt er sich. *Sie kann mir nichts mehr anhaben.*

24

Nach einer weiteren Nacht, in der er schlecht geschlafen und komplizierte Träume gehabt hat, wird Kalchas von einem herrischen Klopfen an der Tür geweckt. Noch ganz benommen öffnet er, und auf seiner Schwelle steht, flankiert von Wachleuten, ein Herold des Agamemnon.

»Tritt ein«, sagt er eifrig. Aber da erinnert er sich an den Kübel in der Ecke. »Nein, nein, warte, ich komme heraus.«

Mit zitternden Fingern greift er nach seinem besten Umhang und wirft ihn sich über. Selbst in seinem erregten Zustand fühlt er sich einen Augenblick beruhigt, als er die dicke Wolle auf den Schultern spürt. Er ist schließlich ein Priester – ein Hohepriester, der zu einem König gerufen wird. Es mag ein einflussreicher und mächtiger König sein, aber ein Priester hat seine eigene Autorität, selbst in der Gegenwart eines Königs – zumindest sagt er sich das.

Der Ausbruch an Selbstbewusstsein trägt ihn den ganzen Weg bis zu den Stufen von Agamemnons Halle. Drinnen ist es dämmerig, nur einige Lampen brennen. Seine Füße schlurfen durch die Binsen und scheuchen Wolken von winzigen stachellosen Insekten auf. An der Schwelle zu den Wohnquartieren des Agamemnon hebt der Herold die Hand, und Kalchas ist gezwungen, stehen zu bleiben. *Arroganter kleiner Kerl.* Ein Mann ohne jegliche Fähigkeiten. Es gibt Fische, die mehr Hirn haben; seine Stellung verdankt er einzig und allein seinem beeindruckenden Äußeren und seiner adeligen Herkunft – und, nicht zu vergessen, dem richtigen Dialekt! Und doch hat er in seiner Stellung täglich Zugang zu Agamemnon, einen Zugang, den man Kalchas seit Wochen verweigert hat. Er fühlt sich mit einem Mal missmutig und gar nicht gut; er späht über die Schulter des Herolds hinweg auf die Tür, durch die der Mann ihm den Zutritt verwehrt hat. Es dringt kein Lichtstrahl unter ihr hindurch und auch keine Stimmen. Kalchas lauscht angestrengt, aber das einzige Geräusch ist ein Rascheln in den Binsen hinter ihm. Als er sich umwendet, sieht er einen weiteren Herold und hinter ihm, mit geröteten Augen und schlecht gelaunt, Odysseus. Kalchas verneigt sich tief, erhält aber nur ein Grunzen zur Antwort.

Was macht Odysseus hier? Natürlich verfügt er über großen Einfluss – der Mann, der diesen nicht enden wollenden Krieg zum siegreichen Abschluss gebracht hat –, und falls man den Gerüchten Glauben schenken kann, hat er nun mehr Macht als je zuvor. Nestor ist krank, einige Leute sagen sogar, schwer krank, und Agamemnon ist mit seinem Bruder zerstritten, also stützt er sich vermutlich stärker auf seine wenigen verbleibenden Ratgeber. Dann ist das hier also eher eine Besprechung, soll er nichts deuten? Eine rückblickende Lagebesprechung über das, was falsch gelaufen ist und warum?

Sie stehen da, und jeder würde nur zu gern wissen, warum man den anderen gerufen hat, aber es widerstrebt ihnen, diese Frage zu stellen. Es ist gefährlich zuzugeben, dass man über ein gewisses Wissen nicht verfügt – doch es kann ebenso gefährlich sein, Wissen vorzutäuschen, das man nicht hat. Normalerweise wendet sich unter solchen Umständen die Unterhaltung dem Wetter zu, aber das ist hier kaum möglich, denn »das Wetter« ist genau das, worum sich alles dreht. Also lächelt Kalchas unbestimmt, während Odysseus auf und ab geht und aufreizend leise vor sich hin brummelt.

Endlich kommt Bewegung ins Dunkel. Agamemnons Tür öffnet sich, der Lichtkreis einer Lampe wird sichtbar, und da steht, mit dem Rücken zum Licht, das Gesicht im Schatten, aber sofort zu erkennen an seiner ausgesprochen wohlgerundeten Figur, Machaon, der Leibarzt des Königs. Kalchas' Herz schlägt schneller. Ist Agamemnon krank? Hat man sie deshalb gerufen? Falls es so ist, handelt es sich um eine Krise, die noch schlimmer ist als der Sturm. Er tritt zur Seite und verneigt sich vor Odysseus, um zu signalisieren, dass er ihm den Vortritt lässt. Man sollte seine Feinde immer vorangehen lassen, wenn es Probleme gibt. Und überhaupt, wenn er als Letzter den Raum betritt, verschafft ihm das möglicherweise ein paar wertvolle Augenblicke, in denen er die Situation einschätzen kann, bevor man ihn auffordert zu sprechen.

Agamemnon wirkt krank, er sieht äußert schlecht aus. Das ist der erste Eindruck, den Kalchas hat, andererseits ist er durch die Anwesenheit von Machaon darauf vorbereitet. Agamemnon hat tiefe Ringe unter den Augen und sieht aus, als hätte er seit Jahren nicht geschlafen – seine Haut hat das cremige Gelb von altem Elfenbein. Aber seine restliche Aufmachung lässt ihn alles andere als angeschlagen wirken. Er ist vollständig angekleidet, trägt einen goldenen Halsreif und sitzt auf dem Stuhl, der ihm als Thron dient. Hinter seinem Kopf schimmern die prächtigen

Einlegearbeiten aus Gold und Elfenbein im Licht der Lampen. Das hier ist ganz klar eine offizielle Audienz. Nur Machaon, der umhergeht und weitere Lampen anzündet, scheint sich wohlzufühlen, andererseits verbringt er vermutlich viel Zeit in diesem Zimmer. Er hat wohl in diesen Tagen besseren Zugang zu Agamemnon als irgendeiner der Könige.

Odysseus legt die Hand aufs Herz und verbeugt sich tief. Kalchas kniet nieder und berührt Agamemnons Füße. Er spürt, wie sich die Zehen des mächtigen Mannes krümmen, und weiß, dass sich Odysseus und Machaon hinter seinem Rücken anblicken. Sie verachten die trojanische Art, einem Höhergestellten Ehre zu erweisen. Das gefällt ihnen nicht, diesen Griechen, sie halten es für ein Zeichen von Unterwürfigkeit; ihre eigene aufrechte Gestalt hingegen kennzeichnet sie ihrer Meinung nach als stattliche, ebenbürtige, unabhängige, kraftvolle Männer. Wie dumm sie sind. Kalchas tritt zurück in den Schatten und macht sich bereit, zuzuhören. Er ist sehr gespannt, was Odysseus zu sagen hat, aber niemand darf etwas sagen, bis Agamemnon gesprochen hat.

Während sie warten, schaut Kalchas sich im Zimmer um, seine Zunge zuckt hervor und befeuchtet die Lippen. Der Bronzespiegel, das fällt ihm auf, ist ein gutes Stück zur Seite geschoben und schwarz verhängt, wie es Spiegel oft sind, wenn vor Kurzem jemand gestorben ist. Diese Sitte rührt von dem Aberglauben her, dass Spiegel einen Durchgang bilden, durch den die Toten in die Welt der Sterblichen zurückkehren können. Agamemnon fürchtet sich also vor den Toten? Nun, da gibt es so einige Tote, vor denen er sich fürchten könnte – junge Männer, die ihr ganzes Leben noch vor sich hatten, finden sich nicht einfach so damit ab, in die Dunkelheit hinabzusteigen. Fürchtet er sich davor? Vor der Wut all der um ihr Leben betrogenen jungen Männer? Nein, wahrscheinlich nicht. Es ist wahrscheinlicher, dass er sich vor einem ganz bestimmten Mann fürchtet.

»Es wäre besser, ich wäre vor Troja gefallen, als so zu leben, wie ich jetzt lebe«, sagt Agamemnon. »Selbst Priamos schläft besser als ich.«

»Ja, aber du würdest ihm doch nicht etwa gern Gesellschaft leisten?«

Die Worte von Odysseus kommen mit einer misstönenden Fröhlichkeit heraus und tun Agamemnons offensichtliche Verzweiflung einfach ab. *Vorsicht*, denkt Kalchas.

»Ich träume schlecht«, fährt Agamemnon fort und wendet sich nun direkt an Kalchas, als wäre er der Einzige im Zimmer – und obwohl es schmeichelhaft ist, im Mittelpunkt der Aufmerksamkeit des Königs zu stehen, ist es auch gefährlich.

Kalchas sagt zögerlich: »Viele Leute scheinen derzeit schlechte Nächte zu haben. Vielleicht fragen wir uns alle, was wir getan haben, um die Götter zu kränken …«

Wir, sagt er, obwohl er bezweifelt, dass irgendjemand hier ihn als einen von »uns« betrachtet. Er hat Agamemnon einst verärgert, doch damals stand er unter dem Schutz von Achill. Damals hätte es niemand gewagt, Hand an ihn zu legen, nicht einmal die Könige, nicht einmal Agamemnon selbst. Doch jetzt liegt Achill unter der Erde, und Kalchas ist allein. Nervös beginnt er, Agamemnon vom Seeadler zu berichten, im Kampf mit einer gefährlichen Welle, unfähig, mit seiner Beute aufzusteigen, aber er erzählt die Geschichte schlecht. Seine Furcht führt dazu, dass er über die Worte stolpert, und lange bevor er seine Vermutungen darüber, was dieses Zeichen bedeuten könnte, vorsichtig zu Ende ausgeführt hat, winkt Agamemnon ab.

»Aber das wissen wir doch alles! Wir wissen, dass wir nicht fort können. Bei allen Göttern, Mann, erzählt mir etwas, das ich noch nicht weiß.«

»Nun«, sagt Kalchas, »ich habe die eine oder andere Idee, aber dafür werde ich Zeit brauchen und …« *Hör auf zu plappern.* »Habt Ihr vielleicht einen Gedanken dazu? Manchmal sprechen die Götter direkt zu einem König.«

»Nun, ich hatte viel Zeit zum Nachdenken, wo ich Nacht für Nacht hier liege und keinen Schlaf finde – und mein erster Gedanke war: Es liegt an *ihm.*«

Er deutet auf Machaon, der beunruhigt dreinschaut – und er hat allen Grund dazu –, doch Agamemnons Blick geht geradewegs durch ihn hindurch auf den abgehängten Spiegel. »Das Tuch ist vollkommen nutzlos«, sagt er. »Um *ihn* fernzuhalten, braucht man mehr als nur ein bisschen Stoff.«

»Wen meinst du denn?«, fragt Odysseus.

»Achill natürlich.«

Agamemnon spricht den Namen unwillig aus, und tatsächlich spürt Kalchas in diesem Augenblick eine Kälte im Raum: die Furcht vor dem Übernatürlichen, dem Unheimlichen … Oder ist es möglicherweise die Furcht vor dem Wahnsinn?

»Siehst du ihn noch immer?«, fragt Machaon.

Doch wie zuvor Odysseus, wählt er einen falschen Ton; er spricht mit der gut gelaunten »Wie geht's uns denn heute?«-Stimme eines erfahrenen Arztes. Als Erwiderung starrt Agamemnon ihn nur an, bis Machaon es vorzieht, seinen Blick abzuwenden.

Die Furcht hängt nun intensiv im Raum, so unverkennbar wie der Geruch von ranzigem Fett. »Wie oft erscheint er Euch?«, fragt Kalchas, doch er fragt es ehrerbietig. Er ist ein zu schlauer Fuchs, als dass er den gleichen Fehler machen würde wie Machaon. Und er kann nicht ausschließen, dass Achill dem Agamemnon tatsächlich erscheint.

»Jede Nacht.« Agamemnons Finger schießt vor und zeigt die genaue Stelle an. »Dort.«

»Sagt er etwas?«

Agamemnon schüttelt den Kopf.

»Was glaubt Ihr, wieso findet er keine Ruhe?«

»Nun, im Ruhen hat er sich ja nie besonders hervorgetan, oder?«, sagt Odysseus – gerade eben so, dass es nicht höhnisch klingt.

Und wieder ist es der falsche Tonfall – Odysseus, der sonst immer den richtigen Ton trifft. Heute hat er etwas beinahe Unbesonnenes an sich – als hätte er nach zehn langen Jahren, in denen er sich seinen Weg durch den Treibsand von Agamemnons Launen gesucht hat, die Fähigkeit dazu verloren. Aber es wäre besser, er nähme die Sache ernst, denn wie eingebildet die Erscheinungen von Achill auch immer sein mögen – die Macht Agamemnons hat nichts Eingebildetes an sich.

»Liegt das nicht auf der Hand?«, sagt Agamemnon. »Ich habe ihm zwanzig der schönsten Frauen von Troja versprochen – das stimmt doch, oder?« Er starrt Odysseus an, der widerstrebend nickt. »Nun, bisher hat er nach meiner Rechnung erst eine bekommen. Der Wind hat sich gedreht, nachdem Polyxena geopfert worden ist. Kaum eine Stunde später …«

»Ja«, stimmt Odysseus zu. »Ich war gerade erst an Bord gegangen.«

»Und? Glaubst du nicht, das war Achill, der gesagt hat: ›Wo bleiben die anderen neunzehn?‹«

Agamemnon lehnt sich in seinem Stuhl zurück und schließt die Augen. Einen Augenblick lang scheint er einzunicken. Vielleicht ist er wirklich krank. Er spricht nicht einmal ansatzweise mit der für ihn üblichen Autorität. Er spricht nicht einmal laut und deutlich. Von da, wo Kalchas steht, ganz hinten im Raum, kann er manche Worte kaum verstehen. Das ist das Ergebnis zu vieler einsamer, schlafloser Stunden, in denen Agamemnon sich mithilfe eines Fadens, der Bedeutung verspricht, durch ein Labyrinth der Furcht getastet hat. Natürlich ist es Unsinn – schlimmer noch als Unsinn, es ist Blasphemie. Als könnte irgendein Sterblicher die natürliche Ordnung der Dinge derart außer Kraft setzen. Nicht einmal der große Achill könnte das. Es ist ganz offensichtlich das Werk einer Gottheit. Aber wie kann Kalchas das sagen, ohne dass es den Eindruck erweckt, als widerspreche er Agamemnon, der noch immer vor sich hin zu dämmern scheint? Was, wenn er darauf besteht, dass noch weitere Mädchen am Grabmal des Achill geopfert werden müssen? Wenn er sagt, nur wenn er seine Versprechen ganz und gar erfülle, könne er hoffen, den unersättlichen Geist zu beschwichtigen? Wie kann man Agamemnon aufhalten? Kalchas weiß, dass er von den anderen beiden keine Hilfe bekommen wird. Odysseus denkt ausschließlich an seine eigenen Interessen, und Machaon kann sich mit seinen Prinzipien nicht durchsetzen, denn er hat keine Prinzipien. Sie sind beide rationale Männer und werden die Notwendigkeit weiterer menschlicher Opfer nicht gutheißen – aber sie werden ihnen zustimmen.

Kalchas schiebt Machaon zur Seite, kniet nieder und legt seine Hände um die Knie von Agamemnon – die Haltung eines Bittstellers.

»Was Ihr uns erzählt habt, ist zutiefst beunruhigend, Herr. Vielleicht erlaubt Ihr mir, ein oder zwei Tage darüber nachzudenken und zu beten. Ich muss die Zeichen überdenken. Möglicherweise handelt ein Gott durch den Geist von Achill. Wenn ich ein bisschen mehr Zeit bekommen könnte …«

»Ja, ja.« Agamemnon schlägt Kalchas' Hände fort. »Nehmt Euch so viel Zeit, wie Ihr wollt. Ich bin ohnehin nicht sicher, dass es Achill ist. Ich habe gesagt, er ist mir als Erstes in den Sinn gekommen. Wir wissen wohl alle, was hier tatsächlich vorgeht: Mein Bruder hat dieses verdammte Weib zurückgenommen. Tausende guter Männer sind tot, und das Einzige, woran er denken kann, ist, diese Hure zu vögeln. Wisst ihr, dass er Pyrrhos die Hand seiner Tochter angeboten hat? Dieses Mädchen war für *meinen* Sohn bestimmt! Vom Tage ihrer Geburt an.«

»Pyrrhos wird nicht annehmen«, sagt Odysseus.

»Natürlich wird er, verdammt – er wird nicht widerstehen können. Der undankbare kleine Scheißer.«

Verblüfft erhebt sich Kalchas und weicht zurück. Er wünscht, er könnte es wagen, einen Blick auf Odysseus zu werfen, aber es darf auf keinen Fall der Verdacht einer geheimen Absprache entstehen. Die Blicke Agamemnons huschen die ganze Zeit von einem Gesicht zum anderen. In einer solchen Gemütsverfassung beginnen Männer rasch, sich eine Verschwörung einzubilden, wo es keine gibt. Kalchas ist sich so sicher gewesen, dass Agamemnon Achill für die Misere verantwortlich macht … Jetzt hat er keine Ahnung mehr, worum es hier eigentlich geht.

Agamemnon steht abrupt auf und wendet sich erneut an Kalchas: »Wie auch immer, ich habe Euch noch aus einem anderen Grund holen lassen: Ihr sollt mich vermählen.«

»Euch *vermählen*?«

»Verdammt, Mann, war Eure Mutter ein Papagei? Ja, mich vermählen! Und ich will, dass ihr beiden«, er nickt zu Odysseus und Machaon hinüber, »Zeugen seid. Nun?« Er schaut vom einen zum anderen. »Kopf hoch, alle miteinander! Das soll schließlich ein freudiger Anlass sein.«

»Ja«, sagt Odysseus eilig, »freudig – fürwahr!«

Aus dem Nebenzimmer hört man es rascheln. Einen Augenblick später öffnet sich die Tür, und Kassandra tritt ein. Sie trägt eine lange blaue Tunika und hat silberne Bänder ins Haar geflochten. Ihr folgt eine untersetzte kleine Frau mit strohfarbenem Haar, offensichtlich ihre Zofe. Kassandra wirkt benommen. Die Priesterin des Apoll, vergewaltigt im Tempel der Athene – und die Griechen fragen sich noch, welche Gottheit sie beleidigt haben? Hier wären für den Anfang schon mal zwei.

»Nun, vorwärts!«, sagt Agamemnon. »Vermähle uns.«

Kalchas ist wie vor den Kopf geschlagen. Er nimmt das purpurne Band ab, das er um den Kopf geschlungen trägt, und legt es um die Handgelenke der beiden. Dann rezitiert er die vertrauten Gebete mechanisch, ohne dass er darüber nachdenken muss; sein Kopf ist vollkommen leer. Als er die beiden einander im Bund der Ehe übereignet, fällt ihm auf, dass Kassandra Blutergüsse an den Handgelenken hat – blaue Armbänder, farblich passend zu ihrem Gewand. Sie tauschen die Ehegelübde aus. Sie stockt bei ihren; Agamemnon spricht seine laut und klar, mit vollkommener Überzeugung, obwohl ihm klar sein muss, dass diese Ehe nicht rechtmäßig ist. Er hat bereits eine Ehefrau, und obwohl Könige eine unbeschränkte Anzahl an Konkubinen haben dürfen, ist es Sitte, dass sie nur eine Ehefrau haben. Von allem anderen abgesehen, sorgt das für eine klare Erbfolge, denn es ist stets der älteste Sohn der Königin, der seinem Vater auf dem Thron folgt. Es wird Kuchen und dazu ein starker Wein gereicht. Alle brechen Stücke vom Gebäck ab, tunken sie ein und essen. Der Kuchen von Kalchas wird zu einem Klumpen, der ihm in der Kehle stecken bleibt. Odysseus schluckt seine Portion mit Leichtigkeit hinunter; vermutlich würde er alles schlucken, was Agamemnon ihm vorsetzt. Und dann ist es vorüber, eine kurze, unangemessen beiläufige Zeremonie.

Während Kalchas den Vermählten das Band von den Händen nimmt, tut er etwas, wovon er sich geschworen hat, er würde es nie tun: Er schaut Kassandra mitten ins Gesicht. Die Augen einer Ziege starren ihn an; das gleiche funkelnde Gelb, der gleiche starre Blick eines Opfertiers – und dann geht der Moment vorüber und sie ist wieder ein Mädchen mit Verletzungen an den Handgelenken. Nun schaut er genauer hin und bemerkt an beiden Seiten ihres Mundes rote Narben, als hätte man sie auch geknebelt. Arme Kassandra! Ihr ganzes Leben lang ist sie auf die eine oder andere Art geknebelt gewesen – am wirkungsvollsten dadurch, dass ihr nie ein Mensch geglaubt hat. Aus dieser gottlosen, unrechtmäßigen Verbindung wird nichts Gutes erwachsen. Kalchas hofft nur, dass der Fluch, der dieser Verbindung folgen wird, ihn verschont. Er hat schließlich nur einen Befehl befolgt.

Odysseus bringt einen Trinkspruch aus. Agamemnon dankt ihm, und dann ist Machaon an der Reihe. Becher werden erhoben, Glückwünsche ausgesprochen und entgegengenommen.

»Und jetzt haut ab, alle miteinander«, sagt Agamemnon und winkt in Richtung Tür.

Während sie sich zurückziehen, sehen sie, wie er Kassandra bei der Hand nimmt und sie ins Nebenzimmer führt.

In der Halle atmet Machaon hörbar aus. »Was haltet Ihr davon?«

»Was ist in dem Zeug, das du ihm gibst?«, fragt Odysseus. »Er war ja im Halbschlaf.«

»Mit meinem Schlaftrunk ist alles in Ordnung. Man sollte ihn nur nicht zusammen mit starkem Wein zu sich nehmen.«

»Na klar, als ob er jemals nicht trinken würde!«

Machaon sagt: »Einen Augenblick habe ich da drinnen gedacht, er würde von weiteren Opferungen sprechen. Von Mädchen.«

»Das hat er auch!«, sagt Odysseus.

Kalchas fühlt sich in gleichem Maße beunruhigt und verärgert. Niemand scheint sich zu fragen, warum Achill, der, als er noch lebte, Agamemnon verachtet und nie freiwillig auch nur eine Stunde in seiner Gesellschaft verbracht hat, sich dafür entscheiden sollte, sein Nachleben damit zuzubringen, am Fuß von Agamemnons Bett zu stehen.

»Zu welchem Schluss seid Ihr gelangt?«, fragt Machaon.

Kalchas schüttelt nur den Kopf.

»Was ist mit Ajax dem Kleinen?«, fragt Machaon. »Er hat eine jungfräuliche Priesterin im Tempel einer jungfräulichen Gottheit vergewaltigt … steht er nicht ganz oben auf der Liste der möglichen Schuldigen?«

»Nee, er ist zu nützlich«, sagt Odysseus. »Wenn es zum Krieg mit Menelaos kommt, werden wir alle Verbündeten brauchen, die wir kriegen können.«

Krieg? Kalchas hat noch immer nichts gesagt, und er ist immer mehr davon überzeugt, dass Schweigen das Beste ist, was er tun kann. Manchmal liegt er nachts wach und zweifelt an seinem Glauben. In den dunkelsten Momenten hat er das Gefühl, dass sein ganzes Kopfzermartern über den Willen der Götter nichts weiter ist als Selbstbetrug. Erst jetzt, wo er dieses Gerede über mögliche Schuldige und die Erfordernis von Verbündeten hört, weiß er, dass es nicht stimmt. Ohne eitel zu sein, weiß er, dass er selbst eine andere Art Mensch ist. Kein besserer Mensch, das behauptet er nicht – aber anders. Er glaubt, dass irgendwo in alldem eine tiefere Wahrheit verborgen liegt, und er wird nicht eher ruhen können, bis er sie gefunden hat.

Er macht sich nicht erst die Mühe, seinen Sarkasmus zu verbergen. »Was wäre also am besten? Wem, Ihr Herren, soll ich Eurer Meinung nach die Schuld zuweisen?«

»Ich würde mich an Eurer Stelle an Achill halten«, sagt Machaon. »Der ist wenigstens tot.«

Odysseus verzieht das Gesicht. »Nein, ich würde mich für den ›undankbaren kleinen Scheißer‹ entscheiden.«

»Für Pyrrhos?«

»Warum nicht? Es sei denn, es hat Euch gefallen, seinen Fuß im Arsch zu spüren?«

Die beiden gehen lachend davon. Kalchas folgt ihnen langsamer und wappnet sich gegen den Wind. Die leichte Flaute, die oft in den letzten Stunden vor Beginn der Dämmerung herrscht, ist bereits vorüber. Als er auf die Veranda hinaustritt, blasen ihm boshafte kleine Windböen Sandkörner ins Gesicht.

Ich würde mich für den ›undankbaren kleinen Scheißer‹ entscheiden. Es sei denn, es hat Euch gefallen, seinen Fuß im Arsch zu spüren?

Gleich nach diesem Vorfall hat er sich mit dem Gedanken getröstet, nur sehr wenige Leute seien Zeugen des Vorfalls geworden. Mit ein bisschen Glück, so hat er gedacht, würde der Klatsch sich auf das Gelände von Pyrrhos beschränken – auch wenn es dort Tagesgespräch wäre. Doch nach den vielen Jahren, die er in diesem Heerlager verbracht hat, hätte er es besser wissen müssen, er hat es bereits geahnt: Dass niemand ihm gegenüber diese Angelegenheit erwähnt hat, bedeutet gar nichts. Alle haben hinter seinem Rücken über ihn gelacht. *Ignorier es.* Aber er kann es nicht ignorieren. Es nagt an ihm, Nacht für Nacht, wie eine Ratte in seinen Eingeweiden. Sein Ansehen, seine Ehre haben ernsthaften Schaden genommen, und in diesem Lager leben – und sterben – Männer für ihre Ehre. Das eigene Ansehen ist ungeheuer wichtig. Wenn die Männer zu glauben beginnen, sie könnten Kalchas mit Verachtung begegnen, dann ist das gefährlich. Es bedeutet nicht nur eine Herabsetzung für ihn; es ist eine Beleidigung des Gottes, dem er dient.

Kalchas blickt zu den Sternen hinauf. Der Wind veranstaltet verrückte Dinge, er lässt die Sterne wie Schwärme erscheinen, er lässt sie tanzen wie Glühwürmchen. Nach wenigen Sekunden ist ihm so schwindelig, dass er froh ist, wieder auf den Boden blicken zu können. Er würde gern mit jemandem reden, aber es gibt niemanden, dem er vertrauen kann. Hekabe? Ja, möglicherweise – obwohl ein Priester seinen Trost eigentlich einzig und allein im Glauben an seinen Gott finden sollte. So hat man es ihn im Apollotempel zu Troja gelehrt. Doch es hat bei ihm niemals wirklich funktioniert, selbst damals schon nicht. Er hat seinen Trost in den Armen von Fremden gefunden, nachts, in den Obstgärten des Priamos, unter den Bäumen. Er würde so gern einmal dorthin zurückkehren, ein einziges Mal nur, ehe er stirbt.

Aus einem naiven Impuls heraus versucht er zu beten; um Gnade zu bitten, obwohl er weiß, dass die Götter keine Gnade kennen – insbesondere nicht jener Gott, dem er dient.

Herr des Lichts, höre mich,
Sohn des Zeus, höre mich,
Bezwinger der Dunkelheit, höre mich …

Doch das seit Langem vertraute Bittgebet kann ihn nicht trösten. Er läuft immer weiter, damit er müde wird, dann erst will er zurück zur Hütte gehen, wo er alleine schläft und isst. Es wird jetzt heller, die Sterne beginnen zu verblassen, bis sich schließlich aus der wogenden grauen Masse der See die Sonne erhebt, so klein und hart und kalt wie ein Stein.

25

Aminas Tod veränderte alles. Wenn ich das heute sage, denke ich sofort: *Wie lächerlich!* Nein, das tat er nicht – er veränderte absolut gar nichts. In den ersten paar Tagen schien es, als wäre sie einfach in den Wellen versunken, unbemerkt, ohne auch nur eine Luftblase zu hinterlassen. Ich ging wie gewöhnlich in die Hütte der Frauen, doch ich hatte die ganze Zeit über das Gefühl, als würde da ein schlankes Gespenst um die Gruppe der Frauen herumhuschen. Wir saßen noch immer gemeinsam draußen, aber es waren keine glücklichen Zusammenkünfte. Eines Abends, ungefähr eine Woche nach Aminas Tod, schlug Helle vor, Musik zu machen. Wie immer riefen die Mädchen nach ihren Lieblingsliedern, doch an diesem Abend baten viele von ihnen um das Lied, das Amina gesungen hatte. Ich weiß nicht, weshalb dieses Lied so traurig ist. Es handelt von einem Mädchen, das in einen jungen Mann verliebt ist, eine Feier der Liebe ohne den Schatten der Trennung. Und trotzdem ist es traurig. Als die Musik verklang, saßen wir einen Augenblick schweigend da und dachten an Amina. Das eine oder andere Mädchen weinte ganz offen, und selbst Helle hatte verdächtig schimmernde Augen.

Ich schlief schlecht. Nach einer unruhigen Nacht stand ich auf und trat im Nachthemd auf die Veranda hinaus, nur eine Decke um die Schultern geworfen. Einige Krieger schauten neugierig zu mir hinüber, als sie auf ihrem Weg zum Übungsgelände vorbeigingen. Die Spiele waren mittlerweile in vollem Gange, die Atmosphäre angespannt, beinahe fiebrig vor Aufregung. Ich ging wieder hinein und stellte das Frühstück für Alkimos auf den Tisch. Das Bett war leer, aber die Decken waren zurückgeschlagen, also wusste ich, dass er darin geschlafen hatte. Er musste bereits vor Morgengrauen zum Übungsgelände aufgebrochen sein, wie er es dieser Tage oft tat. Als er nur wenige Minuten später hereinkam, sah ich, dass sein Haar von Schweiß klebte. Nachdem er eine Weile schweigend gegessen hatte, blickte er auf. »Es muss hier einsam für dich sein.«

»Einsam?«

»Nun, so ganz alleine …«

»Es ist ruhig, aber das ist in Ordnung. Es macht mir nichts aus.«

»Ich habe mich nur gefragt, ob du glücklicher wärst, wenn du mit den anderen Frauen zusammenleben würdest?«

Ja, dachte ich. *Und dann würde dort in dem Zimmer am Ende des Ganges eine andere Frau auf dich warten.* Denn er hatte andere Frauen, das wusste ich. So ist es bei allen griechischen Männern. Bei allen trojanischen Männern aber auch.

»Ich werde gehen, wenn es das ist, was Ihr wollt.« Ich hatte Angst, den Blick zu heben. »Aber es ist dort sehr überfüllt.«

»Tatsächlich?« Das wusste er natürlich nicht. Nur Pyrrhos durfte die Hütte der Frauen betreten. »Ich würde nicht wollen, dass du es unbequem hast.«

Ein Blick auf meinen Bauch, wo sich, wie als Antwort auf die Aufmerksamkeit, die es bekam, etwas regte, das sich anfühlte wie ein winziger Fuß. »Kommen die Spiele gut an?«

Sogleich strahlte er. Diese Spiele waren für die Soldaten der Ersatz für den Krieg. Manche Wettkämpfe waren bereits vorüber, für andere wurde noch intensiv trainiert. Die Vorbereitungen liefen gut, obwohl die Männer manchmal von ihrer Begeisterung mitgerissen wurden. Ein junger Schwachkopf hatte gerade einem der besten Ringer die Schulter ausgekugelt – in einer Trainingsrunde! Aber zumindest schien jedermann eines zu begreifen: Wenn sie wollten, dass die Spiele fortgesetzt wurden, mussten sie damit aufhören, sich jedes Mal, wenn sie verloren, gegenseitig die Köpfe einzuschlagen.

Ich hörte zu und bewunderte und war mitfühlend, und am Ende der Mahlzeit schien Alkimos glücklich zu sein. Ich verabschiedete ihn, als er wieder zum Übungsgelände aufbrach, und dann stand ich da und schloss die Augen. Er hatte recht, ich war tatsächlich zu viel allein. Die Besuche in der Hütte der Frauen halfen überhaupt nicht, denn dort verließen sich alle auf mich. Ich musste bei jedem Wort, jedem Gesichtsausdruck aufpassen, denn ich durfte niemals niedergeschlagen oder traurig oder verängstigt erscheinen. Es machte mir nichts aus, ich akzeptierte das alles, aber es bedeutete, dass ich niemals ich selbst sein konnte.

Ritsa, dachte ich. *Ich muss Ritsa sehen.* Doch bevor ich mir gestatten konnte, sie zu besuchen, gab es einen anderen, bereits überfälligen Besuch, den ich machen musste.

Nachdem ich Hekabe von Aminas Tod erzählt hatte, schwieg sie lange Zeit. Es war einer ihrer schlechteren Tage. Wie sie dort saß, sah sie aus wie eine alte, fleckige Spinne.

»Selbstmord?«

»Manche Leute scheinen das zu glauben.«

»Aber du glaubst es nicht?«

»Ich versuche, überhaupt nicht zu denken.«

Sie schaukelte ein bisschen vor und zurück. Die Neuigkeiten erschütterten sie stärker, als ich angenommen hatte.

»Sie war eine Freundin von Polyxena, weißt du?«

»Nein, das habe ich nicht gewusst.«

»Sie waren bloß zwei Monate auseinander.« Ihre Hände waren ständig in Bewegung, sie fältelten den Saum ihrer Tunika und strichen ihn wieder glatt. »Ach … ein trauriges Ende für ein so junges Leben.«

Die arme Frau. Sie hatte so viele traurige Enden so vieler junger Leben mit angesehen. Ich konnte mir nicht vorstellen, wie es sein musste, seine Söhne und Enkel zu überleben – und dann, wenn man dachte, es könnte nichts Schlimmeres mehr kommen, auch noch seine jüngste Tochter zu verlieren. Was blieb ihr außer Trauer, Zorn und heftigen Rachegelüsten? Rachegelüste, von denen sie nicht im Geringsten hoffen durfte, sie je befriedigen zu können.

Sie schaute mich an, und ihr Blick war so scharf wie eh und je.

»Was, glaubst du, ist passiert?«

»Ich glaube, Pyrrhos hat sie umgebracht. Aber ich weiß nicht, warum – er hätte es nicht tun müssen.«

»Noch etwas, wofür wir ihm dankbar sein müssen.«

Ich wusste nicht, was ich dazu sagen sollte. Pyrrhos, der Sohn des Achill, der Halbbruder meines Kindes. Der Feind. Ein noch krasserer Gegensatz war nicht möglich.

Nach einer Pause sagte Hekabe: »Kalchas hat mich besucht. Er war noch nicht lange fort, als du gekommen bist.«

»Was wollte er denn?«

»Was für eine Frage.«

Sie zwinkerte mir zu.

»Nein, er ist gekommen, um mir zu sagen, dass er Kassandra verheiratet hat.«

Ich erinnerte mich wieder an Kassandra, an ihre Raserei, als sie Fackeln hoch über dem Kopf herumwirbelte und ihre Mutter und ihre Schwestern aufforderte, auf ihrer Hochzeit zu tanzen. Ich dachte an ihre felsenfeste Überzeugung, dass ihre Hochzeit mit Agamemnon auf direktem Wege zu seinem Tod führen würde.

Hekabe schüttelte den Kopf. »Ich hätte nie gedacht, dass er das tun würde. Natürlich konnte ich sehen, dass er regelrecht besessen von ihr war, aber ich habe nicht geglaubt, dass er sie tatsächlich heiraten würde. Er hat doch schon eine Ehefrau!«

»Offenbar schenkt er ihren Prophezeiungen keinen Glauben.«

»Offenbar nicht.«

»Tut Ihr es denn?«

Hekabe rutschte unbehaglich herum. »Ich glaube, viele ihrer Prophezeiungen sind vollkommen wahllos. Die Leute haben immer gesagt, Apoll würde durch Kassandra sprechen. Ich konnte das nie erkennen. Ich glaube, sie hat einfach Dinge erfunden, die ihr dienlich sind. Wie auch immer, es ist nicht von Bedeutung, was ich denke. Ich muss sie sehen.«

»Nun, das wird nicht leicht«, sagte ich. »Ich habe eine Weile auf dem Gelände von Agamemnon gelebt – man durfte kaum die Hütte verlassen.«

»Ja, aber das gilt für Sklavinnen. Jetzt ist sie verheiratet – er kann seine Frau nicht einfach wegsperren.«

Ich war der Meinung, das könne er sehr wohl, aber ich begriff, wie sehr sie darauf hoffte, Kassandra zu sehen, also sagte ich natürlich: »Ich werde es versuchen.«

Sie wollte etwas sagen, aber ihre Gefühle überwältigten sie, und so drückte sie mir stattdessen nur die Hand.

»War das alles, was er wollte? Euch über Kassandra berichten?«

Was diese Besuche anging, war ich neugierig. Ich konnte nicht erkennen, was Kalchas sich davon versprach. Nach einer Pause sagte Hekabe schließlich: »Nein, er hat mir auch Fragen über die Zeit gestellt, als Priamos bei Achill um Hektors Leichnam gebeten hat.«

»Ich frage mich, wieso ihn das interessiert.«

»Nun, er wird seine Gründe haben.« Jetzt war sie in Gedanken versunken, in Erinnerungen. »Ich wollte nicht, dass Priamos geht, ich habe ihn angefleht, nicht zu gehen. Ich war mir sicher, Achill würde ihn töten – ich dachte ehrlich, er würde keine fünf Minuten überleben, sobald er die Tore zum Lager durchquert hatte –, aber er sagte nur: ›Ich muss es versuchen. Achill ist kein Wolf, er ist ein Mensch – und wenn er ein Mensch ist, dann können wir miteinander sprechen.‹ *Sprechen?* Ich hätte nicht mit ihm gesprochen. Ich hätte ihm mit den Zähnen die Kehle herausgerissen, ehe ich mit ihm *gesprochen* hätte. Er hat meinen Sohn umgebracht. Und das hat ihm nicht gereicht, nein, er musste ihn um die Mauern der Stadt schleifen, ihn vor den Augen aller Welt in Stücke reißen – ihn zu töten war ihm nicht genug.«

»Ich hoffe, Ihr habt das nicht mit angesehen?«

»Nein, Priamos hat dafür gesorgt, dass man mich wegführte. Doch er hat es gesehen, er hat alles mit angesehen – und trotzdem hat er sich aufgemacht, um mit Achill zu sprechen. Nichts, was ich sagte, konnte ihn davon abhalten.« Ihre Finger waren wieder mit dem Saum ihrer Tunika beschäftigt. Ich betrachtete ihre Hände, weil ich es nicht ertrug, ihr ins Gesicht zu schauen, während sie weitersprach. »Ich folgte ihm in die Schatzkammer: Fackellicht, nur wir beide, keiner vom Gefolge, also konnte ich sagen, was ich wirklich dachte. Er hielt den Thrakischen Pokal in den Händen. Den liebte er über alles, es ist ein herrliches Stück, wirklich, aber es war ganz gleich, er wurde trotzdem Teil des Lösegelds für Hektor. Ich sagte ihm, er sei ein Narr. Ich sagte ihm, Achill hätte nicht mehr Mitgefühl als ein toller Hund, doch er wollte nicht hören. Schließlich gab ich auf. Ich wollte, dass er gebührend verabschiedet wurde, denn ich glaubte nicht, dass ich ihn je wiedersehen würde. Ich reichte ihm den Abschiedstrunk.« Sie lachte. »Priamos saß auf einem Karren und trug eine schäbige alte Tunika – und ich war der Meinung, nie habe er königlicher gewirkt als in diesem Augenblick. Ich betete zu Zeus, er möge auf ihn achtgeben. Er küsste mich und wollte gerade losfahren, da sagte er: ›Schau!‹ Und da flogen zwei Adler über dem Palast. Zwei Adler zusammen, das sieht man nie. Er sagte, das sei ein gutes Omen, und natürlich stimmte ich ihm zu. *Ich* sah das nicht als gutes Omen an. Aber da sieht man's mal wieder: Ich hatte unrecht! Er hat Hektors Leichnam zurückgebracht, und es war wie ein Wunder. Die ganzen furchtbaren Verletzungen – alle verschwunden. Er sah aus, als würde er schlafen.« Sie schwieg einen Augenblick und verlor sich in ihren Erinnerungen. »Als wir ihn aus dem Leintuch wickelten, fanden wir frische Kräuter zwischen den Lagen. Es muss sie jemand hineingelegt haben.«

»Das war ich.«

»So?« Sie lächelte. »Das habe ich mir gedacht.«

Danach saßen wir weiter da und schwiegen. Ich überredete sie, ein bisschen Wein zu trinken.

»Kalchas wollte wissen, was Priamos gesagt hat, als er zurückkam. Ich sagte ihm, er solle Kassandra fragen. Sie ist hinausgerannt, um ihn zu begrüßen. Ich war zu sehr damit beschäftigt, um meinen Sohn zu trauern.«

In diesen Worten klang viel Verbitterung durch – und vielleicht auch ein bisschen Eifersucht. Kassandra hatte Priamos offenbar sehr nahegestanden. Ich tätschelte Hekabe den Arm und stand auf. »Sobald ich kann, werde ich gehen und sie besuchen.«

Draußen hatte eben ein Ringkampf begonnen. Eine große Menge schaute zu, wie die zwei Männer sich auf dem Kampfplatz umkreisten und einander abschätzten. Ihre geölten Leiber glänzten im bronzenen Licht. Jedermann wartete gespannt auf den Angriff, doch die Kontrahenten umkreisten einander wieder und wieder. »Los, verdammt, nun macht schon!«, brüllte jemand. Die Männer um ihn herum lachten, doch ein paar andere Stimmen schrien: »Halt die Fresse, verdammt!«

Die Ringer auf dem Platz stürzten aufeinander los und rissen sich gegenseitig zu Boden.

26

Kassandra und ich hatten einen schlechten Start, doch es war weder ihre Schuld noch meine.

Eine Magd öffnete die Tür und führte mich durch die Hütte in die Wohngemächer. Kassandra saß auf einem geschnitzten Lehnstuhl und spann Wolle. Als sie aufstand und sich umwandte, um mich zu begrüßen, erblickte ich ihre Halskette: fünf feurige Opale, eingefasst in Silber. Ich war so bestürzt, dass ich kein Wort herausbrachte – doch ich glaube nicht, dass ich mich irgendwie verriet. Die Halskette hatte meiner Mutter gehört: Mein Vater hatte sie ihr am Tag ihrer Hochzeit als Brautgeschenk überreicht. Nach der Eroberung von Lyrnessos war sie als sein Anteil am Beutegut an Agamemnon gefallen. Nun hatte er sie offenbar Kassandra am Tag *ihrer* Hochzeit als Brautgeschenk überreicht. Als sie den Kopf bewegte, erwachte das Feuer in den milchigen Steinen zum Leben. Ich konnte den Blick nicht von ihnen abwenden. Kassandra hob die Hand zur Kette, aber sie schien die Richtung meines Blicks misszuverstehen.

»Ja, ich weiß«, sagte sie. »Sieht schlimm aus, was?«

Ich war verwirrt, bis ich begriff, dass sie sich auf die Wunden an ihren Handgelenken bezog, die von den Fesseln stammten.

»Die Leute scheinen zu glauben, ich wäre um mich tretend und schreiend in Agamemnons Bett gezerrt worden, aber so war es ganz und gar nicht.« Sie blickte mich mit ihren erstaunlichen gelben Augen an. »Ich bin aus freien Stücken mitgegangen. Weil ich wusste: Je schneller es geschieht, desto eher ist er tot.«

»Habt Ihr ihm das etwa gesagt?«

»Nein, das konnte ich nicht, sie hatten mich geknebelt. Es hätte ohnehin keinen Unterschied gemacht. Mir glaubt nie jemand.« Während sie sprach, legte sie Zuckerwerk auf einer Servierplatte aus. Nachdem sie das zu ihrer Zufriedenheit erledigt hatte, blickte sie auf. »Seine Frau bringt uns um, weißt du?«

»Tatsächlich?«

»Und ich finde, sie hat allen Grund dazu … Man kann ihr keinen Vorwurf machen. Weißt du, was er getan hat?«

Ich wollte gerade Ja sagen, doch Kassandra ignorierte mich und sprach weiter.

»Er hat ihre gemeinsame Tochter geopfert. Er hat seine Frau reingelegt: Er hat ihr erzählt, ihre Tochter würde mit Achill vermählt werden. Das wäre eine hervorragende Partie gewesen, also trafen die Frauen zu Hause alle möglichen Vorbereitungen und nähten Festkleidung, und dann machten sie sich auf den Weg zum Heerlager in Aulis. Dort wurde das Mädchen aber auf dem Altar der Artemis geopfert, um den richtigen Wind für die Flotte zu bekommen, damit die Griechen gen Troja segeln konnten.« Sie lächelte, und einen Augenblick sah ich eine Ähnlichkeit mit Hekabe. »Ich würde den Dreckskerl auch umbringen, du nicht?«

»Doch.«

»Da bin ich froh, dass wir der gleichen Meinung sind. Ich wusste, das würden wir sein.«

Jemandem wie Kassandra war ich noch nie begegnet. Eine solch merkwürdige Mischung aus kindlichen und schreckenerregenden Wesenszügen! Ich war unsicher, was ich entgegnen sollte.

Sie bot mir die Servierplatte mit Zuckerwerk an. »Probier mal davon, das ist wirklich gut.«

Ich nahm ein Stück, und dann setzten wir uns hin, den Mund voll von einer klebrigen Mischung, die das Sprechen beinahe unmöglich machte. Als sie es endlich schaffte, die Kiefer auseinanderzubekommen, sagte sie: »Ich glaube, meine Familie hat Grund, dir dankbar zu sein.«

Ich schüttelte nur den Kopf.

»Du hast versucht, meinen Vater zu bestatten?«

»Das war nicht ich, das war Amina«, sagte ich ausdruckslos. »Und sie hat dafür bezahlt.« Ich wollte keinen Dank für eine Sache, in die ich lediglich hineingezogen worden war.

Wir plauderten eine Weile, während sie den Wein mischte. Es lag etwas Merkwürdiges in der ganzen Begegnung, und ich brauchte eine Weile, um herauszufinden, was es war: Kassandra schien keine Erinnerung an unser voriges Treffen zu haben. Vielleicht war es das Wesen der Raserei, dass sie sich an nichts erinnern konnte, was sie während eines Anfalls gesagt oder getan hatte – oder sie erinnerte sich sehr wohl, hatte sich aber entschieden, nicht darüber zu sprechen.

Sie reichte mir einen Becher Wein. »Ich vermute, du hast meine Mutter gesehen?«

»Ja, mehrmals.« Es wäre nur natürlich gewesen, wenn sie nun gefragt hätte, wie es ihrer Mutter ging, aber das tat sie nicht. Ich sagte zögerlich: »Ich bin sicher, sie würde Euch gerne sehen.«

»Ich bin sicher, das würde sie.«

»Nun, und warum …?«

»Die Zeit dafür ist noch nicht gekommen. Ich werde sie besuchen; ich verlasse sie nicht, ohne mich zu verabschieden, aber noch ist es nicht so weit.«

»Weshalb ist das alles so schwierig?«

Ich erwartete nicht, dass sie antworten würde. Kaum hatte ich die Frage ausgesprochen, da bereute ich schon, dass ich sie überhaupt gestellt hatte – und so war ich überrascht, als Kassandra ohne Zögern darauf einging. »Zu Anfang war es nicht schwierig. Nicht, bis Helena kam – erst da begann alles aus dem Ruder zu laufen. Ich sah, wie sie durchs Tor in die Stadt einzogen, weißt du, Paris und Helena. Ich sah, wie mein Vater sie willkommen hieß, und ich wusste, ich *wusste*, was passieren würde. Es war keine vage Vorahnung oder etwas in dieser Art – *ich sah das brennende Troja*. Also zerkratzte ich Helena das Gesicht. Ich dachte, wenn ich verhindern könnte, dass sie schön ist, und sei es nur für wenige Tage, dann würde Paris zur Besinnung kommen und auch mein Vater und alle anderen. Sie würden sie zurück zu ihrem Ehemann schicken, wo sie hingehörte. Stattdessen wurde *ich* fortgeschickt – und damit fing alles an. Offenbar griff ich jeden an, der in meine Nähe kam. Meine Mutter kam zu mir und versuchte, mich zu beruhigen, und auch sie griff ich an. Also sperrten sie mich weg. Sie mussten das Essen in mich hineinzwängen, ich wollte nicht essen, ich wollte keine großen, wabbeligen, dicken Titten wie Helena. Es gab Frauen, die auf mich aufpassten – eigentlich waren es Wachen, aber sie durften mich nicht schlagen. Das mussten sie auch nicht, das tat Hekabe. Mit einer Haarbürste. Ich habe immer geglaubt, dass sie mich hasst, weil ich der einzige Makel in ihrer perfekten Familie war.

Ich erholte mich, aber als ich nach Hause kam, drehte sich alles, wirklich alles, um Helena. Paris war vollkommen vernarrt in sie, um Hektor stand es nicht viel besser, und selbst meinen Vater konnte sie manipulieren. Man sprach davon, mich zu verheiraten; ich glaube, sie hatten sogar schon einen armen Trottel ins Auge gefasst, aber dann trat es wieder auf. Und dann noch einmal. Mit der Zeit war klar, dass niemand mich heiraten würde. Selbst wenn man zum Schwiegersohn von König Priamos wurde, machte das den Makel des Wahnsinns nicht wett. Wer möchte so etwas schon in der Familie haben? Daher beschloss Hekabe, dass ich Priesterin werden sollte – eine jungfräuliche Priesterin. Priamos stimmte zu, er stimmte beinahe allem, was sie sagte, zu, und ich wurde fortgeschickt zum Tempel.«

»Wie alt wart Ihr da?«

»Vierzehn.«

»Ihr müsst Eure Familie vermisst haben.«

»Eigentlich nicht. Meine Mutter ganz sicher nicht! Meinen Vater habe ich allerdings vermisst, und Helenos. Nach Hekabes Auffassung war das Problem damit gelöst. Wenn nun Anfälle von Wahnsinn auftraten, konnte sie sagen, es sei ein Zustand der Ekstase und von Apoll gesandt. Sehr viel ehrenwerter. Wenn ich religiös gewesen wäre, hätte es die Dinge erleichtert, aber das war ich nicht – damals jedenfalls nicht. Du wirst die Geschichte sicher kennen? Wie Apoll mich geküsst und mir die Gabe der Weissagung verliehen hat und mir dann, als ich mich weigerte, mit ihm zu schlafen, in den Mund gespuckt hat und dafür sorgte, dass mir niemand Glauben schenken würde?«

»Diese Geschichte habe ich gehört. Ist sie wahr?«

»Natürlich ist sie wahr.«

Ich begann, mich innerlich dagegen aufzulehnen, die Zuhörerschaft für einen endlosen Monolog der Selbstrechtfertigung zu sein. »Ich bin nicht einmal sicher, ob ich weiß, was Weissagung überhaupt bedeutet.«

»Nun, nehmen wir mal ein ganz einfaches Beispiel … Ich habe mich seit dem Aufstehen nicht aus diesem Stuhl wegbewegt, ich habe nicht zur Tür hinausgeschaut, aber ich sah, wie du den Strand entlanggegangen bist, und ich wusste: Du kommst hierher.«

»Hmm.«

»Du klingst nicht überzeugt?«

»Nun – ich bin gekommen, um Euch eine Frage zu stellen, und ich wusste die Antwort schon, ehe ich herkam. Ist das Weissagung?«

»Nein, das ist bloß Intelligenz.« Sie schaute mich aufmerksam an und sah mich, glaube ich, zum ersten Mal wirklich. »Du beobachtest die Menschen, nicht wahr?«

»Schaut, sie ist Eure Mutter. Ihr seid gerade vermählt worden – wäre es wirklich so schwierig, ein paar Hundert Schritt zu laufen?«

»Du machst dir keine Vorstellung, wie schwierig es wäre.«

Ich erhaschte einen flüchtigen Blick auf die Wahrheit über Kassandra. Wie Athene, die in voller Rüstung dem Kopf ihres Vaters entsprungen war, verdankte sie ihr Leben nichts, das sich zwischen den Beinen einer Frau abgespielt hatte. Also konnte Hekabe als bedeutungslos abgetan werden. Kassandra war – zumindest in dieser Hinsicht – das genaue Gegenteil von mir.

Wie auch immer, ich hatte meine Antwort bekommen und stellte den Becher ab, den ich kaum angerührt hatte. Ich wollte gerade aufstehen, da klopfte es an der Haustür.

Kassandra legte mir die Hand auf den Arm, um mich zurückzuhalten. »Geh noch nicht. Das wird Kalchas sein – und er wird ebenso sehr mit dir reden wollen wie mit mir.«

Ich hörte, wie die Magd ihn einließ. »Ich kann mir nicht vorstellen, worüber er mit *mir* reden will.«

»Wirklich nicht? Wo du doch ein so kluges Mädchen bist. Ich hätte gedacht, das wäre mittlerweile offensichtlich.«

Als Kalchas den Raum betrat, roch ich die salzige Luft auf seiner Haut und auch den weniger angenehmen Geruch der weißen Schminke, mit der sein Gesicht bedeckt war. Er trug seine Priestergewänder und einen Stab, verziert mit scharlachroten Bändern. Eine Achtungsbezeugung vor Kassandras neuer Rolle als Agamemnons Ehefrau? Oder eine sichtbare Erinnerung an ihre gemeinsame Rolle als Priester des Apoll? Sie waren im selben Tempel ausgebildet worden, hatten sogar im selben kleinen Kämmerchen geschlafen; doch viele Jahre hatten dazwischengelegen – Kalchas musste gut fünfzehn Jahre älter sein. Aber diese Erfahrung hatten sie gemeinsam. Er grüßte Kassandra und nickte mir kurz zu. Nachdem er Platz genommen und Kassandra ihm Wein eingeschenkt hatte, begannen sie, ohne sich um meine Anwesenheit zu kümmern, Erinnerungen über den Priester auszutauschen, der sie beide ausgebildet hatte, und dann sprachen sie – mit deutlich größerer Zuneigung, fand ich – über die Raben, die auf dem Gelände des Tempels gehalten wurden und nicht davonfliegen konnten, weil man ihnen die Schwungfedern gestutzt hatte. Diese Vögel waren die Gefährten ihrer Kindheit gewesen, ihre Freunde – und es waren dieselben Vögel gewesen, denn Raben leben in Gefangenschaft sehr lange. Sie alle hatten einen Namen, ihren eigenen Charakter und beherrschten kleine Tricks. Während ich zuhörte, nahm in meinem Geist eine Vorstellung Gestalt an von zwei sehr einsamen Kindern, beide von daheim fortgeschickt, ehe sie wirklich bereit gewesen waren, ihr Zuhause zu verlassen. Es lag etwas unglaublich Berührendes darin, und es veränderte meine Einstellung zu den beiden, insbesondere zu Kalchas, der mir immer ein bisschen wie ein Schwindler erschienen war. Nun war ich mir da nicht mehr so sicher.

Nach einer kurzen Pause – Kalchas widmete seine Aufmerksamkeit dem Zuckerwerk und verleibte es sich mit überraschender Geschwindigkeit ein – begann er, über den Besuch des Priamos bei Achill zu sprechen, über die Nacht, in der er ins griechische Lager gekommen war und Achill um die Herausgabe von Hektors Leichnam gebeten hatte. »Ich glaube«, wandte er sich an Kassandra, »du hast mit ihm gesprochen, als er zurückkehrte.«

»Ja«, sagte Kassandra. »Ich hatte die ganze Nacht auf den Festungsmauern verbracht. Ich konnte rein gar nichts sehen, und auch als es zu dämmern begann, konnte ich noch immer nichts erkennen, denn es herrschte dichter Nebel. Doch dann war er plötzlich da, er fuhr diesen klapprigen alten Karren. Ich lief ihm entgegen, ich zwang die Wachen, mir die Tore zu öffnen, und dann kletterte ich neben ihm auf den Sitz und wir fuhren gemeinsam in die Stadt ein.«

»Im Triumph«, sagte Kalchas.

»Wohl kaum«, fuhr Kassandra ihn an. »Wir hatten den Leichnam meines Bruders hinten auf dem Wagen.«

Kalchas verneigte sich leicht, möglicherweise als Entschuldigung für seine Taktlosigkeit. »Hat Priamos von Achill gesprochen? Ich meine, hat er erzählt, wie Achill ihn empfangen hat?«

»Oh, er war voll des Lobes. Er sagte, Achill sei neben dem Karren hergegangen und habe ihn sicher aus dem Heerlager hinausgeleitet. Offenbar war das Letzte, was Achill sagte: ›Wenn Troja fällt, versucht, mir eine Nachricht zukommen zu lassen – und wenn ich kann, werde ich kommen.‹ Und Priamos sagte: ›Wenn Troja fällt, wirst du im Hades bei den Toten sein.‹ Achill lachte nur und sagte darauf: ›Nun, dann werde ich wohl nicht kommen, was? Egal, wie viele Nachrichten Ihr sendet.‹«

Bis jetzt hatte ich nichts von dieser letzten Unterhaltung gewusst, doch ich hörte Achill diesen Satz sagen – und ich hörte ihn lachen.

Kalchas wandte sich an mich. »Hekabe sagt, du wärst in jener Nacht dabei gewesen?«

»Ja, ich war dort. Doch bevor ich irgendwelche Fragen beantworte, würde ich gerne wissen, wohin das alles hier führen soll.«

Sah Kalchas leicht verblüfft aus? Hinter der weißen Maske war sein Gesichtsausdruck schwer zu lesen.

»Ich habe mit Hekabe gesprochen«, sagte er. »Und sie hat mir erzählt, wie Priamos gestorben ist. Sie war dabei, wisst ihr das? Sie hat alles mit angesehen. Sie sagte, ein Schwein würde man nicht so töten, wie Pyrrhos den Priamos getötet hat.«

»Ich weiß. Aber Priamos war bewaffnet; er war bereit zum Kampf, und er ist sicher lieber auf diese Weise gestorben, als vor Agamemnon auf die Knie gezwungen zu werden.«

»Ja, das stimmt – aber zornig bin ich trotzdem. Er war alt und konnte sich in seiner Rüstung kaum aufrecht halten; und Pyrrhos hat ihn dahingemetzelt. Und der Mann, der das getan hat, wird als Held bejubelt! Er ist kein Held, er ist ein grausamer kleiner *Rüpel.* Und man kann viel Schlechtes über Achill sagen – aber ein Rüpel ist er nie gewesen.«

Ich sah seinen Groll. Es ließ sich kaum vermeiden; der Groll sprengte die Farbe auf seinem Gesicht und ließ sie abbröckeln – und in diesem Augenblick vergaß ich meine tief sitzende Abneigung gegen Kassandra, zumindest schob ich sie zur Seite; ich vergaß meinen Verdacht, Kalchas würde seine Prophezeiungen so zurechtbiegen, dass sie ihm zu seinem eigenen Vorteil gereichten. Wir waren einfach drei Trojaner, die in einem Raum im Herzen des feindlichen Lagers miteinander sprachen.

»Schau«, sagte Kalchas, »den Punkt, den wir klären müssen, lautet: Wie war die Beziehung zwischen Achill und Priamos beschaffen? Denn es ist gut möglich, dass sie einfach nur einen Handel miteinander geschlossen haben: ›Hier ist das Lösegeld, überprüft es nur.‹ – ›In Ordnung, das reicht, hier ist der Leichnam.‹ Damit wäre alles erledigt. Doch wenn es mehr war als das, wenn Achill Priamos als seinen Gast aufgenommen hat, dann ist eine Verbindung zwischen ihnen entstanden. Eine heilige Gastfreundschaft. Und dann wäre es eine vollkommen andere Situation, denn es verstößt gegen das Gesetz, einen Gastfreund zu töten. Selbst wenn man im Krieg auf unterschiedlichen Seiten steht, selbst wenn man einander auf dem Schlachtfeld begegnet: Einen Gastfreund darf man nicht töten. Und wenn ein solcher Bund einmal zustande gekommen ist, geht er vom Vater auf den Sohn über. Falls also Achill und Priamos tatsächlich Gastfreunde waren, dann sind auch Pyrrhos und Priamos Gastfreunde gewesen. Und das macht den Tod des Priamos zu …«

» … Mord«, sagte Kassandra.

Ich schaute auf und sah, dass sie mich mit ihren funkelnden Augen anstarrte.

»Begreifst du nun, warum es wichtig ist, die Fragen von Kalchas zu beantworten?«

Ich nickte, ließ mir einen Augenblick Zeit, um meine Gedanken zu ordnen, und begann ihnen die Geschichte jenes Abends zu erzählen. Doch noch während ich sprach, kam mir etwas anderes, viel Komplizierteres wieder ins Bewusstsein. Die Nacht war die wichtigste meines Lebens gewesen, in jener Nacht hatte sich alles geändert. Zuerst war da der Schock gewesen, Priamos zu sehen, allein und schutzlos inmitten seiner Feinde. Und darauf war die schwindelerregende Erkenntnis gefolgt, welche Möglichkeit sich mir hier bot. Ich bat Priamos, mich mitzunehmen, wenn er wieder fortfuhr, ich flehte ihn an, aber er lehnte es kategorisch ab. Er sagte, der Krieg habe damit begonnen, dass sein Sohn Paris die Gesetze der Gastfreundschaft missachtet und die Frau des Menelaos, Helena, verführt (einige sagten: vergewaltigt) hatte. Er werde Achills Gastfreundschaft auf keinen Fall missbrauchen, indem er ihm seine Frau stahl. Da hatte ich meine Antwort – aber ich konnte und wollte sie nicht akzeptieren. Ich verbarg mich neben dem Leichnam von Hektor auf dem Karren, als er zu den Toren rollte. Die ganze Zeit über war ich mir bewusst, dass Achill neben dem Wagen herging, nur ein paar Fuß entfernt. Und dann …

Und dann überlegte ich es mir anders. War es wirklich sinnvoll, in Troja Schutz zu suchen, wenn alle, einschließlich Priamos, wussten, dass der Krieg so gut wie verloren war? War es sinnvoll, die Plünderung einer weiteren Stadt zu ertragen, eine zweite Versklavung? Ich brach meinen Fluchtversuch ab und kehrte in die Halle und das Bett von Achill zurück. Und ich glaube – obwohl das etwas ist, dessen sich keine Frau je sicher sein kann –, in jener Nacht wurde mein Kind empfangen.

Kalchas brauchte von alldem nichts zu erfahren; ich interessierte ihn nur als Zeugin. Also berichtete ich ihm als Zeugin von genau den Dingen, über die er etwas wissen wollte, nicht mehr und nicht weniger.

»Wir hatten das große Mahl in der Halle eben beendet, als jemand hereinkam. Ich blickte auf und sah, dass es Priamos war. Er trug die Kleidung eines einfachen Bauern, doch ich erkannte ihn sofort. Achill erkannte ihn nicht, er war Priamos nie begegnet, und dann, als er begriff, wer er war, wurde er zornig. Er sagte: ›Wie zur Hölle bist du hereingekommen?‹ Priamos sagte so etwas wie: ›Ein Gott hat mich geleitet‹, und das machte Achill noch zorniger. Er beschuldigte Priamos, er hätte die Wachen bestochen. Mittlerweile hatten auch alle anderen begriffen, wer er war. Sie versammelten sich um die beiden, und Achill wies sie an, ihnen Platz zu machen. Priamos kniete sich vor Achill nieder und umfasste seine Knie. Er sagte: ›Ich tue, was noch kein Mann vor mir getan hat: Ich küsse die Hände des Mannes, der meinen Sohn getötet hat.‹«

Ich blickte von Kalchas zu Kassandra und fragte mich, ob einer von ihnen den Schock und die Macht dieses Augenblicks ermessen konnte.

»Achill hätte Priamos jederzeit töten können – doch er beschloss, es nicht zu tun. Stattdessen lud er ihn ein, durch die Halle mit in seine Privatgemächer zu kommen. Oh, und ich erinnere mich, dass er sich eine schlichte Tunika anzog, denn Priamos war ja ganz bäuerlich gekleidet. Sie setzten sich nieder und aßen gemeinsam. Priamos hatte nicht einmal ein Messer bei sich, also polierte Achill seinen Dolch und reichte ihn über den Tisch. Ich wartete ihnen eigentlich gar nicht auf; Achill schenkte den Wein aus, ich hatte ihn nur auf den Tisch gestellt. Es war der beste Wein aus seinen Vorräten. Achill selbst bediente Priamos, wählte die saftigsten Fleischstücke aus und legte sie ihm auf den Teller; er hielt ihm sogar die Schüssel, damit er sich die Hände waschen konnte. Priamos war ganz offensichtlich erschöpft, also befahl mir Achill, ihm ein Bett herzurichten. Ich erinnere mich, dass er sagte: ›Nimm die Felle von meinem Bett, ich will nicht, dass er frieren muss.‹ Und dann, am folgenden Morgen – ich hatte Wasser heiß gemacht, damit Priamos sich waschen konnte –, war Achill in aller Frühe auf und in voller Rüstung. Er sagte Priamos, je schneller er das Lager verlasse, desto besser. Er sagte, er wolle nicht, dass Agamemnon ihn hier finde, und Priamos sagte etwas wie: ›Aber du würdest für mich kämpfen?‹ Und Achill sagte: ›Oh ja, ich würde kämpfen. Ich brauche keinen Trojaner, um mich über meine Pflichten einem Gast gegenüber zu belehren.‹«

Kalchas beugte sich vor: »Seid Ihr sicher, dass er sagte: ›meine Pflichten einem *Gast* gegenüber‹?«

»Genau das waren seine Worte.«

»Hat diese Worte noch jemand anders gehört?«

»Ich weiß nicht. Alkimos und Automedon standen auf der Veranda hinter Achill, aber ich kann nicht sagen, ob sie es gehört haben oder nicht. Doch sie werden bestätigen können, dass er mit Priamos zu den Toren ging und ihn sicher aus dem Lager hinausgeleitete.«

Als ich geendet hatte, stieß Kalchas einen hörbaren Seufzer aus und lehnte sich in seinem Stuhl zurück. Er schaute hinüber zu Kassandra und dann wieder zurück zu mir.

»Also«, sagte ich. »Ihr sagt, der Tod von Priamos war Mord? Glaubt Ihr tatsächlich, das würden die Griechen auch so sehen?«

»Ich halte es für möglich. Die Leute sagen immer, sie möchten eine Erklärung – doch eigentlich wollen sie bloß jemanden, dem sie die Schuld geben können.«

»Ich glaube, sie geben Menelaos die Schuld.«

»Natürlich. Und am liebsten würden sie sehen, wie seine Helena zu Tode gesteinigt wird. Aber das würde einen neuen Krieg bedeuten.«

»Also habt Ihr es stattdessen auf Pyrrhos abgesehen? Den Helden von Troja? Den Sohn des Achill?«

»Ich habe gesagt, es wäre eine Möglichkeit – ich habe nicht behauptet, es würde leicht werden.«

Kalchas verfiel in Schweigen, offenbar dachte er scharf nach. Er war ein merkwürdiger, schwieriger, vielschichtiger, getriebener Mensch, doch ich spürte, dass seine Ergebenheit Priamos gegenüber echt war. Und trotz all seiner Fremdartigkeit war er beeindruckend. Obwohl ich nicht einen Augenblick lang glaubte, er könnte mit seinem Plan Erfolg haben. Pyrrhos verfügte über eine solche Fülle an Macht, über so viel Ansehen – er war der Held von Troja. Niemand konnte einfach darüber hinweggehen. Und das Beweismaterial, das Kalchas zusammentrug, hatte eine bedeutende Schwäche: Zwar hatte er Kassandras Bericht über die Ankunft des Priamos in Troja und meine Erinnerungen an das, was Achill in jener Nacht gesagt und getan hatte – doch wir beide waren Frauen. Die Zeugenaussage einer Frau ist nicht gleichbedeutend mit der eines Mannes. Wenn die Aussagen eines Mannes und einer Frau einander vor Gericht widersprechen, ist es beinahe ausnahmslos die männliche Version der Ereignisse, die anerkannt wird. Und wenn das schon vor Gericht so ist – um wie viel mehr musste es auf dieses Heerlager zutreffen, wo alle Frauen trojanische Sklavinnen waren und das einzige wirkliche Gesetz, das dort galt, jenes der Gewalt war. Kalchas würde Automedon oder Alkimos dazu bringen müssen, alles zu bestätigen, was ich gesagt hatte, doch die meiste Zeit war ich mit Priamos und Achill allein gewesen, weil Achill angenommen hatte, Priamos würde sich in Gegenwart eines trojanischen Mädchens wohler fühlen als in der zweier schwerbewaffneter griechischer Krieger. Ich hoffte, Alkimos und Automedon würden zumindest die Wahrheit über das sagen, was sie wussten, aber ich hatte den Verdacht, ihre Loyalität zu Pyrrhos als Sohn des Achill würde Vorrang vor allem anderen haben.

Kassandras Worte unterbrachen mich in meinen Gedanken. »Ich will meinen Vater bestattet sehen«, sagte sie. »Ich will Pyrrhos auf Händen und Knien im Dreck kriechen sehen.«

Plötzlich wollte ich der stickigen Luft dieses Zimmers entkommen. Abrupt erhob ich mich, und diesmal versuchte Kassandra nicht, mich aufzuhalten. Immerhin brachte sie mich zur Tür. »Ich werde meine Mutter besuchen«, sagte sie. »Nur jetzt noch nicht.«

Ich spürte, dass dieses Versprechen als Belohnung gemeint war, ein Kopftätscheln, weil ich ein braves kleines Mädchen gewesen war. *Dieses herablassende Biest.* Sie sah sich als Zentrum des Netzes, das um Pyrrhos gesponnen wurde, aber damit machte sie sich etwas vor. Kassandra war ganz und gar die Tochter ihres Vaters und so weit entfernt von den Einstellungen und Erfahrungen beinahe aller anderen Frauen, dass sie nicht in der Lage war, das volle Ausmaß von Hekabes Macht zu erkennen. Kalchas hingegen erfasste es. Wann immer er von Hekabe sprach, lag in seiner Stimme eine Sanftheit, die die restliche Zeit über nicht da war. Vielleicht hatte er sie als junger Mann geliebt, und vielleicht liebte er sie, unter seiner Schminke, seinem Zynismus und seinem Ränkeschmieden noch immer.

27

An diesem Abend warteten Andromache und ich beim Essen auf, wie es mittlerweile zur Gewohnheit geworden war. Wir kamen beizeiten in die Halle und begannen die ersten Becher voll Wein zu schenken. Die Fackeln waren entzündet und frische Binsen ausgestreut. Auf dem Tisch von Pyrrhos schimmerte ein goldener Teller, und er trank aus dem Thrakischen Pokal. Natürlich hatte ich ihn schon zuvor gesehen, als Achill noch gelebt hatte, doch nun betrachtete ich ihn mit anderen Augen, denn ich wusste, dass Priamos ihn in Händen gehalten hatte, während Hekabe versucht hatte, ihn zu überreden, nicht ins Lager der Griechen zu gehen und sich der Gnade von Achill auszuliefern.

Während die Männer aßen und tranken, während die Fackeln loderten und die Temperatur in der Halle anstieg, blickte ich immer wieder über die Tische hinweg zu Andromache. Sie wirkte so dünn und blass. Seit Amina gestorben war, war es noch schlimmer geworden. Aber sie zeigte keine Schwäche, obwohl mir auffiel, dass sie es noch immer vermied, die Männer anzublicken, die sie bediente. Es wurde über die Spiele gesprochen: Welcher Schiedsrichter blind war (alle!), wessen Mannschaft nichts taugte und wer der Favorit für das Wagenrennen war. Die Spiele schienen gut zu laufen. Nach einem Ringkampf war es zu einer großen Schlägerei gekommen, von der sich einer der Wettkampfteilnehmer niemals wieder ganz erholen würde; aber ansonsten gab es keine echten Störungen. Das freute mich für Alkimos, dessen Selbstvertrauen Tag für Tag zu wachsen schien.

Als es für uns an der Zeit war zu gehen, erhielt Andromache die Anweisung zu bleiben. Mit einem verzweifelten Blick über die Schulter verschwand sie in die Wohnquartiere. Ich beschloss, zu gehen und einen Besuch in der Hütte der Frauen zu machen. Als ich dort eintraf, hatten die Mädchen das Essen zubereitet: Hühnchen mit Zitronen und Knoblauch, sehr einfach, aber köstlich – die Mädchen wurden immer besser darin. Wir setzten uns draußen zum Essen nieder. Eines der Mädchen, das mir noch immer Sorgen machte, war Maire. Sie war so ein stiller, schwermütiger Trampel. Wir Frauen neigten unweigerlich dazu, einander mit den Blicken unserer Entführer zu betrachten – ich genauso wie die anderen –, und wir fragten uns: Warum um alles in der Welt hatte Pyrrhos sie bloß ausgesucht? Sie war unglaublich dick, sodass sie eher watschelte, als dass sie ging – und sie schämte sich offenbar für ihren Körper, denn sie schlurfte seit dem Tag, an dem sie im Lager eingetroffen war, in demselben formlosen schwarzen Gewand umher. Helle dagegen, die jetzt neben ihr saß, war schlank und stark, robust und anmutig und strotzte vor Gesundheit – doch obwohl sie so dermaßen gegensätzlich waren, schienen sie sich tatsächlich miteinander angefreundet zu haben. Zumindest sprach Maire ab und an mit Helle – mit den anderen Mädchen tat sie das nie.

Endlich wurden die Teller fortgeräumt, das Feuer wurde geschürt und die Trommeln und Flöten herausgeholt. Die Leier hatten wir Alkimos längst zurückgegeben – in tadellosem Zustand, da hatte ich mich vergewissert –, aber er war sehr freundlich gewesen und hatte uns ein anderes, weniger ansehnliches Instrument besorgt, das die Mädchen benutzen konnte. Eine der Ruhigeren hob die Hand und sagte, sie könne ein wenig spielen – »aber nicht so gut wie Amina«. Ein Schatten, ich konnte ihn beinahe sehen, glitt über die Gruppe hinweg, als ihr Name fiel.

Sofort war Helle auf den Beinen, klatschte in die Hände, um die Aufmerksamkeit auf sich zu lenken, und verkündete, sie würden heute ein neues Lied lernen; ein Trinklied. Die Mädchen blickten einander an: Frauen mögen keine Trinklieder. Zunächst einmal, fuhr Helle fort, müssten alle ihre Becher erheben und einen guten Schluck trinken.

Es war in der Tat ein Trinklied, von der Art, wie Seeleute sie in Lyrnessos in den Tavernen und Bordellen am Hafen gesungen hatten.

Ein Mann wird alt, seine Spritze wird kalt,
Und sein Ding hängt nur noch herum.
Durch das Loch, so beschissen,
Kann er nicht mal mehr pissen.
Darum jammert und klagt er ganz dumm.
DARUM JAMMERT UND KLAGT ER
GANZ DUMM!

Die Mädchen kicherten; einige sahen schockiert aus – aber sie schienen alle durchaus bereit, das Lied zu lernen. Im ganzen Lager wurden unterschiedliche Versionen davon gesungen, es gab unzählige Fassungen, doch es ging stets um eine Frau mit gewaltigem sexuellen Appetit; um eine Frau, die nicht befriedigt werden konnte und nur zum Höhepunkt kam, wenn ihr jemand einen Speer in die Vagina stieß. Es ist wohl kaum nötig zu erwähnen, dass der Name dieser Frau immer Helena lautete.

Ich hoffte, Helle würde genügend Verstand besitzen und vor der Erwähnung des Speers in der letzten Strophe aufhören. In Troja waren viele Frauen auf diese Weise abgeschlachtet worden, und ich wusste, dass eines der Mädchen hatte bei der Erstürmung der Stadt hatte mit ansehen müssen, wie die schwangere Frau ihres Bruders aus ihrem Versteck gezerrt und durchbohrt worden war. Doch ich fand nie heraus, was Helle getan hätte, denn sie kam nur bis zur dritten Vers, da musste Maire sich übergeben. Alle drehten sich um und starrten sie an.

Ich kniete mich neben sie und berührte sie an der Stirn. Sie schwitzte ein wenig, fühlte sich aber nicht allzu heiß an. Ich betastete ihren Hals: nichts geschwollen. »Komm«, sagte ich, »gehen wir rein.«

Die Betten waren schon zurechtgemacht. Ich hieß Maire sich hinlegen und deckte sie zu. Helle drückte sich in der Tür herum. »Sie wird schon wieder«, sagte ich. Ich war nicht im Geringsten besorgt, sondern dachte, sie hätte sich bloß den Magen verdorben, was im Lager sehr häufig vorkam. »Versuch ein bisschen zu schlafen, Maire.«

Mir war nicht besonders danach zumute, zu der Gruppe am Feuer zurückzukehren. Ich war müde, nachdem ich beim Abendessen aufgewartet hatte, meine Fußknöchel waren angeschwollen, ich brauchte mein Bett. Die Mädchen hatten den Gesang wieder aufgenommen, mit einem angemesseneren Lied, wie ich erleichtert feststellte – also konnte ich mich davonmachen.

Ich war gerade bis auf die Veranda gekommen, als Helle hinter mir aus der Tür stürzte. »Du kannst nicht einfach weggehen! Ich weiß doch nicht, was ich machen soll!«

»Sie wird schon wieder. Stell ihr einfach eine Schüssel ans Bett, falls ihr noch einmal schlecht wird.«

Sie starrte mich an. »Du weißt es nicht, oder? Wie kannst ausgerechnet du nichts gemerkt haben?«

Und plötzlich, als wäre ein Kübel kaltes Wasser über mir ausgekippt worden, wusste ich es. Ihr seid natürlich alle vor mir darauf gekommen, nicht wahr? Darf ich zu meiner Verteidigung sagen, dass eine Schwangerschaft bei einer dicken Frau, insbesondere wenn die Frau sie zu verbergen sucht, nicht so einfach zu erkennen ist, wie ihr vielleicht glaubt? Aber ganz gleich … Ich war selbst schwanger. Wie konnte ich es nicht bemerkt haben?!

»Natürlich, ich bleibe. Geh du zurück zu den anderen und halt sie so lange draußen, wie du kannst.«

Ich ging zurück in die Hütte und hockte mich neben Maire. Jetzt schwitzte sie wirklich. Ihr Gesicht stand wie ein leuchtender Vollmond über den flackernden Wachslichtern zwischen den Betten. »Ist dir noch immer schlecht?«

Sie schüttelte den Kopf, und ihre Lippen bewegten sich. Ich musste mich vorbeugen, um die Worte zu verstehen. »Ich weiß, wie es ausgeht.«

Wie eine Schwangerschaft ausgeht …? Nun, das dürfte nicht allzu schwer sein … Doch dann begriff ich: Sie meinte das Lied.

»Das wird dir nicht passieren!« Doch noch während ich sprach, dachte ich: *Wirklich nicht?* »Es wird alles gut«, sagte ich und tätschelte ihr das Bein.

Ich brauchte Ritsa. Mehr denn je in meinem Leben brauchte ich Ritsa, doch draußen hörte ich Gruppen betrunkener Krieger vorbeigehen – und es würde zahlreiche andere solcher Gruppen geben, auf jedem anderen Gelände im ganzen Lager. Ich konnte Ritsa nicht holen gehen, und ich würde ganz sicher keines der Mädchen losschicken. Irgendwie mussten wir es ohne sie schaffen. Tausende Frauen entbinden jeden Tag; einige brauchen dabei nicht viel mehr Hilfe als eine Hündin, die Junge wirft. Wie schwierig konnte das schon sein?!

Ich kniete mich neben Maire und fragte, ob sie regelmäßige Schmerzen habe. Sie nickte.

»Wann haben sie angefangen?«

»Heute Nachmittag.« Also hatte sie seit mehreren Stunden Wehen und hatte es niemandem erzählt. Je mehr ich versuchte, ihr Verhalten nachzuvollziehen, desto irrsinniger erschien es mir. Obwohl ich nicht annehme, dass die Arme noch einen klaren Gedanken fassen konnte.

Vier oder fünf Mädchen kamen herein, um ihre Decken zu holen, und blickten schüchtern und neugierig und leicht verlegen zu Maire hinüber. Ich konnte sie ganz aufgeregt plaudern hören, während sie zum Feuer zurückgingen: Sie freuten sich, weil sie lange aufbleiben und Wein unter dem Sternenhimmel trinken durften… sie waren wirklich noch Kinder.

Maire war unruhig. Ich setzte mich neben sie und achtete auf jede Wehe, die sie packte, einen Höhepunkt erreichte und wieder abebbte. Wenn der Schmerz besonders schlimm wurde, bog Maire den Rücken durch und stöhnte, aber sonst gab sie kein Geräusch von sich. Später würde sie etwas brauchen, auf das sie beißen konnte. Wir durften nicht riskieren, dass die unverkennbaren Schreie einer Frau in den Wehen die gesamte Umgebung aufwecken würden. In den Zeiträumen zwischen den Wehen sprach sie mehr, als sie je zuvor gesprochen hatte, zumindest mit mir. Sie war Sklavin in der Küche eines wohlhabenden Herrn gewesen und in die Sklaverei hineingeboren worden. Ich nahm im ersten Moment an, der Vater des Babys wäre ihr Besitzer gewesen. Sklavinnen, selbst solche, die so unattraktiv waren wie Maire, werden üblicherweise für sexuelle Erleichterung benutzt – aber da lag ich falsch. Der Vater war ein Mitsklave, ein Mann, der auf dem zum Haus gehörenden Landgut arbeitete und regelmäßig große Mengen Gemüse und Obst an die Küche lieferte. »Und eines Tages«, sagte Maire, »brachte er mir Blumen mit.« Man konnte das Staunen darüber noch jetzt auf ihrem Gesicht ablesen. Danach hatte sie sich, sooft sie konnte, heimlich davongemacht, um sich mit ihm zu treffen; im Obstgarten, auf dem Heuboden, sogar auf den Feldern …

Wisst ihr, dass ich sie tatsächlich beneidete? Ich war zweimal verheiratet worden, ich war das Ehrengeschenk des großen Achill gewesen, aber kein Mann hatte mir je Blumen gebracht.

Während sie sprach, begriff ich allmählich, warum sie und Helle gut miteinander auskamen. Es konnte kaum zwei Frauen geben, die einander weniger ähnlich waren, doch sie teilten die Erfahrung der Sklaverei miteinander. Für keine von beiden bedeutete der Fall von Troja einen Abstieg von der Freiheit in die Knechtschaft. Sie hatten eine Leibeigenschaft gegen eine andere eingetauscht, das war alles.

Nach einer Weile kamen die Mädchen wieder herein. Sie brachten den Geruch vom Rauch des Holzfeuers mit sich, flüsterten leise miteinander, kleideten sich aus und machten sich für die Nacht bereit. Auch Helle legte sich neben uns hin. Eines nach dem anderen wurden die Wachslichter gelöscht, bis das einzige verbleibende Licht von der Lampe neben Maires Bett kam. Trotz aller Aufregung schliefen die meisten Mädchen schnell ein. Das scharfe Essen, der Wein und die frische Luft hatten sie regelrecht umgeworfen. Doch nicht alle; als ich mich im Raum umblickte, sah ich mehr als ein Augenpaar weiß in der Dunkelheit glitzern.

Die Nacht zog sich in die Länge. Wenn überhaupt, wurden Maires Wehen schwächer und kamen in größeren Abständen; sie schaffte es sogar, zwischen ihnen kurz einzunicken. Ich glaube, ich muss selbst eingedöst sein, denn ich zuckte zusammen, als sie nach meiner Hand griff. »Ich muss pinkeln.«

Der Kübel stand am anderen Ende des Raumes. *Wie um alles in der Welt …?* Nun, wir würden es schaffen müssen. Ich weckte Helle, und gemeinsam mit ihr zog ich Maire hoch, bis sie saß, und dann weiter auf die Füße. Ich ergriff die Gelegenheit und zog ihr das schwarze Kleid aus; darunter trug sie nur ein dünnes weißes Unterhemd. Meine Güte, war sie dick! Irgendwie schafften wir es, zwischen zwei Bettreihen hindurchzuschlurfen, Helle zog sie, ich schob von hinten – und dabei weckten wir alle Welt auf. Wir hielten Maire fest, während sie über dem Kübel hockte. Helles Gesicht war vor Anstrengung verzerrt, dabei war sie um einiges muskulöser als ich.

Was aus Maire herauskam, war kein dezentes damenhaftes Tröpfeln, sondern ein kräftiger Strahl, als würde eine Stute pissen. Einen Augenblick war ich fassungslos, dann begriff ich, dass das Wasser brach. Das ist das Einzige, was alle Welt über Geburten weiß, nicht wahr? Dass das Wasser bricht. Helle und ich schauten erst uns an, dann den langen Weg zurück zu Maires Bett – und dann wandte Helle sich an das Mädchen, dessen Bett am nächsten stand. »Tut mir leid, Süße, wir brauchen dein Bett.«

Das Mädchen sah schockiert aus – das arme Ding war noch ganz schlaftrunken –, aber sie stand sofort auf, und wir setzten Maire auf ihr Bett. Helle ging die Lampe holen und stellte sie in der Nähe auf den Boden. Mittlerweile saßen alle Mädchen aufrecht in ihren Betten. Ich glaube nicht, dass auch nur eine Einzige von ihnen in dieser Nacht wieder einschlief.

Danach wurden die Schmerzen um einiges stärker. Maire fiel es schwer, sie still zu ertragen. Ich machte einen Knoten in meinen Schleier und gab ihn ihr, damit sie darauf beißen konnte, aber ihr Mund war trocken, und sie spuckte ihn immer wieder aus.

»Du musst leise sein«, flüsterte ich.

Mehr brauchte ich nicht zu sagen; Maire wusste nur zu gut, warum, aber mit jeder Wehe wurde es schwieriger. Die Mädchen zündeten ihre Wachslichter an, und wir richteten uns alle aufs Warten ein. Immer wenn eine neue Wehe kam, biss Maire auf den Knoten. Man konnte sehen, wie sie sich bis zum Gipfel jeder Welle kämpfte und dann auf der anderen Seite hinabstolperte. Dann war einige Augenblicke Ruhe, und es begann von Neuem. Helle gab ihr immer wieder kleine Schlucke Wasser zu trinken, aber sie konnte es nicht bei sich behalten, also befeuchteten wir nur ihre aufgesprungenen Lippen – und das alles vor einem Publikum schockierter Mädchen, die nicht in der Lage waren zu helfen oder irgendetwas zu tun.

Ich weiß nicht, wie Maire es schaffte, nicht zu schreien, aber sie schaffte es – obwohl hinter dem Schleier einige schreckliche grunzende Geräusche hervordrangen. Und dann begann eine neue Phase. Ich sah es zuerst auf Maires Gesicht; sie sah verblüfft aus. Ich schaute zu Helle hinüber, wie zur Bestätigung, doch sie schüttelte nur den Kopf. Maire, die so dankbar für alles gewesen war, was wir für sie taten, wurde plötzlich sehr reizbar. Nichts, was wir sagten oder machten, war richtig. Als Helle ihr das nächste Mal die Lippen zu benetzen versuchte, stieß sie den Becher so heftig weg, dass er über den Boden rollte.

»Was sollen wir tun?«, fragte ich.

Sie wusste es nicht. Und dann, mit der nächsten Wehe, begann sie zu pressen. Ich dachte, es würde bald vorüber sein, dass uns nur noch Minuten von der Geburt trennten. Jeden Atemzug, den sie tat, stieß sie mit einem angestrengten Schrei wieder aus. »Pst!«, sagte ich immer wieder und blickte nervös zur Tür, aber Maire hatte die Schreie nicht mehr unter Kontrolle.

Helle stand auf. »Singt!«, zischte sie den Mädchen zu. »Los, sitzt nicht nur hier rum – singt, verdammt!« Und sie sangen. Ich glaube, sie haben tatsächlich jedes Lied gesungen, das sie kannten – sogar der alte Mann mit dem Loch, durch das er nicht mehr pissen kann, hatte seinen zweiten Auftritt. »Lauter!«, rief Helle. Zweifellos hörten die Krieger, die noch immer an den Feuern saßen und tranken, den Gesang und dachten sich: *Die haben Spaß!* Geschützt vom Gesang, blickten Helle und ich uns immer wieder an. Wir hatten Angst, weil wir so wenig wussten, und hangelten uns von einer Wehe zur nächsten. Schließlich wurden wir durch die Schritte von Andromache auf der Veranda belohnt.

Sie kam herein, den Kopf gesenkt, die Zähne zusammengebissen, und sah und hörte nichts und niemanden. Als sie endlich aufblickte und sah, dass alle wach waren und eine Frau stöhnend dalag, schien sie verwundert. »Was ist denn hier los?«

Helle sagte: »Sie hat Wehen.«

»Wehen?« Andromache blickte auf Maire hinunter und schüttelte den Kopf. Diese Geste besagte: *Es ist mir gleich.* Sie griff sich ein Tuch. »Ich muss mich waschen.«

Und damit schritt sie mitten durch die verängstigten Mädchen und hinaus in den Hof. Ein Murmeln lief durch den Raum. Helle und ich blickten einander an, dann folgte ich Andromache hinaus in die Nacht. Das Feuer glühte noch; ein Kessel mit heißem Wasser stand daneben im Gras. Andromache hockte davor, die Beine gespreizt, und rieb sich heftig ab. Ich blickte instinktiv zur Seite, obwohl ihr meine Anwesenheit nichts auszumachen schien. Privatsphäre hatte für sie keine Bedeutung mehr, denn ihr Körper gehörte ihr nicht mehr. Ich kannte dieses Gefühl; und die wütenden Worte, die ich hatte sagen wollen, erstarben mir auf den Lippen. Mit abgewandtem Gesicht wartete ich, bis sie fertig war.

»Nun gut«, sagte sie und warf den Lappen hin. »Dann schauen wir mal, was wir tun können.«

Ich folgte ihr in die Hütte und schreckte wieder einmal davor zurück, wie überfüllt die Hütte war, wie es stank, was für eine Hitze diese ganzen Körper verströmten. Andromache kniete sich zu Maires Füßen hin, wartete auf die nächste Wehe und tat sogleich das, wozu ich mich nicht in der Lage gesehen hatte: Sie schob Maires Unterhemd bis zur Taille hoch und versuchte zu erkennen, was vor sich ging. Ich war froh, dass ich das nicht getan hatte, denn es würde bei mir nur Panik hervorgerufen haben. Was ich sah, schien einfach unmöglich. Der Schmerz erreichte seinen Höhepunkt; Maire stieß wieder einen langen grellen Schrei aus und ließ den Kopf zurückfallen.

»Du versuchst es nicht«, sagte Andromache. »Du musst pressen.«

»DAS MACH ICH DOCH!«

»Aber nicht genug.«

Das war brutal. Aber der raue Ton schien Maire aus ihrer Starre aufzurütteln, und, sei es Zufall oder nicht, die nächste Wehe war stärker. Andromache flüsterte mir zu: »Unter dem ganzen Fett ist sie eigentlich ziemlich schmal.« Sie sah besorgt aus – und wenn sie besorgt war, dann war ich panisch. »Komm schon, Maire«, sagte ich. »Du schaffst das.«

Maire schüttelte den Kopf. Andromache versetzte ihr einen Klaps, nicht besonders hart, aber jeder Schlag in dieser Situation war brutal. »Schau mich an, Maire. *Schau mich an!* Wir haben alles verloren: unsere Heimat, unsere Familien, alles – aber dich werden wir nicht verlieren.«

Arme Maire. Wir müssen geklungen haben wie Dämonen, die sie antrieben, Unmögliches zu vollbringen. Sie wandte sich zu Helle, die ihre Hand ergriff, und sagte: »Los.« Und dann, halb lachend, halb im Bemühen, einen Witz zu machen: »Was soll ich denn ohne dich tun?«

Maire schüttelte den Kopf. Die nächste Wehe kam bereits.

»Gut!«, sagte Andromache. »Ich kann den Kopf sehen. Schönes langes schwarzes Haar, genau wie du.«

Alles, was ich sehen konnte, war eine blutige Kugel, doch Andromaches Worte schienen Maire zu ermutigen.

»Komm schon, bald ist es vorbei«, sagte Andromache.

Während die anderen wieder sangen, trieben wir drei Maire an und hielten unbewusst die Luft an und atmeten nicht mehr aus, damit wir im gleichen Rhythmus waren wie sie. Andromache, die ihre Hand auf die harte Wölbung von Maires Bauch gelegt hatte, nickte. »Nutz diesen Schmerz aus. Weiter – tief Luft holen … halten – und jetzt pressen!«

Und da war der Kopf des Babys. Während wir zuschauten, drehte er sich, als versuchte er zu helfen. Als ob er wüsste, wie man geboren wird.

»Jetzt die Schultern«, sagte Andromache. »Komm, nur noch eine Wehe, dann ist es vorbei.«

Ein Schwall und ein Plumps – und dann war ein neuer Mensch in der Hütte, ein Mensch, der vorher nicht da gewesen war. Seit jener Nacht habe ich so vielen Geburten beigewohnt und selbst Kinder bekommen, aber dieser Augenblick ist jedes Mal ein Wunder. Auf ihn kann man sich genauso wenig vorbereiten wie auf den Moment, in dem ein Mensch stirbt. Diese Stille, die sich nach dem letzten Atemzug in die Länge zieht, trifft einen immer wie ein Schock, egal, wie lange man den Tod erwartet hat.

Andromache hob ihn hoch und rieb seine Brust, bis er ein schwaches, verblüfftes Wimmern von sich gab. Anfangs war er vom bläulichen Violett einer reifen Pflaume, aber während er weiterjammerte, begann sich seine Hautfarbe zu einem gesund aussehenden Rot zu verändern.

Sie hob *ihn* hoch.

Rieb *seine* Brust.

Seine Hautfarbe begann sich zu verändern.

In der Hütte war es jetzt ganz still, kein Laut war zu hören außer dem grellen Schrei des Babys. Mir wurde klar, was fehlte: der triumphierende Freudenschrei, der auf die Geburt eines Jungen folgt. Es war möglicherweise das erste Mal in der gesamten Geschichte von Troja, dass die Geburt eines gesunden männlichen Kindes nichts hervorrief als Bestürzung. Andromache hatte Maire das Kind noch immer nicht gegeben, und Maire begann ängstlich auszusehen. Obwohl sie einen Augenblick zuvor noch zu erschöpft gewesen war, um auch nur den Kopf zu heben, bäumte sie sich plötzlich auf, riss Andromache das Baby aus den Händen und legte es an die Brust. Ihre Brustwarze war so groß, dass ich mir nicht vorstellen konnte, wie das Kind sie überhaupt in den Mund bekommen sollte, doch nach ein paar frustrierten Schreien schaffte er es, und seine Wangen begannen heftig zu arbeiten. Nach einem kleinen überraschten Grunzen – offenbar war die Empfindung nicht das, was sie erwartet hatte – stieß Maire einen zufriedenen, erleichterten Seufzer aus.

Mechanisch kümmerte Andromache sich um das, was noch zu tun war. Sie beugte sich zwischen Maires Beine und tauchte wieder auf mit etwas, das aussah wie eine Schafsleber. Die Mädchen reckten derweil die Köpfe, um das Baby zu bewundern. »Schaut euch nur die Fingernägel an!«, hörte ich eine von ihnen ausrufen.

Andromache packte mich am Arm. »Wir müssen miteinander reden.«

Helle und ich blickten uns an und dachten wahrscheinlich beide: *Das ist ein Albtraum.* Wir folgten Andromache hinaus in den Hof, wo wir unter dem Vorwand, die Nachgeburt zu begraben, einige Minuten vertraulich miteinander sprechen konnten.

»Du hättest es töten sollen«, sagte Helle. »Es wird für sie nur schlimmer, wenn *die* es tun.« Sie wies mit dem Kopf in Richtung der griechischen Krieger, die auf der anderen Seite des Zaunes grölten.

»Nein, das wäre es nicht«, sagte ich. »Sie sind der Feind – und wir sollten eigentlich ihre Freunde sein.«

»Nun ist es ohnehin zu spät«, sagte Andromache.

»Wirklich?«, fragte Helle.

Einen Augenblick hatten wir das Gefühl, in einen Abgrund zu blicken.

»Ja«, sagte ich dann. »Sie hat es gestillt.«

Viele neugeborene Kinder werden getötet oder dem Tod überlassen: missgestaltete Jungen, aber auch sehr viele vollkommen normale Mädchen. Die Regel lautet jedoch, dass es geschehen muss, ehe die Mutter das Kind stillt. Indem sie es Andromache aus den Händen riss und es an die Brust legte, hatte Maire ihrem Kind das Leben gerettet.

Zumindest fürs Erste. Denn wahrscheinlich würden die Griechen ihn töten. Pyrrhos hatte Andromaches Sohn getötet; wir hatten keinerlei Grund, davon auszugehen, ein Junge würde unter seinen Augen überleben können. Ich weiß nicht, ob er es, nun, da die Hitze der Schlacht vorüber war, wagen würde, ein Neugeborenes zu töten, aber ich hatte ganz sicher nicht vor, es herauszufinden.

»Lasst uns das Kind einwickeln«, sagte ich.

Ein trojanisches Baby wird für die ersten paar Wochen seines Lebens fest in Stoffbinden gewickelt und seiner Mutter eng um die Brust gebunden. Außer Gesicht und Händen ist dann nicht viel zu sehen – und selbst die sind in den Falten des Umhangs der Mutter verborgen. Ob wir es schaffen konnten, das Geschlecht des Babys zu verheimlichen? Ich war der Meinung, das könnten wir, sofern die Mädchen daran dachten, das Baby »es« oder, besser noch, »sie« zu nennen.

Helle sprach nun mit vollkommener Autorität: »Sie werden daran denken.« Hörte ich da eine ganz leichte Spur von »sonst …« aus ihren Worten? Nun, und wenn schon – ich hatte mir schließlich gewünscht, dass Helle die Führung der Gruppe übernahm. Nun erwies sie sich als echte Anführerin.

Wir beschlossen also, das Kind einzuwickeln. Ich holte ein Leintuch und eine Schere aus meiner Hütte, und Andromache, Helle und ich machten uns daran, Stoffbinden herzustellen. Sobald das Baby fest gewickelt war, sprachen wir alle drei mit den Mädchen. Sie nickten und murmelten zustimmend. Alle waren sofort damit einverstanden, das Kind als Mädchen auszugeben. Die meisten hatten wahrscheinlich in Troja Dinge mit angesehen, die niemand in ihrem Alter, die am besten überhaupt niemand je hätte erleben sollen.

Und so wurde Maires Baby zu einem Mädchen. Am folgenden Tag erwähnte ich die Geburt beiläufig Alkimos gegenüber, der nicht das geringste Interesse daran zeigte. Beim Essen sprachen ein oder zwei Männer über den Gesang in der Hütte, und ich sagte: »Ja, wir haben gefeiert. Maire hat ein kleines Mädchen bekommen!« Wiederum kein Interesse. Eine Sklavin, die eine Sklavin zur Welt bringt – das ist niemandes Vorstellung von einer interessanten Neuigkeit.

Doch in der Hütte der Frauen veränderte sich die Atmosphäre vollkommen. Die Mädchen hatten etwas, um das sich ihr Leben nun drehen konnte; und Maire genoss es, im Mittelpunkt des Interesses zu stehen. Nach Anbruch der Dunkelheit, wenn alle um das Feuer versammelt waren, wurde das Baby von einem Mädchen zum nächsten weitergereicht wie ein Talisman. Maire schaute zu und lächelte, doch mir fiel auf, dass sie immer erleichtert war, wenn sie ihr Kind zurückbekam. In ihrer Liebe lag etwas Unbedingtes. *Meins,* schien sie zu sagen. *Nicht eures. Meins.*

Würde ich genauso empfinden, wenn meine Zeit gekommen wäre? Viele Frauen würden sicherlich antworten: »Sei nicht dumm – natürlich wirst du das!«, oder: »Wenn sie erst mal da sind, kommt auch die Liebe.« Ich wünschte, ich hätte jedes Mal ein Goldstück bekommen, wenn dieser Satz fiel.

Es ist nicht wahr – ich weiß, dass es nicht wahr ist. Die Liebe kommt nicht immer. Nicht, wenn das Baby das Resultat einer erzwungenen Vereinigung ist – und insbesondere nicht, wenn es ein Junge ist, der seinem Vater ähnelt. Ich habe viele solche Jungen heranwachsen sehen. Man hat sich gut um sie gekümmert, sie bekamen gut zu essen, zumindest so gut, wie ihre Mütter es leisten konnten, doch sie wurden kaum je berührt, nicht geherzt, nicht geliebt. Und glaubt mir: Diese Kinder gedeihen nicht. Also fragte ich mich jedes Mal, wenn ich Maire mit ihrem Baby beobachtete, wie es für mich sein würde – mit *ihm.* Ich lachte, wenn die Myrmidonen meinen Bauch tätschelten und vom Sohn des Achill sprachen, aber ich glaubte ebenfalls, dass es ein Junge war.

Andromache war die Einzige, die auf Abstand zu dem Kind blieb. Ihre Distanziertheit überraschte mich ein wenig – ich hatte erwartet, sie würde das Baby anhimmeln, doch stattdessen würdigte sie es kaum eines Blickes. Eines Abends, als wir ein paar Minuten alleine waren, fragte ich sie nach dem Grund dafür. Sie sagte: »Nachdem Hektor gestorben war, wurde Hekabe ein bisschen verrückt. Sie nannte mein Baby immer ›Hektor‹, nicht nur ein- oder zweimal, sondern immer. Sie verbesserte sich stets, doch ein oder zwei Minuten später tat sie es erneut. Ich glaube, sie war tatsächlich geistig verwirrt. Eines Tages kam ich in die Kinderstube und überraschte sie dabei, wie sie versuchte, ihre kleine, runzelige Titte in seinen Mund zu schieben. Ich riss ihr das Kind von der Brust und schrie: ›*RAUS HIER!*‹ So laut ich konnte – der ganze Palast muss es gehört haben. Stell dir vor: Ich sage Hekabe, sie solle verschwinden! Aber er war mein Baby, und er war alles, was mir blieb. Deshalb will ich nicht …« Sie schüttelte den Kopf und ich sah, dass sie nur mit Mühe die Tränen zurückhielt. »Er ist Maires Baby, nicht meins. Ich hatte mein Baby schon …«

Was mich anbetrifft, war ich erstaunt, wie sehr mir dieser kleine Junge am Herzen lag. Ich hatte mit ihm im Grunde nichts zu schaffen – und doch war ich wild entschlossen, ihn am Leben zu erhalten. Ich war der Meinung, er wäre in Sicherheit, solange wir uns noch im Heerlager befanden. Maire verließ kaum je die Hütte, außer um auf der Veranda zu sitzen, und keiner der griechischen Krieger zeigte auch nur das geringste Interesse an ihrem Kind. Die Seereise würde eine größere Herausforderung werden, aber er würde dann noch immer gewickelt sein, und wahrscheinlich würden die Frauen während der Überfahrt ohnehin im Laderaum bleiben müssen. Darüber konnte ich mir jetzt keine Gedanken machen. Ich sagte mir immer wieder, dass alles gut gehen würde. Wenn wir nur halbwegs Glück hatten, würde es funktionieren.

28

Drei oder vier Tage nach der Geburt des Babys weckten mich Alkimos' Schritte, und sofort stand ich auf, um mich um ihn zu kümmern. Als ich frisches Brot und Wein vor ihn auf den Tisch stellte, fragte er mich, wie es mir gehe. Seit Aminas Tod hatten wir uns kaum gesehen, doch das lag hauptsächlich daran, dass er so damit beschäftigt gewesen war, die Spiele zu organisieren. Zumindest wollte ich das gerne glauben. Nun standen nur noch zwei Wettkämpfe aus: der Boxkampf – ein blutiger Sport, der sicher zu ernsthaften Verletzungen führen würde, aber sehr beliebt war – und der krönende Abschluss der Spiele: das Wagenrennen. Es würde auf dem Übungsgelände auf der Landzunge stattfinden und man hatte viel Zeit und Mühe aufgewendet, um die Rennstrecke vorzubereiten.

»Warum kommst du nicht und schaust dir das Rennen an?«, fragte er.

Ich war verblüfft – einen solchen Vorschlag hatte er noch nie zuvor gemacht –, aber natürlich sagte ich, ich würde kommen, und zwar sehr gerne.

»Aber sei vorsichtig, ja? Es ist viel und hoch gewettet worden – ich fürchte, es könnte ein bisschen rau zugehen.«

»Wer wird siegen, was glaubt Ihr?« Ich interessierte mich nicht im Geringsten für das Wagenrennen, doch wir sprachen wieder miteinander, und das war für mich von Bedeutung. Er sollte spüren, dass er mir etwas bedeutete – und das war wirklich so.

»Diomedes, nehme ich an.« Er verzog das Gesicht, denn Diomedes gewann jedes Wagenrennen. »Doch auch Pyrrhos hat Aussichten.«

»Pyrrhos? Nicht Automedon?« Er war Patroklos nach dessen Tod als Achills Wagenlenker nachgefolgt und wurde im Allgemeinen als der beste Fahrer des Anwesens betrachtet.

»Nein, Pyrrhos. Er ist mit Abstand der Beste – und Automedon wäre der Erste, der dir das sagen würde.« Er leerte seinen Becher. »Natürlich hat Pyrrhos so gut wie keine Erfahrung, aber … Er hat vermutlich das beste Gespann.«

Ich kannte das Gespann, alle Welt kannte es – Ebenholz und Phönix, der schwarze Hengst und der rotbraune. Ich hatte beobachtet, wie Pyrrhos mit diesem Gespann von Troja zurückgekehrt war und sie den blutigen Leichnam von Priamos hinter sich hergezerrt hatten. *Mistkerl*, dachte ich, während ich Alkimos lächelnd zur Tür brachte und ihm zum Abschied winkte.

Ich würde mir das Rennen ansehen, beschloss ich, und ich würde versuchen, Andromache zu überreden, damit sie mich begleitete. Als Ehrengeschenk des Pyrrhos sollte sie auch dort sein, bereit, ihm den Siegerkranz zu überreichen, falls er gewann – und ihm die Stirn abzuwischen, falls nicht. In jedem Fall würde in der Halle heute Abend heftig getrunken werden – und ich würde dort sein müssen und helfen; Andromache verabscheute es so sehr, an den Tischen auf und ab zu schreiten, sie war ganz steif vor Widerwillen, eine Königstochter, in die Rolle einer gewöhnlichen Dienerin gezwungen. *Arme Andromache*, dachte ich – und dann, aufsässig: *Ich Ärmste!* Schließlich war ich einst in der gleichen Lage gewesen.

Andromache war auf und angekleidet. Die Mädchen standen alle im Hof hinter der Hütte und sahen zu, wie Maire das Baby badete. Es war immer ziemlich berührend, wenn man sah, mit welcher Macht dieses kleine Menschenkind mit seinen verträumten schwarzen Kulleraugen alle in seinen Bann zog. Ich wünschte, ich hätte die Mädchen mitnehmen können, damit sie das Wagenrennen verfolgten. Ein Ausflug hätte ihnen gutgetan: ein flotter Spaziergang zum Übungsgelände, etwas, das sie von ihrem Kummer ablenkte – aber niemand hatte ihnen die Erlaubnis erteilt, die Hütte zu verlassen.

Wir gingen den steilen Pfad hinauf, ohne viel zu sprechen. Andromache verhielt sich mir gegenüber noch immer reserviert, aber ich fand, dass sie heute Morgen etwas mehr Farbe hatte, und sie hatte sich durchaus Mühe mit ihrem Kleid gegeben. Je höher wir stiegen, desto heftiger blies der Wind, aber er schien uns nicht vor sich her zu treiben, wie er es so häufig tat, obwohl wir immer wieder unfreiwillig kleine Strecken rennen mussten, wenn eine heftigere Böe uns erwischte. Ich empfand wieder wie früher, als kleines Mädchen, dass der Wind der Atem eines Gottes sein müsse und mich mit Leben erfüllte. Wie viele Hoffnungen und Möglichkeiten die Zukunft damals geboten hatte! Heute hatte sich meine Situation vollkommen verändert – und doch verwiesen der Wind und der helle Tag noch immer auf die Möglichkeit eines anderen, eines freieren Lebens außerhalb der Grenzen des Lagers.

Unterwegs überholten uns jede Menge griechischer Krieger, und wir wichen zur Seite aus, um ihnen Platz zu machen. Der größte Zustrom würde erfolgen, wenn der Boxkampf vorüber war, aber es war bereits eine beträchtliche Menge vor Ort; Männer, die es vorgezogen hatten, früh zu erscheinen und sich einen Platz zu sichern, von dem sie einen guten Blick hatten. Wie Alkimos gesagt hatte: Es war viel und hoch gewettet worden – und die Anspannung und die zusätzliche Aufregung waren zu spüren. Die Griechen wetteten auf alles. Einmal hatte ich mitbekommen, wie eine Gruppe von Kriegern Geld auf zwei Regentropfen setzte, die einen Schild hinabrannen. Sie hatten dabei gelacht, aber die Wette selbst war kein Witz gewesen.

Die Teilnehmer des Rennens versammelten sich bereits. Der ganze Schauplatz war in gelbliches Licht getaucht, das satter im Farbton wurde, weniger zitronig, während die Sonne höher stieg. Die Wagen funkelten, und die Rücken der Pferde schimmerten. Die Stallburschen mussten schon lange vor Anbruch der Morgendämmerung auf gewesen sein und sich darum gekümmert haben, dass alles so perfekt war wie irgend möglich. Nach dem Rennen würden aus den Staubwolken Männer auftauchen, die grau wie Asche waren und ebenso schmutzige Pferde lenkten, aber vor dem Rennen sah jeder aus wie Phoebus Apoll, der den Sonnenwagen lenkte.

Inmitten der Menge an der Startlinie erblickte ich das rote Haar von Pyrrhos und die glänzenden schwarzen Locken von Diomedes. Menelaos war dabei, offenbar nahm auch er am Rennen teil – das überraschte mich ein bisschen. In den letzten Monaten war er rotgesichtig und fett geworden und sah plötzlich viel älter aus.

Agamemnon saß festlich gekleidet auf seinem thronähnlichen Stuhl und sprach mit Odysseus. Hinter ihm knatterten die Standarten von Mykene rot und golden im Wind. Agamemnon hatte eingewilligt, die Preise zu stiften: Der Sieger bekam ein Rennpferd und der Zweitplatzierte einen riesigen Kessel aus Bronze. Ich schaute ganz genau hin und war erleichtert, als ich sah, dass kein Sklavenmädchen aus den Webhütten des Agamemnon gezerrt worden war und gezwungenermaßen frierend an der Ziellinie stand. Ich erinnerte mich an das Wagenrennen bei den Begräbnisspielen von Patroklos: Damals hatte Achill meine Freundin Iphis als ersten Preis ausgelobt. Sie war in der Unterkunft von Diomedes verschwunden, und weil seine Frauen selten, wenn überhaupt, die Erlaubnis erhielten, ihre Hütte zu verlassen, hatte ich sie seither nicht mehr gesehen. Aber ich tat mein Bestes, die Erinnerung daran abzuschütteln, denn dieser Wettkampf, das Wagenrennen mit seinen festlich gekleideten Zuschauern und den wehenden Fahnen, kam einem großartigen Ereignis so nahe, wie das im Lager überhaupt nur möglich war.

Nestor erschien in einem Streitwagen, der von seinem ältesten Sohn gelenkt wurde. Er war der letzte König, der erschien, und ein Jubelsturm brach los, als er Agamemnon grüßte. Unterdessen suchte ich die Gruppe hinter ihm nach Kalchas ab, denn ich war mir sicher, er würde kommen. Schließlich erblickte ich ihn ganz hinten in der Menge, eine hochgewachsene Gestalt mit weiß geschminktem Gesicht, er trug seinen goldenen Priesterstab. Zu meiner Überraschung sah ich, wie einige der jungen Männer von Skyros ihn anrempelten und ungeniert über seine Kleidung spotteten. Dass gemeine Soldaten sich dem Priester gegenüber derart respektlos verhielten, hatte ich nie zuvor erlebt, und es beunruhigte mich. Kalchas war ein stolzer Mann, und es war gut möglich, dass er unter der ganzen Schminke und jenseits seines

Gehabes durchaus verletzlich war. Die Burschen umringten ihn und niemand half ihm – doch in diesem Augenblick kündigten schmetternde Trompeten den Beginn des Rennens an, und die Burschen von Skyros drängten nach vorne, um ihren Helden zu unterstützen.

Auf ein Zeichen von Alkimos hin bestiegen die Fahrer ihre Wagen. Als sie bereit waren, ging er mit einem Helm die Startlinie entlang und hielt ihn jedem Fahrer hin, damit er sein Los hineinwarf. Nachdem er den Helm gut geschüttelt hatte, reichte er ihn an Agamemnon weiter, der die Lose zog und die Startaufstellung ausrief. Seine Stimme war erheblich leiser, als ich sie in Erinnerung hatte, und mir fiel auf, wie überrascht ein paar Männer um mich herum aussahen. Diomedes hatte einen guten Startplatz, was eine Schande war, denn so schien der Ausgang des Rennens schon von vornherein festzustehen. Wie viele Männer hier hatten es wohl gewagt, nicht auf ihn zu wetten? Die paar, die das getan hatten, mussten sich jetzt recht entmutigt fühlen. Doch ich erinnerte mich an die Worte von Alkimos, Diomedes habe nicht das beste Gespann – Ebenholz sei auf diesem Gelände vermutlich das beste Pferd. Andererseits verfügte Diomedes über sehr viel mehr Erfahrung.

Dic Wagenlenker hoben ihre Peitschen, und auf das Signal von Alkimos hin starteten sie. Die Mähnen der Pferde flatterten im Wind, und die Räder der Streitwagen wühlten Staubwolken auf. Stellenweise holperten die Wagen wild über Spurrillen im Boden, aber irgendwie hielten sich die Fahrer oben, und das Rennen verlagerte sich fort von uns. In der Ferne konnte man gerade noch die Wendemarke erkennen, einen toten Baum, flankiert von Felsbrocken aus Granit. Hier wurde die Bahn schmaler, und die Wagen waren gezwungen, enger nebeneinanderher zu fahren, eine potenziell gefährliche Situation: Touchierte man die Räder eines anderen, war es sehr gut möglich, dass beide Wagen umkippten und es zu ernsten, möglicherweise sogar tödlichen Verletzungen für Mensch und Tier kam. Das ganze Geschick und Können der Fahrer waren dort an der Wendemarke erforderlich, wo es auch möglich war, einander zu überholen – doch nur, indem man ein enormes Risiko einging.

Als die Wagen in die Biegung einfuhren, lag Menelaos an erster Stelle, aber Diomedes, nur wenige Schritt dahinter, wollte ihn offenbar überholen. Pyrrhos an dritter Stelle fuhr wie ein Verrückter, als hielte er sich und seine Pferde für unsterblich. Und dann erhoben sich ärgerlicherweise die Staubwolken, die von den trampelnden Hufen aufstiegen, und entzogen sie unseren Blicken. Ein Stöhnen lief durch die Menge, dann folgte gespanntes Schweigen, während sich jeder bemühte, zu erkennen, wer an der Spitze liegen würde, sobald sie wieder zum Vorschein kämen. Dann tauchten die Umrisse von Wagen und peitschenschwingenden Fahrern aus der Staubwolke auf. Direkt vor mir schrie ein Mann: »Diomedes!« – »Stimmt doch gar nicht«, rief der Mann neben ihm. »Es ist Menelaos – bist du blind?« Und dann begannen sie auf echt griechische Art darüber zu streiten; jeder bestand darauf, er habe recht, obwohl keiner von beiden irgendetwas erkennen konnte. Es wäre zu einer Schlägerei gekommen, hätten die Männer um sie herum sie nicht wüst beschimpft, sie sollten den Mund halten.

Die streitenden Stimmen erstarben, während jedermann voller Anspannung darauf wartete, dass man die Wagenlenker erkennen könnte. Ich rechnete mit Diomedes; ich glaube, jeder rechnete mit Diomedes, auch diejenigen, die zu einem anderen Wagenlenker hielten; und als die erste schemenhafte Gestalt näher kam, brach der Trupp von Diomedes in Jubelgeschrei aus. Doch das Gesicht des Wagenlenkers war staubverkrustet und unkenntlich. Die Leute schauten stattdessen auf die Pferde: eines schwarz, eines rotbraun … das waren doch ihre Farben, oder? Beide waren derart mit Staub bedeckt, dass niemand sicher sein konnte. Als die Wagen auf uns zurasten, zog der vorderste Fahrer seinen Helm ab und enthüllte eine flammend rote Mähne.

Alkimos, der eigentlich neutral sein sollte, schaffte es gerade so, nicht zu jubeln, aber alle Myrmidonen um mich herum brachen in Jubelgeschrei aus. Konnte irgendjemand Pyrrhos noch einholen? Das war die nächste Frage. Dicht hinter ihm lag nicht Diomedes, wie alle Welt erwartet hatte, sondern Menelaos. Pyrrhos schwang die Peitsche über seinem Gespann, feuerte es mit lauten Rufen an und setzte sich noch weiter an die Spitze – und dann war er über der Ziellinie. Die Myrmidonen rannten los, um ihm zu gratulieren, sie fielen über seinen Streitwagen her. Doch statt sich in die Arme fallen zu lassen, die sich ihm entgegenreckten, stieg Pyrrhos über den Rand seines Wagens auf den Rücken von Ebenholz, sprang von dort zu Boden und schlang die Arme um den Hals seines Pferdes. »Guter Junge«, sagte er immer wieder. »Guter Junge.« Er drückte sein Gesicht an den Kopf des Tieres und schloss die Augen; ein Augenblick des Friedens in diesem ganzen Tumult. Jeder spürte es und neidete es ihm auch, glaube ich: die vollkommene Harmonie zwischen Mann und Pferd. Dann streckte Pyrrhos die Hand aus und gab Phönix einen liebevollen Klaps. Er wollte vermutlich darauf achten, dass sich das andere Pferd nicht übergangen fühlte; doch man konnte sehen, dass seine wahre Leidenschaft Ebenholz galt.

In diesem Augenblick schaute ich zufällig zu Kalchas hinüber. Die Farbe auf seinem Gesicht hatte durch die Hitze Risse bekommen, und ich sah, wie er Pyrrhos beobachtete. Er muss fünf oder sechs Schritt entfernt gestanden haben, doch selbst über diese Entfernung hinweg spürte ich den Hass, der von ihm ausging.

An der Ziellinie waren Streitereien ausgebrochen, wie sie nach einem Rennen üblich sind. Diomedes war als Dritter ins Ziel gekommen und voller Zorn, denn Pyrrhos hatte ihn von der Strecke gedrängt. »Der dumme junge Idiot«, sagte er laut genug, dass es jedermann hören konnte. Diomedes war nicht verletzt, aber sein Stolz war es mit Sicherheit. »Geht gar nicht darauf ein«, sagte Alkimos zu Pyrrhos. »Da spricht nur der Neid.« Er legte Pyrrhos die Hand auf die Schulter und steuerte ihn entschieden auf Agamemnon zu, der schon wartete, um die Preise zu verleihen. In der Zwischenzeit sprang Automedon auf den Streitwagen, knotete sich die Zügel um die Taille und machte sich bereit, den Wagen zurück ins Lager zu fahren. Pyrrhos umarmte Agamemnon, dann wandte er sich zur Menge, riss die Arme hoch und stieß mit den Fäusten in die Luft. Unter lautem Jubel drängten sich die Myrmidonen nach vorne, nahmen ihn auf die Schultern und trugen ihn hinter seinem Wagen her den Pfad ins Lager hinunter. Ich fand, es sah aus wie eine Ameisenkolonie, die eine besonders saftige Larve in ihren Bau schleppt.

Ich wandte mich Andromache zu. Sie verzog das Gesicht, und ich konnte ihre Gedanken lesen. »Mach dir keine Sorgen«, sagte ich. »So, wie heute Nacht in der Halle getrunken wird, ist er längst hinüber, bevor es dazu kommt.«

29

In der Tat veranstaltete Pyrrhos ein großes Festmahl, um seinen Sieg zu feiern. Ziegen und Schafe brieten am Spieß, der Wein floss wie Wasser … Menelaos war Ehrengast, doch die anderen Könige folgten Agamemnons Beispiel und blieben weg. Pyrrhos hielt eine Rede, in der er Menelaos in den Himmel lobte – seinen Mut, seine Weisheit, sein reiterliches Können – und sich entschuldigte oder zumindest beinahe entschuldigte, dass er versucht hatte, ihn von der Strecke zu drängen. Als Menelaos sich zu einer Erwiderung erhob, stieg der Jubel bis zu den Dachsparren auf. Ein guter Verlierer wird stets respektiert. Obwohl Menelaos nicht widerstehen konnte, ein oder zwei spitze Bemerkungen über hitzköpfige junge Männer einzuflechten, die mit einem Mordversuch davonkommen, war es insgesamt eine wohlwollende Rede. Zum Schluss verlieh er seiner Hoffnung Ausdruck, die beiden Königreiche würden sich in Zukunft noch enger zusammenschließen, denn – so lautete die Nachricht, die er zu verkünden hatte – Pyrrhos hatte Menelaos' Angebot angenommen, dessen Tochter zur Frau zu nehmen.

Die Halle tobte; man hätte meine können, die Männer würden alle selbst heiraten. Ich stand im Hintergrund, schaute zu und dachte darüber nach, wie selbstsicher Pyrrhos dastand, wie man ihn pries und ehrte – und tief in mir erbebte ich vor Zorn und Wut.

Sobald die Reden vorüber waren, begann das ernsthafte Saufen. Alle sangen, klatschten und tanzten – und inmitten des Ganzen gab Automedon Andromache und mir irgendwann zu verstehen, dass wir uns zurückziehen sollten. Ich begleitete sie zurück zur Hütte der Frauen, wo sie am Fuß der Stufen stehen blieb und mich zu meiner ziemlichen Überraschung umarmte. In dieser Nacht schickte niemand nach ihr, auch nicht nach Helle, doch ich befürchte, die einfachen Frauen rund um die Lagerfeuer hatten eine schlimme Nacht. Ich hoffe, sie haben wenigstens etwas vom Wein abbekommen.

Als ich am nächsten Morgen erwachte, wirkte das Gelände verlassen. In den kommenden Stunden erschien allmählich ein Mann nach dem anderen, sie versammelten sich um die Feuer und verlangten nach einem Frühstück, doch die meisten schafften es nicht, viel zu essen. Einige stöhnten beim Anblick des Essens nur und gingen gleich wieder zurück ins Bett.

Der Himmel verdunkelte sich Stunde um Stunde, bis er gegen Mittag beinahe schwarz war. Alles sah gelblich aus, auch die Haut der Menschen – als wären die einzigen Farben auf der Welt Gelb und Schwarz. Das sind in der Natur die Farben, die uns warnen. Und tatsächlich brachte dieser Tag ein wachsendes Gefühl der Bedrohung mit sich. Einige Männer zeigten auf die ambossförmige Wolke, die über der Bucht hing, aber andere sagten, sie bedeute etwas Gutes: Ein Sturm war genau das, was sie brauchten; Donner, ein schöner, heftiger Wolkenbruch, dann würde der Wind endlich umschlagen.

An diesem Abend herrschte beim Essen gedämpfte Stimmung. Niemand verspürte den Wunsch, viel zu essen, und obwohl einige der jüngeren Männer beschlossen, ihre Kopfschmerzen mit Wein zu betäuben, tranken die meisten sehr wenig. Der Wind wehklagte um die Halle; und weil nicht wie üblich Rufe und Gesang ertönten, schien er lauter als zuvor. Alle hatten den Wunsch, sich früh zur Ruhe zu begeben. Einige Männer waren bereits aufgestanden und wollten aufbrechen, als von der Tür her Schritte erklangen. Wir wandten uns um: Es waren die Herolde des Agamemnon. Sie traten ein und kamen den Mittelgang herauf. Pyrrhos schien überrascht, erhob sich aber sogleich, um sie zu begrüßen. Sie verbeugten sich tief, dann bedeuteten sie ihm, sie hätten ihm vertraulich Mitteilung zu machen. Pyrrhos wies Alkimos und Automedon an, ihm zu folgen, dann gingen sie gemeinsam mit den Herolden in seine Privatgemächer. Die Männer blieben noch eine ganze Weile, weil sie neugierig waren und erfahren wollten, was vor sich ging, doch Pyrrhos kehrte nicht zurück.

Ich verließ Andromache vor der Hütte der Frauen. Die Luft war drückend schwül, und doch fühlte es sich meiner Meinung nach nicht so an, als würde sich bald ein Gewitter entladen. Bevor ein Unwetter losbricht, herrscht in der Regel bedrohliche Stille, aber in jener Nacht war es keineswegs still. Wir hörten wie immer das unaufhörliche Stöhnen des Windes, der nicht zur Ruhe kam und dafür sorgte, dass auch niemand sonst zur Ruhe kam. Ich war froh, dass ich hineingehen und die Tür schließen konnte.

Eine Stunde später kam Alkimos. »Agamemnon hat für morgen Mittag eine Versammlung einberufen«, sagte er, setzte sich auf das Bett und begann, seine Sandalen aufzuschnallen. »Es überrascht mich, dass er das erst jetzt tut.«

Ich erinnerte mich an das schwer gezeichnete Gesicht von Agamemnon und fragte mich, ob er überhaupt in der Lage war, Entscheidungen zu fällen. »Ist das nicht etwas Gutes?«

»Wenn es die Leute zusammenbringt, dann schon. Doch es besteht die Gefahr, dass eine Versammlung die Differenzen nur noch deutlicher zum Vorschein bringt.«

»Sind sie denn nicht schon allgemein bekannt? Agamemnon ist schließlich nicht zum Siegerfest von Pyrrhos gekommen.«

»Das konnte er nun wirklich nicht, wo doch Menelaos da war. Kannst du dir vorstellen, wie er dabeisitzt, während Menelaos die Hochzeit zwischen Pyrrhos und seiner Tochter verkündet? Sie hätte eigentlich Agamemnons Sohn heiraten sollen.«

»Das arme Mädchen«, sagte ich.

Er sah ausdruckslos drein. Inzwischen hatte er seine Tunika ausgezogen, und als ich mich bückte, um sie aufzuheben, fasste er mich am Arm. »Ist mit dir alles in Ordnung?«

»Es geht mir gut.«

Er ließ mich los, vielleicht ein wenig widerstrebend. Winzig kurz, Sekundenbruchteile lang war die Möglichkeit aufgeschienen, dass wir die Nacht miteinander verbringen könnten. Ich spürte, dass ich etwas sagen musste, egal was … »Bereut Ihr es, dass Ihr mich geheiratet habt?«

»Wieso sollte ich das bereuen?«

»Es war nicht Eure Wahl.«

»Aber ich bin mit der zweitschönsten Frau der Welt verheiratet – wie könnte ich das wohl bereuen?«

Welcher Mann schaut seiner Frau tief in die Augen und sagt ihr, sie wäre die *zweitschönste* Frau der Welt? Nun, Alkimos natürlich. Was er sagte, mochte einem nicht immer gefallen, aber man konnte sicher sein, dass er die Wahrheit sagte – oder zumindest das, was er für die Wahrheit hielt. Ich glaube, ich bin niemals einem ehrlicheren Menschen begegnet. Und natürlich hatte Achill ihn genau deswegen ausgewählt. Ich erinnere mich, wie er einmal sagte, er verabscheue Männer, die das eine dachten und das andere sagten, wie »die Pforten des Todes«. Nun, einen solchen Vorwurf konnte man Alkimos ganz gewiss nicht machen.

Er saß noch immer auf der Bettkante und versuchte offenbar, sich etwas anderes einfallen zu lassen, was er sagen könnte. »Ich habe mich gefreut, dass du gekommen bist und dir das Wagenrennen angeschaut hast.«

»Es hat mir gefallen.«

Das war alles. An der Tür wandte ich mich um und blickte zurück, aber er zog bereits die Decken über sich, also nahm ich mir eine Kerze und begab mich in all meiner Würde der zweitschönsten Frau der Welt zu Bett.

Es war ein schmales Bett, und hart dazu. Das Bett von Alkimos war größer, aber kein Bett könnte jemals breit genug sein, solange Achill zwischen uns lag.

Großer Achill. Glänzender Achill, strahlender Achill, gottgleicher Achill …

Wir verbrachten unser Leben in diesem gewaltigen Schatten. Das war es, was an meiner Ehe falsch war – und ich sah keine Möglichkeit, es ins Lot zu bringen. Vielleicht würde mich Alkimos, wenn das Baby erst einmal geboren war, endlich als *seine* Frau betrachten? Würde er vielleicht zu mehr Selbstvertrauen finden; darauf vertrauen, nicht immer und unwiederbringlich der Zweitbeste zu sein? Möglicherweise.

Das Problem war Folgendes: Alkimos ging davon aus, dass ich Achill geliebt hatte und ihn noch immer liebte. Mit diesem Glauben stand er keineswegs allein da. Damals – und auch heute noch – scheinen die Menschen es als selbstverständlich vorauszusetzen, ich hätte Achill geliebt. Warum auch nicht? Ich hatte den schnellsten, den stärksten, tapfersten und schönsten Mann seiner Generation in meinem Bett gehabt – wie hätte ich ihn nicht lieben sollen?

Er hat meine Brüder getötet.

Wir Frauen sind merkwürdige Geschöpfe. Wir neigen nicht dazu, diejenigen zu lieben, die unsere Familien ermordet haben.

Doch die Geschichte hat noch eine weitere Ebene, die ich vor mir selbst gern verschweige, weil sie mir unangenehm ist. In der Nacht, als Priamos ins griechische Heerlager kam und Achill um die Herausgabe von Hektors Leichnam bat, hatte ich mich in seinem Karren versteckt, als er zurück zu den Toren rollte. Ich war mir die ganze Zeit über bewusst, dass Achill nebenherging. Ich hätte auf dem Karren bleiben und den ganzen Weg mit nach Troja fahren können, doch dann hätte ich die Plünderung einer weiteren Stadt miterlebt und wäre ein zweites Mal versklavt worden. Es gab gute Gründe, meinen Fluchtversuch abzubrechen, aber als Achill fragte, warum ich zurückgekommen sei, sagte ich schlicht: *Ich weiß nicht.* Und er nickte bloß. Denn das Außergewöhnliche daran ist: Er hatte die ganze Zeit gewusst, was ich tat – und er hatte nichts unternommen, um mich davon abzuhalten. Ich kehrte zurück. Er war bereit gewesen, mich gehen zu lassen. Als wir uns nun wiederbegegneten, war es nicht mehr einfach nur eine Beziehung zwischen Herrn und Sklavin. Es gibt Verbindungen zwischen Menschen, die gehen tiefer als Liebe.

Doch wenn man zynisch sein will, könnte man sagen, ich sei von Anfang an dazu entschlossen gewesen, zu überleben, und dass ich wusste, dass meine Chancen im griechischen Lager unter dem Schutz von Achill besser sein würden, als sie es in Troja je gewesen wären.

Doch diese Gedanken führten nirgendwohin. Ich lag noch immer in meinem schmalen Bett und lauschte dem Wind; ich war mir der Wiege bewusst, die wieder zu schaukeln begonnen hatte. In meinen frühen Tagen im Lager hatte ich zuweilen gebetet, die Dinge möchten sich ändern. Um so etwas betete ich nun nicht mehr. Es bestand keine Notwendigkeit dafür; das Baby würde genug Veränderung herbeiführen, zum Guten oder zum Schlechten, es war nicht zu ändern. Ebenso gut hätte man versuchen können, Ebbe und Flut aufzuhalten.

30

In dieser Nacht verwandelte sich der Wind in einen regelrechten Orkan. Als sich die Männer um die Mittagszeit auf dem Versammlungsplatz einfanden, standen sie den sichtbaren Schäden gegenüber, die der Sturm angerichtet hatte. Die Statue der Artemis, die durch ihren Standort im Kreis der Götter am stärksten von allen gefährdet war, hatten die Böen in der Nacht umgekippt, und die Krieger waren gezwungen, über sie hinwegzusteigen oder – aus einem unklaren Gefühl von Respekt heraus – einen Umweg zu machen und um sie herumzugehen. Ihr Sturz kam nicht ganz unerwartet: Seit Monaten hatte sie sich bereits mit dem Wind geneigt, etwa so wie die verkrümmten Bäume in den Dünen. Doch dass sie nun umgefallen war, erschien in dem blassgelben Licht regelrecht Unheil verkündend; ich sah mehr als einen Mann das Zeichen gegen den bösen Blick machen, als er vorbeiging.

Ich war unterwegs zur Halle von Nestor unweit des Versammlungsplatzes und hoffte, dass ich die Versammlung von seiner Veranda aus beobachten können würde. Als ich ankam, hatte Nestor das Haus bereits verlassen. Ich sah ihn auf seinem Weg durch die Menge, schwer auf seine beiden älteren Söhne gestützt. Er hob die Arme nur so lange von ihren Schultern, um das Jubeln der Menge mit einem Gruß zu erwidern. Hekamede begrüßte mich an der Tür. Als ich über die Schwelle trat, roch ich karamellisierten Zucker und süßen Zimt. Auf den langen Tischen in der Halle standen unzählige Servierplatten aufgereiht; vermutlich hatte sie den ganzen Morgen gebacken. Bald darauf traf Kassandra in Begleitung von Ritsa ein, und ich war froh, das zu sehen – doch mir gefiel die Art nicht, wie Kassandra sie behandelte. Ich spürte, dass zwischen ihnen eine komplizierte Beziehung erwachsen war. Ritsa war Zeugin der schlimmsten Augenblicke von Kassandras Wahnsinn geworden; sie hatte ihr geholfen, sie zu überwinden, und hatte Kassandra unterstützt. Das machte sie zu einer Frau, der Kassandra etwas schuldig war, die sie aber auch verabscheute – und sogar fürchtete. Ritsa wusste zu viel, sie hatte zu viel gesehen.

Als ich mitbekam, wie barsch Kassandra sie herumkommandierte, wie herablassend sie manchmal schien, begann ich um Ritsa zu fürchten – und meine Meinung über Kassandra besserte sich dadurch gewiss nicht. Mir fiel außerdem auf, wie sie sich beim Zuckerwerk von Hekamedes Servierplatte bediente und kaum ein Wort der Anerkennung verlauten ließ, und ich reagierte darauf, indem ich Hekamede so überschwänglich dankte, dass sie überrascht einen Schritt zurücktrat.

Nach ein paar Minuten gekünstelter Unterhaltung traten wir mit unseren Tellern hinaus auf die Veranda. Der Versammlungsplatz füllte sich schnell. Immer wenn einer der Könige den Platz betrat, wurde er von seinen Leuten mit Jubelrufen begrüßt, das sich zu einem Gebrüll erhob, wenn er auf seinem Stuhl Platz nahm. Schließlich waren alle bis auf einen eingetroffen, und die Blicke richteten sich auf den leeren Platz von Agamemnon. Er kam bei jeder Versammlung als Letzter, stets war sein Einzug förmlich und immer theatralisch, die Herolde schritten ihm voran, und er wurde von Trompetenstößen begleitet. Als ich mich über das Geländer beugte, konnte ich erkennen, wie alt und krank er aussah, obwohl seine Kleidung prachtvoll und sein Verhalten gebieterisch war. Ich bezweifle, dass viele Leute mehr als das sehen konnten. Ihr müsst bedenken, ich hatte Agamemnon ganz aus der Nähe erlebt. Viel zu nahe. Manchmal spürte ich nachts noch immer seinen schwitzenden, massigen Körper auf meinem.

Ritsa berührte mich am Arm. »Geht es dir gut?« Ich legte meine Hand auf ihre, doch ich sagte nichts.

Ich sah zu, wie die Männer einander begrüßten. Odysseus und Diomedes gingen quer über den Versammlungsplatz zu Agamemnon, der sich wiederum in einem seltenen Anfall von Gunstbezeugung hochhievte und Nestor entgegenging, um mit ihm zu sprechen. Auffallend war, dass keinerlei Begrüßung zwischen den beiden Brüdern stattfand. Menelaos blickte immer, ob nun absichtlich oder nicht, in die andere Richtung. Pyrrhos saß Agamemnon direkt gegenüber, zu weit weg, als dass sie ohne Umstände miteinander hätten sprechen können, aber es wäre nur natürlich für Agamemnon gewesen, Pyrrhos auf irgendeine Weise zur Kenntnis zu nehmen – schließlich hatte er ihm erst zwei Tage zuvor den ersten Preis im Wagenrennen verliehen –, aber ich konnte kein Zeichen einer Begrüßung erkennen. Ajax der Kleine kaute auf seinem Bart herum, der immer dünn und löchrig wirkte, und blickte nervös hin und her. Er hatte Kassandra im Tempel der Athene vergewaltigt, und hier stand er nun, wie ein Ziegenbock, der als Opfertier auserwählt und angebunden war. Er grüßte niemanden – und es war auffällig, wie wenige Männer ihn grüßten.

Schließlich kehrte Agamemnon auf seinen Platz zurück. Er räusperte sich und blickte mit seinen dunklen Augen unter den schweren Lidern in der Versammlung umher. »Wir sollten alle längst zu Hause sein.« Mit diesen wenigen Worten zog er die Aufmerksamkeit aller auf sich. »Selbst du, Idomeneo von Kreta, solltest, einen anständigen Wind vorausgesetzt, schon zu Hause sein bei deiner lieben Frau und bei deinen Kindern. Und auch Odysseus sollte mittlerweile das weit entfernte Ithaka erreicht haben. Doch wir sind alle noch immer hier, unsere Abfahrt wird verhindert durch den Willen der Götter. Und wir wissen nicht einmal, was wir getan haben, dass sie uns zürnen.«

Wirklich nicht?, dachte ich.

»Doch es liegt in der Natur der Götter, dass die Strafe oft dem Wissen über das Vergehen vorausgeht. Daher habe ich Kalchas gebeten, den berühmten Seher, der uns schon in früheren Zeiten bei unseren Versammlungen Ratgeber war, heute wieder zu uns zu sprechen. Euch allen sage ich nur: Lauscht ihm aufmerksam und denkt über seine Worte nach.«

Kalchas tauchte in vollem Priesterornat zwischen zwei Reihen von Hütten auf. An seinem Priesterstab flatterten die scharlachroten Bänder des Apoll. Sofort verstummte das Stimmengewirr, das auf Agamemnons Ansprache gefolgt war. Kalchas war in dieser Versammlung eine wohlbekannte Figur. Er mochte nicht besonders beliebt sein, manch einer belächelte ihn vielleicht – und trotzdem achtete man ihn als Seher und Propheten. Viele der Anwesenden konnten sich sicherlich noch gut daran erinnern, wie er seine Stimme gegen Agamemnon erhoben hatte, als das

Lager von der Pest befallen gewesen war. Er hatte gesagt, Agamemnons respektlose Behandlung eines Priesters habe den Zorn des Apoll hervorgerufen und er schieße aus diesem Grunde die Pestpfeile ins Lager, wo sie Mensch und Tier töteten. Agamemnon hatte Kalchas dafür gehasst, doch der hatte recht behalten. Sobald Agamemnon dem Priester seine Tochter zurückgesandt hatte, war kein einziger neuer Fall der Pest mehr aufgetreten – und einige Männer, die bereits erkrankt gewesen waren, wurden auf wundersame Weise gesund. Damals hatte Kalchas sich Agamemnon widersetzt, und er hatte die Wahrheit gesprochen. Also waren alle bereit, ihm auch heute zuzuhören.

Doch Kalchas forderte sie nicht zum Zuhören auf.

»Seht her«, sagte er stattdessen. »Seht euch die Götterstatuen an.«

In der ganzen Versammlung wandten sich die Köpfe.

»Seit zehn Jahren sind sie hier – genauso lange wie ihr. Gleich nachdem die Männer damals von Bord der Schiffe gegangen waren, befahl Fürst Agamemnon, einen Ort zu schaffen, an dem man die Götter ehren könnte. Diese Statuen wurden geschnitzt und aufgestellt, und seither haben alle Erörterungen des Heeres und alle Aussprachen zwischen den Königen unter ihrem Blick stattgefunden. Wir alle haben uns an die Anwesenheit dieser Götterstatuen gewöhnt. Vielleicht geht ihr über den Versammlungsplatz und schaut sie gar nicht mehr an. Vor zwei Tagen hat hier der Boxwettkampf stattgefunden, davor der Ringkampf, aber wie viele von euch haben sich die Mühe gemacht, zu den Göttern aufzublicken? Wie vielen von euch ist aufgefallen, wie verblasst und verwittert ihre Statuen mittlerweile sind? In der vergangenen Nacht hat der Sturm die Statue der Artemis umgeweht. Viele von euch sind auf ihrem Weg zur Versammlung über sie hinweggestiegen. Es ist ein Schock, nicht wahr? Diese Lücke im Kreis der Götterbilder – und doch muss der Sockel ihrer Statue über Jahre hinweg verrottet sein.«

Ich blickte wie alle anderen zu den Statuen hinüber: Die Farbe blätterte ab, das Holz verfaulte; Poseidon fehlte die Nase, die eulenartigen Augen von Athene waren verblasst, und Apollo neigte sich gefährlich zur Seite, als beugte er sich besorgt über seine gestürzte Schwester.

»Ich behaupte nicht, die Vernachlässigung ihrer Statuen hätte die Götter derart erzürnt, dass sie diesen Wind als Strafe geschickt haben. Doch ich sage, die Vernachlässigung der Statuen ist ein Zeichen für ein viel größeres Vergehen: das Versäumnis, den Wesen, die so viel bedeutender sind als wir, den Respekt zu erweisen, den wir ihnen schuldig sind.«

Kalchas schwitzte in der Mittagshitze, die Farbe auf seinem Gesicht platzte ab, die dunklen Linien um seine Augen begannen zu zerlaufen – das alles und seine ungeheure Körpergröße ließen ihn selbst wie eine verfallende Statue aussehen; eine Art dreizehnte Gottheit.

»Freunde«, sagte er. »Wir alle wissen: Wenn eine große Stadt fällt, passieren Dinge, die in einer idealen Welt nicht passieren würden. Keiner trägt Schuld daran – ich mache niemanden dafür verantwortlich. Durch die harte Notwendigkeit des Krieges, den die Götter selbst den Griechen auferlegt haben, sind solche Taten zwangsläufig unvermeidlich – doch das ändert nichts an den Tatsachen. Die Tempel der Götter sind entweiht worden; Frauen, die hinter den Altären Schutz gesucht haben, wurden herausgezerrt und vergewaltigt. Selbst jungfräuliche Priesterinnen blieben nicht verschont.«

Kalchas hütete sich, Ajax anzuschauen, aber alle anderen wandten sich zu ihm um. Ich war mir plötzlich bewusst, dass Kassandra neben mir stand. Und als ich hinunterblickte, sah ich, wie sie das Geländer so fest umklammert hatte, dass ihre Fingerknöchel weiß hervortraten.

»Sodann«, fuhr Kalchas fort, »wurden die Tempel in Brand gesteckt. Viele sind bis auf die Grundmauern niedergebrannt. Gibt es jemanden unter euch, der behaupten kann, das wäre kein Grund, aus dem die Götter zutiefst gekränkt sind? Doch sie sind gnädig. Sie verlangen nicht, dass ihre Tempel wieder aufgebaut werden. Sie begnügen sich damit, dass ihre Statuen repariert werden und die Könige vor ihnen Opfer darbringen – nachdem jeder Mann im Lager sich gereinigt hat.«

Das war die mildeste aller milden Strafen. Eine Gruppe geschickter Zimmerleute, von denen es im Lager viele gab, könnte die Statuen innerhalb einer Woche reparieren. Ajax sah erleichtert aus – und er hatte allen Grund dazu. Bewegung ging durch die Menge, die Spannung löste sich.

Kalchas aber stand still und regte sich nicht. Er wartete, bis seine Zuhörerschaft wieder zur Ruhe gekommen war, und sagte dann: »Wenn ich den Willen der Götter offenbare, laufe ich Gefahr, einen bedeutenden Anführer zu kränken, einen Mann, der berühmt ist für seinen Mut und für seine Fähigkeiten im Kampf.« Er wandte sich an Agamemnon. »Ich muss Euch um Euren Schutz bitten, Fürst Agamemnon.«

Agamemnon hob die Hand. »Ich gewähre ihn Euch. Sprecht ohne Furcht, wie die Götter es Euch anweisen.«

»Freunde«, sagte Kalchas erneut. Hatte er unter der gewaltigen Menge in dieser Versammlung auch nur einen einzigen Freund? Ich bezweifelte es. »Freunde. Wir alle wissen, dass Zeus in seiner Gnade den Menschen Gesetze gegeben hat. Ein weiser Mann befolgt diese Gesetze sorgfältig, wenn er erleben möchte, wie seine Kinder und Enkel heranwachsen und gedeihen. Vor allem gab uns Zeus das Gesetz der Gastfreundschaft, das Gastrecht, das heilige Band, das Gastgeber und Gast miteinander verbindet – ein Leben lang. Und wir wissen auch, dass dieses Band, sobald es einmal geschmiedet ist, alles andere außer Kraft setzt. Gastfreunde dürfen einander nicht töten, selbst wenn sie in einem Krieg auf unterschiedlichen Seiten kämpfen. Einige von euch werden sich erinnern, wie Diomedes auf dem Schlachtfeld dem Gastfreund seines Großvaters begegnet ist und sich mit vollkommener Richtigkeit geweigert hat, gegen ihn zu kämpfen. Niemand hat ihm einen Vorwurf daraus gemacht, dass er diesem Zusammenstoß ausgewichen ist, denn einen Gastfreund zu töten, ist niemals gerechtfertigt, nicht einmal im Krieg.«

Die Versammlung war sehr still geworden. Niemand begriff, worauf Kalchas mit dieser Rede hinauswollte. Er hatte Diomedes erwähnt, doch nur, um ihn von jeglicher Schuld freizusprechen; Ajax, jedermanns Lieblingsbesetzung für die Rolle des obersten Schurken, schien ungeschoren davonzukommen … »Nun komme ich zum schwierigen Teil«, sagte Kalchas. »Ihr alle wisst, dass der große Achill, als er noch unter uns weilte, Hektor getötet hat, den Sohn des Priamos, und so ungeheuer war sein Verlangen nach Rache, dass er Hektors Leichnam ins Lager schleifte und ihm zahllose Verletzungen zufügte. König Priamos kam im Schutze der Nacht allein zu Achill und wurde von ihm mit allen

Zeichen von Höflichkeit und Respekt empfangen. Als Priamos das Lager mit Hektors Leichnam auf seinem Karren verließ, begleitete Achill ihn bis zum Tor, in voller Bewaffnung und bereit, ihn zu verteidigen – selbst gegen seine griechischen Landsleute. Es besteht kein Zweifel: Zwischen ihnen ist das Band der Gastfreundschaft geschmiedet worden. Dieses Band ging auf den Sohn des Achill, auf Fürst Pyrrhos, über. Er aber hat Priamos auf den Stufen des Zeusaltars getötet; vor dem Altar des Gottes, der den Menschen die Gesetze der Gastfreundschaft gegeben hat.

Könnte es für Zeus eine größere Beleidigung geben als diese? Mein Freunde, es ist Zeus selbst, der Vater der Götter und Menschen, der uns an diesem Strand gefangen hält.«

Alle Blicke ruhten jetzt auf Pyrrhos. Er sah verblüfft aus und starrte verständnislos von einer Seite zur anderen. Ganz offensichtlich hatte er nicht einen Augenblick damit gerechnet, dies könnte das Ergebnis der Versammlung sein. Ich sah, wie Automedon sich vorbeugte und ihm beruhigend die Hand auf die Schulter legte.

Kalchas fuhr fort. »Nun mögt ihr sagen, Fürst Pyrrhos wusste nichts von dem Band zwischen seinem Vater und Priamos. Das mag durchaus sein, doch ein Vergehen, das in Unwissenheit begangen wird, bleibt gleichwohl ein Vergehen. So komme ich nun zur Strafe, die Zeus verlangt: Priamos muss bestattet werden, mit allen Ehren, die einem König zukommen. Doch ehe der Scheiterhaufen angezündet wird, muss Fürst Pyrrhos seinen schwarzen Hengst opfern, aus dem Gespann, mit dem er beim Wagenrennen gesiegt hat.«

Pyrrhos sprang auf. »Nein! Niemals! Du stinkender Haufen Hundescheiße, eher sehen wir uns im Hades!«

Alkimos wollte ihn zurückhalten, doch Pyrrhos stieß ihn weg, stürzte sich quer über den Versammlungsplatz und zog unterwegs sein Schwert. Die Wachen des Agamemnon sprangen herbei, um Kalchas zu schützen, der an die Statue des Zeus zurückwich und die Arme schützend vors Gesicht hob. Im letzten Augenblick schien Pyrrhos zu zögern, gerade lang genug, damit Automedon ihn beim Haar packen und seinen Kopf zurückreißen konnte. Alkimos trat mit erhobenen Händen vor Kalchas, um zu bedeuten, dass er unbewaffnet war, und auf ein Wort von Agamemnon zogen sich die Wachen zurück. Mittlerweile umringten die Myrmidonen Pyrrhos, der die Demütigung ertragen musste, von seinen eigenen Männern entwaffnet und zurückgezerrt zu werden.

Nun herrschten Aufruhr und Tumult. Überall auf dem Versammlungsplatz gestikulierten und schrien die Männer erregt. Agamemnon musste mehrere Male zur Ordnung rufen, ehe es ihm gelang, sich Gehör zu verschaffen. Als die Menge sich endlich beruhigt hatte, dankte er Kalchas für seine weisen Worte und sagte, Pyrrhos sei verständlicherweise erregt – er sei ein sehr junger Mann und, wie sie alle wüssten, mangelte es jungen Männern an Urteilsvermögen und sie müssten von denen angeleitet werden, die älter und weiser waren … Und so weiter. Er war sicher, Fürst Pyrrhos werde zur Vernunft kommen und den Göttern gehorchen – wenn er erst Zeit zum Nachdenken gehabt hätte.

Die Prozession des Agamemnon formierte sich erneut, zog vom Versammlungsplatz und überließ es Menelaos, darüber nachzudenken, dass sein einziger verbleibender Verbündeter im Lager, der Mann, dem er gerade erst die Hand seiner Tochter versprochen hatte, nun in Ungnade gefallen war. Unterdessen hatten sich die Myrmidonen vollkommen ungeordnet zusammengedrängt und in Bewegung gesetzt. In ihrer Mitte leuchtete das rote Haar von Pyrrhos, und es war beinahe, als trügen sie einen verwundeten Kameraden vom Schlachtfeld. Ich ging zurück in die Halle, setzte mich am Ende einer Bank nieder und stützte die Arme auf den Tisch. Kassandra, die mir gefolgt war, setzte sich mir gegenüber.

»Nun«, sagte sie. »Was hältst du davon?«

Ich brauchte nicht zu fragen, was sie davon hielt: Ihre Pupillen war so stark erweitert, dass ihre Augen ganz schwarz wirkten. Ich fragte mich, wie viel sie mit der Ansprache von Kalchas zu tun gehabt hatte, die in vielerlei Hinsicht untypisch für ihn gewesen war: keine Träume, die es auszulegen galt; keine Bezüge zum Vogelflug – kein gestrandeter Seeadler in Sicht. »Wie viel davon stammte von Euch?«

Sie zuckte mit den Achseln. »Ist das von Bedeutung? Ich habe gelernt, mein Herz nicht zu sehr an meine eigenen Prophezeiungen zu hängen. Man hat ihnen immer nur Glauben geschenkt, wenn ich einen Mann dazu bringen konnte, sie zu verkünden.« Sie trommelte mit den Fingern auf dem Tisch. »Ich warte noch immer auf deine Antwort.«

»Ich weiß nicht. Natürlich möchte ich Priamos bestattet sehen … Ich wünschte nur, Kalchas hätte das nicht mit seiner persönlichen Rache vermischt.«

»Seiner persönlichen Rache …? Oh, du meinst das Pferd.« Sie starrte mich an, ihre gelben Augen waren nun heller, als ich sie je gesehen hatte. »Das ist nicht genug, nicht annähernd genug – aber besser als nichts.«

Nun betraten auch Ritsa und Hekamede den Saal, und Hekamede begann augenblicklich voller Betriebsamkeit mit den Vorbereitungen für das Abendessen.

Ich stand auf. »Ich glaube, wir sollten gehen.«

Die Menge hatte sich bereits zerstreut, als wir die Halle verließen, und ich beschloss, am Strand entlangzugehen. Ich wusste, Eile tat nicht not. Alkimos würde mit Pyrrhos und Automedon in der Halle sein und versuchen, die Scherben zu kitten – und um diese Aufgabe beneidete ich ihn nicht. Sie mussten Pyrrhos überzeugen, den Göttern zu gehorchen und das einzige Lebewesen zu opfern, das er zu lieben in der Lage schien. Abgesehen von sich selbst. Und selbst da war ich mir nicht mal so sicher.

31

Ich schlenderte lange am Strand entlang. Als ich schließlich das Gelände von Pyrrhos erreichte, ging ich direkt zur Hütte der Frauen. Die meisten Mädchen waren im Hof hinter der Hütte, wo Maire gerade das Baby baden wollte. Von Stoffbinden und Windel befreit, lag der Junge auf einer Decke, gab kurze, zufrieden gurrende Geräusche von sich und strampelte mit den Beinen. Eines der Mädchen hielt ein Leintuch über ihn, um seine Augen vor der Sonne zu schützen. Wir hatten Glück mit seinem Naturell: Er schlief an der Brust ein, wachte auf, trank und schlief erneut. Nie zog er die Aufmerksamkeit auf sich; er schrie nicht stundenlang wegen Koliken, wie es bei so vielen Erstgeborenen der Fall ist. Mit seinem Aussehen hatten wir allerdings weniger Glück. Den meisten Babys sieht man ihr Geschlecht nicht an, aber hier lag der Fall anders: Er war ein richtiger kleiner Boxer, selbst seine gekrümmten Finger sahen aus wie Fäuste.

Andromache kam hinaus und setzte sich neben mich, und ich berichtete ihr, was auf dem Versammlungsplatz vorgefallen war. Wir stellten Vermutungen darüber an, was Pyrrhos tun würde, und waren uns einig, dass man uns heute Abend wahrscheinlich nicht brauchen würde, um beim Essen Wein zu servieren. Das Kind lag nur wenige Fuß von ihr entfernt, doch sie schaute es nicht ein einziges Mal an und ging kurz darauf in die Hütte zurück.

Nach einer Weile entspannte ich mich, schloss die Augen und hob mein Gesicht zur Sonne. Die schwarzen Wolken waren verschwunden, doch der Wind blies so stark wie immer. Trotzdem war dieser Ort von allen Orten im Lager am besten vor dem Wind geschützt. Das Geplauder der Mädchen plätscherte neben mir dahin. Ich glaube, ich muss eingedämmert sein. Als ich merkte, wie um mich herum Unruhe entstand und die Mädchen aufsprangen, schreckte ich hoch. Ich öffnete die Augen und sah Pyrrhos vor mir emporragen. Und da lag das Baby, gurrte und gluckste und versuchte, sich die Faust in den Mund zu schieben. Pyrrhos blickte auf das Kind herab, und ich sah, wie sich sein Gesichtsausdruck veränderte; obwohl ich bezweifle, dass er tatsächlich begriff, was er sah: ein nacktes und ganz offensichtlich männliches Kind.

Er mochte jetzt nicht darauf achten, aber das bedeutete nicht, dass er sich nicht später daran erinnern würde. Es war eine Katastrophe. Langsam erhob ich mich. Er verbeugte sich und fragte, ob wir kurz miteinander sprechen könnten. Natürlich stimmte ich zu, und wir betraten gemeinsam die Hütte. Drinnen war es kühl, doch das schien mir nur noch deutlicher zu machen, wie erschöpft und verwirrt ich mich fühlte. Ich hätte nicht zulassen sollen, dass ich einschlief.

Mehrere Mädchen saßen auf ihren Betten und unterhielten sich, ein Mädchen bürstete einem anderen die Haare. Sie wandten sich um, als wir hereinkamen, und waren zu Tode erschrocken, als sie Pyrrhos erblickten. Ich machte eine knappe Kopfbewegung, und sie rannten hinaus.

Pyrrhos sagte: »Alkimos hat vorgeschlagen, dass ich mit dir sprechen soll.«

Dann: Schweigen. Nichts. Ich wartete und überlegte verzweifelt, was ich sagen könnte, irgendetwas, das ihn von dem ablenken würde, was er gerade draußen gesehen hatte.

»Wollen wir hinübergehen in die Halle?« Armselig, doch das war das Beste, was mir einfiel. »Hier ist es so voll.«

Das war sogar noch dümmer, denn wir standen zu zweit in einem Raum, der ansonsten leer war, aber er schien es nicht infrage zu stellen, sondern bewegte sich automatisch in Richtung Tür.

Wir gingen über den Hof und die Stufen der Veranda hinauf in die hell erleuchtete Halle. Es waren bereits frische Binsen ausgelegt worden, und die Tische waren für das Abendessen gedeckt. Die Vorbereitungen waren offenbar schon weit fortgeschritten gewesen, als Pyrrhos das Essen abgesagt hatte. Er ging den Mittelgang entlang, und natürlich folgte ich ihm. Ich erwartete, dass er mich in seine Wohnquartiere führen würde, aber im letzten Augenblick schien er seine Meinung zu ändern und setzte sich stattdessen am oberen Tisch auf den Stuhl von Achill und krallte seine Finger um die geschnitzten Löwen mit ihren knurrenden Mäulern. Neben seinem Teller stand der Thrakische Pokal mit seiner Verzierung aus Pferdeköpfen mit fliegenden Mähnen. Er griff danach und umschlang den Schaft mit seinen dicken Fingern.

»Alkimos sagt, du bist dabei gewesen – in der Nacht, als Priamos ins Lager gekommen ist.«

»Ja«, sagte ich, »ich bin dabei gewesen.«

Er stellte die gleichen Fragen, die auch Kalchas gestellt hatte, und ich gab die gleichen Antworten. Diesmal fiel es mir schwerer, die Fassung zu wahren, denn ich saß dort, wo sich die Ereignisse abgespielt hatten. Damals hatte ich hinter Achills Stuhl gestanden, müde und mit schmerzenden Füßen, und mich danach gesehnt, dass der Abend vorüberginge. Doch obwohl Achill es aufgegeben hatte, so zu tun, als würde er essen, hatte er noch immer zusammengesunken in seinem Stuhl gesessen. Niemand durfte den Saal verlassen, bevor er nicht gegangen war, doch er schien beinahe teilnahmslos, wie so häufig in den Tagen nach dem Tod von Patroklos. Einmal am Tag, manchmal auch zweimal, erhob er sich, band Hektors Leiche an seinen Streitwagen, stieß seinen schrecklichen Schlachtruf aus und zog die Leiche dreimal um das Grabmal von Patroklos, ehe er mit schäumenden Pferden und schmutzverkrustetem Gesicht ins Lager zurückkehrte. Dort ließ er die Leiche im Stallhof liegen: geschunden, jeder Knochen gebrochen, kaum mehr als Mensch erkennbar. Manchmal, wenn Achill in die Halle zurückwankte, war sein Gesicht von den gleichen Verletzungen entstellt, die er Hektor zugefügt hatte. Er sah sie, das wusste ich – ich beobachtete, wie er in den Spiegel schaute, unsicher die Hände hob und seine Haut berührte.

Pyrrhos lauschte aufmerksam, während ich mit meiner Geschichte zum Ende kam. »Achill sagte: ›Oh ja, ich würde kämpfen. Ich brauche keinen Trojaner, um mich über meine Pflichten einem Gast gegenüber zu belehren.‹«

»Bist du sicher, dass er das gesagt hat?«

»Genau diese Worte.«

»Und glaubst du, das hätte er tatsächlich getan? Gegen die anderen Könige gekämpft – für Priamos?«

»Ich glaube, das hätte er getan, ja. Er war kein Mann, der das eine sagte und das andere tat.«

»Nun denn. Ich nehme an, ich muss es akzeptieren. Sie waren Gastfreunde.« Er schlug mit beiden Händen auf den Tisch, eine eigentümlich beherrschte Geste, die doch die Heftigkeit, die darin lag, nicht verbarg. »Es tut mir nur leid um Ebenholz. Warum muss er sterben? Er hat nichts falsch gemacht.«

Erwartete er tatsächlich, dass ich Mitleid mit seinem Pferd hatte? Doch das Merkwürdige ist: Das hatte ich tatsächlich. Zu keinem Zeitpunkt hatte ich den Tod von Ebenholz gewollt.

»Ich muss gehen«, sagte ich.

Sofort stand er auf. »Ich bringe dich zurück in deine Hütte.«

»Das ist nicht nötig – es ist noch hell.«

Er stand auf den Stufen und sah zu, wie ich den Hof überquerte. Ich war froh, dass er nicht darauf bestanden hatte, mich bis zur Tür meines Hauses zu begleiten, und wartete, bis er zurück in die Halle ging. Dann schlich ich mich davon zur Hütte der Frauen, wo ich die Mädchen um Maire geschart fand. Sie war vollkommen verängstigt, und sie hatte auch allen Grund dazu. Ich führte eine kurze, eindringliche Unterhaltung mit Andromache und Helle, und wir stimmten darin überein, dass wir das Baby hier herausbekommen mussten. Pyrrhos war ein zorniger und rachsüchtiger Mensch – er konnte ausgesprochen großzügig sein, das schon, und er war tapfer, doch er war auch brutal: Er hatte Andromaches Baby getötet. Natürlich war das unmittelbar nach der Schlacht und auf direkten Befehl von Agamemnon geschehen; der Druck, dem nachzukommen, musste immens gewesen sein. Aber Amina …? Dafür gab es keine Entschuldigung. Wenn er gezwungen wurde, Ebenholz zu opfern – und ich konnte nicht sehen, wie er dem würde entgehen können –, würde er so viele Menschen wie möglich den gleichen Schmerz spüren lassen wollen. Weil er öffentlich gedemütigt worden war, würde er seinen Zorn besonders an seinen Männern auslassen – und an den Sklaven, die ihn *wieder mal* angelogen und ihm *wieder mal* getrotzt hatten. Ich glaubte nicht, dass wir auch nur die geringste Gnade von ihm erwarten konnten. Irgendwie mussten wir das Baby wegschaffen, sodass es ihm nicht mehr unter die Augen kam – und es musste heute Nacht geschehen, während alle Männer, die auf dem Gelände von Pyrrhos lebten, mit den Vorbereitungen für die Bestattung des Priamos beschäftigt waren. Darin stimmten wir überein und trennten uns. Helle überbrachte Maire die Nachricht, und ich ging zurück nach Hause, um zu warten, denn vor Einbruch der Dunkelheit konnten wir nichts weiter tun.

32

Nachdem er zugeschaut hat, wie die Frau, Briseis, über den Hof davongegangen ist, kehrt Pyrrhos in die Halle zurück. Fackeln und Kerzen werfen ihren Lichtschein auf leere Teller … Man sollte meinen, er wäre mittlerweile hungrig – regelrecht ausgehungert müsste er sein, denn seit dem Frühstück hat er keinen Bissen mehr gegessen; doch das ist er nicht. Wenn überhaupt, verspürt er leichte Übelkeit. *Los, weiter*, sagt er sich, doch seine Füße haben Wurzeln geschlagen. Er reibt sich die Augen, und das vertraute Bild verändert sich: Er sieht nun Schatten, die in den Dachsparren miteinander kämpfen, den gleichen Kampf, den sie jede Nacht austragen, egal, wie heiter das Treffen, das darunter stattfindet, auch sein mag. Nicht dass diese Treffen immer heiter wären. Er versucht, diese einfachen, oberflächlichen Gedanken weiterzuspinnen, denn sonst müsste er denken an …

Er muss jetzt fast genau dort stehen, wo Priamos in jener Nacht gestanden und die Halle entlanggestarrt hat, hin zu einem Mann, der zusammengesunken auf seinem Stuhl sitzt, regungslos wie eine Eidechse an einem kalten Tag, doch immer noch gefährlich: In Sekundenschnelle kann sich die Lethargie in mörderischen Zorn verwandeln. Wie viel Mut es gekostet haben muss, den ersten Schritt zu tun auf diesem Weg durch den Mittelgang zwischen den Tischen, auf jeder Seite eine Wand aus muskelbepackten Rücken.

Pyrrhos beginnt, in den Fußstapfen des Priamos zu gehen, die Halle hinauf, auf den leeren Stuhl an ihrem Ende zu. Er hat nicht das Gefühl, sich zu bewegen, es ist vielmehr, als bewegte sich der Stuhl auf ihn zu. Er bleibt davor stehen und denkt darüber nach, wie unmöglich es ihm wäre, niederzuknien, wie Priamos einst niedergekniet ist. Er hat die Knie von Achill umfasst – die Haltung eines Bittstellers – und gesagt: »Ich tue, was noch kein Mann vor mir getan hat: Ich küsse die Hände des Mannes, der meinen Sohn getötet hat.«

Hier kann Pyrrhos nicht mehr folgen, ab hier ist Schluss. Bis zu diesem Punkt glaubt er, er könnte die Sache nachvollziehen. Priamos hat unerhörten Mut bewiesen, indem er allein und unbewaffnet ins griechische Lager gekommen ist – und darauf hätte Achill reagiert. Auf Mut hat er immer reagiert. Aber sind das wirklich die Worte eines tapferen Mannes? Es klingt eher, als würde er sich fügen. Und doch beginnt sich Achills Verhalten von diesem Punkt an zu verändern. Auf einmal lädt er Priamos in seine Privatgemächer ein, holt den besten Wein hervor, bedient ihn offenbar selbst beim Essen, wie ein gewöhnlicher Diener. Wieso hat er Alkimos und Automedon nicht hereingerufen, damit sie das übernehmen? Es wäre ihre Aufgabe gewesen, einem königlichen Gast aufzuwarten. Und da ist es, das Wort »Gast«. Priamos ist kein Gast gewesen! Ein Eindringling war er – er ist einfach so vom Hof hereingekommen. Und doch hat Achill selbst das Wort »Gast« verwendet …

Das ist der eine Punkt, über den sich offenbar alle einig sind: dass Achill und Priamos die Nacht als Feinde begonnen und sie als Freunde beendet haben, als Gastfreunde – bis hin zu dem Punkt, an dem Achill sogar bereit gewesen ist, gegen seine griechischen Landsleute zu kämpfen, um Priamos zu verteidigen. Wie ist es möglich, dass eine einzige Begegnung solche Folgen hat; dass sie einen Menschen auf einen anderen Weg führen kann, weg von dem Weg, den er bis zu diesem Zeitpunkt mit unbeirrbarer Entschlossenheit beschritten hat?

Pyrrhos begreift es nicht. Er hat mit Alkimos gesprochen, mit Automedon und nun mit Briseis: Er weiß genau, was sich in jener Nacht zugetragen hat, aber er begreift nichts. Wie konnte sein Vater, der in den vergangenen neun Jahren der Schrecken der Trojaner gewesen ist, Freundschaft mit Priamos schließen? Ihm sogar beim Fall von Troja seine Hilfe anbieten? In den bestgehüteten, verborgenen Winkeln seines Geistes taucht der Gedanke auf, dass Achill, hätte er noch gelebt, Priamos auf den Stufen des Altars verteidigt haben würde.

Wie auch immer – wo sind denn eigentlich alle? Er schaut sich in der leeren Halle um, dann fällt ihm ein: Er hat das Abendessen abgesagt. Auch gut ... Heute Abend ist ein guter Zeitpunkt, um allein zu sein, denn morgen ... Morgen ... Alle sagen, es wäre genau das, was die Götter verlangen. *Nein, das stimmt nicht, verdammt noch mal!* Es ist das, was Agamemnon verlangt. Nicht einmal das – es ist das, was Kalchas verlangt. *Ich hätte den Dreckskerl nicht bloß in den Arsch treten, sondern ihn gleich umbringen sollen. Nun ist es zu spät ...*

Die Halle mit ihrem unverständlichen Echo ist unerträglich, also geht er zurück in seine Wohnquartiere, wo wie gewöhnlich jemand Käse und Wein auf den Tisch gestellt hat. Er gießt sich einen Becher voll ein, stürzt ihn hinunter, greift nach dem

Krug – und spürt, wie der Spiegel hinter ihm zum Leben erwacht. Er weigert sich, ihm auch nur die geringste Aufmerksamkeit zu schenken, schüttet sich mehr Wein nach und …

Langweilig! Langweilig!

Langsam stellt er den Becher ab.

Nein, nur weiter so, tu das, was du immer tust!

Er kann die Stimme nicht mehr ignorieren, also wendet er sich um und geht auf den Spiegel zu. Eigentlich müsste sein Spiegelbild größer werden, wenn er sich nähert – doch es schrumpft zusammen, bis es kaum größer ist als ein Punkt. Früher einmal, es ist noch gar nicht lange her, hat er die Rüstung von Achill angelegt und sich vor diesen Spiegel gestellt. Er hat die Augen zusammengekniffen, bis das Bild vor ihm verschwommen ist; bis es ihm möglich war, zu glauben, dass der Mann, der dort stand, Achill selbst war. Er sieht seinem Vater ungeheuer ähnlich; das sagen alle. Nun aber sieht er ein Menschlein, das ihn verhöhnt. Er weiß sehr wohl, es ist nicht Achill – und auch keine andere Erscheinung aus dem Jenseits. *Er selbst* ist es, ein losgelöstes Stück seines eigenen Verstandes.

Jetzt kannst zu nicht zu Papi laufen, was?

Das konnte er noch nie.

Oh, es muss ja so schrecklich sein, wenn man ohne Vater aufwächst. In ganz Griechenland gibt es natürlich kein anderes Kind, das so etwas erlebt hat, was? Um Himmels willen, Mann, reiß dich zusammen.

Er starrt es an, dieses höhnende Menschlein, dessen Gesicht ein Zerrbild seines eigenen ist. Unvermittelt erinnert er sich an etwas Schreckliches. Das gehört zu den Dingen, die dieses Geschöpf ungeheuer gut beherrscht: etwas aus den Tiefen seiner

Erinnerung hervorzerren – und nie sind es gute Erinnerungen. Als jemand zum ersten Mal versucht hat, Priamos zu beerdigen, hat man Helenos herbeigeholt, um ihn zu befragen. Der Mann war früher bereits von Odysseus gefoltert worden; er überschlug sich beinahe, um ihnen alles zu sagen, was er wusste – er wusste nichts. Und trotzdem hat er, Pyrrhos, seinen Dolch hervorgeholt und ihn nachdenklich immer wieder umgedreht; die Bewegung ließ die Klinge blau aufblitzen. Er hat so getan, als bemerkte er es nicht, doch ihm war die Furcht in Helenos' Gesicht aufgefallen und die Anspannung in seinen Muskeln. Es ist nicht nötig gewesen, Gewalt anzuwenden, und doch hat er Helenos den Dolch in den Bauch gestoßen, nur ein ganz kleines Stück, gerade weit genug, dass ein dünnes blutiges Rinnsal heraussickerte. Keine echte Verletzung, minimaler Schmerz – aber es hat keine Notwendigkeit dafür bestanden. Nun schämt er sich für dieses Verhalten, er schämt sich für die Erregung, die er damals empfunden hat – und die er wieder spürt, als er sich daran erinnert, wie Helenos unwillkürlich den Atem eingezogen hat. Eine kleine, miese Sache, die er da getan hat, dem Sohn des großen Achill vollkommen unwürdig.

Das ist doch typisch für dich, oder? Der grässliche kleine Junge, der den Fliegen die Flügel ausreißt. Weißt du noch, wie du das getan hast …?

Ich muss dir nicht zuhören.

Du hörst mir aber zu, oder etwa nicht? Und das wirst du immer.

Er nimmt seine ganze Kraft zusammen und wendet dem Spiegel den Rücken zu. Dann greift er nach seinem Umhang und tritt hinaus in die Nacht.

Draußen atmet er die kühle Nachtluft ein und hält inne. Zu den Ställen? Nein, denn obwohl es ihn danach verlangt, Zeit mit

Ebenholz zu verbringen, fürchtet er sich vor dem Schmerz. Später vielleicht – oder morgen früh, da wird er als Erstes hingehen und die Herstellung des Breis überwachen, der mit einem Betäubungsmittel versetzt wird – besser noch, er mischt ihn selbst an. Dann wird er Ebenholz striegeln und ihm die Mähne flechten … Aber nicht jetzt, nicht heute Abend. Heute Abend will er …

Was will er? Bestrafung. Eine überraschende Antwort, denn er weiß nicht, welches Verbrechen er begangen haben soll, und er sieht nicht ein, warum man ihm die Schuld gibt. Wie hätte er wissen können, dass Priamos und Achill Gastfreunde gewesen sind? *Ein Vergehen, das in Unwissenheit begangen wird, bleibt gleichwohl ein Vergehen.* Keine Ausreden, keine Rücksicht, keine Gnade – die Götter sind absolut unnachgiebig. Also eine Strafe. Aber ihn sollte sie treffen, nicht Ebenholz.

Er will keine Gesellschaft, und es gibt ohnehin nicht viele Orte im Lager, wo er jetzt willkommen wäre. Er wird zum Meer hinuntergehen. Er macht sich auf den Weg, den Pfad durch die Dünen entlang, und ist sich bewusst, dass er sich wieder einmal in Achills Fußstapfen bewegt, wie überall im Lager, ganz gleich, wohin er geht. Wie es wohl wäre, seinen eigenen Weg zu gehen? Das ist ihm nie möglich gewesen.

Er kommt am Strand heraus und sieht, wie eine riesige Welle donnernd und in Wolken von Gischt aufbirst. Hinter ihr folgen bereits die nächsten Wellen. Am Rand des Wassers schleudert er seine Sandalen von den Füßen, lässt die Tunika um die Knöchel sinken und bereitet sich auf einige Minuten extremer Kälte vor, ehe das Meer ihn wieder ans trockene Land speit. Herumzutollen wie ein Delfin, in den Wogen herumzuspringen – das ist nichts für ihn. Er watet ein kleines Stück ins Meer und spürt den

Anprall einer Woge an den Knien, und dann, als sie sich zurückzieht, den Sand, wie er zwischen seinen Zehen absinkt. Wäre der große Achill auch bei derart aufgewühlter See geschwommen? Ja, natürlich hätte er das getan, verdammt – und er hätte es genossen! Pyrrhos watet ein Stück weiter hinaus, während das Meer die Muskeln für den nächsten Angriff spielen lässt …

»Ich würde es nicht tun, wenn ich du wäre.«

Eine kühle, belustigte Stimme. Pyrrhos fährt herum und kippt beinahe um, als die nächste Welle ihn erfasst. Verdammt, er sieht überhaupt nichts. Es ist lächerlich, aber er hebt die Hand an die Augen, als würde er sie vor der Sonne schützen – dabei ist es der Mond, der die feuchten Kiesel zu seinen Füßen in bleiches Licht taucht. Die schattenhafte Gestalt, die von einer abschüssigen Kiesböschung hinunterblickt, scheint riesengroße Füße zu haben. Pyrrhos erschaudert leicht, doch einen Augenblick später begreift er, dass es nur Helenos ist, dessen Füße noch immer mit mehreren Schichten Lumpen umwickelt sind. Seltsam, ihn zu sehen, wo er sich doch eben erst daran erinnert hat, wie er ihm seinen Dolch in den Bauch gestoßen hat – wenn auch nur ein kleines Stück; es kann nicht geschmerzt haben, jedenfalls nicht besonders. Der merkwürdige Zufall lässt ihn schweigen. Er wartet darauf, dass Helenos etwas sagt, doch Helenos, der das Schweigen möglicherweise bedrohlich findet, weicht bereits zurück.

»Nein, geh nicht weg«, sagt Pyrrhos, und sofort bleibt Helenos stehen. »Was machst du hier draußen?« Das klingt wie der Beginn eines weiteren Verhörs – dabei ist das das Letzte, was er im Sinn hat.

»Eigentlich will ich meine Füße ins Wasser halten.«

»Tatsächlich?«

»Ja … das Salzwasser tut gut.«

»Das glaube ich gern.«

Zögerlich setzt Helenos sich nieder und beginnt, die Lumpen von seinen Füßen zu wickeln. Nach einer Weile steigt Pyrrhos den Abhang zu ihm hinauf, aber langsam, und er kommt ihm nicht zu nahe. »Könnte besser sein, Luft dranzulassen.«

Helenos reckt die Zehen. »Ja, ich glaube, da ist was dran.«

Die Haut heilt, aber der Geist nicht. Pyrrhos weiß, es wäre an der Zeit, diese peinliche Begegnung zu beenden, doch er sagt sich, dass schließlich Helenos das Gespräch begonnen hat – er hätte ja nichts sagen müssen und sich einfach davonschleichen können. Pyrrhos ist neugierig geworden und will erfahren, warum er das getan hat. Also schaut er wider bessere Einsicht zu, wie Helenos mit den Füßen ins Wasser eintaucht und zusammenzuckt. Er steht nicht ganz sicher auf den Füßen, doch er geht noch ein bisschen weiter, ehe er sich umdreht und sich zurück zur Küste kämpft. Aus einem Impuls heraus streckt Pyrrhos, der ihm gefolgt ist, ihm die Hand entgegen. Helenos umklammert sie, lacht verlegen über seine Schwäche und lässt sich ans trockene Land ziehen. Atemlos vor Anstrengung stützt er die Hände auf die Knie. Er hat sehr dunkle Haut und viele Haare auf den Beinen, die das Wasser zu Halbmonden und Kreisen verwirbelt hat, ähnlich wie das Muster, das der Seetang auf den Felsen bildet. Genauso wie das Muster, das einige Arten von Seetang auf den Felsen bilden. Als Pyrrhos diese Ähnlichkeit erkennt, ist es, als klärte sich auf irgendeine Weise etwas in seinem Kopf, und er beginnt, sich zu entspannen und sich ein klein wenig zu öffnen.

»Sie sehen wirklich schon viel besser aus.« Eine lächerliche Bemerkung, wo er die Füße von Helenos doch zum ersten Mal sieht. Nichts, was er sagt, scheint richtig herauszukommen.

»Ich kann auch schon ein bisschen besser laufen.« Helenos blickt auf das Meer hinaus und dann wieder zu Pyrrhos. »Wirst du noch schwimmen gehen?«

»Nein ich glaube, ich lass es bleiben.«

»Sehr klug.« Ein leichtes Zögern. »Ein großer Tag morgen.«

Pyrrhos bemüht sich, seine Stimme gleichgültig zu halten. »Du wirst sicher zufrieden sein.«

»Du tust das Richtige.«

»Ich brauche keinen Trojaner, um …« Er schluckt den Rest des Satzes hinunter. »Weißt du, es ist nicht leicht, der Sohn von Achill zu sein.«

Helenos schnaubt. »Glaubst du vielleicht, es ist leicht, der Sohn von Priamos zu sein? Wenigstens hast du deinen Vater nicht verraten.«

»Dazu hatte ich schließlich keine Gelegenheit. Hab den Arsch nie kennengelernt.« Doch das ist zu brutal, zu ehrlich; es erschreckt ihn, und er zieht sich wieder in seine Höhle zurück. »Ich mache mich besser auf, es gibt noch viel zu erledigen.«

Pyrrhos zieht Tunika und Sandalen an und geht an Helenos vorbei. Der hält ihn auf, indem er ihm eine Hand auf die Brust legt.

»Es tut mir leid um das Pferd. Ein großartiges Gespann.«

Scheiß auf das Gespann. Es geht um Ebenholz. Der Schmerz ist unerträglich. Pyrrhos nickt kurz und geht davon, doch er ist erst wenige Schritt entfernt, da ruft Helenos ihm nach: »Der große Achill hat selbst den Göttern getrotzt.«

Pyrrhos macht sich nicht die Mühe, sich umzudrehen, und ruft über die Schulter: »Woher willst *du* das denn wissen?«

»Das weiß jeder.«

Pyrrhos schüttelt bloß den Kopf und geht schneller. Er muss Meer und Sand hinter sich lassen und die dahinziehenden schwarzen Wolken, die den Mond in halb durchsichtige Trauerschleier zu hüllen scheinen. Er muss zurück in seine Welt: Stroh und Heu, der Geruch nach Leder und Sattelseife, die Wärme von Ebenholz' Schulter und die kräftige Rundung seines Halses.

Als er die Ställe erreicht, findet er sie verwaist. Wo sind die Stallburschen? Vermutlich oben auf der Landzunge. Alle? Wie viele Männer braucht man denn, um einen Scheiterhaufen zu errichten? Doch das Errichten wird es nicht sein, das so viel Zeit in Anspruch nimmt, es wird das Heranschaffen von Brennholz sein. Ihm fällt auf, dass die Stände der Arbeitspferde leer sind. Es macht überhaupt nichts, dass die Männer nicht da sind; die Pferde sind gefüttert und getränkt und mit allem versorgt, was sie für die Nacht brauchen – und er ist ohnehin lieber allein.

Gerade als er das denkt, kommt der schwachköpfige Junge aus der Sattelkammer herbeigehastet, mit fliegendem Speichel stammelt er seine Beflissenheit hinaus, behilflich zu sein. Pyrrhos winkt ab und geht die Reihe der Pferche entlang. Ebenholz wiehert ihm zur Begrüßung zu. Pyrrhos sucht ein paar verschrumpelte Äpfel aus einem Sack an der Tür und gibt zuerst Phönix einen. Wie immer tut er so, als würde er sie beide gleich lieben, was nicht stimmt. Niemand weiß, warum einige Pferde etwas ganz Besonderes sind und andere nicht. Rufus war etwas Besonderes. Ebenholz ist etwas Besonderes.

Er geht auf die andere Seite des engen Gangs und streckt Ebenholz auf der Handfläche einen Apfel hin, den das Pferd behutsam und vorsichtig nimmt. Ebenholz kaut, an den Winkeln seines Mauls bildet sich Schaum, der große Kopf nickt und schüttelt sich einige Male: *Mehr!* »Einen noch, aber das ist der letzte. Du hast dein Heu.« Er darf ihm nicht zu viele Leckerbissen geben, er muss die Routine, so weit es geht, aufrechterhalten, bis zu dem Augenblick, in dem er das Schwert hebt. Ebenholz nimmt den nächsten Apfel von seiner Handfläche. Jetzt sind seine Finger voller Sabber. Er wischt sie an seiner Tunika ab, nimmt eine Handvoll sauberes Stroh und beginnt, Ebenholz abzureiben. Es ist nicht nötig, sein Fell schimmert wie immer – er wird besser versorgt als so manches Kind. Doch Pyrrhos hat Freude daran, sein Körper überlässt sich den Bewegungen; er überlässt sich diesem Vergnügen. Es liegt etwas Hypnotisches darin; auch Ebenholz spürt es, über sein Fell laufen kleine Zuckungen. Das Pferd bedauert die Vergangenheit nicht, es hat auch keine Furcht vor der Zukunft, während im Hinterkopf von Pyrrhos immer der Gedanke an das lauert, was der kommende Morgen bringen wird.

Jetzt sind es nur noch Stunden.

Als er mit der Hand über Ebenholz' Hals streicht, schätzt er den genauen Winkel und die Kraft seines Hiebes ab – denn diesmal darf es keine beschämende, ungeschickte Stümperei geben. Ebenholz darf nicht so sterben, wie Priamos gestorben ist.

Schließlich wirft Pyrrhos das Strohbündel hin und tritt einen Schritt zurück. Gern würde er diese Nacht in den Stallungen verbringen, mit dem Rücken an die Wand gelehnt dasitzen und ein bisschen schlafen, so gut es geht, aber das darf er sich nicht erlauben. Er muss ausgeruht sein, und Ebenholz braucht seine normalen Abläufe. Morgen, ganz früh, wird er kommen und überwachen, wie der Brei mit dem Betäubungsmittel gemischt wird, doch er fragt sich, ob das wirklich nötig ist. Wenn Ebenholz eine große Menschenmenge auf der Landzunge versammelt sieht, denkt er vielleicht, es wäre ein neues Rennen? Er liebt Rennen, und weil er niemals schlecht behandelt worden ist, wird er keine Furcht haben, nicht einmal, wenn Pyrrhos das Schwert hebt.

Der große Achill hat selbst den Göttern getrotzt. Er fragt sich, was Helenos damit gemeint hat, ob er tatsächlich andeuten wollte, Ebenholz müsse nicht sterben. Falls er es so gemeint hat, ist er ein Dummkopf. Einen Mann, der den Göttern trotzt, erwartet nur Wahnsinn und Verderben. *Achill hat den Göttern getrotzt.* Er lehnt seinen Kopf gegen den von Ebenholz und bläst ihm sanft in die Nüstern, wie er es einst, vor langer Zeit, bei Rufus getan hat. »Es tut mir leid, Ebenholz«, sagt er. »Es tut mir so leid, verzeih mir. *Ich bin nicht er.*«

Einige Minuten später stolpert er blindlings die Stufen der Veranda zur großen Eingangstür der Halle hinauf und bemerkt den Mann nicht, der dort zusammengekauert im Schatten hockt. Als er sich regt, schreckt Pyrrhos zusammen. Helenos – natürlich. Er hat jetzt keine Zeit für ihn, keine Geduld.

»Was willst *du* denn hier?«

»Unsere Väter waren Gastfreude, und das bedeutet, wir sind es auch. Du könntest mir wenigstens etwas zu essen anbieten.«

Pyrrhos hat bereits den Mund geöffnet, um zu widersprechen, da blickt er auf Helenos hinunter. Er begreift: Dieser

Mann friert, er ist hungrig, er hat Angst und er ist einsam. Dann denkt er an seine leeren Wohnquartiere, an den Spiegel, der ihn verhöhnt, und an die stumme Leier. Was soll er allein in diesen Räumlichkeiten? Also tritt Pyrrhos beiseite, öffnet die Tür ein Stück – und lässt die Zukunft ein.

33

Draußen war es endlich dunkel geworden. Bevor ich die Hütte verließ, füllte ich Brombeeren in eine Schale und gab einen Klecks von dem klebrigen Brei hinzu, dem die griechischen Krieger aus unerklärlichen Gründen so verfallen sind. Ich fand Maire auf ihrem Bett sitzend, das Baby trank an ihrer Brust, und Helle wich ihr nicht von der Seite.

»Halt mal einen Augenblick ganz still.« Ich zerdrückte einige Brombeeren am Rand der Schüssel, verrührte das Ganze und begann sie Maire auf Gesicht und Brust zu kleben. Nicht zu viele, aber genug, damit Neugierige einen Schritt zurücktreten würden.

»Was soll das sein?«, fragte Helle.

»Die Pest.«

»*Die Pest?* Das sieht nicht annähernd danach aus.«

»Hast du einen besseren Vorschlag?«

Maire reichte mir den Kleinen und breitete ihr Umschlagtuch aus, um ihn darin einzuwickeln. Ich spürte ihn schwer und warm in meinen Armen und dazu eine leichte Feuchtigkeit an meiner Brust. Als ich hinabblickte, sah ich, dass seine Augen allmählich zufielen. Schlafen, essen und wieder schlafen. Auf seinen Augenlidern waren dünne blaue Äderchen und auf seiner Oberlippe eine kleine graue Blase aus Milch. Als Maire bereit war, reichte ich ihr das Baby wieder hinüber und verspürte dort, wo ich ihn an mich gedrückt hatte, eine besondere Leere und Kälte. Die Mädchen drängten sich zum Abschied um Maire und spähten in die Falten des Umschlagtuches, um einen letzten Blick auf das Gesicht des Babys zu werfen. Einige von ihnen weinten; sie hatten so viel Hoffnung in dieses Kind gesetzt – viel zu viel Hoffnung. Das hatten wir alle.

Als Maire in ihr schwarzes Kleid gehüllt war, forderte ich sie auf, nun endgültig Abschied zu nehmen, und ging, um an der Tür zu warten. Andromache kam zu mir hinüber und wünschte mir Glück. Ich fragte mich, ob sie sich im Stillen freute, dass Maire und das Baby nun fortgingen. Die Überraschung war, wie so oft, Helle, die Maire und mir hinaus auf die Veranda folgte. »Ich komme mit«, sagte sie in einem Tonfall, der keinen Widerspruch duldete. »Ich will nicht dort bleiben, ich weiß, dass ich dort nicht bleiben kann. Aber in der Gruppe sind wir sicherer – und überhaupt, ich habe das hier.«

Sie schlug ihren Mantel zurück, und ich sah, dass sie ein Messer in der Hand hielt – ein übel aussehendes Ding mit einem Griff aus Knochen und einer langen Klinge. Sie musste es aus der Halle gestohlen haben, an einem der Abende, als sie nach dem Essen dort getanzt hatte. Ich fand diesen Anblick keineswegs beruhigend. Helle war stark, aber einem griechischen Krieger würde sie nicht gewachsen sein; ich befürchtete, wenn es zu einem Zwischenfall käme, würde sie ihm damit nur eine Waffe in die Hand spielen. Zudem war sie eine auffällige Person, die wahrscheinlich die Aufmerksamkeit von jedem auf sich ziehen würde, dem wir begegneten. Ich hatte das Gefühl, Maire und ich wären allein sicherer. Aber sie wollte mitkommen, und ich konnte ihr es nicht verwehren, einige Zeit länger mit ihrer Freundin zu verbringen.

»Also gut«, sagte ich widerstrebend. Ich merkte, sie warteten darauf, dass ich vorausging, denn sie hatten die Hütte der Frauen seit ihrer Ankunft nicht verlassen, abgesehen von Helles kurzen Abstechern quer über den Hof zur Halle, also hatten sie keine Ahnung, wie das Lager angelegt war. »Wir gehen am Strand entlang«, sagte ich. »Kommt, hier herüber.«

»Wo gehen wir hin?«, fragte Helle.

»Ich bringe euch zu Kassandra.«

»Vertraust du ihr?«

»Nein, aber ich glaube, sie wird uns helfen. Und sie verfügt über einen gewissen Einfluss.«

Ich hatte lange und gründlich darüber nachgedacht. Ritsa und Hekamede hätten uns sicher geholfen, wenn sie es gekonnt hätten – aber was konnten sie schon tun? Es blieb nur Kassandra.

Wir hielten uns, soweit wir konnten, im Schatten und umrundeten den Hof. Ich war ganz angespannt vor lauter Furcht, das Baby könnte plötzlich aufwachen und schreien. Als wir einen von Fackeln beleuchteten Bereich durchquerten, merkte ich, dass er wach war, doch er regte sich nicht und gab auch keinen Laut von sich. Vielleicht beruhigte ihn die Bewegung, vielleicht wusste er auch wie so viele Jungtiere, dass er still sein musste, wenn Raubtiere in der Nähe waren. Bald ließen wir das Licht der Fackeln und der Feuer hinter uns und traten auf den Pfad, der zum Strand hinunterführte. Der Mond verschwand immer wieder hinter schwarzen Wolken, doch die Dunkelheit machte mir nichts aus. Das hier war einer der Wege, die ich während meiner frühen Tage im Lager oft vor Anbruch der Dämmerung und manchmal auch spätnachts gegangen war – zu dieser Zeit in der Regel nicht, denn da war ich gezwungen gewesen, in der Halle Wein auszuschenken.

Als wir am Strand herauskamen, begann ich mich ein wenig zu entspannen, doch dann erstarrte ich sofort wieder, denn am Rand des Wassers standen zwei Männer. Einer von ihnen war ein kleines Stück ins Meer hineingewatet, und es schien so, als bereitete er sich darauf vor, schwimmen zu gehen. Zwischen dem Krachen der Wellen hörte ich ihre Stimmen, aber die Worte konnte ich nicht verstehen. Einer von ihnen sah ein bisschen aus wie Pyrrhos, aber ich konnte nicht sicher sein, denn sein Haar wirkte im Mondlicht schwarz.

Ich wagte nicht, mich zu regen, aus Furcht, ihre Aufmerksamkeit auf mich zu ziehen. Aber wir mussten ohnehin eine Pause einlegen: Maire schnappte bereits nach Luft. Schon im besten Fall würde sie körperlich nicht besonders leistungsfähig gewesen sein, und bei der Geburt hatte sie viel Blut verloren. Ich wandte mich nach rechts und blickte hinauf zur Landzunge, wo ich Männer mit Fackeln sah. Ihre riesigen Schatten zuckten über das Gras; sie waren dabei, den Scheiterhaufen für Priamos zu errichten. Als ich zu meiner Linken vorsichtig aus dem Schatten des Dünenpfades spähte, sah ich, dass die Luft rein war. Einer der Männer am Meer hatte seine Tunika angezogen und ging davon. Nach einer Weile erhob sich der andere und folgte ihm.

Maire hatte sich ein wenig erholt und atmete nun schon leichter. »Kommt«, sagte ich, »gehen wir weiter.«

Ich hatte das Gefühl, der Strand wäre zu ungeschützt, also führte ich die beiden an den von Gerüsten gestützten griechischen Kriegsschiffen entlang, die rund um die Bucht lagen; und wir huschten von einem Schatten zum nächsten. Als ich im Lager eingetroffen war, hatte das fortdauernde Klimpern der Takelagen gegen die Mastspitzen der Schiffe mich bis in meine Träume verfolgt. Damals hatte es für mich so geklungen, als wäre jemand mit seinem Verstand am Ende seiner Kräfte, aber nun war ich stärker und konzentrierte mich ausschließlich darauf, Maire und ihr Kind in Sicherheit zu bringen – oder das, was in diesem Lager als Sicherheit gelten konnte. Garantien gab es für niemanden.

Als wir die Höhe des Versammlungsplatzes erreichten, brach ein ganzer Haufen Krieger zwischen den Schiffen hervor und verteilte sich über den Strand. Viele von ihnen trugen Fackeln, und die meisten fielen gleich in einen Laufschritt. Wahrscheinlich waren sie unterwegs zum nächsten Gelände, um dort zu trinken, aber drei Nachzügler entdeckten uns im Schatten der Schiffsrümpfe. Einer von ihnen zögerte kurz, dann zuckte er mit den Achseln und lief den anderen nach.

»Hallo, Mädchen!«

Der Mann, der mir nun gegenüberstand, war dünn, verschwitzt und sehr stark betrunken. Nicht boshaft, nicht bedrohlich – noch nicht zumindest. Wir konnten ihm nicht ausweichen, und zurück konnten wir auch nicht: Wir waren in dem engen Raum zwischen zwei Schiffen mehr oder weniger gefangen. Ich legte den Arm um Maire und machte viel Aufhebens darum, sie zu stützen. Helle tat das Gleiche, doch ich spürte, wie sie sich anspannte, und hoffte nur, sie würde nicht nach dem Messer greifen. »Wir sind auf dem Weg zum Krankenzelt«, sagte ich »Meine Freundin hat Fieber. An Eurer Stelle würde ich ihr lieber nicht zu nahe kommen.« Der Mann starrte auf Maire, die keuchte und schwitzte. Sie musste nicht erst so tun – nachdem wir so lange durch den lockeren Sand gestolpert waren, war sie nun wirklich an der Grenze dessen, was sie körperlich leisten konnte. »Ich fürchte, es könnte die Pest sein.« Auf dieses Stichwort hin zog Helle den Mantel von Maires Gesicht und Hals, während ich das Umschlagtuch festhielt, um sicherzugehen, dass das Baby verborgen blieb. Beim Licht der Fackel im Schatten der Schiffe wirkten die blauroten Krusten, die in der Hütte nicht überzeugend ausgesehen hatten, absolut furchterregend. Die Furcht vor der Pest schwebte immer über uns und gehörte zum Leben im Lager dazu. Es war noch kein Jahr her, seit es diesen schlimmen Ausbruch gegeben hatte, und die meisten Männer kannten jemanden, der an der Pest gestorben war. Der Mann blieb wie angewurzelt stehen. »Komm schon!«, rief der andere hinter ihm. »Lass es sein.«

Er drehte sich um und flüchtete, doch als er in sicherer Entfernung war, blieb er stehen und wünschte uns Glück. Aus dem Augenwinkel sah ich Helles Messer glitzern. »Wirst du wohl das verdammte Ding wegstecken!«

Doch ich muss zugeben, ich fühlte mich besser, weil sie dabei war. Es wäre schwieriger gewesen, ganz allein mit Maire und dem Baby klarzukommen. Letztendlich trug ich das Kind, und Helle half Maire. Zum Glück begegneten wir danach niemandem mehr. Wir hörten nur Rufe und Gesänge von den Männern, die rund um die Feuer lagerten und tranken, doch mir kam es vor, als klängen sie viel gedämpfter als normalerweise. Der folgende Tag warf seine Schatten voraus.

Schließlich erreichten wir das Gelände von Agamemnon. Ausnahmsweise einmal blieb mir keine Zeit, mich mit dem Gefühl der Trostlosigkeit zu befassen, das mich immer überkam, wenn ich durch diese Tore schritt. Von der Halle des Agamemnon her erklangen die typischen Geräusche einer Mahlzeit, hin und wieder hörte man Gesang, Gelächter und das Klappern von Töpfen und Tellern, doch der Hof lag still da. Ich klopfte an Kassandras Tür. Eine Dienerin öffnete und wollte uns offenbar nur ungern einlassen, aber dann hörte ich Kassandra fragen: »Wer ist es?« Ich rief meinen Namen, und einen Augenblick später bat uns die Dienerin herein. Maire und Helle blieben unsicher unter der Tür stehen, während ich hindurch in die Wohnräume ging, um mit Kassandra zu sprechen. Sie trug das Haar heute offen und hatte ein gelbes Kleid an, das ihr nicht stand – und sie trug die Halskette meiner Mutter.

»Was gibt's?« Sie schaute mir nicht in die Augen, und ich hatte den Eindruck, sie schämte sich, dass ich sie so sah: herausgeputzt, um ihren Mann zu erregen und zu verführen – aber aus reinem Mangel an Übung nicht gut herausgeputzt. Natürlich – das Essen in der Halle würde bald vorüber sein, und sie wartete vermutlich auf die Aufforderung, in Agamemnons Bett zu kommen. Ich fragte mich, was sie dabei empfand. Es war ja schön und gut, wenn man sich selbst erblickt, wie man durch die Tore des Hades einzieht, mit Lorbeer bekränzt und von allen trojanischen Toten als Siegerin bejubelt – aber zuvor musste sie noch viel durchstehen und auf dem Rücken liegen, während Agamemnon auf ihr schnaufte und schwitzte. Doch möglicherweise machte ihr das gar nichts aus? Möglicherweise genoss sie es sogar. Sie hatte das Leben als jungfräuliche Priesterin nicht selbst gewählt – Hekabe hatte diese Wahl für sie getroffen.

Ich wollte gerade erklären, warum ich hier war, als Ritsa, die meine Stimme gehört haben musste, mit einem Schleier und einem Diadem in der Hand hereintrat. Kassandra fuhr sie an, die Sachen wegzulegen. »Was kann ich für dich tun?« Ihr Ton war beinahe feindselig.

Ich erläuterte das Problem, und weil ich dachte, dass das Baby sein bester Fürsprecher in eigener Sache sein würde, rief ich Maire und Helle zu, sie sollten hereinkommen. Maire hatte versucht, die »Wunden« zu entfernen, ihr Gesicht war nun von den Brombeeren ganz violett. Helle machte einen aufsässigen Eindruck. Kassandra warf bloß einen Blick auf die beiden und ordnete sie sofort in die Kategorie Menschen ein, die weit unterhalb ihrer Beachtung lagen. Maire schob die Falten ihres Umschlagtuchs auseinander und legte das Gesicht des Babys frei, genau wie ich nahm sie offenbar an, sein Anblick würde bei Kassandra Mitleid auslösen. Deren Blick zuckte einmal kurz über ihn, aber ihre Miene war schwer zu deuten. Sie musste schon vor Jahren die Hoffnung aufgegeben haben, jemals Mutter zu werden – und weil sie offensichtlich an ihre Prophezeiung glaubte, dass sie und Agamemnon schon bald sterben würden, gab es auch in Zukunft keine Aussicht darauf. Hatte ich mich geirrt? War es ein Fehler gewesen, zu ihr zu kommen? Was konnte ein Baby für sie anderes bedeuten als ein Quell des Schmerzes und vielleicht auch des Bedauerns? Ich fürchtete nun, sein Anblick könnte sie sogar gegen uns verhärten. Doch sie wandte sich einfach ab, griff nach dem Diadem und spielte zerstreut damit herum. »Nun«, sagte sie endlich, »ich nehme an, sie könnte in der Küche arbeiten.« Sie schaute Ritsa an. »Würdest du dich darum kümmern?«

Ritsa warf mir einen Blick zu, breitete die Arme weit aus, als würde sie Gänse zusammentreiben, und scheuchte Maire und Helle regelrecht zur Tür hinaus.

Vielleicht hatte Kassandra erwartet, ich würde mitgehen, aber stattdessen setzte ich mich nieder und schaute sie an. Ich wollte Helle reichlich Zeit geben, sich von ihrer Freundin zu verabschieden, und wartete, bis ich hörte, dass sich die Haustür schloss. »Du servierst also keinen Wein beim Abendessen?«

»Ich bin seine *Frau.*«

»Oh ja, natürlich«, sagte ich. »Das macht einen großen Unterschied.«

Da saßen wir nun: zwei Frauen, die mit Agamemnon das Bett geteilt hatten. Wir mussten miteinander sprechen, weil die guten Manieren es erforderlich machten, doch die Unterhaltung schleppte sich dahin, niedergedrückt von dem, was wir nicht aussprachen. Kassandra konnte sich nicht dazu überwinden, mich anzuschauen. Ich bezweifle, dass sie jemals eine vertrauliche Unterhaltung mit einer anderen Frau geführt hatte. Nach einer peinlichen Pause sagte sie schließlich: »Wie war es für dich?«

»Brutal.«

Ihr Blick huschte kurz in meine Richtung.

»Er war wütend auf Achill und hat es an mir ausgelassen.«

»Jedes Mal?«

Ich lachte. »Es waren nur zwei Mal. Und dann stand er auf dem Versammlungsplatz und schwor bei allen Göttern, er hätte mich nie angerührt.«

»Hat Achill ihm geglaubt?«

»Nein.« Ich schaute zu ihr hinüber. »Du bist seine Frau – du hast recht, es ist nicht das Gleiche.«

»Kalchas sagt, die Hochzeit sei ungesetzlich.«

»Sie ist gesetzlich, wenn Agamemnon es sagt. Er *ist* das Gesetz.«

Ich versuchte, Ritsa reichlich Zeit zu geben, um Maire einzuführen. Ich hoffte bloß, sie würde Erfolg haben und der Koch in Agamemnons Küche würde keine Einwände erheben – aber sie schienen immer knapp an guten Arbeitskräften zu sein, und Maire hatte Erfahrungen mit der Arbeit in einer Küche. Agamemnon würde nicht einmal wissen, dass sie da war. Ich machte mir mehr Sorgen um Helle. Sie war keine Frau, die leicht Freundschaften schloss; es würde ihr schwerfallen, Maire hier zurückzulassen.

Kassandra war in ihrer reizbaren, abwehrenden Stimmung ziemlich schwierig zu ertragen, und es war eine Erleichterung für mich, als die Tür aufging. Ich blickte auf, doch es war nur die Dienerin, die die Aufforderung von Agamemnon überbrachte. Kassandra stand auf und blickte ziemlich hilflos auf das Diadem und den Schleier. Ich nahm beides, setzte ihr das Diadem auf und begann, den Schleier in ihrem Haar festzustecken. Kassandra schien aufgewühlt; die roten Lichter in den Opalen blitzten bei jedem Atemzug auf. Unsere Gesichter waren nur eine Handbreite voneinander entfernt, doch sie ertrug meine Finger in ihrem Haar und meinen Atem auf ihrer Haut und schaffte es, die ganze unangenehme Prozedur durchzustehen, ohne mir ein einziges Mal in die Augen zu blicken.

»Ich bin sicher, dass Ritsa ist bald zurück ist«, sagte sie, als ich fertig war und sie sich in ausreichende Entfernung zurückzog. »Du kannst gerne warten.«

Nachdem sie gegangen war, saß ich allein beim Licht der Lampe, bis Ritsa und Helle zurückkehrten – ohne Maire. »Mach dir keine Sorgen um sie, es ist alles in Ordnung. Ich werde ein Auge auf sie haben, und der Koch ist kein schlechter Kerl.« Ich umarmte Ritsa und wünschte, wir hätten mehr Gelegenheit gehabt, miteinander zu sprechen, aber ich spürte den Druck auf mir lasten, Helle sicher zurück in die Hütte der Frauen zu bringen. Ritsa begleitete uns zur Tür und winkte uns zum Abschied.

Wir gingen erneut den Strand entlang und hielten uns, so weit wir konnten, im Schutz der Schiffe. Der Mond spiegelte sich auf der Wasseroberfläche und verschwand wieder. Helle hatte noch immer nichts gesagt. Wäre es eines der anderen Mädchen gewesen, hätte ich ihr den Arm um die Schulter gelegt oder sie vielleicht auch umarmt, aber bei Helle konnte man das nicht. Der Körper, den sie so hart trainierte und mit solcher Arroganz zur Schau stellte, war nicht zum Berühren gemacht. Er war eher eine Rüstung, schien mir, als dass er Fleisch und Blut war.

An der Tür zur Hütte der Frauen verabschiedeten wir uns. Mir war nicht danach, hineinzugehen, Helle würde den Mädchen selbst erzählen können, was geschehen war. Im letzten Augenblick, als sie schon beinahe über die Schwelle trat, blickte sie sich um und hob die geballte Faust. *Wir haben's geschafft*, schien sie zu sagen. *Wir haben die beiden hier rausgebracht.*

Sie war offenbar der Meinung, Maire und das Baby wären nun in Sicherheit. Und vielleicht waren sie das auch, sicherer jedenfalls, als sie es gewesen wären, wären sie auf dem Gelände von Pyrrhos geblieben.

34

Frauen nehmen normalerweise nicht an Begräbnissen teil, also erwartete ich nicht, bei der Bestattung des Priamos dabei zu sein. Seit den frühen Morgenstunden summte das Lager vor Erwartung. Die Myrmidonen hatten auf der Landzunge nahe den Weidegründen einen riesigen Scheiterhaufen errichtet. Die Rüstung von Priamos war aus der Hütte, in der man die Rüstungen aufbewahrte, herbeigeholt und poliert worden, bis sie glänzte. Ich saß ganz allein in meiner Hütte. Es hätte ein Tag des echten, wenn auch dürftigen Trostes sein sollen, doch stattdessen fühlte ich mich zunehmend verzweifelt. Ich wusste nicht, wo ich sein wollte, und entschloss mich schließlich, einfach hinaus und an der Küste entlangzugehen. Ich wollte an Priamos denken, und auch an Amina.

Normalerweise wäre der Strand um diese Tageszeit verwaist gewesen, aber heute war er schwarz von Menschen. Die Männer versammelten sich am Rand des Wassers, um sich für die Bestattung zu säubern. Die meisten von ihnen rieben sich mit Öl ein. Nach einem heißen Bad ist das in der Regel eine angenehme Sache, aber hier draußen blies der Wind den Sand überallhin, er blieb am Öl haften und musste schmerzhaft wieder abgeschabt werden. Danach mussten die Männer ins kalte Meer eintauchen, das übersät war mit Fetzen schmutzigen gelben Schaumes. Diese ganze Prozedur war nicht gerade angenehm. Irgendjemand begann ein Loblied auf Zeus zu singen, aber die Stimme des Sängers wurde vom Missklang zahlreicher Aufschreie übertönt, wenn das Salzwasser gegen die abgeriebene Haut der Männer schlug.

Ich stellte mich nahe den Schiffen auf und schaute zu, aber nach einer Weile fand ich mein Verhalten ein wenig selbstsüchtig. In diesem Lager gab es andere, die mehr Grund zur Trauer hatten als ich; Hekabe zum Beispiel. Vor allem Hekabe! Also wandte ich mich vom Strand ab, der mittlerweile voller war als das Lager, und machte mich auf den Weg zu ihrer Hütte. Da stand sie, in einer sauberen Tunika, und hatte zwei hektische Flecken auf den ausgemergelten Wangen. In der letzten Zeit hatte ich zuweilen gedacht, sie würde keinen weiteren Tag erleben, aber ich hatte nicht mit ihrer ungeheuren Willenskraft gerechnet. Ich kniete nieder und berührte ihre Füße, und als ich mich erhob, schloss sie mich in die Arme und hielt mich umfasst. Sie reichte mir kaum bis zum Kinn.

»Ich habe nach Odysseus schicken lassen«, sagte sie und strich sich übers Haar, um sicherzugehen, dass sie ansehnlich aussah.

Schicken lassen? Sie war seine Sklavin. Ich blickte in ihre fiebrig leuchtenden Augen und dachte, ihr Verstand müsste sie endgültig verlassen haben – nur eine Wahnsinnige spricht so. Ich sagte so tröstend, wie es mir möglich war: »Wisst Ihr, möglicherweise wird er nicht kommen …«

Sie tätschelte mir beinahe herablassend den Arm. »Er wird kommen.«

Sie war zu aufgeregt, um still zu sitzen. Immer wieder lief sie in der Hütte hin und her, wie ein kleines Mädchen, das zum

Geburtstag neue Kleider bekommen hat und sie noch nicht anziehen darf. Endlich brachte ich sie dazu, sich hinzusetzen und ihre Kräfte zu schonen. »Es ist ein weiter Weg«, sagte ich. »Ihr werdet Euch doch nicht erschöpfen wollen.« Ich glaubte allerdings nicht, dass sie irgendwohin gehen würde. Den Becher mit verdünntem Wein, den ich ihr reichte, schob sie nach wenigen Schlucken wieder von sich. Als ein Schatten den Eingang verdunkelte, blickte sie auf. Ganz offensichtlich erwartete sie, Odysseus zu sehen, aber es war nur Hekamede, die Brot und Käse brachte, feuchten, krümeligen weißen Käse mit Kräutern und ofenwarmes Brot, aber Hekabe brachte nichts herunter, und es schien respektlos, wenn wir ohne sie aßen.

»Nestor nimmt an der Bestattung teil«, sagte Hekamede. »Kalchas sagt, alle Könige müssen dabei sein.«

Hekabes Stimmung hellte sich auf. »Nun, wenn der klapprige alte Schwachkopf hinkommen kann, bin ich verdammt sicher, dass ich das auch schaffe. Und wenn nicht, bitte ich einen von den jungen Kerlen, mich huckepack zu tragen.«

»Das werdet Ihr nicht tun!«, sagte ich. Ich schaffte es nicht oft, streng mit Hekabe zu sprechen, aber das ging nun wirklich zu weit.

Ein paar Minuten später verdunkelte ein weiterer Schatten die Türöffnung. Erneut blickte Hekabe auf; ich hörte sie »Odysseus«, flüstern, aber auch diesmal war er es nicht. Es war Kassandra – groß, jung, stark, prächtig gekleidet, ganz die zukünftige Königin von Mykene. Sie mochte sich an diesem Status nur wenige Tage erfreuen, Wochen bestenfalls, doch offenbar wollte sie das Beste daraus machen. Hekamede und ich standen auf, um sie zu begrüßen. Doch Hekabe war ganz still geworden.

Es fühlte sich nicht an wie eine Begegnung zwischen Mutter und Tochter. Ich hatte meine eigene Mutter einen großen Teil meines Lebens entbehren müssen und erwartete Tränen, Umarmungen, Versöhnung … aber etwas Derartiges fand nicht statt. Kassandra trat vor – zögerlich, wie mir schien –, kniete nieder und berührte die Füße ihrer Mutter, dann bot sie ihr in einer unbeholfenen Umarmung auf Armeslänge die Wange dar. Sie trug ein grünes Kleid, dessen Schulterpartie mit feiner Stickerei verziert war, und sah in der armseligen kleinen Hütte so exotisch aus wie ein tropischer Vogel. Als sie sich umarmt hatten, setzte Hekabe sich wieder und schaute Kassandra mit hellen Augen und skeptischem Blick an. Es lag viel Schmerz darin, doch sie verbarg ihn gut.

»Kassandra«, sagte sie und betrachtete ihr Kleid, das kunstvoll aufgesteckte Haar, ihre Halskette und die Ringe. »Du siehst gut aus.«

»Es geht mir so gut, wie es mir gehen wird.« Eine angespannte Pause. »Du weißt, dass ich verheiratet bin?«

»Ja. Also hat er es tatsächlich getan … Ich muss sagen, das hätte ich nie gedacht. Was glaubst du denn, was seine Frau dazu sagen wird?«

»Ich nehme an, sie wird nicht erfreut sein.«

Ohne sich die Mühe zu machen, den Widerwillen gegen ihre Umgebung zu verbergen, setzte Kassandra sich hin und zog die Beine fein säuberlich unter ihr Kleid. Wenn die beiden tatsächlich versuchen wollten, eine echte Verbindung zueinander aufzubauen, konnte die Gegenwart anderer dabei nur hinderlich sein, also wies ich mit dem Kopf Richtung Tür, und Hekamede und ich ließen die beiden allein. Draußen auf der Veranda erblickte ich voller Freude Ritsas breiten Rücken und ihren strohfarbenen Haarschopf. Ich setzte mich neben sie, und wir umarmten uns und weinten ein bisschen. Dann drehten wir uns um und betrachteten die Männer, die die Statuen auf dem Versammlungsplatz instand setzten.

»Dann bist du jetzt also Kassandras Zofe?«

»Sieht ganz so aus.«

»Gehst du noch ins Krankenzelt?«

»Nicht mehr oft. Dort gibt es jetzt weniger Arbeit als früher. Ein paar junge Idioten, die aufeinander losgehen, das ist alles.«

Und doch war Ritsa eine Heilkundige. Kassandra hätte auch jede andere Frau auf dem Gelände Agamemnons als Zofe haben können.

Hekamede berührte mich am Arm. »Ich muss gehen. Nestor wird viel Hilfe brauchen, um sich fertig zu machen.«

Wir sahen zu, wie sie über den Versammlungsplatz davonging und sich zwischen einigen für die Reparatur am Boden liegenden Götterstatuen hindurchschlängelte.

»Wie geht es ihr?«, fragte ich Ritsa und meinte Kassandra.

»Es geht noch immer ein bisschen auf und ab. Manchmal verhält sie sich wie ein Kind. Aber weißt du ... ich habe sie erlebt, als es ihr am schlechtesten ging, manchmal hat sie sich sogar eingenässt. Und sie ist eine stolze Frau. An manchen Tagen erträgt sie meinen Anblick nicht.«

»Sie sollte verdammt dankbar sein.«

»Nun ja – so läuft es nicht, das wissen wir doch beide.«

Wir schauten zu, wie eine Gruppe von Männern die Statue der Athene zu Boden ließ, zwei von ihnen zogen an Seilen, andere reckten die Arme nach oben, um das Götterbildnis zu stützen, damit es nicht von einem zu plötzlichen Absenken noch weitere Schäden davontrug.

»Wie auch immer«, sagte Ritsa. »Du musst doch zufrieden sein. Priamos ist kremiert.«

»Noch nicht!«

»Nein, aber das wird er. Und was den kleinen Wicht angeht … Ich fand, Kalchas hätte noch einiges mehr daraus machen können. Ich hätte gern gesehen, wie er auf Händen und Füßen hinter dem Leichnam von Priamos herkriecht. Immerhin wird er das Pferd verlieren. Aber das ist nicht viel, oder? Ein Pferd für das Leben eines Kindes?«

Ich fragte mich, welches Kind sie meinte. Das Baby von Andromache? Polyxena? Amina? Die Mädchen mussten ihr wie Kinder vorgekommen sein. Ich wollte etwas erwidern, doch in diesem Augenblick fiel ein Schatten auf uns. Ich blickte auf und konnte es kaum glauben – da stand Odysseus. Wir rutschten die Stufe entlang, sodass er an uns vorbeigehen konnte. Er zog den Kopf ein, als er die Hütte betrat.

Ritsa war genauso verwundert wie ich. »Weißt du, dass sie tatsächlich nach ihm geschickt hat?«, sagte ich.

»Nun, da siehst du's. In diesem Leben wird man nach seiner eigenen Einschätzung behandelt. In ihrer Vorstellung ist sie noch immer eine Königin.«

Hinter uns erklang das Murmeln einer Unterhaltung. Von Odysseus kam ein tiefes Rumpeln, von Kassandra ein durchdringendes, leicht nasales Jammern. »Wie viel hat sie mit der Ansprache von Kalchas zu tun gehabt?«

Ritsa zuckte mit den Achseln. »Ich weiß es nicht. Sie haben es miteinander beredet, aber ohne dich hätten sie es nicht geschafft.

Offenbar waren Alkimos und Automedon gar nicht erpicht darauf, zu reden – bis ihnen klar wurde, dass Kalchas ohnehin schon alles wusste.«

In der Hütte entstand Bewegung. Einen Augenblick später trat Odysseus hinaus, nickte mir zu, ignorierte Ritsa und machte sich in Richtung seiner Halle davon. Kurz darauf trat auch Kassandra aus der Hütte. »Geh zu meiner Mutter«, wies sie Ritsa an. »Sie wird Hilfe benötigen, um die Stufen hinunterzukommen.«

Demonstrativ erhob ich mich ebenfalls und folgte Ritsa in die Hütte. Hekabe wirkte noch aufgeregter als zuvor; gefährlich erregt, fand ich.

»Er schickt einen Karren«, sagte sie. »Er sagte, ich könnte seinen Streitwagen haben, aber dann müsste ich stehen, also hab ich gesagt: ›Nein, nein, ein Karren ist gut genug für mich. Ich bin nicht stolz.‹« Da stand sie in ihrer winzigen, kleinen Hütte, die für einen Hund taugte: der Inbegriff von Stolz.

Ich fand einen Kamm und begann, ihr langes weißes Haar zurückzustreichen, denn ich dachte, es könnte helfen, sie zu beruhigen. Doch an jenem Tag gab es nichts, was sie beruhigt hätte – sie war ganz aufgedreht. Ich hatte mich immer bemüht, ihre Launen zu verstehen, auch heute wieder. Im Rückblick muss ich sagen: Ich war zu jung, um zu begreifen, dass Hochstimmung eines der vielen Gesichter der Trauer ist. Bei der Bestattungszeremonie vor den Augen des gesamten griechischen Heeres würde sie Priamos repräsentieren; mehr noch: Sie würde Priamos *sein.* Denn ist nicht das letzten Endes die Art, wie wir unsere Trauer bewältigen? Darin liegt nichts Kultiviertes oder Zivilisiertes. Wir verschlingen unsere Toten, wir nehmen sie in uns auf, wie es die Wilden tun.

Als ich damit fertig war, ihr Haar herzurichten, hörte ich, wie draußen der Karren heranrumpelte. Ängstlich sagte sie plötzlich zu mir: »Du fährst doch mit mir, nicht wahr?«

Ich hatte sie zu Fuß begleiten wollen, doch natürlich sagte ich, ich würde mitfahren. Odysseus hatte anstelle von Maul-eseln, wie es üblich gewesen wäre, ein Pferdegespann gesandt, dazu einen jugendlich-frischen jungen Mann mit rotbraunen Sommersprossen. Er fand es ganz klar unter seiner Würde, den Karren zu fahren – ich glaubte in ihm den Wagenlenker von Odysseus zu erkennen –, aber er war sehr liebenswürdig, als er Hekabe auf den Sitz hob. Sie war aufgeregt und erfreut und sogar ein klein wenig kokett, als er sie niedersetzte. Sobald sie sich zurechtgesetzt hatte, blickte sie mit großem Interesse um sich, auf den Versammlungsplatz und die Götterstatuen und die Menge an Männern, die vom Strand zurückkehrten. Wir hätten ebenso gut zu einer Vergnügungsfahrt aufbrechen können. Neben ihr starrte Kassandra mit versteinertem Gesicht geradeaus.

Die Fahrt zum Ort der Kremierung war lang und anstrengend, die Räder des Karrens holperten über Spurrillen auf dem aschenen Weg. Mehr als einmal musste Hekabe sich gegen die Seitenwand des Karrens stemmen, aber sie blieb von Anfang bis Ende kerzengerade sitzen. Unser Gefährt war umgeben von Männern, die geradewegs von ihrer rituellen Waschung im Meer kamen. In der Luft lag der überwältigende Geruch von nassem Haar und Feuchtigkeit, die in Hautfalten hing. Die Männer waren verwundert, Frauen zu sehen – wie ich schon sagte, nehmen Frauen normalerweise nicht an Begräbnissen teil –, doch sie traten auf dem Weg zur Seite, um uns vorbeizulassen. Viele von ihnen starrten Hekabe ganz offen an, als wären sie sich bewusst, dass sie die Vergangenheit an sich vorbeifahren sahen.

Kassandra fragte den Fahrer, wohin er uns bringe, und als er auf den Ort zeigte, sagte sie: »Nein, wir müssen näher heran.« Inzwischen hatte Hekabe den Scheiterhaufen gesehen und kniff die Lippen zusammen, wie sie es zuweilen tat, wenn Trauer und Wut sie zu überwältigen drohten. Ich wollte die Hand ausstrecken und sie berühren, doch ich ließ es bleiben. Um sie lag nun eine Einsamkeit, die kein Maß an Liebe durchdringen konnte.

Schließlich kam das Rumpeln zu einem Ende; der Fahrer stieg ab und gesellte sich zu seinen Kameraden. Wir standen an einer sanften Böschung, von der wir alles gut überblicken konnten. Es gab natürlich kein Grab – das würde erst später ausgehoben werden, um die Knochen aufzunehmen. Die Myrmidonen hatten einen riesigen Scheiterhaufen errichtet, der die Menge um zehn oder zwölf Fuß überragte. Das Gelände füllte sich rasch. Noch immer strömten Männer den Weg hinauf, doch auf den oberen Hängen der Landzunge standen sie bereits dicht gedrängt. Der Karren bildete nun eine Insel inmitten eines Meeres aus Köpfen und Schultern. Die Könige waren noch nicht eingetroffen; sie warteten, bis alle Männer versammelt waren, ehe sie Einzug hielten.

Allmählich trafen sie nun einer nach dem anderen ein. Odysseus war der Erste. Er beschirmte die Augen mit der Hand und suchte die Hänge ab, möglicherweise auf der Suche nach Hekabe. Auf jeden Fall schien sein Blick kurz auf uns zu verweilen, dann wandte er sich ab und begrüßte Ajax. Nestor wurde mit dem üblichen donnernden Applaus empfangen. Ich erhaschte einen Blick auf Hekamede, die hinter seinem Streitwagen herging. Agamemnon erschien als Letzter, wie es sein Recht war, warf einen Blick zu Menelaos hinüber und verbeugte sich ganz leicht und abschätzig. Als er auf seinem Stuhl Platz nahm, wurde es still, abgesehen von dem Gezeter der Möwen, die über unseren Köpfen kreisten.

Dann warteten wir.

Schließlich war aus der Ferne der Klang von Trommeln und marschierenden Füßen zu hören, dann kam langsam die Begräbnisprozession in Sicht. Ritsa und ich halfen Hekabe, auf die Sitzbank des Karrens zu klettern, sodass sie besser sehen konnte. Wir beide hielten sie am Rock fest, wie man es bei einem kleinen Mädchen macht, das auf einer Mauer entlangbalanciert. Erst als ich spürte, dass sie einen festen Stand hatte, blickte auch ich den aschenen Pfad entlang auf den Zug aus Menschen, die sich auf uns zubewegten. Sechs Myrmidonen-Krieger trugen den Leichnam des Priamos auf den Schultern, fest eingeschlagen in ein purpurfarbenes Tuch, bestickt mit Fäden aus Gold und Silber. Ich glaubte den Überwurf zu erkennen, den ich verwendet hatte, um ihm sein Lager zu bereiten, damals, in der Nacht, als er gekommen war, um mit Achill zu sprechen. Als sie näher kamen, begannen die Myrmidonen mit ihren Schwertern auf die Schilde zu schlagen, wie sie es jeden Morgen getan hatten, bevor sie sich auf den Weg zum Schlachtfeld machten. Ein feierlicher Klang, doch auch ein sehr bedrohlicher. Und dann erhob sich über dem Schlagen der Schwerter auf die Schilde der laute Klang von Flöten. Sie begannen das Klagelied des Achill zu spielen – die Musik, die mich in den Wochen nach seinem Tod heimgesucht und mich an den Rand des Wahnsinns getrieben hatte.

Gleich hinter dem Leichnam kam Ebenholz, geführt von dem schwachköpfigen Jungen, der so gut darin war, die Pferde zu beruhigen. Doch selbst er muss es schwierig gefunden haben. Aufgeregt wegen der Menschenmenge, warf Ebenholz immer wieder den Kopf in den Nacken, machte kleine Sprünge und tänzelte herum … Für ihn wirkte das möglicherweise alles wie der Start eines Wagenrennens. Er konnte nicht wissen, dass die Kränze, mit denen man ihn geschmückt hatte, für seine Opferung bestimmt waren. Pyrrhos ging in voller Rüstung und mit gesenktem Kopf ein paar Schritte hinter dem Pferd. Tatsächlich waren die Myrmidonen alle in voller Rüstung erschienen, doch das war für die Begräbnisprozession eines Königs wohl nur recht und billig. Sie bogen vom Pfad ab und bewegten sich nun als fremdartiger, glitzernder Strom durch die Massen von Männern in Tuniken und Mänteln. Myrmidonen – die Ameisenmenschen. Der Name war mir immer unpassend erschienen für Männer, die mit solcher Entschlossenheit auf ihre Unabhängigkeit pochten und stets bereit waren, Autoritäten infrage zu stellen; Männer, deren Respekt man sich erst einmal verdienen musste. Doch als ich sie so sah, als ich sie hörte und, durch die Schwingung des Karrens, auch spürte; ihre Kraft und die Präzision dieser marschierenden Füße, konnte ich zum ersten Mal diesen Namen nachvollziehen und die entsetzliche Angst, die sie auf dem Schlachtfeld hervorriefen.

Am Fuße des Scheiterhaufens kamen sie zum Stehen. Die Träger brachten den Leichnam die steile Schräge hinauf und legten ihn auf die Bahre, während andere Männer um den Holzstoß schritten und Rinderfett und Öl auf dem Holz verteilten. Das alles betrachtete die Menge in vollkommenem Schweigen, obwohl ich Hekabe neben mir leise wimmern hörte. Vielmehr dachte ich das – doch als ich den Kopf wandte, sah ich, dass es Kassandra war, die diesen Laut von sich gab. Hekabe regte sich nicht und sagte auch nichts.

Ein einzelner Mann stimmte einen Lobgesang auf Zeus an. Nacheinander fielen weitere Stimmen ein, und schließlich sang die ganze Versammlung:

Von Zeus will ich singen,
dem König der Götter, dem Weltenlenker,
der alles sieht und über alles herrscht …

Ich habe dieses Lied in den Tempeln der gesamten griechischen Welt gehört, aber nie hat es mich so ergriffen wie an jenem Tag. Noch während des Gesangs trat Kalchas aus dem Knäuel von Menschen hinter Agamemnon hervor und ging zum Fuße des Scheiterhaufens. Als der Gesang verstummte und Stille eintrat, rief er Priamos an: »Mögest du gut im Hause des Hades eintreffen. Diese, deine Feinde, entbieten dir ihren Gruß.« Auf ein Signal von Agamemnon hin brachte das Heer aus voller Kehle drei Rufe für Priamos aus – »Priamos! Priamos! Priamos!« –, und die Möwen, die bereits begonnen hatten, sich niederzulassen, flogen erneut auf und kreischten über unseren Köpfen.

Kalchas nickte Pyrrhos zu. Der blickte über seine Schulter hinweg auf die Männer hinter ihm, dann trat er vor. Der Stallbursche, der Ebenholz die ganze Zeit über den Hals gestreichelt hatte, um ihn zu beruhigen, führte ihn näher heran, und als das Pferd Pyrrhos erblickte, wieherte es einen Gruß. Die Menge verstummte, Pyrrhos zog sein Schwert – und dann wandte er sich um und blickte Agamemnon und die anderen Könige an.

»Gestern hat Kalchas vor euch allen verkündet, ich müsse mein Pferd Ebenholz am Fuße des Scheiterhaufens von Priamos opfern.« Es folgte eine Pause, in der er sich im Kreis der vertrauten Gesichter umblickte. »Ich habe lange und intensiv nachgedacht und, ehrlich gesagt, glaube ich nicht, dass die Götter das von mir verlangen.«

Wie ein Mann schnappten alle nach Luft. Ringsumher wandten sich die Krieger einander zu und starrten einander an – auf den Gesichtern lagen Überraschung und Schrecken bis hin zu Entsetzen. Pyrrhos hob die Arme und wartete, bis es still wurde, dann sprach er weiter.

»Also werde ich ein anderes, ein persönlicheres Opfer darbringen.«

Er hob sein Schwert, zog seinen dicken Zopf nach vorne und schnitt ihn ab, so nahe an der Kopfhaut, wie er konnte. Das mochte wie ein unbedeutendes Opfer aussehen, doch für die Männer, die zuschauten, war es eine Angelegenheit von großer Bedeutung. Die griechischen Krieger waren – sind – ungeheuer stolz auf ihr langes, wallendes Haar. Es ist beinahe, als glaubten sie, darin liege ihre Stärke. Ein Mann mag eine einzelne Haarlocke auf den Scheiterhaufen seines Vaters oder seines Bruders werfen, aber dass jemand sein Haar in seiner ganzen Länge abschneidet, kommt nur ganz selten vor. Achill hatte es für Patroklos getan – im Augenblick fällt mir niemand sonst ein. Das Ganze dauerte nicht länger als ein paar Sekunden, dann wandte Pyrrhos sich um, warf seinen Zopf hinauf auf das Holz zu Füßen des Priamos, und ehe irgendjemand reagieren konnte, ergriff er die Fackel von einem der Wachleute und steckte den Scheiterhaufen an. Sofort kletterten Männer mit weiteren Fackeln am

Scheiterhaufen hinauf, um das Holz an so vielen verschiedenen Stellen wie möglich in Brand zu setzen. Egal, wie gut mit Fett versehen er auch ist, manchmal geht ein Scheiterhaufen nicht in Flammen auf – so war es beim Begräbnis von Patroklos gewesen –, aber heute bestand diese Gefahr nicht; das Holz war nach der langen Dürre knochentrocken und flackerte sofort auf. Ein heftiger Wind vom Meer her fachte die Flammen an und ließ wirbelnde Funken und eine schwarze Rauchsäule zum Himmel emporsteigen. Ein oder zwei Männer oben auf dem Scheiterhaufen wurden beinahe von den Flammen erfasst und mussten sich mit einem Sprung in Sicherheit bringen.

Als Hekabe sah, wie der Scheiterhaufen zu brennen begann, erhob sie in lautem Wehklagen die Stimme, ein wortloses Geheul der Trauer. Die gewaltige Menschenmenge um uns her blieb stumm. Pyrrhos und Kalchas starrten einander noch immer an. Ich war mir bewusst, dass Pyrrhos sein Schwert gezogen hatte und die Reihen der behelmten Myrmidonen sich hinter ihm gesammelt und sich zu beiden Seiten hin aufgefächert hatten, sodass er in einem Halbkreis stand, der von Speeren starrte. Kalchas schien beunruhigt und warf einen Blick zu Agamemnon hinüber, der kaum merklich den Kopf schüttelte und ihm bedeutete, er möge sich zurückziehen. In diesem Augenblick flogen zwei Seeadler, die ihren Horst auf der Landzunge hatten, über den Scheiterhaufen hinweg.

Pyrrhos deutete zum Himmel. »Seht!«, rief er. »Zeus hat das Opfer angenommen.«

Das kam den Myrmidonen sehr gelegen. Ich bezweifle, dass irgendjemand anders es glaubte, aber als sie die Myrmidonen geschlossen hinter ihrem Anführer stehen sahen, bewaffnet und offensichtlich bereit zum Kampf, verspürte niemand den Wunsch, die Deutung von Pyrrhos infrage zu stellen.

Der Scheiterhaufen würde die ganze Nacht brennen. Normalerweise hielten die Söhne, Enkelsöhne, Brüder und Neffen des Toten daneben Wache, doch es war niemand übrig, der das für Priamos hätte tun können. Möglicherweise würde Helenos bei Einbruch der Dunkelheit auf die Landzunge heraufkriechen und seinem Vater diesen letzten Dienst erweisen, vielleicht auch nicht. Er mochte zu viel Angst haben – oder sich schämen.

Die Menge begann sich aufzulösen. Einige Männer, die an unserem Karren vorbeigingen, beschwerten sich rundheraus. »Kalchas hat gesagt, er soll das Pferd opfern. Keiner hat irgendwas von *Haaren* gesagt.« – »Wäre es einer von uns gewesen, dann hätten wir es genau befolgen müssen.« Zustimmendes Brummeln. »Tja, so ist das nun mal, was? Für die da oben gelten andere Regeln als für uns – immer der gleiche Scheiß!« Das Murren war nicht laut, aber hartnäckig. Pyrrhos war noch nicht aus allem heraus. Entweder würde der Wind sich drehen – oder nicht.

Ich glaube nicht, dass Hekabe etwas von alldem mitbekam. Sie hatte die ganze Zeit auf den lodernden Scheiterhaufen gestarrt, der Wind fuhr in ihr weißes Haar, bis es ihr um den Kopf wirbelte wie Flammen. Ich umklammerte noch immer ihre Tunika, und dennoch war ich überrascht, als sie stürzte. Ich schwankte, doch ich fing sie mit Leichtigkeit auf – sie wog so gut wie nichts – und ließ sie auf die Sitzbank herabsinken.

»Es war gut«, sagte ich sanft, als sie sich ein wenig erholt hatte. »Sie haben ihm jede nur mögliche Ehre erwiesen.« Sie nickte und schien einigen Trost daraus zu schöpfen, doch Kassandra sagte scharf: »Er hätte das Pferd opfern sollen. Das hat Kalchas ganz klar gesagt.« Es reichte ihr nicht, dass der Leichnam ihres Vaters mit allen Ehren, die einem mächtigen König zukamen, verbrannt wurde. Sie würde Pyrrhos selbst ins Feuer geworfen haben, wenn sie gekonnt hätte, und mit dem Fett seines Körpers die Flammen angefacht haben. Ich fühlte mich an Achill erinnert, der auf dem Scheiterhaufen des Patroklos zwölf junge Trojaner geopfert hatte, den Stolz und die Hoffnung ihrer Familien. Die beiden ähnelten einander in ihrer unersättlichen Begierde nach Rache. Einmal, nur wenige Tage nach dem Fall von Troja, während sich das Klagelied des Achill endlos in meinem Kopf wiederholte, hatte ich gedacht: *Wir brauchen ein neues Lied.* Und das brauchten wir auch. Wir brauchen es noch immer. Aber ein Lied ist nicht neu, nur weil die Stimme einer Frau es singt.

Ich sah mich nach unserem Fahrer um, denn ich wollte Hekabe so bald wie möglich zurück nach Hause schaffen und ins Bett bringen. Endlich entdeckte ich ihn, er kam mit großen Schritten die Anhöhe zu uns hinauf. Als er Hekabe erblickte, sah er betroffen aus. »Macht Euch keine Sorgen, meine Liebe«, sagte er zu mir. »Wir werden sie im Nu zu Hause haben. Erst lassen wir noch diesen Trupp durch.« Er wartete, bis ein Haufen Nachzügler an uns vorbeigezogen war, dann fuhren wir mit einem Ruck los. Hekabe drehte sich fortwährend um, damit sie auf das Feuer zurückblicken konnte.

Ein kleines Stück weiter sah ich Andromache alleine gehen. Als Pyrrhos und die Myrmidonen sich in Marsch gesetzt hatten, mussten sie sie zurückgelassen haben. Ich rief sie beim Namen, und sie schaute sich um. »Warum fährst du nicht mit uns?«, fragte ich. »Wir haben viel Platz.« Sie willigte ein, und ich half ihr auf den Karren. Kassandra begrüßte die Frau ihres Bruders ziemlich gleichgültig, fand ich; Hekabe verhielt sich freundlicher und umschloss Andromaches Hände. Ruckelnd und schwankend fuhren wir an den Ställen vorbei, wo die Opferkränze von Ebenholz zerrissen und zertrampelt im Dreck lagen.

35

Später an diesem Nachmittag begann es zu regnen – und das ist eine Untertreibung. Der Boden war zu ausgedörrt, um die plötzlichen Fluten aufnehmen zu können. Aus dem Nichts heraus bildeten sich Pfützen, von jedem Hügel strömte ein Fluss. Riesige graue Regensäulen fegten durch das Lager, getrieben von einem Wind, der mit unverminderter Wucht direkt vom Meer her blies. Ich fragte mich, ob Kalchas allmählich nervös wurde, aber dann dachte ich: *Nein, er braucht nicht nervös zu werden.* Er konnte jederzeit Pyrrhos verantwortlich machen, weil er dem Willen der Götter nicht gehorcht hatte. Trotz der Regengüsse machte ich einen Spaziergang, doch schon nach wenigen Schritten klebte mir das Haar platt am Kopf. Ich blinzelte Wasser aus den Augen und stieß beinahe mit Machaon zusammen, der fröhlich winkte, während er durch die Pfützen spritzend vorüberlief. »Was hab ich gesagt?«, rief er über die Schulter und zeigte mit beiden Händen zum Himmel hinauf. *»WETTER!«*

An diesem Abend machte sich im Lager tiefes Unbehagen breit, als die Männer mit der Tatsache rangen, dass der Sturm noch immer blies und sich ihre Lage durch die hinzugekommenen Strapazen des peitschenden Regens verschlimmert hatte. Alkimos kam kurz nach Hause, ging aber sofort wieder. Er musste einen Arbeitstrupp zur Landzunge hinaufführen, wo man darum kämpfte, den Scheiterhaufen am Brennen zu halten. Ich hielt mir den Mantel über den Kopf und platschte hinüber zur Halle, denn es würde nötig sein, den Männern Essen und Wein dort hinaufzubringen, und ich vertraute nicht darauf, dass irgendjemand anders sich darum kümmerte. Nachdem ich die entsprechenden Anweisungen erteilt hatte, schaute ich bei den Mädchen vorbei und fand sie lustlos, gelangweilt und mürrisch. Ich entschied, dass das nicht mein Problem war, und machte einen weiteren Spaziergang.

Wohin man auch kam, überall roch es nach nassem Haar und feuchter Wolle. Männer, die ihre Umhänge über den Kopf gezogen hatten, drängten sich an den Feuern zusammen – an Feuern, die qualmten und knisterten und zu erlöschen drohten. Das Fleisch war bestenfalls halb durchgebraten; Wein war der einzige verlässliche Trost, und davon kippten die Männer natürlich viel hinunter. Kein Gesang, kein Gelächter, keine Unterhaltungen – und die paar Gespräche, die man hörte, bestanden hauptsächlich aus Murren. Oh, sie hätten noch immer für Pyrrhos gekämpft, selbst jetzt, wenn es nötig gewesen wäre – aber sein Anspruch, den Willen der Götter besser zu kennen als der oberste Seher des Heeres, behagte den Männern nicht. Die meisten von ihnen würden es lieber gesehen haben, wenn Pyrrhos Ebenholz geopfert hätte.

Es regnete beharrlich die ganze Nacht hindurch. Die Gruppen um die Feuer lösten sich früh auf, die Männer wankten davon, um irgendeine Art von Behaglichkeit in den Hütten zu finden. Aber in den letzten Wochen hatte der Sturm ziemliche Schäden angerichtet, und nur sehr wenige davon waren instand gesetzt worden. Folglich trugen viele undichte Dächer zu den allgemeinen Unannehmlichkeiten bei.

Als ich von meinem Spaziergang zurückkehrte, entdeckte ich drei undichte Stellen in meiner Hütte, also holte ich Eimer vom Hof und fand eine Schüssel, die groß genug war, um die Tropfen aufzufangen, die auf den Anrichtetisch fielen. Inmitten dieses ganzen Chaos setzte ich mich tatsächlich hin und versuchte zu spinnen, doch die Wolle fühlte sich feucht und kalt an und war voll lästiger kleiner Klumpen, die man so schwer herausbekommt. Von meinem Platz aus konnte ich hören, wie das Wasser in die Eimer und die Schüssel fiel, aber die platschenden Geräusche kamen in unberechenbaren Abständen, und jedes Geräusch klang ein bisschen anders. Das muss wie ein sehr geringfügiges Ärgernis klingen, aber glaubt mir, nach einer Stunde hatte ich das Gefühl, ich würde verrückt werden, also legte ich die Wolle zur Seite und ging zu Bett. Die Wiege knarrte; das Baby trat. Ich dachte, ich würde niemals einschlafen, aber dann dämmerte ich doch irgendwann weg, noch immer dem Regen lauschend.

Kurz vor Anbruch der Dämmerung erwachte ich mit einem Ruck, lag voller Panik mit trockenem Mund da und starrte in die Dunkelheit. Einen Augenblick wusste ich nicht einmal mehr, wo ich war. Ich lauschte und strengte mich an, um herauszufinden, was mich wohl geweckt haben könnte. War es Alkimos, der hereingekommen war? Eines der Mädchen, das an die Tür geklopft hatte? Dann, sehr langsam, begriff ich, dass das, was ich hörte, die Stille war. Natürlich war es nur die Windstille, die der Dämmerung vorausging, die tägliche Windstille, die uns nun schon seit Wochen mit neuer Hoffnung quälte – und sie immer wieder zunichtemachte. Mit etwas Glück würde ich es schaffen, noch eine Stunde zu schlafen, ehe ich aufstehen musste, also drehte ich mich auf die Seite und zog mir die Decken bis zum Kinn, aber ich fand keine Ruhe. Die Stille hielt an. Und sie hielt weiter an. Es war kein einziger Laut zu hören, außer dem *Plitsch-Platsch* der Tropfen, die in die Eimer fielen. Auch die Wiege hatte aufgehört zu knarren.

Schließlich stand ich auf, griff nach meinem Mantel und ging hinaus. Auf dem gesamten Gelände öffneten sich die Türen, und benommen aussehende Männer wankten heraus und blinzelten ins Licht. Ihre Bewegungen schienen ruckartig und steif, als wären sie Rüstungen, die laufen lernten. Ich warf einen Blick nach rechts und sah, dass die Mädchen aus der Hütte getaumelt waren, auf den Stufen standen und sich umblickten, als würden sie diesen Ort zum ersten Mal sehen. Das Merkwürdige war: Niemand sprach ein Wort – als hätten wir alle Angst, diese zerbrechliche Stille zu stören.

Dann zerriss ein Mann mit einem Ruf die seidenweiche Luft, und sofort fielen andere ein. Sie tanzten und sangen, sie platschten durch die Pfützen, bis sie bis zu den Oberschenkeln voller Matsch waren – und dann rannten sie los, Hals über Kopf zu den Schiffen, ein Massenansturm, den man nicht aufhalten konnte, obwohl ich hörte, wie Automedon sie anschrie, sie sollten stehen bleiben und zurückkommen. Nach einer Weile begannen sie Vernunft anzunehmen – falls man es vernünftig nennen kann, wenn man herumtanzt und auf dem Sand Purzelbäume und Räder schlägt. Pyrrhos erschien und sah mit seinem kurzen, ausgefransten Haar aus wie ein halb flügges Küken. Hinter ihm stand Helenos, und beide hatten sie rote Augen vom Rauch. Sie mussten die Nachtwache für Priamos zusammen gehalten haben; vielleicht hatten sie sogar gemeinsam die Asche des Scheiterhaufens nach seinen Knochen durchharkt.

Nachdem er mit Automedon gesprochen hatte, ging Pyrrhos wieder hinein, um sich anzuziehen. Binnen weniger Minuten hatte sich das ganze Geschehen an den Strand verlagert. Die Frauen wurden auf dem Gelände allein gelassen, wie früher, als die Männer jeden Morgen in die Schlacht gezogen waren. Es war eine merkwürdige Erfahrung, nun ihren Jubelschreien zu lauschen, und wir versuchten uns vorzustellen, was das für uns bedeutete. Was es für die Griechen bedeutete, war naheliegend: Sie fuhren nach Hause. Aber ihre Heimat war nicht unser Zuhause. Ich schaute Andromache an. Für sie gab es hier nichts mehr: Die Menschen, die sie geliebt hatte, waren tot, und doch wusste ich, sie würde nicht fortgehen wollen. Hier hatte sie ihr Kind zur Welt gebracht; in dieser Erde lagen ihre Toten bestattet. Das bedeutet Heimat.

Bei den Mädchen war die Stimmung gedrückt, sie blickten der Trostlosigkeit des Exils ins Auge. Ich sagte mir immer wieder, es sei noch nichts sicher. Der Wind konnte jederzeit wieder auffrischen. Doch das sagte ich den anderen nicht.

Wir drängten uns zusammen, lauschten darauf, wie die Männer am Strand herumschrien, und sahen zu, wie der Regen fiel.

36

Odysseus legte als Erster ab. Er war immer rastlos und ungeduldig gewesen. Er war derjenige, der am dringendsten nach Hause wollte.

Ich sah zu, wie man Hekabe wegführte. Die Frauen hatten sich am Strand versammelt, um Abschied von ihr zu nehmen, doch sie blickte kaum von der Planke unter ihren Füßen hoch – selbst als sie sicher an Bord war, stand sie im Heck des Schiffes und blickte starr über unsere Köpfe hinweg auf die geschwärzten Türme von Troja. Wir riefen: »Lebe wohl!« und »Alles Gute!« und winkten ihr nach, bis ihr weißer Haarschopf in der Ferne zu einem kleinen Punkt geschrumpft war und im Dunst verschwand.

Als die Frauen sich zerstreuten, sah ich, wie ein auffallend groß gewachsener Mann elegant durch die Menge schritt. Er wirkte wie ein Graureiher in einem Tümpel voller Enten. Es musste Kalchas sein – aber Kalchas, wie ich ihn nie zuvor gesehen hatte: ohne Gesichtsbemalung, ohne scharlachrote Bänder, ohne Priesterstab. Ich wollte schon vorübergehen, da rief er mir einen Gruß zu, und als ich mich zu ihm umwandte, wurde mir klar, dass ich sein Gesicht zum ersten Mal sah; dass ich ihm zum ersten Mal *wirklich* begegnete – so fühlte es sich an. Man erkannte gleich, wie außergewöhnlich schön er früher einmal gewesen sein musste, doch was mich wirklich verblüffte, war seine Schüchternheit, die ich nie zuvor an ihm wahrgenommen hatte.

Nachdem wir uns durch die üblichen Nachfragen gestammelt hatten, sagte er: »Sie wird mir fehlen.«

»Ja, mir auch.«

Wir gingen gemeinsam weiter. Ich blickte hinab und sah, dass er die gleiche kurze Tunika trug wie die griechischen Krieger – und das bedeutete, dass ich auch seine Beine zum ersten Mal sah. Sie waren spindeldürr und bleich von ihrer langen Gefangenschaft unter knöchellangen Gewändern und insgesamt eine Schande für die trojanische Männlichkeit. Helle hatte sehr viel schönere Beine.

»Seid Ihr bald bereit zur Abreise?«, fragte ich.

»Ich reise nicht mit.«

»Ihr reist nicht mit?«

»Nein.«

Ich blickte mich auf dem verlassenen Gelände von Odysseus um. »Aber hier ist nichts mehr.«

»In den Gärten des Priamos finde ich reichlich Nahrung. Und ich gehe nicht davon aus, dass ich ewig hierbleibe – ich nehme an, ich werde weiterziehen.« Er lächelte. »Und schauen, ob ich eine Stadt finde, dic Achill nicht überfallen und geplündert hat ...«

»Aber warum?«

»Warum ich bleibe? Ich will zurück nach Troja. Ich war erst ... ich weiß es nicht genau, vielleicht zwölf, als ich in den Tempel kam. Meine Eltern waren arme Leute, mit meinem Vater kam ich nicht zurecht, es war in gewisser Weise eine Lösung. Aber keine, die ich selbst gewählt habe. Und jetzt will ich zurück.«

»Wirklich nach Troja *hinein*?«

Er zuckte mit den Achseln. Es war nicht nötig, ihn darauf hinzuweisen, welche Gräuel er dort zu Gesicht bekommen würde; das wusste er selbst nur zu gut.

»Ich will einfach nur heimgehen«, sagte er. »Wollen wir das nicht eigentlich alle? Die Zeit zurückdrehen …?«

»Schon, aber man hält es gewöhnlich für nicht möglich.«

»Nun, dann werde ich scheitern.«

Wir blieben stehen und blickten aufs Meer hinaus. In diesem Augenblick teilten sich, beinahe wie durch ein Wunder, die Nebelschleier und gaben den Blick auf die Schiffe des Odysseus frei; gerade in dem Augenblick, als die Männer mit dem Rudern aufhörten und die Segel setzten.

»Ich hoffe, es wird ihr gut ergehen«, sagte ich.

»Penelope ist gütig – zumindest sagen das alle.«

»Doch an die Freiheit reicht es niemals heran, nicht wahr?«

Ich warf einen Blick zur Seite und sah, dass er nur mit Mühe die Tränen zurückhielt. Er wandte sich mir zu und wollte etwas sagen, doch dann schüttelte er nur den Kopf, verbeugte sich eilig und ging mit großen Schritten über den Strand davon in Richtung der Hütten.

Ich blickte noch einmal hinaus aufs Meer, aber die Dunstschleier hatten sich bereits wieder hinabgesenkt, und die Schiffe waren nicht mehr zu sehen.

Und nun werde ich gegen meine eigenen Regeln verstoßen. Bisher habe ich die Geschichte meiner Jugend erzählt und versucht, dabei nicht auf Geschehnisse zu verweisen, von denen ich erst später erfahren habe; manchmal, wie beim Schicksal des Odysseus und seiner Schiffe, erst viele Jahre später. Aber ich glaube, bei Hekabe darf ich eine Ausnahme machen. Denn hätten sich die Dunstschleier nicht wieder gesenkt, hätte ich schließlich gesehen, was als Nächstes geschah.

Genau in dem Augenblick als das Schiff die Segel setzte, verwandelte sich Hekabe, die in einer entlegenen Ecke gekauert hatte, in eine tollwütige Hündin mit geiferndem Maul und rot geränderten Augen, und ehe irgendjemand sie aufhalten konnte, kletterte sie auf den höchsten Mast, knurrte von dort aus ihre Missachtung zu den Griechen hinunter – und dann sprang sie in den Tod.

Niemand scheint zu wissen, ob sie auf dem Deck aufprallte oder ins Meer stürzte. Ich möchte glauben, dass es das Meer gewesen ist.

Zum Abschied von Helena versammelte sich keine Menschenmenge. Als ich an den Strand ging, um ihr Lebewohl zu sagen, stand ich alleine dort und sah zu, wie ein Dutzend oder mehr zylindrische Ballen vorsichtig auf das Schiff des Menelaos getragen wurden. Eine hochgewachsene Gestalt im dunklen Umhang überwachte die Arbeit; ein Mann, nahm ich an. Erst als die Gestalt sich umwandte und zu mir hinüberblickte, sah ich, dass es Helena war, die sich versicherte, dass ihre Webarbeiten auch gut verstaut wurden. Sonst, glaube ich, war für Helena letztlich nichts wirklich von Bedeutung; ihre Tochter nicht – und sicherlich keiner der Männer, die sie geliebt hatten. Sie lebte ausschließlich in ihrer und für ihre Arbeit.

Wir starrten uns an, über einen tiefen Abgrund von Zeit und Erfahrung hinweg, dann hob sie kurz ihre kleine weiße Hand – eine kaum wahrnehmbare Geste – und ging rasch unter Deck.

Unweigerlich kam der Tag, an dem Agamemnon bereit zur Abreise war. Ich ging durch das schon beinahe verlassene Lager zu Ritsa, fest entschlossen, sie nicht durch Tränen aus der Fassung zu bringen, und fand sie vor Kassandras Hütte, wo sie überwachte, wie Haushaltswaren auf einen Karren geladen wurden. Sie kam auf mich zu und wischte sich die Hände an dem sackleinenen Tuch ab, das sie um die Taille gebunden trug – eine schmerzlich vertraute Geste. Das tat Ritsa immer, egal ob ihre Hände ein Abwischen nötig hatten oder nicht. Unser Abschied war, wie alle solchen Abschiede, peinlich. Ich glaube, wir wünschten uns beide, es wäre vorüber und wir könnten Erleichterung verspüren, dass wir es hinter uns gebracht hätten – doch zur gleichen Zeit klammerten wir uns an jede Sekunde, die verstrich. Ich erinnere mich, dass eine Gruppe Frauen auf dem Weg hinunter zu den Schiffen an uns vorbeikam, und ich erblickte Maires massige Gestalt, das Baby noch immer eng an die Brust gebunden und halb verborgen hinter ihrem Umschlagtuch. Sie wandte sich zu uns um und lächelte. Wenige Augenblicke später war sie außer Sichtweite.

Ritsa betrachtete mich.

»Es wird ihnen gut gehen«, sagte sie. »Das hab ich dir doch gesagt. Ich werde ein Auge auf sie haben.«

Meine Entschlossenheit, nicht zu weinen, hielt an, bis wir uns endgültig verabschieden mussten, dann brach ich zusammen und heulte wie ein kleines Mädchen: »Aber ich will, dass du dabei bist!« Ich meinte: wenn die Wehen kamen.

»Ich würde dabei sein, wenn ich könnte, das weißt du.« Sie tätschelte mir beruhigend den Bauch. »Es wird alles gut gehen.«

Auf dem Weg zurück zum Gelände von Pyrrhos schaute ich bei Hekamede vorbei. Nestors Schiffe waren ebenfalls zur Abfahrt bereit. Ein weiterer Abschied. Was Hekamedes Zukunft anging, war ich optimistischer als noch vor einiger Zeit. Nestors Gesundheit schien sich zu bessern, und solange der alte Mistkerl es schaffte, sich ans Leben zu klammern, würde bei ihr alles in Ordnung sein. Wir umarmten einander, dann musste ich sie ziehen lassen.

Zuerst Ritsa, dann Hekamede. Ich wusste, dass ich aller Wahrscheinlichkeit nach keine von ihnen jemals wiedersehen würde.

Weil ich den Schmerz über den Abschied von meinen Freundinnen betäuben wollte, ging ich zu den Gezeitentümpeln am Strand, hockte mich nieder und suchte ohne viel Hoffnung nach Anzeichen von Leben. Obwohl mich der Schmerz über den Verlust von Ritsa niederdrückte, verspürte ich etwas von der Aufregung, die ich als kleines Kind empfunden hatte, als ich mich an die Hand meiner Mutter klammerte, während sie mir über die rutschigen Felsen half. Ein einziger Seestern – das war alles, was ich fand, und selbst der war tot. Meine Mutter hatte Seesterne geliebt; sie liebte alles Lebendige, was man an der Küste fand, aber Seesterne ganz besonders, und diese Liebe hatte sie an mich weitergegeben.

Ich beugte mich vor, um das fahle tote Tier zu untersuchen. Der Seestern war vor seinem Tod schlimm verletzt worden, einer seiner Arme war abgerissen und lag in einiger Entfernung vom Körper. Als ich mich vorbeugte, fiel mein Schatten aufs Wasser, und augenblicklich erwachte der Seestern zum Leben und begann sich einen Fingerbreit nach dem anderen auf ein Büschel überhängendes Seegras zuzubewegen. Nicht nur das; der abgetrennte Arm begann sich ebenfalls zu bewegen und suchte

Schutz. Ich hätte fast gelacht, denn nun erinnerte ich mich: *Genau das geschieht.* Ich hörte, wie die Stimme meiner Mutter es mir erklärte: Dem Seestern wächst ein neuer Arm, und der abgerissene Arm wird zu einem neuen Seestern – und so entstehen aus einem einzelnen verletzten und verstümmelten Geschöpf zwei neue.

Das verlieh mir Hoffnung – ich weiß, es ist lächerlich. Was habe ich schon mit einem Seestern gemeinsam? Und doch fand ich plötzlich die Kraft, aufzustehen und ein letztes Mal auf Achills Grabhügel zu blicken. Dann ging ich rasch zurück zur Unterkunft, wo die Myrmidonen beinahe alle Vorbereitungen beendet hatten, um in See zu stechen.

Die Mädchen hatten ihre wenigen Habseligkeiten in Baumwolltaschen gepackt und standen nun zusammengedrängt auf der Veranda vor der Hütte der Frauen. Sie warteten auf die Anweisungen, wohin sie gehen sollten. Helles Augen leuchteten auf, als ich herankam. Ohne dass wir je viel miteinander gesprochen hätten, schienen wir Freundschaft geschlossen zu haben. Ich konnte ihr die Mädchen beruhigt überlassen; sie würde ihnen eine gute Anführerin sein. Doch dass ich Andromache nicht in der Gruppe erblickte, beunruhigte mich, und ich ging sie suchen. Meine Schritte hallten in der leeren Hütte, die plötzlich sehr viel größer wirkte. Gerade wollte ich in den Flur zu ihrem Schlafzimmer einbiegen, als ich hörte, wie sich hinten im Hof jemand bewegte. Andromache pflückte die kleinen violetten Blumen; die Art, die zu dieser Jahreszeit wächst wie Unkraut; genau genommen sind sie wahrscheinlich Unkraut. Heute sehe ich aus dem Fenster meines Schlafzimmers große Büschel von ihnen. Unkraut oder nicht, ich habe sie niemals ausreißen können.

»Andromache?«

Den Arm voller Blumen, wandte sie sich zu mir um, sah mich an und sagte nur ein Wort: »Amina.«

»Ich weiß nicht, wo sie beerdigt ist.« Oder ob sie überhaupt beerdigt worden war. Es war wahrscheinlicher, dass man ihre Leiche einfach von der Landzunge geworfen hatte. Dann dachte ich: *Aber ich weiß, wo sie gestorben ist.*

Also wanden wir die Blumen gemeinsam zu einem Kranz und brachten ihn zur Waschhütte, die fast noch genauso aussah, wie sie immer ausgesehen hatte: Holzgestelle schwangen im Luftzug, an der Wand stand eine Reihe von Trögen, in denen die blutverschmierten Kampfhemden eingeweicht worden waren, und mitten im Raum thronte der große Marmortisch. Auf dieser Marmorplatte hatte ich den Leichnam von Patroklos gewaschen, den von Hektor und den von Achill – doch ich schob diese Erinnerungen beiseite. Diesmal ging es um Amina.

Wir legten den Kranz auf die Marmorplatte und standen einen Augenblick mit gesenkten Köpfen da. Ich bin nicht sicher, ob ich es fertigbrachte, zu beten, aber ich rief mir Amina ins Gedächtnis: die leicht vorstehenden Augen, ihre aufrechte Haltung, ihre vollkommene Weigerung, sich zu beugen.

Dann gingen wir hinaus und gesellten uns zu den anderen Frauen, und wenige Minuten später erschien Alkimos und führte uns hinunter zu den Schiffen.